為單字安排座位的人

美國最暢銷字典的幕後，為世界寫下定義的編輯人生
Word by Word : The Secret Life of Dictionaries

柯芮・斯塔柏（Kory Stamper）——著

吳煒聲——譯

各界好評推薦

　　身為譯者，韋氏字典是僅次於《牛津英語詞典》的次要權威性參考依據，儘管近年來基於實務所需，我已經比較傾向於參考多語言字典、維基字典。而一般人（包括我本人）在閱讀本書以前，都認為字典編纂肯定是件很無聊的事。拜託，背單字、片語的經驗有夠可怕的，不是嗎？更何況是編纂裡面只有單字、片語的書！但是閱讀本書之後，我們都要改觀了。好吧，我承認本書的一些幽默元素過於「學術」，不過真得要非常風趣的人，才寫得出這種書吧！本書作者柯芮·斯塔柏於一九九八年加入韋氏字典的編輯團隊，天天與詞彙為伍，「為單字安排座位的人」的確非常適合作為本書書名——儘管我可能會把書名換成「編纂上癮症患者的告白」或是「這個字是什麼意思，老娘說了算」之類的。能把這類題材寫成一本讀來充滿趣味的書，我由衷佩服斯塔柏小姐。

——國立臺灣大學翻譯碩士學程助理教授　陳榮彬

　　譯者離不開字典。我在念翻譯研究所的時候，圖書室永遠放著一本超級大本的韋氏大字典，還有專用的展示桌。雖然字典的

形式已經從厚重的紙本進化到無形的雲端（為我翻爛的那幾本字典默哀一分鐘），但翻譯時遇到衍生的字、不太確定的字，或本來認識但沒看過這樣用的字，終究還是要回歸字的定義、回溯字的歷史、找找例句，也就是查字典。有人說翻譯不過是「搬字過紙」，但其實字也沒那麼容易搬；我們譯者也和字典編輯一樣，都是為字著迷的人，有時會被一個簡單的字卡很久，就是找不到適合的譯法；過幾天走在路上或半睡半醒之際才忽然想到一個絕妙說法。所以看這本書的時候，除了大開眼界（原來字典是這樣編成的！）之外，還心有戚戚焉：原來編字典的人和我們譯者一樣，也常常感到迷惑與挫折；而我們尋字覓詞的樂趣，或許也只有編字典的人最懂啊！

——國立臺灣師範大學翻譯所教授　賴慈芸

　　字、詞典的編纂，不管是針對我們的母語或是像英文這樣的外語，感覺都像是離我們非常遙遠的事。尤其是在這個萬事問Google的年代，字、詞典的存在感似乎就更加低落。我們往往將字、詞典的內容視為理所當然，鮮少去探究這背後的原理與過程。但是這本《為單字安排座位的人》的作者，用十五個關鍵詞，道出了編字典背後的甘苦辛酸，其中有淚水、有熱血、有不平、有喜悅。一個條目的增刪修訂，不僅要經過出版社內部的反覆推敲，也可能會要與外界讀者進行來回攻防。作者在書中更提到了許多當代語言學的觀點與方法，將語言、社會、文化、科技等層面都串連在一起，為想要了解語言本質與變遷的讀者，提供

了一個新的視野。語言不再只是死板板的文法與規則，更是與社會脈動息息相關、緊密相連的有機體。原來，編字典不只比我們想的更有趣，對每個語言使用者來說，其實也更饒富意義！

——國立臺灣科技大學語言中心助理教授 謝承諭

本書讓人窺探字典頁面工整定義背後的混亂世界，奇妙有趣，讓人驚嘆……。時而幽默風趣，時而令人沮喪，時而讓人驚訝，而最重要的是，時而引人入勝。斯塔柏用詞精準無比，讀之令人愉快，但她身為字典編輯，用字遣詞精準或許並不令人意外。

——《書單雜誌》

本書引人入勝，讓人難以置信……斯塔柏對文字懷抱熱情，令讀者深有同感，而且她天賦甚高，遣詞用字饒富趣味。

——《紐約客》

本書充滿各種詞彙知識，能讓讀者和作家愛不釋手，熬夜翻閱章節：英語詞彙源自何處？字詞的意義如何以及為何每年或每世紀都會發生變化？

——《達拉斯晨報》

饒富趣味……斯塔柏展現無比熱情與高雅風格……談天說地論述語言，字裡行間活力十足。

——《泰晤士報文學增刊》

　　本書講述字典編輯的成長歷程……斯塔柏闡述編寫字典條目的每一個階段。她充滿熱情、用詞精準且風趣幽默（也會暴跳如雷）。

——《高等教育紀事報》

　　本書用詞巧妙、字字珠璣且風趣幽默，能令字典讀者興味盎然……乃是頌讚編字典的技藝。

——《書架意識》

　　本書文字風趣，揭開字典如何收錄新詞的內幕，同時諷刺英語發展的歷史，以及回顧斯塔柏踏入這行的歷程。

——《漢普夏每日公報》

目　錄

本書獻給我的雙親、Allen 和 Diane。

感謝這些曾經買書給我並愛護我的人。

我們會發現，英語不是邏輯清楚的系統。英語詞彙並非由歷代的傳統思想家所創造，因此不能將先入為主的理想科學方法強加於英語，然後期望能夠提出比我們起步時更有系統和更為明確的東西：我們起步時擁有的是一種不成熟的異質集團，保留了無數次嘗試有條理溝通之後形成的骨頭，骨質堅不可摧，而我們下的定義是要當作身體，必然會反映這種情況。

──菲利普‧巴布科克‧戈夫（Philip Babcock Gove），

韋氏公司內部「下定義的技巧」備忘便條，

一九五八年五月二十二日

前言

　　人類共享的經驗不多，語言是其中之一。並非人人皆能走路，不是所有人都會唱歌，也不是每個人都愛吃醃菜。然而，我們一生下來都想告訴別人，為什麼我們不能走路、唱歌或愛吃醃菜，所以我們會使用語言。我們就像語言貯藏者，一輩子都在累積大量詞彙及其意義的索引，最終可以看著某個人，說出、寫下或打手語，表示：「I don't do pickles（我不吃醃菜）。」

　　如果對方反問：「你剛說『do』（做），究竟是什麼意思？」這時問題就來了。

　　你到底想怎樣「做」？人類打從降臨世界，可能不斷下定義。孩童學習母語的過程便透露這點：嬌小軟嫩的嬰兒還在流口水時，就有人跟他解釋身旁的東西是什麼，然後寶寶會慢慢了解，媽咪或爹地嘴裡說出來的聲音，好比「cup」（杯子），原來跟媽咪或爹地指的東西有關。看著關聯浮現就像觀看縮小版的核分裂：眼睛後面有一道閃光，一堆神經元突觸*突然互聯，然後

---

*　譯注：神經元突觸（synapse），神經元以突觸形式互聯，形成神經元網絡。本書隨頁注為譯者注，編號為符號。作者注附在章節後，編號為 1、2、3。

是瘋狂指點和收集數據。寶寶點某個東西，大人就會熱切說出代表那個東西的單字。人此時就開始定義外界。

人日漸長大，用字就愈細膩。我們會將「cat」（貓）和「meow」（喵）配對使用；我們知道獅子和花豹都是「cat」（貓科動物），儘管牠們跟家中長毛波斯貓的共同點，就像泰迪熊玩偶和灰熊的共同點一樣。我們在腦中建立了一張索引卡，列出別人說出「cat」時腦海浮現的所有東西。然後，當我們發現愛爾蘭的部分地區竟然把壞天氣稱為「cat」時，我們會睜大眼睛，隨即把增補資料的小卡片裝訂到那張索引卡上。

「cat」這個詞不可言喻且含義廣泛，可指包含獅子的動物、家裡豢養的懶貓和愛爾蘭的惡劣天氣，而我們其實不斷在尋找一個說法來補捉這個詞的全貌。因此，我們會參照最有可能找到這些說法的來源：字典。

我們會閱讀字典列出的定義，但很少思考字典如何收錄它們。字典定義的字字句句都是某一位坐在辦公室裡的人寫出來的。他們[1]會眯著眼睛，字斟句酌，苦思如何簡潔且準確描述「cat」指涉的天氣意義。這些人日復一日耗費大量心血，只為了描述「不可言喻的」語意，奮力從溼漉漉的大腦擰出一字一句，希望完美的說法會滴到桌上。然而，無用的文字早已在他們腳下積聚成水坑，並且滲進他們的鞋子，但他們依舊無動於衷。

字典編輯學習如何撰寫一本字典時，必須面對英語及其使用者的「艾雪風格」*邏輯。某個詞看似簡單易懂，卻是一座語言遊樂宮，門戶洞開，迎向無垠天空，令人摸不著邊際，而且樓梯

延伸，通往茫然之處，讓人無所適從。人們對語言的堅定看法會扯後腿，令他們舉步維艱；他們自身的偏見如同沉重負擔，讓自己寸步難行。字典編輯不斷艱難前行，雖迷惘困惑，卻專心致志，一心捕捉和記錄英語。「up」（向上）就是「down」（向下）[2]，「bad」（壞）等於「good」（好）[3]。最簡單的字，最讓人頭痛。寧可別碰這些字。

　　英語龐雜紛亂，因此編排本書的方式與編字典雷同：逐字釋義，各個擊破。

---

*　譯注：艾雪風格（Escher-esque），意指荷蘭版畫家艾雪（Maurits Cornelis Escher）的創作風格，其擅於營造混淆視覺的圖案，亦即錯覺藝術。艾雪名作《上下階梯》（*Ascending and Descending*）即是一群人走在建築物的階梯上，不管向上或向下，都會一直不斷繞圈回到原點。

作者注

1. 只要所指對象的性別不明確時，本書會使用單數的「their」
   （他們的）來代替不牽涉性別的「his」（他的）或笨拙的「his
   or her」（他的或她的）。我知道有人認為這樣會引起爭議，
   但這種用法可追溯到十四世紀。比我更棒的作家早就使用單
   數的「their」或「they」（他們），但英語也沒墮落到不堪的
   境地。

2. up在《韋氏大詞典》（*Merriam-Webster Unabridged, MWU*）
   的解釋為：**up** *adv* ... **7 b** (1): to a state of completeness or
   finality（副詞……7b (1)：達到完成或終結的狀態）；有關詳
   細訊息，請參閱參考書目。

   down在《韋氏大詞典》（*MWU*）的解釋為：**down** *adv* ... **3 d**:
   to completion（副詞……3 d：完成）。

3. bad在《韋氏大學英語詞典第十一版》（*Merriam-Webster's
   Collegiate Dictionary, 11th Edition, MWC11*）的解釋為：bad
   adj ... **10** *slang* **a** : GOOD, GREAT（形容詞……**10** 俚語 **a**，好
   的、卓越的）。

第一章

論墜入愛河
——赫爾文蓋赫爾（Hrafnkell）

我們待在一間很小的會議室，感到渾身不自在。那是六月的某一天，天氣涼爽，我坐在辦公椅上，一動也不動，冷氣開得超強，我卻滿身大汗，衣服都溼透了。我每次面試都如此。

一個月之前，我向美國最老牌的權威字典出版社韋氏公司（Merriam-Webster）應徵編輯助理。這是最低階的職務，但我看到主要職責是撰寫和編輯英語詞典時，就像一便士遊樂場[*]亮了起來，整個人喜形於色。我胡亂拼湊出一份履歷表，寄出後便收到面試通知。我在面試前，挑了最合適的衣服，還噴了止汗劑（結果無濟於事）。

坐在我對面的是史蒂夫・佩羅（Steve Perrault）。他當時是（至今仍是）詞彙釋義部門的主管，我希望能在他手下任職。史

---

[*] 譯注：一便士遊樂場（penny arcade），內有各種遊樂設施，投入一便士便可啟動遊戲機。

蒂夫人高馬大，溫文儒雅，跟我一樣彎腰駝背，他向我介紹近乎安靜無聲的樸實編輯樓層時，看起來幾乎就跟我一樣羞澀笨拙。我倆顯然都不喜歡面試，但只有我汗流浹背。

史蒂夫問我：「妳為什麼喜歡編字典？」

我深吸了一口氣，閉緊嘴巴，免得喋喋不休。一切真是說來話長。

文字天賦

我是長女，出生於藍領家庭，家人並非特別熱愛文學，但我卻喜歡看書。根據大人吹捧我的「兒時回憶」，我三歲便能識字，搭車時會不時讀出路標名稱，還會從冰箱裡拿出沙拉醬的罐子，口中唸唸有詞，咿咿呀呀讀出味道濃郁的品牌名稱：「*Blue Chee-see*」（Blue Cheese Dressing，藍紋乳酪醬）、「*Eye-tal-eye-un*」（Italian Dressing，義式沙拉醬）和「*Thouse-and Eyes-land*」（Thousand Island Dressing，千島醬）。我這麼早熟，父母都很訝異，卻不作多想。

我會逐字逐句咀嚼硬紙板童書，偷偷收藏目錄，不停翻閱家裡訂閱的兩本月刊雜誌（《國家地理雜誌》和《讀者文摘》），把頁面翻得破破爛爛。有一天，父親從家裡附近的發電廠下班回家，整個人疲憊不堪，跌坐在我身旁的沙發上。他伸了懶腰，口中呻吟著，把安全帽戴在我的頭上，問道：「寶貝，妳在唸什麼啊？」我把書拿起來給他看，那是我母親以前當護理師時使用的

《泰柏醫學百科詞典》（*Taber's Cyclopedic Medical Dictionary*）。
我告訴父親：「我讀到scleroderma（硬皮症），那是一種皮膚
病。」我當時大約九歲。

　　十六歲時，我發現更多適合成人的精采書籍，比如：珍‧奧
斯汀、狄更斯、英國作家馬洛禮（Sir Thomas Malory）和愛爾蘭
作家史杜克（Abraham "Bram" Stoker）的作品，以及一些英國勃
朗特三姊妹的著作。我會偷偷把這些書拿到房間，不停閱讀，讀
到兩眼昏花。

　　吸引我的不是書中故事（無論精不精采），而是英語本身，
也就是我戴牙套的嘴巴讀文字的感覺，以及字句在我青春期腦
海咯噔作響的聲音。我年齡漸增，語言就成了上選武器：我一個
十幾歲的女孩，呆頭愣腦，個子矮小，不善交際，除了語言，
還有什麼可用的？我是個大剌剌的怪胎，大家都這樣看待我。
我祖母告訴我：「千萬不要跟那些壞同學回嘴。」老媽也同聲附
和：「別理他們。」但是，我既然比他們聰明，為什麼要裝聾作
啞，讓自己不高興？我從書架上偷偷取出打折買來的舊《羅傑同
義詞詞典》（*Roget's Thesaurus*），把書藏在襯衫底下，緊挨著心
臟，然後跑進房間翻閱。當我看到討厭的男生在大廳裡嘲笑另一
個女孩的身材時，我就會嘀咕：「Troglodyte（穴居人）。」某位
同學吹噓前一個週末開派對狂飲啤酒時，我會生悶氣，罵道：
「Cacafuego（自吹自擂的人）。」其他人會選擇當「brownnoser」
（諂媚者／馬屁精）；我則用盡全力把他們貶為「pathetic,
lickspittling ass」（阿諛奉承者，直譯為：舔人屁股的可憐蟲）。

文字狂看文字的趣味

我是個文字狂（lexophile），卻從未想過一輩子舞文弄墨。我生於藍領家庭，為人很務實，玩弄文字只能當興趣，無法靠這賺錢過好日子，而且我也不想浪費大學時光（我的家族沒人上過大學），把自己鎖在離家千里的另一個房間，每天讀書十四個小時（雖然我一想到這點，就會痴迷得有點恍神）。我上大學就是要當醫生。幹這行收入穩定，只要當了神經外科醫生，肯定能挪出許多時間看書。[1]

我的有機化學被當掉，所以當不了醫生，沒有出去殘害病人。系上開設有機化學，就是要剔除我這種不適合行醫的廢柴。我升上大二時漫無目標，所以選了幾門人文課程。宿舍的一位女生邊吃葡萄乾小麥片邊問我選了哪些課。我一口氣便報出課名：「拉丁語、宗教哲學、探討中世紀冰島家族傳奇（Medieval Icelandic family sagas）方言的課程……」

「等一下。」她打斷我。「Medieval Icelandic family sagas。Medieval Icelandic family sagas。」她把湯匙放下，說道：「我再重複這幾個字，讓妳知道它們唸起來有多麼奇怪：Medieval Icelandic family sagas。」

聽起來確實很古怪，但總比有機化學更有趣。如果我讀了醫學預科之後有哪些體悟，那就是我不擅長數字。那位女生又開始吃早餐，說：「好吧，我了解。反正繳學貸的是妳。」

中世紀冰島家族傳奇是北歐最初定居者的故事集，多數故事

都有歷史根據，但聽起來就像瑞典導演英格瑪‧柏格曼撰寫的肥皂劇，不外乎描寫以下主題：各家族彼此仇恨，爭鬥數世紀；為了謀求政治利益而殺人；女人利用丈夫或父親，只為了光耀門楣；主角結婚、離婚又再婚，但配偶最終都離奇死亡。還有名為「Thorgrim Cod-Biter」（食人魔索格林姆）*的殭屍，以及名叫「Ketil Flat-Nose」（扁鼻子凱特爾）的角色。我讀醫學預科第一年不順遂，若要療傷止痛，上這門課就對了。

　　然而，讓我著迷不已的，乃是我的教授（他留著紅鬍子，修剪得整整齊齊，舉止高雅大方，猶如出身牛津劍橋的菁英分子，把他稱為某個傳奇故事中的「Craig the Tweedy」〔愛穿粗花呢服裝的克雷格〕也絕不過分）帶我們學習古挪威語名字的發音。

　　我們才剛開始讀一則傳奇，主角名叫「Hrafnkell」（赫爾文蓋赫爾）。我和其他同學一樣，以為這群混亂字母的發音是 /huh-RAW-funk-ul/ 或 /RAW-funk-ell/。教授說：「不，不是這樣唸。古挪威語的發音規則不一樣，『Hrafnkell』應該要這樣唸……」我無法用自己所知的英文二十六個字母的發音去標出從他嘴裡發出的聲音。「Hraf」是顎音，要捲舌發出 /HRAHP/，好像你擋下一個跑得上氣不接下氣的人，要他清清喉嚨，然後唸出「crap」（廢話）。夾在中間的「n」是吞音的哼聲，用來稍微停頓，讓聲帶準備發出宏亮的「kell」，猶如發出「blech」（表示噁心的用語，發音類似「布來赫爾」）。在電視廣告中，有人把一盤蒸熟

---

* 譯注：Thorgrim 是北歐常見的名字，Cod 可指男人或傢伙。

的花椰菜、而非草莓可可球香脆麥片送到小孩面前時，他們就會發出這種聲音。最後，把「/b/」換成「kitten」（小貓）的/k/音。綜合前面的發音，便可唸出「Hrafnkell」。

班上沒人能唸對最後的音；大家聽起來就像在吐毛球的貓咪。教授唸「Ch、ch」，我們就很認真模仿「Uch、Uch」。有位同學抱怨：「我口水吐了一身。」教授一聽，興高采烈說：「對，就是這樣。你唸對了！」

教授指出，在古挪威語中，最後的雙l稱為清齒齦邊擦音（voiceless alveolar lateral fricative）。「你說什麼？」我頓時脫口而出。他於是重複一次：「清齒齦邊擦音。」然後，教授說威爾斯語（Welsh）也有這種音，但我聽不進去，滿腦子想著剛剛聽到的術語：「清齒齦邊擦音」。你發出了響聲，你給出了聲音，它卻稱為「無聲」*。發音時好像對著口中咀嚼的一批「嚼菸」說話，氣流會從舌頭「側邊」†流過。而且還有「摩擦音」‡，聽起來很讓人頭痛，壓根就學不會。

我下課後去找教授。我告訴他我想修「這個」，也就是冰島家族傳奇和奇怪的發音，還有其他雜七雜八的東西。

教授建議我：「妳不妨研究中世紀。最好從古英語§下手。」

---

* 　譯注：無聲（voiceless），語言學術語是「清音」。
† 　譯注：側邊（laterally），語言學術語是「邊音」。
‡ 　譯注：摩擦音（fricative），發音時，氣流通過發音器官形成的狹窄通道，結果造成湍流發生摩擦。
§ 　譯注：古英語（Old English），西元一一五〇年前的英語，迥異於現代英語。

到了下學期，我和其他二十位同學圍坐在一張大型會議桌前聽課。這種桌子只會出現在文理學院以及有作戰室的電影。同一位教授向我們講授古英語。古英語是現代英語的曾祖父，屬於先祖語言，大約在西元五〇〇到一一〇〇年之間通用於英格蘭。它看起來就像喝得醉醺醺、左歪右倒的德文，不過還添加了一些字母。

Hē is his brōðor.

Þæt wæs mīn wīf.

Þis līf is sceort.

Hwī singeð ðes monn?

但是大聲唸出來之後，很像屬於相同語族的現代英語：

He is his brother.

That was my wife.

This life is short.

Why is that man singing?

他是他的兄弟。[2]

那曾是我的妻子。

這一生很短暫。

那個男人為什麼在唱歌？

我們透過翻譯，很吃力地上課。教授繼續解釋古英語的發音規則；《布來特古英語文法》³收錄一篇好用的章節，列出深奧的發音規則，我們班就去探究它。

然而，我第一次練習翻譯之後，始終有個揮之不去的疑問：「Hwī singeð ðes monn?」我盯著這句話，看了一段時間，不明白為什麼其他句子的翻譯都有直接契合對應的字，這一句卻沒有。我心裡癢癢的，想一探究竟。

這不是我第一次有這種心癢難耐的感覺：我中學上德文課時，發現「Vater」、「Mutter」還有「Schwester」很像英語「father」（父親）、「mother」（母親）和「sister」（姊妹）的近親，但外形較為簡樸。我上拉丁文課程時，唸著「amo」、「amas」和「amat」，發現英語表示愛或被愛的單字「amour」看起來很像拉丁語表示「愛」的動詞「amare」，當時我也有同樣的感覺。我下課之後才向教授請教他為何這樣翻譯「hwī singeð ðes monn?」。他承認那不是逐字翻譯，應該譯成「why singeth this man?」（直譯：為何唱歌這個男人？）。我一聽，心癢得更厲害。我當時隱約知道，莎士比亞會使用某些現在已經過時的詞語，其中之一就是「singeth」，但我從未想過為何早期的拼法不同於現在的形式。英語就是英語，對吧？然而，我很快便明瞭，英語易變且不穩。「singeth」並不只是用來刻意修飾莎士比亞作品，使其顯得高雅不俗的浮誇詞藻；「singeth」也是十六世紀末期平淡無味的正常詞語，單純表示「sing」（唱歌），它是盎格魯─撒克遜語＊遺留

＊　譯注：盎格魯─撒克遜語（Anglo-Saxon），亦即古英語。

的單字。我們用「singeth」當作第三人稱的時間，比用「sings」還要長。

　　我多年來囫圇吞棗吸收單字，就像一條餓狗，不管三七二十一，猛吃灑出的爆米花。我貪婪吞下「sing」和「singeth」，未曾想過這兩個字的拼法為何差這麼多。我唯一的想法是，「英語很討厭」。英語欠缺邏輯，讓人錯亂，我們都慘遭荼毒，不免心生憤怒。然而，英語並非全然不合邏輯。一切都很清楚，從英語的嬰兒照片便可看出端倪。

　　從那時起，我便孜孜不倦尋根究底：我追蹤字詞來源，迎向古英語對我砍來的粗製古劍和向我套上的枷鎖，踏上中古英語*嘎吱作響的蹺蹺板，以及觸碰莎士比亞帶有性暗示的猥褻文句。我挑選了「supercilious」（傲慢）之類的詞語，然後仔細鑽研，結果發現隱藏於基底的拉丁語和希臘語，而這些有著長母音的字源是沉穩冷靜的。我甚至發現，「nice」（好的）以前有「lewd」（猥褻的）的意思，「stew」（燉煮菜餚）從前則表示「whorehouse」（妓院）。我剛掉進這個兔子洞†，隨即又看到遠處的另一個洞，便全力衝向它，一頭栽進去。英語是個活潑外向的破婊子，我學到愈多，愈愛她的狂野。

---

*　譯注：中古英語（Middle English），大約從西元一一五〇到一五〇〇年之間使用的英語。

†　譯注：典出《愛麗斯夢遊仙境》。

一窺字典出版商韋氏公司

　　我緊握雙手，想長話短說，一口氣告訴史蒂夫自己從前是如何愛上文字的。他坐在我對面，表情冷漠，而我全身溼透，當下便知道（或許是從我回應徵人廣告之後第一次有這種體認）我真的非常、非常想要這份工作，因此話說個不停，一直東拉西扯。

　　我停了下來，俯身喘氣，說道：「我只是⋯⋯」我開始揮動雙手，似乎要向對面拂送聰明才智，可惜沒奏效。我有的只是赤裸裸的誠心，於是脫口說出：「我只是喜歡英語。我喜歡英文。真的非常、非常喜歡。」

　　史蒂夫深深吸一口氣。他面無表情，說道：「好吧，很少人跟妳一樣有這樣的熱情。」

　　三週之後，我開始在韋氏公司擔任編輯助理。

　　韋氏公司是美國最悠久的字典出版商。根據坊間傳聞，它的歷史可追溯到一八○六年，當時諾亞・韋伯斯特（Noah Webster）出版了第一本字典《簡明英語詞典》（*A Compendious Dictionary of the English Language*），但根據公司的官方記載，它成立於一八四四年，當年喬治和查爾斯・梅里亞姆（George and Charles Merriam）兩兄弟在韋伯斯特去世之後，購買了韋氏字典的版權。韋氏公司歷史悠久，比福特汽車公司、貝蒂妙廚食品公司（Betty Crocker）和全國運動汽車競賽協會*更早創立。此

---

*　譯注：全國運動汽車競賽協會（National Association for Stock Car Auto Racing，縮寫為NASCAR），美國最大的賽車競速團體。

外，美國有五十州，其中的三十三個州都不如這間公司長壽。它比美式足球（英國的發明）和蘋果派[4]（同樣來自英國）更「美國」。《韋氏大學英語詞典》是這間公司的旗艦出版品，根據韋氏公司的傳聞，這本詞典是美國歷來最暢銷的書籍之一，銷售量僅次於《聖經》[5]。

　　大家或許會認為，這間威嚴的美國企業應該位於高聳的喬治王朝時期或新古典主義建築之內，以大理石構建，有許多梁柱和青翠的草皮。你若思索與「字典」等價的建築物件，腦海會立即浮現彩繪鑲嵌玻璃、拱形屋頂、深色木鑲板，以及莊嚴的帷幔。

　　事實與想像截然不同。韋氏公司是一棟樸素的兩層磚房，位於麻薩諸塞州春田（Springfield, Massachusetts）可委婉稱為「過渡區域」*的一處場址。偶爾會有人在停車場販毒。磚房後頭的安全玻璃上有彈孔。前門有稍微引人注意的磚牆和可愛的凸肚窗，但大門總是深鎖，即使按了門鈴，也沒人會應門。員工會從磚房後頭彎腰弓身入內，行色匆匆，好像要偷偷進入街角的脫衣舞夜總會。室內擺設對比強烈，異常古怪，整棟建築充斥陳舊器物，若論及美感，充其量只能說此處是「平淡無奇的辦公室」。地下室的一側有一九五〇年代開設的自助餐廳，早已歇業，如今改裝成食堂，裡面有堅固的木桌，桌面寬大，以油氈覆面，閃閃發光，角落有一間小辦公室，藏在靜僻的「花園層」。地下室的另

---

　*　譯注：transitional neighborhood，通常為城市的古老區域，內有貧民區、出租區和移民區，住戶多為缺乏競爭力的弱勢者。

一側設置金屬框架，燈光昏暗，擺設雜亂，滿是稀奇古怪之物，比如美國歷史上重要時刻開辦的舊小學校模型，這些模型皆是外界贈送，還有韋氏公司字典烏爾都語*版本，以及許多匆忙塞進鐵架的舊報紙或文宣，皆已發出霉臭。穿過狹窄的過道，令人忐忑不安，神經緊張。這裡是美國導演大衛・林區[†]夢想的儲藏室。

　　但，並非處處都跟美國奇幻小說家洛夫克拉夫特（Howard Phillips Lovecraft）描繪的場景一樣令人焦躁不安：建築兩端設置宏偉氣派的會議室，裝飾著彩繪木板和厚長帷幕，有巨型的黑色會議桌，桌面拋光精細，明亮如鏡，只許擺放特殊的毛氈桌墊，其餘物品一概不准。然而，會議室是此處僅有的宏偉場所。其餘區域都隔成小隔間，色澤暗淡，皆是褐灰色，且深淺不一。即便公司提供的咖啡，也讓人感覺時代錯置：咖啡沒有標示品牌，裝在超大的橙色鋁箔袋子，包裝袋模樣古舊，似乎與詹森[‡]主政時期美國人使用的工業咖啡機相匹配。用鋁箔袋內的顆粒泡出的咖啡，嚐起來就像溼紙板，味道古怪，但本公司的咖啡就是這樣，打死都不換。編輯部最近終於買了一台新的單杯咖啡機，煮咖啡時就像隻憤怒的蜥蜴，不停發出嘶嘶聲。然而，大家還是習慣拿橙色鋁箔袋內裝的爛東西泡咖啡來享用。

　　員工也來自五湖四海，性格迥異。樓下有話匣子不停的員

工：客服、行銷與資訊科技部門。辦公室雖不吵雜，但大夥會聊天，笑聲不斷，電話聲此起彼落，還可聽到盒子被舉起和摔落時發出的聲響。人們會像生活於北美地穴的草原犬鼠，從隔間探出頭呼叫同事：「今天午餐時要出去走走嗎？」這種事情司空見慣。如果循著迴聲隆隆的樓梯上到二樓，歡樂的喧囂聲便會散去，立馬陷入一片寧靜死寂。我上到樓梯平台之後，看到兩扇面對面的厚重防火門，門戶緊閉。我側耳傾聽，傳來空洞的迴音，彷彿裡頭棄置已久，或許還在鬧鬼。即便樓梯間比你先前想的要昏暗得多也沒有用。看到這番場景，我心想其中一扇門若突然打開，裡頭到底會暗藏何種玄虛，我甚至害怕會看到更驚悚的畫面，好比看見哈維森小姐*躺在布滿灰塵的躺椅上痛苦掙扎。門的另一側有人出來應門，他眼睛睜得大大的，然後低下頭，低聲說道：「不好意思。」然後便在我身旁四處亂竄，忙著幹活。門打開了，眼前出現一大片小隔間，堆滿了書，嗅得到「人味」，卻聽不見人聲。這裡就是編輯部。

字典的誕生

　　多數人都沒想過他們使用的字典從何而來：它就像宇宙，本來就存在了。然而，對某一群人而言，字典是「從上天」（ex coeli）傳遞給人類的，乃是皮革覆面的聖典，裡頭充滿真理和智

---

* 譯注：哈維森小姐（Miss Havisham），狄更斯筆下面容如巫婆的人物。

慧，猶如上帝一般，絕無謬誤。對另一批人來說，字典是從特賣花車挑到的平裝便宜貨，一美元便可買到，至於為何購買，則是他們認為成年人應該要有一本字典。這兩種人都不知道字典是人類記錄文字的成果，有群笨手笨腳的活人會不斷編輯、校對和更新字典。在春田那棟毫不起眼的磚砌建築內，有幾十個人每週只負責製作字典：挑選字詞、對其分類和描述，以及按照字母順序排列。他們是單字狂，將人生精華用於編輯字詞定義，仔細思考副詞用法，然後視力逐漸衰退，最終免不了眼盲。這些人就是字典編輯。

其實，字典編輯在求職之前不會多想是誰在編輯字典。我熱愛英語，卻壓根沒想過字典是什麼，甚至從未想過字典不只一種：沒有特定的「字典」這種東西，只有「一本字典」或「幾本字典的其中一本」。不同出版商會出版各種「韋氏」字典，大家使用的紅色韋氏字典只是眾多「韋氏」字典的其中一本。「韋氏」並非專利名稱，任何出版商都能將它印在喜歡的字典上。情況確實如此：從十九世紀以來，幾乎每家美國參考書籍出版商都出了一本字典，並將其稱為「韋氏」字典[6]。我在韋氏公司任職之前，對此一無所知。我壓根沒想過字典為何物，當然對編字典也就屁事不懂。

我加入的行業，景況就是如此。多數人入了這行，才知道真的有人在編字典。

韋氏公司的編輯尼爾・塞文（Neil Serven）卻是個例外。他回想童年自己如何想像字典是如何誕生的：「我幻想著漆黑的大

廳，裡頭有憤怒生氣的人。」

　　如今，編字典的人不多；語言學習產業可能頗有前景，編字典卻不是。（你上一次買字典是什麼時候？很久以前吧！我就知道。）我每次告訴別人我做什麼工作，對方都會要我重複一次，因為「我在編字典」這句話實在太突兀了，他們通常會先問我：這是正職嗎？連不喜歡文字的人都認為，整天坐在辦公室閱讀和思考單詞的意思，真是一份不錯的工作。

　　韋氏公司招聘字典編輯時，只有兩種正式要求：一是必須從經過認證的四年制學院或大學畢業，主修領域不拘；二是母語必須為英語。

　　人們聽到字典編輯不需要主修語言學或英語，通常會十分驚訝（也許有點震驚）。其實，如果費心編字典的人來自各方領域，便能想出更好的定義。多數字典編輯都是「綜合定義者」；換句話說，他們要定義所有領域的各種字詞，包括編織、軍事歷史、酷兒理論和飆車比賽。雖然定義任何可想到領域的字詞時，不需要具備那些領域的專業知識，某些領域的詞彙卻比較隱晦，難以捉摸：

　　　　當 P* 小於 P 時，美國聯準會（the Fed）可以放寬信貸
　　政策，讓銀行信用和貨幣供應能以更快的速度增長。P* 的
　　公式如下[7]：

$$P* = M_2 \times V*/Q*$$

　　其中M₂是貨幣供給（money supply，亦即支票加上支票性存款、儲蓄和定期存款帳戶）的官方評估，V*是M₂的流通速度，也就是貨幣週轉率，而Q*是國民生產毛額（Gross National Product）每年百分之二‧五名目增長率的估計值。

　　我跟數學不對盤，看到這種描述簡直要昏倒。P是什麼？支票性存款跟支票不一樣？金錢會有「速度」（不僅僅是離我愈來愈遠）？然而，如果有同事修過經濟學，便能輕鬆遨遊於這類術語的汪洋。因此，我們的團隊有一些主修英語和語言學的人，也有經濟學家、各類科學家、歷史學家、哲學家、詩人、藝術家、數學家，以及主修國際商業的同仁，另有鑽研中世紀的人，人數多到足以舉辦文藝復興慶典。

　　我們要求字典編輯的母語必須為英語，這是很務實的作法：我們關注的是語言，參與者必須能掌握所有的成語和表達說法。編字典時，每天都會接觸一些流暢的文章，還會碰到許多粗糙平淡或慘不忍睹的句子。我們必須知道（不能等人告知），「the cat are yowling」（貓在哭叫），有文法錯誤*，「the crowd are loving it」（群眾喜歡這樣）則是非常英式的說法†。

　　編字典時以英語作為母語來當靠山，也能適時得到慰藉。我們可能深陷某個字詞雜草叢生的迷陣，伏在桌前，托腮專心苦思，可能已經盯著這個詞條好幾天了，卻不知如何走下去，靈光

---

* 譯注：應該寫成the cat is yowling。

† 譯注：在英式英語中，集合名詞常使用複數動詞，在美式英語中，集合名詞要使用單數動詞。

一閃的機智突然消失無蹤。我們會瞬間明白，為何自己難以處理這個條目：這是因為我們發現自己不是面對英語，而是在唸某種低地德語*方言，因此根本不確定箇中意思。此時可能是四月某個週三的下午三點。從桌邊窗戶向外眺望，只見豔陽高照，碧空如洗。孩童剛放學返家，嬉鬧聲既陌生又熟悉，一陣恐慌卻襲來，冰冷刺痛，從食道緩緩滑下，流入胃中，向我們揮手。此時不必驚慌：整天單獨和英語相處，這種情況司空見慣。只要起身，飛奔下樓，看到行銷或客服人員，劈頭便問：「我會說英語嗎？」他們就會向我們拍胸脯保證，我們說的確實是英語。他們還可能會提醒我們，本公司只招聘英語為母語的人士。

　　對字典編輯另有額外要求，這些要求難以言喻且心照不宣。首先，這種人必須具備某種名為「sprachgefühl」的東西，這個字是德語，但早已納入英語，表示「語感」。「sprachgefühl」像一條溼滑的鰻魚，在腦中發出怪異的嗡嗡聲，告訴我們在「planting the lettuce」（種植萵苣）和「planting misinformation」（植入錯誤訊息）這兩句話中，「plant」的用法不同。它也會讓我們眼睛抽搐，指出「plans to demo the store」†不是去逛商店教人購物，而是拿根大錘子，施點力氣去拆店。

　　並非人人都有「sprachgefühl」。除非踏入英語的泥淖，在

---

*　譯注：低地德語（Low German），一種低地日耳曼語的區域性語言，主要通行於荷蘭東部、德國北部和丹麥南部。

†　譯注：展示商店／拆除商店的計畫，demo可指demonstrate（教導、展示）或demolish（拆除）。

淤泥及膝的沼澤中奮力前行，否則不會知道自己是否「被語感擁有」。我深思熟慮之後，才用「被語感擁有」的說法：人不會擁有「sprachgefühl」，而是「sprachgefühl」掌控人。它就像一個條頓小魔孩*，只要我們看到菜單寫著「crispy-fried rice」（脆炒米飯）之類的字眼，這隻惡魔就會跳進我們頭骨底部，拿著錘子對我們的頭敲打。它會用指甲摳我們的腦袋，不讓我們點中餐外帶，而是讓我們僵在櫃檯，腦筋不停打轉，思索「crispy-fried rice」到底是指快炒的普通米飯，還是一般認知裡的「fried rice」（炒飯），只是改用新奇方法炒出來。我們不禁會想，那個 crispy-fried 之間的「連字符-」「可能只是濫用」，或者……。此時，條頓小魔孩咯咯笑了起來，爪子又掐得更緊了。

　　編字典約六個月後，就會很清楚自己有沒有「sprachgefühl」。如果沒有，也別灰心。可以去幹更賺錢的工作，比如送外賣。

編字典的人

　　我們必須耐得住寂寞，可以每天坐八小時，在近乎安靜無聲的環境獨自工作。辦公室還有其他人，可以聽到他們翻閱文件以及自言自語的聲音，但我們幾乎不會彼此接觸。其實，我們早就一次又一次地被告知這點。我來韋氏面試時，就參觀過死寂的編

---

* 譯注：條頓小魔孩（Teutonic imp），Teutonic 指「日耳曼民族的」，影射出自德語的 sprachgefühl。

輯樓層。史蒂夫告訴我，辦公桌上通常沒有電話。如果非要打電話，編輯樓層有兩個電話亭可用。電話亭始終在那裡，但很少人使用。那裡很小、不通風，而且隔音很差；然而，編輯很少使用電話亭，不是因為它們很小、不通風，而且隔音很差。編輯很少使用電話亭，是因為編輯能不打電話就不打電話。我到了電話亭之後大聲驚呼，史蒂夫瞟了我一眼。他懷疑我是否希望辦公桌有電話？我告訴他不是。我以前當過助理，整天忙翻了，搞得筋疲力盡，所以聽到我的桌子沒有電話時，高興得差點掉眼淚。

　　我第二階段的面試是跟韋氏公司的主編弗雷德‧米什（Fred Mish）會談。他坐在一間小會議室，猶如一隻待在巢穴的蜘蛛，等待身穿漂亮面試服的蒼蠅掉進絲網，死命掙扎不已。他看了一眼我的簡歷，心存些許懷疑，問我是否「喜歡」與人互動，因為如果我喜歡這樣，那我應該知道這份工作是沒辦法讓人互動的。他嘀咕：「妳可能會喜歡在辦公室和人閒聊，但這樣不利於編字典，而且這份工作也不會讓妳有機會聊天。」他沒有騙我：我七月起開始在韋氏上班，大概一個月之後才和同一樓層的其他編輯打過招呼（偶爾確實只是打聲招呼而已）。一位同事告訴我，在一九九〇年代初期之前，編輯部有正式的「肅靜規則」（Rule of Silence）。他說出這個短語時，我彷彿聽到加強語氣的大寫字母。最近有人告訴我，那是有人捏造的謊話，不過某位在一九五〇年代被聘來編纂《新韋氏國際字典第三版》（*Webster's Third New International Dictionary*）的編輯說確有其事。身為韋氏字典編纂高手的榮譽編輯沃德‧吉爾曼（E. Ward Gilman）指

出：「確實有『沉默的羔羊』這種規定，但我不曉得誰會不斷告訴新手這項規定。」

艾米莉‧布魯斯特（Emily Brewster）已經擔任編輯超過十五年。她透露每位字典編輯內心的渴望：「沒錯，這就是我想要做的事情。整天獨自坐在小隔間內思考文字，不和別人講話。這真是太棒了！」

要求安靜有很好的理由。字典編纂融合科學和藝術，兩者都要求人去沉思默想。想要定義字詞，就是找出恰當字眼描述一個字的意思，這非得絞盡腦汁不可。例如，「measly」通常表示「small」（小／少），你可以下如此簡單的定義，然後去處理別的字。但是，「measly」表示某種特殊的微小，與「teeny」（極小）表示的微小不同：「measly」的微小暗示一種勉強、可憐之意，表示少得可憐。若要準確定義，必須在英語國度內上窮碧落下黃泉，四處尋找正確的字來描述「measly」表示的這種特殊的微小。最糟的情況是，明明只差一個音節便可對「measly」提出完美理想的柏拉圖式定義，結果它卻蜷縮在思緒的陰暗角落，一旦同事開始高談闊論新買的咖啡過濾器、訴說他如何經歷結腸鏡檢查，以及預測今年紅襪隊能否一路挺進世界冠軍時，這個音節就會一溜煙跑掉[8]。

當然，編輯偶爾確實要相互溝通，工作才能順利。我們現在使用電子郵件，但是在編輯部廣泛使用電腦之前，辦公室之間使用一種稱為「粉紅卡」的系統來溝通。

每位韋氏公司編輯的桌上都放著一套相同的工具：專屬的日

期戳章，上頭刻著編輯姓氏和日期，用來在任何通過桌面的物件上簽名和標記日期；一整把鋼筆和鉛筆（包括幾枝粗短的德國天鵝牌鉛筆，以前用來在閃亮的印刷校樣上標記插入和刪除記號，現在則聚集收好，以備不時之需，因應來日的「鉛筆大滅絕」）；以及一盒三乘五吋索引卡，有粉紅色、黃色、白色和藍色。這些顏色不是用來讓棕褐色小隔間顯得五彩繽紛，分成這些顏色是有目的。白色索引卡用來寫下引文，用這些小紙片記錄任何英語用法。藍色索引卡用來寫下參考資料。我們稱為「米色卡」的黃色索引卡只用來草擬定義。別稱「粉紅卡」的粉紅索引卡則用來替檔案記錄雜項：指出拼寫錯誤、如何處理條目的問題，以及對現有定義的評論。粉紅卡最終也用來溝通訊息[9]。

　　運作方式如下。假設一群編輯通常會在週五相約出去吃午飯，如果不想走到小隔間去討論本週要去印度或泰國餐廳吃飯而打擾他們，就可以寫粉紅卡。先將每位編輯姓名的首字母寫在卡片右上角，把提問寫在中間。簽名之後，將卡片丟進發件箱，隔天一早，就會有人取件，把它們送到各個辦公室。卡片會先送給名單上的第一位編輯，編輯回覆之後，會把自己姓名的首字母劃掉，然後把卡片放進下一位編輯的收件箱。

　　如此迂迴行事，效率豈非低於對談？一點都沒錯。但是，你要我走到同事的辦公桌前，卻發現他們僵在那裡，一動也不動，好像看到老鷹猛撲時受驚嚇而愣住的兔子嗎？抱歉，老娘不幹這檔事。

　　因為公司不鼓勵員工在茶水間裡的閒聊，我們這些編字典的

人偶爾與人攀談時，可能會有點尷尬。我上班之後，有人帶我到公司四處看看，我們走到某位編輯的辦公桌，發現桌上擺滿各個時期出版的韋氏字典：陳舊的廣告海報和巨幅的歷史插圖版畫，最重要的是，還有一張男人的黑白肖像。那位編輯興高采烈，替我們解說所有圖片和海報，然後指著那張肖像，說道：「這個人當過編輯，曾在這裡上班。有一天，他回家後就舉槍自盡了。」我睜大了眼睛，簡直不敢置信；但那位編輯只是雙臂交叉，繼續問我們在哪裡讀大學。

若想瞧瞧我們這些編輯有多內向，最好參加韋氏公司的假日派對。派對通常在下午舉行，地點位於公司地下室，曾有一段時期，地下室打掃得乾淨整齊，就是為了舉辦這項活動。編輯通常站在餐廳周圍，三三兩兩群聚，手握葡萄酒杯，彼此低聲交談，行銷和客服人員則站在餐廳中央雞尾酒冷蝦的附近，大聲吶喊，狂歡享樂。編輯並非討厭歡樂；只是不愛高聲喧嘩[10]。負責參照索引的編輯艾米麗・薇茲納（Emily Vezina）說：「我們並非不合群。我們只是以自己喜好的方式社交。」

優游英語汪洋

沒人會像字典編輯一樣，終其一生都在英語汪洋中游泳；要想編字典，就得這樣投入。英語典雅優美，卻令人眼花撩亂，愈潛入其中，愈要耗費更多精力，才能浮出水面換氣。要順利編字典，必須能與某個字詞及其各種複雜的用法奮戰到底，然後將

其濃縮為兩行的定義，定義既要夠廣泛，才能包含這個字的絕大部分的書面用法，又要夠狹窄，才能精準傳達它的意思：例如，「teeny」和「measly」都表示微小，但含意不同。編輯必須拋開本身對語言和詞彙的偏見，不可固執認定某一個字為何值得收錄、典雅優美或正確無誤，如此方能描述語言的真實面貌。他們必須平等對待每個字詞，即使認為自己在思索的字根本就是狗屎，臭不可聞，早該從英語詞彙中沖刷掉。字典編輯與世隔絕，遁入某種古怪的禪修境地，完全投入語言之中。

因此，編字典的人會有第三種難以形容的怪癖：能夠安靜地對同一本書做同樣的事情，一直做到天荒地老，直到宇宙像陷入風暴的舒芙蕾一樣坍塌。這不僅是重複定義字詞，也是由於編字典的時程通常很長，長到可以用地質時期表示。完成《韋氏大學英語詞典》新版需要三到五年，而這是假設多數編輯只負責編纂這本字典。我們上一本印刷完整未刪節字典是《新韋氏國際字典第三版》，期間動用將近一百名編輯和兩百零二名委外顧問，花了十二年才大功告成。我們在二○一○年開始編新版本；由於耗時費工，在撰寫本文時，我們投入了二十五名編輯。如果按照計畫進展，新版的完整字典將可在耶穌以莊嚴姿態重新降臨世上審判活人和死人之前幾週完工。

字典編纂進展極為緩慢，慢到科學家幾乎以為它是不會動的「固體」。定義字詞之後，必須編輯內容；結束編輯之後，必須校對文字；完成校對之後，必須再校對一次，因為更動了文字，必須再檢查一遍。字典上市之際，不會舉辦盛大的聚會或慶祝活

動。（因為太吵雜，太需要互動，編輯不習慣。）此時，我們已經開始更新字典，因為語言已經發生變化了。永遠沒有喘息的機會。字典剛出版，就過時了。

　　穿越英語的沼澤艱辛而困難，因此英語字典編纂的公認鼻祖塞繆爾・詹森（Samuel Johnson）才在一七五五年的《詹森字典》（*Dictionary of the English Language*）中把「lexicographer」（字典編輯）定義為「a writer of dictionaries, a harmless drudge」（撰寫字典的人，雖勞役繁重，卻不會受傷）。這種定義令人發笑，卻是認真的。詹森在一七四七年給赤斯特非伯爵（Earl of Chesterfield）捎了一封信，信中寫道：

　　　　吾人自知，己身勞務乃盲人之苦差事。雖焚膏繼晷，兀兀窮年，卻毫無技藝可言，無須刻苦學習或天縱英才，只需刻苦耐勞，恆有耐心，依循字母，逐步漸進，終能順遂成事……。上蒼降任于吾，乃百業最乏味之事，既不結纍纍果實，亦不綻繽紛花朵，即使辛勤耕耘，漫長而艱辛，然耕犁之地貧瘠，甚至不發月桂，供吾編織桂冠。[11]

　　刻苦耐勞，恆有耐心，依循字母，逐步漸進，最乏味之事，漫長艱辛，卻一無所獲。塞繆爾・詹森編纂著名的《詹森字典》「之前」，便如此評論字典編纂的行業。詹森完成工作之後，也沒有減輕負擔。他在那本巨著的序言如此寫道：

時人從事底層勞務，素遭凶惡恐懼驅使，非受美善前景吸引；飽受批評責難，無望接受讚美；因失誤而蒙羞，或因疏忽而受罰，功成無掌聲，辛勤無回報。這類凡胎憂愁悲傷，字典編寫者位列其中。[12]

然而，這些不快樂的凡人仍繼續工作。有位研究舊字典的學術界友人指出，編字典不像是一份工作，更像一種呼召。從某種程度來看，確實是如此。

字典編輯每天都得跳入混濁無比的英語池子，水深及肘，然後四處摸索，試圖抓住正確的詞語來描述「ennui」（無聊／厭倦）、「love」（愛）或「chair」（椅子）。他們要與文字奮戰，把字詞從泥土中拖出來，然後將它們猛然摔到頁面，搞得疲憊不堪，卻又興奮不已，然後再重複一次。字典編輯不求聞達，因為出書時只會掛公司名號；他們當然也賺不到大錢，因為編字典薪資微薄，僅能糊口。創造字典的過程非常神奇卻令人沮喪，參與者得絞盡腦汁，一切平凡無奇，卻又超凡脫俗。從事這行的人著實熱愛英語，雖然有人認為，英語既不典雅，也不討人喜愛。

後續將探討編字典的點點滴滴。

作者注

1. 人在十七歲時，無論書讀得多棒，還是個大傻蛋。

2. 卡西迪（Cassidy）和林格勒（Ringler）編注的《布萊特古英語文法》（*Bright's Old English Grammar*），第二十四頁。

3. 我用的《布來特古英語文法》（*Bright's Old English Grammar*）是由著名字典編輯佛雷德利・卡西迪（Frederic Cassidy）編輯。字典編纂和中世紀研究如同劍與盾，兩者密不可分。

4. 若想取得蘋果派食譜，請參閱〈如何製作蘋果派〉（For to Make Tartys in Applis），出自於《烹飪法，亦即英國古代烹飪目錄，大約西元一三九〇年由理查二世御廚編纂，爾後由愛德華・斯塔福德公爵呈獻給伊莉莎白女王，如今由古斯塔夫・布蘭德紳士收藏……》（*The Forme of Cury, a Roll of Ancient English Cookery, Compiled, About A.D. 1390, by the Master-Cooks of King Richard II, Presented Afterwards to Queen Elizabeth, by Edward Lord Stafford, and Now in the Possession of Gustavus Brander, Esq...*）（倫敦：尼科爾斯〔J. Nichols〕，一七七〇年），第一一九頁；《牛津英語詞典》第三版的「football」條目（二〇一五年）明白指出，這項運動起源於英格蘭的沃里克郡（Warwickshire）。

5. 很難證實這項傳聞：許多暢銷書排行榜是黑箱作業，排名順序令人起疑。但可以肯定的是，《韋氏大學英語詞典》應該是美國最暢銷的桌上型詞典 ，一直是最受歡迎的老牌詞典。

然而，我瀏覽過許多排行榜，從未看到它名列第二。

6. 這間號稱「Merriam-Webster」的公司在一九〇八年喪失了「Webster」的專屬權，當年第一巡迴上訴法院判定：《韋氏大字典》的版權於一八八九年到期時，「Webster」這個名稱便進入公眾領域，不受版權保護。這名稱得來容易，去得也快。

7. 費區（Fitch）編注的《銀行業術語詞典》（*Dictionary of Banking Terms*），第四四九頁。

8. 《韋氏大學英語詞典第十一版》將「measly」定義為「contemptibly small」（少得可憐）。艾米莉·布魯斯特認為，這可能是整本字典最棒的定義。

9. 即便一切都已電子化一段時間了，「粉紅卡」這個詞仍然存在。當我們注記產量試算表時，我們還是把它稱為「向檔案發送粉紅卡」（sending a pink to the file）。

10. 編輯部會在假日舉辦聚餐，請每個人攜帶菜餚參加，這樣比較符合我們的行事風格。長形的校樣桌子會被清乾淨來擺食物，編輯則聚集在引用文件和高聳的抽屜周圍，大家拿著盤子吃東西，練習用正常的語調聊天。這種聚餐已經辦了二十多年，可能會再辦二十年，那台爛咖啡機應該還能再撐下去。

11. 詹森的《編字典之計畫》（*Plan of a Dictionary*），第一頁。

12. 詹森的《詹森字典》序言。

第二章

論語法
——但是（But）

　　我丈夫是音樂家，因此我偶爾會受邀參加時尚派對，賓客都穿著時髦且髮型酷炫。我以妻子身分陪伴老公出席，但通常只是陪襯，只能呆呆杵在那裡。我會站在餐盤附近，盡量把食物塞進嘴裡，免得有人前來攀談。

　　然而，總有熱衷社交的人會走過來問我：「您在何處高就？」

　　我會回答：「我在編寫字典。」對方有時眼睛會亮了起來，說道：「哦，字典！我喜歡文字！也喜歡文法！」

　　我此時就會立即搜尋出口位置，並向老公發送強烈的心電感應，不過他那時總會在另一頭跟人暢談奧地利作曲家兼音樂教育家荀貝格（Arnold Schoenberg）或電子音樂。我能猜到對方接著會說什麼。他們會一邊啜飲廉價的盒裝葡萄酒，一邊說：「妳鐵定精通文法。」

　　我會抓一把最靠近我的零嘴，不管什麼都好，然後把它往肚

子裡塞，讓自己只能點頭，含糊其詞回應。我希望點點頭，對方就會饒過我，別逼我說出內心的想法：開始編字典之後，首先會面臨嚴峻的現實，亦即你自認為精通語法，但很抱歉，你會的語法根本毫無用處。

你可能是那種會分解句子的學生，或者能夠根據理論，在狂歡派對上高談闊論，分析「分離副詞」*和「同位項」†的差別（若有人邀請字典編輯參加狂歡派對，就會出現這種場面）。你或許精通多種語言，像在路邊撿一分錢硬幣‡一樣收集語言，對它們的異同之處如數家珍，最後光靠拇指觸摸一個單詞的表面，便能猜出一整個語言的質感和重量。編字典的人自然對英語的齒輪發條裝置極感興趣，但長年鑽研那些微小的齒輪與輪牙，極有可能會成為近視眼。他們離開位子向四周觀望，才會發現自己的近視有多深。

編字典基本功

我加入編字典的行列之後，首先的培訓就是上「風格與定義」（Style and Defining）課程，讓自己跳脫英語並熟悉語法規

---

* 譯注：分離副詞（disjunct），與句子結構分離的副詞，好比 fortunately 或 briefly。
† 譯注：同位項（conjunct），中間用同位連接詞連接。
‡ 譯注：lucky penny，美國習俗中，若看到一分錢要撿起來，聽說會帶來一整天的好運。

則。我是在編輯部後面的一間小會議室參加這個課程。編輯會議室是建好貨運電梯和樓梯間之後遺留的小角落，充其量只是比較美觀的儲藏室。那裡有扇窗戶，被認為環境不錯，擺放清潔用品太可惜了。會議室塞滿了舊字典，有一張小桌子，四位編輯可以舒適地坐在桌邊，但其餘的六位就得戰戰兢兢，要小心翼翼收緊雙肘並控制呼吸，以免碰觸到別人。

　　培訓我們的編輯是沃德・吉爾曼，我們都稱他「吉爾」。我踏入這行時，他已經在韋氏公司工作了四十年，訓練了至少兩代的字詞定義者。吉爾負責主編我們的《韋氏英語慣用法詞典》（*Dictionary of English Usage*），經常與《紐約時報》「說文解字」（On Language）專欄作家威廉・薩菲爾（William Safire）切磋和交流。吉爾為人和藹可親，但落筆時氣勢恢宏、才思敏捷：他膽識勇氣過人，卻總是親切和藹，有點像歸於平淡的十九世紀老船長。然而，當時我們都不知道這號人物。編輯會議室有點悶熱，大家坐在他的對面，渴望學習卻稍有懼怕。我們把「風格與定義」筆記本翻到〈供字詞定義者研習的古怪語法略述〉（A Quirky Little Grammar for Definers，三版四刷）。太陽在窗戶間磨蹭挪移，老字典的霉味伴隨混濁空氣，環繞我們身旁。吉爾向後一仰，吸了一口氣，提醒我們：「說到文法。在座的有些人可能會不喜歡我要教你們的東西。」

　　字典編輯對語法的認知始於「詞類」。我們會根據單字在句中的功能將其歸類於井然有序的八大詞類。如果你在美國教育體系中倖存下來，至少應該能說出四種詞類，亦即「名詞」、「動

詞」、「形容詞」和「副詞」。我們這些文字狂能說出其餘的詞類：「連接詞」、「感嘆詞」、「代名詞」和「介系詞」。多數人認為，詞類彼此分離、互不相干，猶如貼上識別標籤的獨立抽屜。若向內窺探，英語就擺在那裡，好像退休老人的襪子，摺疊得整整齊齊：「Person」、「Place」、「Thing」（名詞）；描述動作（動詞）；修飾名詞（形容詞）；回答 W 問題*（副詞）；連結字詞（連接詞）；我們高興、驚訝或生氣時會說的字（感嘆詞）。

　　編字典時，首先讓人不安的是得負責篩選語言，把單字依序放進這些抽屜裡。大家可能天真地認為，字詞是自然誕生的，但聽到前面這句話之後，可能會深感震撼，心想字詞難道不是無中生有、自然存於應屬的抽屜內嗎？真的是麻州韋氏棕褐色辦公室裡的某個邋遢傢伙決定單字「屬於」哪些詞類嗎？

　　並非全然如此。字典編輯的工作就是要學會如何仔細對英語進行語法分析，逐句分析英語的用法，並且根據字詞在句中的功能來正確歸類它們。或許因為如此，吉爾才會在今日下午的訓練課程中懷疑我們對英語的總體看法。普通人寫作時會決定某個單字的詞類，但我們不這樣做。我們只是分辨單字的詞類，然後正確記錄於字典的條目。

　　這應該很簡單吧！其實不然。英語非常靈活，語法並非刻板單一，有別於我們以往的觀念。那些詞類不是獨立的盒子，足以

---

*　編注：即「who?」（誰？）、「what?」（什麼？）、「when?」（何時？）、「where?」（何處？）、「why?」（為何？）與「how?」（如何？）六種問題。

隔開每個單字，使其一塵不染，而是更像一堆雜亂無章的漁網。主編《綜合英語語法》（*A Comprehensive Grammar of the English Language*）的倫道夫・夸克（Randolph Quirk）把這種情況稱為「分界模糊」[1]。這些單獨的漁網很輕易便能捕捉到許多字詞：在「dictionaries are great」（字典很棒）這個句子中，我們很快就能指出「dictionaries」（字典）屬於名詞，因為它符合過度簡化的常見詞形變化，只要讀過書，便能確認這是個名詞，泛指人、地方、事物。然而，很多字詞徘徊於於詞類邊緣，糾纏於不同的漁網之間。

　　名詞可以化作形容詞（「*chocolate* cake」〔巧克力蛋糕〕中，chocolate為名詞，修飾後面的cake）；形容詞可以扮演名詞的角色（「grammarians are the *damned*」〔語法學家真他媽該死〕，定冠詞the加形容詞damned，泛指具備這種特質的人）；動詞可以看起來像動詞（「she's *running* down the street」〔她在街上奔跑〕，running是run的分詞，是動詞run加上ing形成的單字）、形容詞（「a *running* engine」〔正在運轉的引擎〕）或名詞（「her favorite hobby is *running*」〔她最愛的嗜好是跑步〕）。副詞長得就像其他的詞類；它們在英語中是丟垃圾的抽屜（「*like so*」〔就像這樣〕）。

　　即使在同一張漁網內，捕獲的字詞仍然如鰻魚般滑溜，非常難以掌控：字典編輯看到「The young editors were bent to Webster's will」（這些年輕編輯屈從於韋氏公司的意志）之後，心裡分析一下，會判定「bent」其實是動詞（「bend」〔彎曲〕的

過去式）。很好。此處的「bend」是及物動詞（transitive，也就是它後面要接受詞〔object〕），好比「I bend steel」〔我折彎鋼件〕）或不及物動詞（intransitive，也就是它後面不必接受詞，好比「reeds bend」〔蘆葦彎曲〕）？

此外，「were bent」可能是「bend」的被動式，從字句中看不見是哪種力量做出彎曲的動作，而且及物動詞通常用於被動的語法結構（passive construction）；然而，做動作的人是誰？韋氏公司虛無縹緲的意志嗎？不打算聽年輕新秀屁話的老編輯？編字典的人會東想西想，搞得腦筋一片混亂。他們會咬著鉛筆，免得生氣而不停嘀咕，甚至懷疑自己是否搞錯了：那個「bent」其實是形容詞，從「bend」的過去分詞衍生出來的，如同「go to hell and get *bent*[2]」*這個句子裡頭的形容詞。他們把記事本拿過去，在上面胡亂寫些奇怪的句子，比如「the young editors were *subdued*」（這些年輕的編輯被壓抑了）以及「[someone] *subdued* the young editors」（有人壓抑了這些年輕的編輯）。他們想要了解這種用法是及物或不及物。然而，句子寫得愈多，愈是搞不清楚。

有這種困擾的編輯可多了。韋氏公司的彼得・索科洛夫斯基（Peter Sokolowski）保存著一種罕見的編輯工具，那是歷代編輯傳承下來的法寶：「及物動詞檢驗器」（Transitivity Tester），有

---

*　譯注：去死吧，給我滾！bent在此暗示「彎腰被幹」（fuck），因此等於get fucked，表示「滾開」。

人稱它為「及物動詞器」（Transitizer）。那是一張「粉紅卡」，上頭寫著一個句子，在句子的動詞處打了一個洞。編輯可以把這張卡放在有疑問的動詞上方，然後唸出構成的句子，看看那個動詞是否為及物動詞。「及物動詞器」寫道：「I'ma_____ya ass（我要_____你的屁股）。」I'ma bend ya ass (to Webster's will)（我要彎曲你的屁股，使它屈從於〔韋氏公司的意志〕）。檢查完成，沒錯，在這個句子中，「bend」一定是及物動詞。

因為樣貌百變，所以混亂

之所以如此混亂，可能因為我們遵守的那些神聖詞類並非英語所固有的。在西方世界，柏拉圖率先於西元前四世紀在《克拉梯樓斯篇》（*Cratylus*）中將動詞和名詞命名為兩種詞類[3]。亞里斯多德當然也要表達意見，便替柏拉圖的兩種詞類增添「連接詞」，但在《詩學》（*Poetics*）將其定義為「沒有意義的聲音」[4]（如果英文老師太常聽到「and... and... and...」的連寫句，應該會欣然同意這種說法）。我們如今使用的詞類是在西元前二世紀確立[5]。當時，一篇名為《語法藝術》（*The Art of Grammar*）的論文首度提出八種詞類，亦即名詞、動詞、分詞、冠詞、代名詞、介系詞、副詞和連接詞。數個世紀以來，這個系統逐漸遭到淘汰[6]：冠詞被刪除，感嘆詞入列，分詞後來被視為類似動詞的詞類，形容詞也從名詞類別被挑出而自成一格。當英國字典編輯於中世紀末期出現時，英語的詞類早已確立，而且完全基於拉丁語

和希臘語。

這偶爾會衍生問題，因為英語不是拉丁語或希臘語。舉例來說，拉丁語沒有「a」、「an」或「the」的不定冠詞和定冠詞，通常可隱約從上下文體會冠詞。古希臘語是主要的文學方言，也來補上一腳，它有定冠詞，卻沒有不定冠詞。可以說「the lexicographer」（這位字典編輯），卻不能說「a lexicographer」（一位字典編輯）？在母語為英語的人士眼中，這簡直有如異域野語，難以理解。然而，在阿提卡希臘語＊中，就是不能這樣說。與拉丁語一樣，希臘語的不定冠詞可從上下文來判斷。此外，如果稍微往前追溯至荷馬時代，當時希臘語和拉丁語一樣，完全沒有冠詞。這點對英語語法學家不利，因為英語充斥著冠詞。

英語的詞類是以拉丁語和希臘語為藍本，但這兩種語言都沒有英語擁有的冠詞。字典編輯應該將「a」歸類到哪個詞類？

吉爾的〈古怪語法略述〉包含詞形變化速查表來協助釐清常見用法。這些表格經常隨處注記提醒文字，警告字典編輯開始窺探英語混亂黏稠的內臟時，可能會遇到許多陷阱。下面是〈古怪語法略述〉描述冠詞的段落[7]：

4.2 冠詞。分成三種：不定冠詞「a」和「an」，以及定冠詞「the」。不會搞混，對吧？這三個字也都是介系詞（six cents a mile〔一哩六美分〕；35 miles an hour〔一小時

＊ 譯注：阿提卡希臘語（Attic Greek），昔日雅典人使用的標準希臘語。

三十五哩〕；$10 the bottle〔這瓶十美元〕），「the」還能當副詞（the sooner the better〔愈快愈好〕）。在更複雜的語法中，冠詞還是一種限定詞。

吉爾教授的語法概述如下：這裡列出一個詞類，然後舉出這個特定詞類的所有用法。你一旦試圖分析這些用法，就會抓狂發瘋。主要章節解釋某個詞類的基本屬性，次要章節則列出偏離這些基本屬性的可能情況。

其實，高中英文老師沒有明白告訴我們字詞的功用，因為這樣教英文會省事許多。沒錯，連接詞可連接兩個子句（clause，比如：this is stupid *and* I'm not listening anymore〔這太鬼扯了，我聽不下去〕），但某些連接詞可顯示子句之間的從屬關係，而它們看起來很像副詞（she acts *as if* I care〔她表現得好像我很在乎〕）。

我們也學過，介系詞總會引導一個名詞或名詞短語（he let the cat *inside* the house〔他把這隻貓留在屋內〕）。然而，英文老師沒有告訴我們：只要能夠理解文義，介系詞後頭偶爾可不接名詞或名詞短語（he let the cat *inside*〔他把這隻貓留在裡面〕）。大家都知道可用副詞回答「who?」、「what?」、「when?」、「where?」、「why?」與「how?」的問題，但幾乎沒有人知道，連接詞和介系詞也能辦到這點。吉爾指出，沒有人簡短解釋過名詞，因為大家都應該知道名詞是什麼。「person, place, thing」（人、地方、東西）的說法根本不足：「hope」（希望）是名詞，

「murder」（謀殺）也是。它們屬於人、地方或東西嗎？

　　在語法上最難分類的是沒人會注意的字詞，亦即英語無所不在的簡短小字。去問問編過一段時間字典的人，哪些字會讓他們傷透腦筋，害他們得在週五下午六點還得在小隔間內彎腰弓身，雙手抵著太陽穴，桌上擺著翻開的〈古怪語法略述〉，聽著值夜班的管理員拖著大型回收桶，一路響聲大作。他們不會說是多音節的單字，好比「sesquipedalian」（音節很多的詞），反而會說是「but」（但是）、「like」（好像）和「as」（如同）。這些短字生性狡猾，樣貌百變，能夠移形換位，遊走於各種詞類之間。編字典時必須時時回頭，一而再，再而三，反覆分析。這些單字會有一些用法，讓人愣愣盯著，想了幾天之後，忍不住嘀咕，罵道「管它去死」，然後把它們標示為副詞。英語靈活無比，接受相同訓練的兩位字典編輯可能會看著同一個句子、參考一樣的語法和拔掉相同數量的頭髮，卻把要處理的字詞歸到不同詞類。「What can they do *but try*?」（他們「除了嘗試」，還能做什麼呢？）。

　　那個該死的「but」。它到底是什麼？當我手拿〈古怪語法略述〉來讀上面那句話時，認為這個「but」鐵定是連接詞。不可否認，我認同這種看法：為了查明「but」是什麼，我必須先弄清楚「try」是什麼。我像書呆子一樣，使出渾身解數來找答案：我畫簡圖表示這個句子，在「but」後頭換上其他動詞，看看它們是否大幅改變這個字給我的語法感覺。我盯著句子中央，憑藉sprachgefühl，不停玩弄「but try」這個詞組。最後，我認為

這個「try」是子句（they try〔他們嘗試〕）的動詞，有個隱含的主詞。如果「try」是子句，那麼「but」就是連接詞，因為從功能來判斷，「but」連接兩個子句，即便第二個子句只有一個字和另一個隱含的字。要下這個決定不容易。我喝了一杯咖啡，花了三十分鐘翻遍一千七百七十九頁的〈古怪語法略述〉，期間不停低聲飆髒話，才得出這個結論。

　　我的同事艾米莉・布魯斯特是公司目前的語法專家之一。吉爾二〇〇九年退休之後，艾米莉便接替他，替字典撰寫用法提供說明。我給她發了電子郵件，請她給予意見。她擁有語言學學位，為人機靈聰明，能夠當下信手分析任何句子，用簡單的英語釐清意思。如果要找人確認「but」是否為連接詞，問艾米莉就對了。

　　她很快就回覆：「but」是介系詞。

　　我回信說：「『但是、但是、但是』，把它視為有個隱含主語的子句，不是更說得通嗎？」（這不是反駁，比較像在吶喊：我翻了〈古怪語法略述〉三十分鐘，應該有點成果吧？）如果「but」是介系詞，為什麼「try」這個動詞（這種詞類不能當作介系詞的受詞）會跟在後頭？

　　艾米莉很樂意進一步向我解釋；她正在定義一批字詞，從午餐之後便不斷盯著「ball gag」（口枷球塞，一種情趣用品）的引文，因此有點疲累。

　　艾米莉是個「文字宅」，她略展專業身手，向我分析這個句子，認為那個惱人的「try」不帶有隱含的主詞，反而是一個

隱藏的不定詞，因此句子可還原成：「What can they do but [to] try?」。艾米莉和我發現，照這樣解釋，句子就一清二楚：不定詞並非一定要「to」才能當作不定詞；它能夠替代名詞，而名詞「可以」成為介系詞的其中一種受詞；因此，只要略微偏一下頭，稍微瞇一下眼睛，便可發現這個「but」是介系詞。

我向她抱怨，說要瞇很久才能看出端倪，然後問道：除了「try」是位於「but」屁股的這個根據，還有線索能夠指出「try」是用來替代名詞嗎？

艾米莉想了一下，回答：「我了解妳的想法。」

我們開始交換意見之後，便不確定先前的判斷是否正確，於是開始抱怨英語文法捉摸不定，對錯難辨。各位現在知道我們為什麼要把「part of speech」縮寫成「POS」嗎？因為這個縮寫也表示「piece of shit」（屁話）。這個雙關語很恰當，讓我們有一種古怪莫名的寬慰。

the是形容詞嗎？英語的詞類

如果字典編輯和語言學家獨排眾議來定義英語，英語將有二十八種詞類，足以讓我們把多數非主流的語法孤鳥塞進某些比較嚴謹的詞類之中。（語言學家已經提出更複雜的系統，會自行在出版物中使用它們。）但是英語的語法變異太大，二十八種詞類都嫌不夠。光是「代名詞」就有十幾種，只有溫文儒雅且皓首窮經之士方能洋洋灑灑列舉出來，這種深奧的內行知識只存在於這

類古怪傢伙的腦中。然而，我認為多數讀寫英語的人不需要知道這些區別，而且他們也不在乎。只有字典編輯才要深入研究。

《美國傳統英語詞典》（*The American Heritage Dictionary*）的執行編輯史蒂夫·克萊恩德勒（Steve Kleinedler）指出：「我認為，使用哪種名稱都不重要。如果你在定義某個單字如何使用，而且說明它用於哪種框架之下，無論你把這個字叫作連接詞、介系詞或副詞都無所謂。這些名稱只代表某種分類。詞類是用來分類，讓人更容易找到字詞。當詞類不完全適合，或者出現漏洞，這都不打緊。只要你提出定義，這樣就很好了。」

我接受幾年訓練之後，被派去校對字母 T 的條目。我發現「the」竟然列為形容詞。我認為這有可能出錯，於是翻閱完整未刪節的《新韋氏國際字典第三版》的形容詞條目。我把證據放在一邊，看到吉爾離開辦公室，便到咖啡機旁邊去堵他，然後提出疑問。我知道能選的詞類不多，但我告訴吉爾，選「形容詞」似乎有點隨便。吉爾回答，一點都不隨便，「the」跟形容詞一樣，確實能修飾名詞。如果有人抱怨，我們有傳統的條目當靠山：從十九世紀以來，許多字典都把「the」列為形容詞。我反駁說，這種作法似乎不妥當。編字典時，最重要的是準確描述字詞如何使用，當然就要明確標明詞類。「我們要是沒有正確標示詞類……」吉爾嘆了口氣。他才剛走出辦公室泡咖啡，沒想到一位把他視為韋氏公司語法天才的傢伙會貿然質問他英語冠詞的條目問題。吉爾乾咳了一聲，不表同意，反問我：「妳的詞類選擇不多，既然如此，妳想把這個該死的單字放到哪裡？」

好語法與壞語法

　　字典編輯和語言學家會聲稱自己對字詞沒有偏好（我們畢竟是客觀的語言學者），但那是言不由衷的。艾米莉承認自己在意「lay」（放置）和「lie」（平躺）的差別*；不過，我這些年不斷從散文讀到「impactful」†而嚇得臉色蒼白，因此看見外人誤用前面兩個字的痛苦，「還不如」我非得對該死的「impactful」下定義來得難熬。然而，字典編輯和語言學家不斷抱怨一件小事，講起來就像教徒捍衛信仰一樣義正辭嚴：除了他們，大家都誤用「grammar」（語法）這個詞。

　　他們認為，「grammar」通常指字詞在句子內如何相互作用，或者代表管理字詞如何相互作用的系統規則。字典編輯認為，「grammar」告訴我們為什麼要說「He and I went to the store」（他和我去這間商店），而不能說「Him and I went to the store」，也告訴我們英語為什麼（通常）要把動詞擺在主詞和受詞之間（why we stick the verb between the subject and the object），而不是跟德語一樣擺在句尾（譬如：why we the verb between the subject and the object stick，這是標準正確的德語語法）。字典編輯會合乎中道，遵循這種（表面上）客觀和如實的「grammar」。

---

*　譯注：lay是及物動詞，lie是不及物動詞，不能說 Why don't you lay on the bed? 要改成 Why don't you lie on the bed?

†　譯注：impactful，有影響力的。有人批評，這個字不合邏輯，也沒有必要，不如使用其他同義詞，好比 influential、effective 或 powerful。

　　然而，不是語言學家和字典編輯的人談論「grammar」時，腦中想的不是這個意思。他們不是在談論規範標準英語句子中動詞所處位置的系統規則；他們談論的是對語言更廣泛的觀點。普通人認為，「grammar」鬆散不嚴謹，乃是集合被判定對錯的個人風格選詞用字，同時包括每位英語使用者偶爾的拼寫錯誤，但這些錯誤卻稱為「bad grammar」（粗劣語法），還包含中學英語老師硬塞進他們腦袋卻被他們記得模模糊糊的「rules」（規則），甚至納入有時不理性的個人偏惡。因此，人們透過網路傳遞「your」（你的）和「you're」（你是）的錯誤語法，還有人宣稱，英語句尾不能使用介系詞，甚至還有人抱怨，「10 items or less」*的雜貨店標示是「bad grammar」。

　　親愛的讀者，你們可能很重視這種語法，因為需要下功夫才能掌握，而且你們可能花費大量的清醒時間來學習它們（大家都一樣）。不妨把這種語法想像成磚塊。我們最早學到的東西會在不知不覺之間被置於基礎：看到某個名詞的數量超過一個時，我們通常會在那個名詞後面加s；動詞要擺在句子中間，位於主詞和受詞之間；說話者不一樣時，動詞要改變形式，以及諸如此類的東西。這就是我們奠定的基礎。

　　當我們經歷生活（特別在校求學），便會在這個基礎上收集更多的磚塊：不要用介詞來結束句子；不要使用被動語態，在條

＊　譯注：十件商品之內。外國結帳櫃檯限定的購買商品件數，商品若超過這個數目，要到別的櫃檯結帳。不少人認為，由於商品可數，不能用less，而是要改用fewer。

件子句中使用「were」，不要用「was」（並非總是如此，但這些例外是日後要收集的磚塊）。磚塊愈來愈小，小到能嵌入牆壁上可看見的間隙。單字「lay」要跟陳述的受詞共用（lay the book on the table」〔把書放到桌子〕），「lie」的後頭則不必緊跟受詞（I'm going to lie down on the sofa」〔我要躺在沙發上〕）；關係代名詞「who」只能提及人，而關係代名詞「that」只能提及物；無論在任何情況下，絕對不要使用「ain't」（am not的縮略形式）。我們胡亂抓住這些磚塊，用砂漿將它們固定到位，把我們的塔樓愈起愈高，並且總是拿自己跟其他人相比，譏笑別人找不到那麼多磚塊或者把塔樓建得東倒西歪。對大家而言，這些都是「grammar」，而且會認為那是「good grammar」（優良語法），然後我們會據此將自己和別人相互比較。

這也是年輕字典編輯浸淫其中的語法。因此，當史蒂夫・佩羅面試時問我們是否「掌握了很好的英語語法」時，我們這些菜鳥會自吹自擂且稍顯得意洋洋。當然，我們會說自己掌握了很好的語法；我們一輩子拚命收集磚塊，努力鞏固自己的塔樓。

唉，我們哪裡知道，每位字典編輯上「風格與定義」課程時，首先得面對自己的語言偏見，並且看見相反的例證之後，願意擱置或修正這些偏見。

對我而言，這一切都歸結到「good」（好）這個詞。我們剛上「風格與定義」時，吉爾會對著我們吼叫這個字。「這個字形容詞或副詞？」他問道。

大家靜默不語，我心想：「每個人都知道答案，這很難回答

嗎？」因此，我衝到了風口浪尖上。我說：「它是形容詞。」我想到以前有位英語老師大吼大叫的場景。只要我每次說「I don't feel good」（我感到不舒服），老師都會發飆，吼叫「要說Well！Well！」你必須說「You feel *well*」，因為「well」是副詞；無論詹姆士・布朗*如何大肆宣稱「you don't feel *good*」，因為「good」是形容詞。

吉爾問我：「I'm doing good（我做得不錯／一切順利），這句話又該如何解釋？這裡的good不是副詞嗎？」

我感覺不太妙，那「是」副詞沒錯。「但是，」我試著反駁道：「這句話不應這麼說，而是應該說I'm doing well。」

吉爾咂了咂嘴唇，眼睛瞪著我，問道：「妳平常會說I'm doing well，還是I'm doing good？」我倆心知肚明我平常都怎麼說。就在五分鐘之前，他問我語法練習做得如何時，我還回答：「I'm doing good！」我很確定他要砲轟我，可能會張大嘴巴，一口把我吃掉，所以我盡量壓低姿態，讓自己「融化到地板上」。不過，他不管我是否處境尷尬，繼續猛攻。他指出，無論評論員與吹毛求疵的人如何大聲譴責，「good」被當作副詞已經將近一千年了。字典是記錄人們如何使用語言，所以我們必須拋棄自己對「good」副詞用法的偏見（他說到這裡，眼睛從眼鏡上方瞪著我），在我們的字典中記錄它的長期用法，不必理會那些大驚小

---

* 譯注：詹姆士・布朗（James Brown），美國非裔歌手，素有「靈魂樂教父」之稱。

怪的無聊意見。

　　然後，吉爾向後坐回椅子上，笑得非常開懷。但是我的塔樓卻開始崩塌，磚塊在那個鬼地方掉落一地。

　　吉爾講這番話，應該想傳遞字典只忠實記錄人們如何使用語言的概念，但這跟一般人想的卻不一樣。許多人（以及許多自認為擅長編字典的人）認為，字典是守護英語的偉大戰士。英語行徑荒誕無度，字典要制定禮節來嚴加規範，如同鑽研語言的偉大母親替兒子訂下宵禁。被納入字典的字詞都是「官方認可」（Official），而且字首「O」還是大寫的，實乃神聖不可侵犯，屬於「正宗合宜英語」（Real and Proper English）的一部分。普通人認為，如果某些字詞不好、粗魯、不可愛或令人反感，它們當然就不會被印在字典神聖的頁面，進而被摒除於「正宗、官方認可且合宜的英語」。因此，語言便可受到保護、維持正確、純潔和良好的風貌。這種情況通常稱為「規定主義」（prescriptivism）。遺憾的是，字典的功用不是這樣。我們不僅收錄好的字詞，不好或醜陋的字眼也照單全收。我們只是從旁觀察，遵奉的圭臬是盡量準確且完整記錄英語。我們採用「描寫主義」（descriptivism），這幾乎是編輯現代字典仰賴的思想基礎。字典收錄一個單字時，端賴這個字是否廣泛且長期出現於書面的英語散文。如果你知道有許多「不好」和「不可愛」的單字長期出現在書面的英語散文，你應該會感到很訝異。

　　各位將會看到，我會隨處引述讓人心驚膽跳的文字，但我引用這些文字時，事前已經深思熟慮：使用不屬於標準英語的用法

會遭受譴責。好心的父母會告訴孩子，「ain't」是不好的說法；使用「irregardless」（不管），會被人嘲笑；每個人都曾在國高中遇過那種英文老師，他們會在你的試卷上圈出每個出現在句尾的介系詞，然後在卷子頂端下評注：想法A+，可惜語法C-[8]。坊間有「大量」的書籍教各位要使用更好的語法來自我提升，書名林林總總，比如《好人使用壞文法將會如何》（*When Bad Grammar Happens to Good People*），以及毫不掩飾的《你使用糟糕文法，我就要指責你》（*I Judge You When You Use Poor Grammar*）；（各位請注意，這裡使用「poor」，不用稍微口語且更常見的「bad」。「poor」表示品質低劣，「bad」暗示道德批判，用字挑剔到無以復加，確實是龜毛中的龜毛。好樣的）。這種態度逐漸走向極端：一位熟人最近告訴我，說他認為字詞增加新的意義，不僅代表語言低落和教育退步，而且是「惡魔」（Evil，首字母「E」大寫，意指撒旦）正積極破壞這個世界。

　　「規定主義」和「描寫主義」也被硬塞進這種非善即惡、非黑即白的道德二元論。前者據說捍衛了英語的「最佳實務／最佳操作法」*，刻意避開後者新奇古怪的語言相對觀[9]。如此說來，「規定主義」一定是好的：既然是英語的「最佳實務」，怎麼可能是不好的？如果「規定主義」是好的，「描寫主義」及其原則和實踐者鐵定是壞的。著名的「史壯克和懷特」（Strunk and White）聯手寫過最暢銷的寫作指南《英文寫作風格的要素》

---

* 　譯注：最佳實務／最佳操作法（best practice），源於管理學的術語。

（*The Elements of Style*），其中的埃爾文・布魯克斯・懷特（E. B. White）曾給出版商寫過一封信，言詞慷慨激昂，痛批「描寫主義」：

> 我能體恤你們對《英文寫作風格的要素》抱持的疑慮，但我知道我不能（也不該）調整史壯克先生不可調整的論點，從中迎合英語系的現代自由派（那個認為什麼都行的傢伙）。你們在信中表示看不起這個傢伙，卻似乎想爭取他的認同。我打從心底反對這個傢伙，而我看過「他」學生的作品，真懶得理他，叫他去死吧！[10]

描寫主義就是什麼都行的嬉皮：我們看過他們的作品，各地思想純正的人都想叫他們去死。

入了編字典這一行，就會成為這種人人喊打喊殺的痞子。

作者注

1. gradience，夸克等人的《綜合英語語法》，第九十頁。

2. bent 在《韋氏大詞典》的解釋為：**bent** *adj* ... —get bent *slang*—used as an angry or contemptuous way of dismissing someone's statement, suggestion, etc. <I try to call him the next morning to apologize, but he tells me to *get bent.*—Chuck Klosterman, *Sex, and Cocoa Puffs*, 2003>（形容詞…… —— get bent 俚語——憤怒或輕蔑的說法，用來拒絕某人的陳述或建議等等。「我第二天早上打電話向他道歉，但他叫我去死。」語出恰克・克羅斯特曼二〇〇三年的《性、毒品與可可煙》。

3. 柏拉圖的《克拉梯樓斯篇》第三九二 a—第三九九 b 頁。語法跟許多事物一樣，號稱由西方人發明，但率先使用語法的卻是東方人。學者指出，梵語（Sanskrit）素來有豐富的語法類型，其濫觴可追溯至西元前六世紀，甚至可推到西元前八世紀。

4. a sound without meaning，亞里斯多德的《詩學》第一四五六 b 頁。

5. 特拉克斯（Thrax）的《狄俄尼索斯・特拉克斯文法》（*Grammar of Dionysius Thrax*）。

6. 若想更深入了解，請參閱上述文法書；普里西安（Priscian）的《文法慣例》（*Institutitones grammaticae*）（約西元五〇〇年）；以及瑞丁格爾（Redinger）的《柯美紐斯文法》（*Comeniana grammatica*）。

7. 韋氏公司的〈古怪語法略述〉，第七頁。

8. 我遇過這種老師，一想到那種尖酸評語，至今仍餘悸猶存。

9. 現代的語言相對觀至少可以追溯至兩千年前：Multa renascentur quae iam cecidere, cadentque/quae nunc sunt in honore vocabula, si volet usus,/quem penes arbitrium est et ius et norma loquendi.（眾多失落之字詞必將復活，／眾多如今備受尊崇的字詞亦將失落，一切端賴慣用法之意志，／其手握大權，操控語言，下決定，斷正誤，立標準。）出處：古羅馬詩人賀拉斯（Horace），《詩藝》（*Ars Poetica*），西元十八年。詩人誠然是心胸開放的自由派嬉皮。

10. 懷特寫給出版商凱司（J. G. Case）的信，一九五八年十二月十七日。這段話引述自艾利吉（Elledge）的《懷特自傳》（*E. B. White*），第三三一頁。

第三章

論「語法」

──它是（It's）

　　捍衛英語和支持「優良語法」的聲浪並非一直存在。其實，大約在十五世紀中期之前，很少人認為英語可行之久遠，足以成為官方語言，用來論述講道。先前的官方文件通常以拉丁語（記錄的黃金標準語言）或法語來記錄[1]。當然，總有匿名作家（也有署名文人[2]，比如傑弗里・喬叟〔Geoffrey Chaucer〕）選擇以英語保存自己的智慧結晶（喬叟用英語寫低級笑話），但英語飽受冷落，無人視其為文學語言，直到一四一七年，英格蘭國王亨利五世在官方書信中使用英語，情勢突然逆轉，不到幾十年，英語成為英格蘭官方語言，幾乎完全取代法語和拉丁語。

　　前述轉變衍生出問題，亦即法語和拉丁語曾用於記載文獻，已經相對標準化，但英語卻沒有。拉丁語和法語的書面形式不受發音影響；相較之下，英語的拼寫則與發音完全類似。中世紀的拉丁語[3]只有一種方法來拼寫「right」（rectus，正確的），而書寫英格蘭法律和文學的古法語則有六種（drait、dres、drez、 drettes、dreyt和droit）。英語成為記錄文獻的官方語言時，其形式稱為中古英語，而根據記載，這種英語有高達七十七種拼寫「right」的方式[4]。《韋氏簡明語法字典》（*Merriam-Webster's Concise Dictionary of English Usage*）解釋得最透徹：英語現在必須具備以前由拉丁語和法語提供的功能⋯⋯[5]有鑑於此，必須強力替書面英語制定標準，不受各類口音的影響。

此處的關鍵是「替英語書面化」。雖然英語依舊南腔北調、口音眾多，但從十五世紀起，標準的書面形式開始浮現。（請注意，這項運動始於十五世紀中期，但英語拼寫至少在後續的五百年左右都難以完全標準化。）重點是使英語成為適合記錄的語言，不能讓地方抄寫員隨意以慣用的英語形式書寫官方的法庭和法律文獻。文祕署[6]職員使用的英語（稱為「文祕署英語」〔Chancery English〕或「文祕署標準」〔Chancery Standard〕，名稱取得很恰當）成為早期現代英語能夠萌芽茁壯的種子。

促成英語標準化的不僅是這些法庭職員。十五世紀時，印刷機於傳入英格蘭，加速了標準化進程。當時最著名的兩位英國印刷商威廉・卡克斯頓（William Caxton）和理查・芬森（Richard Pynson）採用了「文祕署標準」。

英語蓬勃發展，而「文祕署標準」透過書籍和小冊子傳遍全境，試圖規範英語的拼寫。到了十六世紀，英語已成為記錄文獻的語言，應該將它徹頭徹尾轉變成文學語言。

提升英語水準：英語的蓬勃發展

問題在於，眾多優秀的英格蘭作家認為，英語不堪肩負重任。這並非新鮮事：至少從十二世紀以來，英格蘭全境不斷有人在茶餘飯後抱怨英語不完備。如果書面紀錄更完整，我相信能在某份古英語手稿的一隅找到抱怨英語太糟糕而拉丁語更好的隻字片語。約翰·斯克爾頓（John Skelton）寫過一首可追溯至十六世紀初期的詩句，聲稱「我們天生的母語粗鄙不堪」[7]，無法作詩吟詞，但他卻是「出類拔萃的英格蘭桂冠詩人」。英語若要成為文學語言，前途仍漫長艱辛。

十六世紀時，英語詞彙大量增加，許多新詞是借鏡於歐陸的迷人文學語言，包括拉丁語、義大利語和法語。這些從羅曼語*借用的字詞曾引發爭議：有人偏好堆砌浮誇的外來詞藻，藉此賣弄虛玄、佯稱時髦，莎士比亞曾嘲笑這幫庸俗之輩[8]。到了十六世紀末期，英語不僅頻繁借用外來語，異域人士也想替這種新興語言加詞添料，因此英語成長急速，幾近失控，某些母語人士便介入規範。一五八六年，威廉·布爾洛科有志於規範和改革英語，出版了第一部英語語法（書名合宜，取名為《簡明英語語法》）；一六〇四年，羅伯特·柯德雷出版了第一本單語（monolingual）英語字典[9]。

他們擔憂英語失控，認為需要加以管控。有人要求採取大規

---

* 譯注：羅曼語（Romance language），從拉丁語演變而成的語言，包括法語、義大利語和西班牙語。

模的補救措施：成立英語學會，不僅要制定優良用法，更要從英語排除「糟糕的東西」。所謂「糟糕的東西」，不僅指粗魯字眼，還包括被視為有欠優雅的各種語言形式（風格、用法、詩的格律，一律統包）。英國小說家，《魯賓遜漂流記》作者丹尼爾・笛福稱讚成立英語學會的構想：他認為這樣不僅有益於英語，也能提升英格蘭的地位和維護國家利益。學會旨在「普及學習，移風易俗，淨化英語，培養備受忽略的正確用語；此外，塑造純潔和適當的風格，摒除因無知盲從與矯揉造作而增添的鄙俗字眼；這些字眼或許能稱為創新詞彙，某些作家自以為是，信心滿滿，將其加諸於母語之上，似乎他們德高望重，足以讓自己的妄想化為合理用法。」[10]

　　別以為笛福不愛英語。他接著說：「成立學會之後，光燦的英語風格必將出現；英語將受到所有文明地區尊重，於全球鄙俗粗語之中，躍升為最高尚且全面之語言。」[11]

　　冀望提升英語的不僅是笛福：英國─愛爾蘭作家，《格列佛遊記》作者強納森・史威夫特也無比渴望；詩人約翰・德萊頓（John Dryden）更是努力爭取。文法書不再是用來教外國人如何說英語，而是指導母語人士如何說優雅的英語。

　　這看似冒昧放肆，但各位要了解：提升文化水平（特別是正規教育）運動在十八世紀如火如荼進展，不久之後，「優良語法」便用來區分高雅文士與粗野鄙人，前者沉著自信、彬彬有禮且崇尚道德，後者見聞淺陋、粗魯下流且道德淪喪。語法學家聲稱，英語可以簡化為規則邏輯、用法可循的一套系統，這些有邏

輯的規則表達正確思想。將道德品行與英語用法掛勾有點古怪，但這種現象並非無中生有：英格蘭及其殖民地經歷劇烈的社會轉變，中產階級商人（許多人通常只受過初等教育，沒有進一步求學）賺取錢銀，積累財富，日漸晉升文雅的上流社會，而貴族（多數學養極佳）則逐漸喪失土地與金錢，因此影響力式微。如今力爭上游者總渴望與上流階層一樣舉止高雅和接受同等教育；然而，他們需要有人幫忙，十八世紀時也不例外。滿手鈔票的商人必須顯得素來舉止優雅、氣度非凡，洽談生意時尤須如此。

專為崛起的中產階級所撰寫的寫作指南便應運而生。一七二五年，笛福出版了《英國商人常用書信完整指導手冊》（*The Complete English Tradesman in Familiar Letters*）。這本書列舉各種經商建議，供中產階級商人參考，同時從道德觀點說明出書緣由：「商人無論身心，皆因職業而有需求，亦有義務滿足此一需求，然飽學之士相應不理，吾不能竊喜而坐視觀望。」[12]

因此，十八世紀的英語文法書是補充禮儀典籍之不足。倫敦主教羅伯特・洛斯（Robert Lowth）在一七六二年撰寫了《英語語法簡介：重要筆記》（*A Short Introduction to English Grammar: With Critical Notes*），並在序言中如此解釋：

照理而言，人人應接受博雅教育*，而告知百姓或娛樂公

---

* 譯注：博雅教育（Liberal Education），又譯文理教育或通才教育。指古代西方城市的自由人，亦即無須勞動工作、僅憑產業過活的貴族，所應該學習的基本學科。其中包括語法、修辭與辯證等三藝，後來納入幾何學、算術、音樂和天文學。

眾之人，表達意見時應該恰當準確。從這些筆記可明顯看出，我們頂尖的作者也因為欠缺適當的語法知識，或者輕忽語法規則而犯下嚴重錯誤。[13]

透過洛斯的解說，民眾普遍開始了解「語法」如何構成。該書劈頭直言：「語法是藉由文字正確表達思想的藝術。」他的語法不僅涵蓋實際語法，比如區分介系詞和副詞，還包括現代所謂的「用法」，好比何時使用「will」以及何時使用「shall」（「will」用於第一人稱的單數和複數時表示承諾或威脅，用於第二和第三人稱時則只是代表預測；相較之下，「shall」用於第一人稱時只表示預測，但用於第二和第三人稱時則意指承諾、命令或威脅），以及講述正確使用「who」和「whom」何其重要，因為混淆這兩者，表示無法分辨主詞與受詞[14]。

然而，這並非為講語法而釐清語法概念。洛斯認為，身為紳士，應適切且準確表達想法。高尚舉止、懿行德風與優良語法，三者齊頭並進，缺一不可。

讓人獲得幸福的語法是什麼？

人們熱衷正確之事，且誇誇其談總能奏效，這類道德說教便持續至今。英國作家琳恩・特魯斯（Lynne Truss）二〇〇三年出版了《教唆熊貓開槍的「，」：一次學會英文標點符號》（*Eats, Shoots & Leaves: The Zero Tolerance Approach to Punctuation*），

儼然如《聖經》作者，大肆抨擊濫用標點符號的人：

> 混淆所有格「its」（沒有撇號）和縮約形式「it's」（有撇號），顯然代表讀寫能力低落。一般遵守標點符號規則的人看到多出的撇號，不經思索便會「刪除」它。規則如下：「it's」（有撇號）代表「it is」（它是）或「it has」（它有）。如果這個詞不表示「it is」或「it has」，就該使用「its」（它的）。要釐清這點非常簡單。無論你是否拿到博士學位，或者已經讀過亨利・詹姆斯（Henry James）的全集兩遍，搞不清楚「its」，就表示你的標點符號觀念一塌糊塗。如果你還堅持寫「Good food at it's best」（頂級珍饈，此處應該用「its」），應該遭雷劈，當場掛掉，埋屍荒野，無人聞問。[15]

特魯斯詛咒誤用「its」的人不得好死，可能只是開玩笑，但有些人卻信以為真。網路上有一篇評論劈頭便說：「替標點符號殉道，鄙人深感榮幸。」[16]特魯斯的書大賣，而我敢打賭，讀過這段話的人應該都曾搞不清楚「its」和「it's」。然而，特魯斯尚未將這種吹毛求疵的風潮推到極致。二〇一三年，英國作家內維爾・馬丁・格溫（N. M. Gwynne）出版了《格溫文法：優秀英語文法與寫作的終極寶典》（*Gwynne's Grammar: The Ultimate Introduction to Grammar and the Writing of Good English*）。格溫原本從商，後來自學有成，在書中率先用邏輯推理，指出除非能使用他認為的「優良語法」，否則無法真正快樂：「總結證據：

語法是正確使用單詞的科學,可讓人正確思考,下正確的決策。如果沒有語法觀念(從常識或經驗皆可證明),人是不可能幸福。因此,要追求幸福,至少得學好語法。」[17]

那麼,讓我們獲得真正幸福的語法是什麼?它與我們從其他文法書找到的語法一樣:避免拆開不定詞,因為有些人可能會認為這樣寫不好看;句尾不可用介系詞,因為「介系詞」(preposition)的字面意思就是「to position before something」[*];搞清楚「its」和「it's」的差別,因為這沒有那麼困難。

然而,這種語法最大的問題在於,它聽起來合乎邏輯,卻是基於錯誤的邏輯。從不斷要求將「its」和「it's」搞清楚的禁令來看,大家都說:「its」是所有格,「it's」是縮約字,非常好記。但是根據邏輯,在英語中,套在名詞後面的「's」代表擁有某些東西:「the dog's dish」(狗的盤子)、「the cat's toy」(貓的玩具)、「the lexicographer's cry」(字典編輯的哀嚎)。如果英語是合乎邏輯的,並且有簡單的規則可以遵循,為什麼「it's」不表示「擁有」呢?我們知道它也表示縮約形式,但我們不會搞不清楚「the dog's dish」」和「the dog's sleeping」(狗正在睡覺)。我們為什麼突然會分不清楚「it's dish」(牠的盤子)和「it's sleeping」(牠正在睡覺)?

這種語法通常完全忽略了數百年來奠定的英語用法(某些用法甚至超過一千年)。「it's」的規則當然很容易記住,但這也

---

[*]　譯注:位於某個事物的前面。pre表示「位於……的前面」。

忽略了「its」和「it's」的歷史。曾幾何時,「it」就是自己的所有格代名詞:十六世紀的《欽定版聖經》(*King James Bible*,又譯《詹姆士王聖經》)如此記載:「That which groweth of it owne accord... thou shalt not reape」(遺落自長的莊稼不可收割[*]);莎士比亞在《李爾王》中寫道:「It had it head bit off by it young(牠的頭被牠的雛鳥咬掉)。」[18]這些並非最早的先例:「it」當作所有格的歷史可追溯至十五世紀。

　　然而,大約在莎士比亞從這種混亂情況中脫身之際,所有格的「it」開始變成「it's」。不確定為何出現這種變化,而有些人猜測,這是因為「it」跟「his」和「her」不同,不像是自己的所有格代名詞,只像個赤裸的代名詞,需要在後頭加上所有格的符號:「's」。這種所有格偶爾又變成「its」,中間沒有標點符號。然而,到了十七世紀和十八世紀,「it's」逐漸普及,最終成為這個字的主要形式。它甚至沿用到十九世紀:湯瑪斯·傑佛遜和珍·奧斯汀的書信,以及亞伯拉罕·林肯的演講筆記中都出現過它的身影。

　　如果不是因為「it's」偶爾被當作「it is」或「it has」的縮約形式(and it's come to pass〔如今已經發生了〕,語出莎士比亞的《亨利八世》,第一幕第二場第六十三行),情況可能會比較單純。某些語法學家抱怨,讓人困擾的不是所有格的「it's」,

---

[*]　譯注:「遺落自長的莊稼不可收割」出自《舊約·利未記》第二十五章第五節。

而是縮約形式的「it's」，但縮約形式的「it's」是誤用，原本應該是「tis」，這是更為標準的「it is」縮約形式。可惜，堅持正統的學究吃了敗仗：「tis」逐漸式微，而「it's」日益壯大。

「its」和「it's」開始在十九世紀出現分歧，人們可能想區分所有格與縮約形式。但是舊習難改：所有格「it's」不只出現於民眾（在車庫或自家門口）出售舊物的手寫宣傳單上，還會不時被印刷於出版品上。從我們的檔案可找出近期誤將「it's」當所有格的例證，從《時尚雜誌》、《紐約時報雜誌》、《美食家雜誌》（Gourmet）到《時代》雜誌（引述雷根總統）以及其他出版品，都有它的蹤影，林林總總，不勝枚舉。當然，這些都是拼寫錯誤。作家和編輯最吹毛求疵，不容許文章有錯誤，但「it's」極不顯眼，經常從他們的眼皮底下暗渡陳倉。

誰制定了英語規則？

如果這些語法規則不是因實際使用而形成，它們來自於哪裡？多數規則都是已作古的白人根據個人偏好來編纂成律法。

以句尾不可使用介系詞的規定來說，多數年輕作家會在寫作的某個階段被灌輸這種觀念，如果他們不留意這點，可能會被人像老師一樣拿竹籐敲指關節懲罰（可能是比喻，也可能確實發生）。如果你問現在堅持這條規則的人，問他到底為什麼句尾不可使用介系詞，他們只會睜大眼睛瞪著你，好像你剛才在問為什麼不該去舔插座。因為從「客觀角度」來看，最好不要這樣用，

原因在此。

　　該規則最初是由十七世紀的詩人和文學評論家約翰‧德萊頓所提出的。他在早期的作品中曾在句尾使用介系詞，但隨著年齡漸增，熱衷於研讀古羅馬全盛時期歷史，因此反對這種用法：

> 　　我不小心把目光投向了密謀反叛的喀提林（Catiline），在最後的三到四頁，發現班‧強生（[Ben] Jonson）的寫法有誤……。介系詞位於句尾；這是他常犯的錯誤，我最近也在自己早期的作品發現這種錯誤。[19]

　　當德萊頓晚年重印自己的作品時，藉機清理了年輕時犯下的愚蠢錯誤，而位於句尾的介系詞便是其中一種。他後來刊印的作品[20]，句尾都沒有介系詞：「the age which I live in」（我生長的年代）被改成「the age in which I live」，諸如此類。

　　為何如此大驚小怪？德萊頓承襲文藝復興傳統，熱愛各種古典事物：古典通才教育（強調語法和修辭）；古典（主要是拉丁語）作者；優雅、簡潔與精確的拉丁語。這並非他一時的迷戀：德萊頓經常將英語句子翻譯成拉丁語，從中欣賞簡潔和優雅的譯句，然後再將其翻回英語，此時腦中想的是優雅的拉丁語文法。德萊頓可能因此討厭位於句尾的介系詞：在拉丁語中，介系詞不能出現在句尾。拉丁語臻於優雅精緻的頂點，而最重要的是，它源遠流長，歷史悠久。十八世紀和十九世紀強調用法的作家不斷重複和強調德萊頓對句尾介系詞的反對意見，這個觀念便成了一

種規則。

　　大家都很清楚這條規則的問題：英語語法不同於拉丁語語法。這兩者是堂兄弟，但不親密，因為它們來自印歐（Indo-European）語系的不同分支。英語的語法結構類似於日耳曼語族（Germanic language），而拉丁語的語法結構則雷同於義大利語族（Italic language）。混合印歐語系不同分支上兩種語言的文法系統有點像混合柳橙汁和牛奶：混合沒問題，但味道很古怪。

　　英語語法有個特徵，就是可以在句尾加上介系詞，壓根不會造成任何負面效果。其實，句尾加介系詞不僅可以，而且從英語草創之初，這種寫法至今一直是使用介系詞的標準作業程序。德萊頓還是黃毛小子時，句尾介系詞早已隨意被人持續使用了七百年，而且在簡單的慣用語中，經常可見它的蹤影。當然，你可以不用介系詞來結束句子，但這是一種寫作風格，並非上位高官頒布的語法命令。

　　老實說，我們接受的許多規則只是某些人的好惡偏執。這些人有機會發表意見，後人緊接著強調和重複他們的意見，歷世歷代，不斷以「真理」之名傳承而來。在格溫與其他人強調的那種語法之中，許多規則其實和那些被奉為「合宜英語」書寫者（沒錯，也是捍衛者）作家的長期寫作方式有所牴觸。講白了，即使吹毛求疵者也會搞砸。

　　現代文學巨匠大衛・福斯特・華萊士曾在《哈潑雜誌》發表一篇著名文章，描述自己是瞧不起別人的「勢利眼」（snoot），也是「非常極端的文字狂，認為所謂的週日娛樂，就是在威

廉・薩菲爾的《紐約時報》專欄找錯誤。」[21]他著作頗豐，用字謹慎。舉例來說，他不用「nauseous」（噁心、想吐的），而用「nauseated」（被作嘔的）表示「to feel sick」（感到噁心）[22]。「nauseous」鐵定是古早的誤用，但即使目前最龜毛的規定主義派也不當一回事。華萊士最崇拜的規定主義派英雄布萊恩・迦納（Bryan Garner）也幾乎棄守：他在《迦納的現代美語用法》的「語言變化指標」（Language-Change Index）中，把這個字列為「第四階段」（Stage 4）：「這種形式幾乎隨處可見，但某些語言衛道人士可提出令人信服的理由來反對。」[23]儘管如此，華萊士認為正確用法至關重要。然而，令人驚訝的是，在他發表於《哈潑雜誌》的一篇故事中，竟然出現了一個文字勢利眼經常蔑視的字眼，亦即以「literally」（確實地；真正地）當作比喻的用法：

> 這段時刻懸在我們之間，無邊無際，蔓延擴張，我壓抑清喉嚨的衝動，免得粗魯無禮；就在那個「實際」（literally）無止境的期待期間，我發現自己臣服於這個嬰兒、尊重他、賦予他絕對的權威，願意耐心等待。我倆待在無陰影的狹小父親室，我心知肚明，從那時起，這嬌小的白色可怕東西日後將指揮我，把我當成工具，隨時加以擺布。[24]

華萊士是否刻意諷刺而用這個字？我們能從中體察到一絲奸笑嗎？一切很難說得準：我們只是在此看到「literally」的比喻用法，沒想到這位自稱語法「勢利眼」且用字精確的作家竟然會

寫出這種句子。這又是另一個「literally」被視為比喻的例證，為文者竟然是華萊士，不過他要是在別人的散文中看到這種誇張用法，可能會嚴詞譴責。

文人相輕，自古皆然：英國—愛爾蘭作家史威夫特看不起別人用縮約形式，認為這足以證明「多年以來，英格蘭作家蒙昧無知，令人憤慨，也表示我們品味低落」[25]，然後一轉身，寫《致史黛拉小札》（*Journal to Stella*）時又滿篇縮約字。懷特在《英文寫作風格的要素》指出，「certainly」（無疑；當然）被「某些講者濫用，這就跟其他人濫用 very（非常）一樣，目的是強調每一種看法[26]。這種言談習慣不好，用於寫作，更是等而下之」；不料，他在《從街角數起的第二棵樹》（*Second Tree from the Corner*）就用了這個字（You certainly don't have to be a humorist to taste the sadness of situation and mood〔要在這種情境下體會悲傷情緒，「當然」不必得詼諧風趣〕）。某位傾慕特魯斯的評論家（還有許多，這只是其中一位）毫不掩飾，盛讚她的書「雄辯滔滔，強調標點符號有保留語言細微差異的價值」[27]。話雖如此，特魯斯在她用法書《教唆熊貓開槍的「，」》中到處都誤用標點符號，連封面都出錯，寫成 *Eats, Shoots & Leaves: The Zero Tolerance Approach to Punctuation*：「Zero」和「Tolerance」的中間應該要有連字號。人們制定管理英語的規則，但英語猶如札格納特向前滾動，輾轆不絕，輾壓一切阻道之物[28]。

我們這些字典編輯上吉爾「風格與定義」課程時，必須處理這種問題：了解自己為了更能反擊別人在語言和道德上對你的

攻擊所囤積的訊息通常是垃圾。這是一種被辜負的感覺：「這些年來，我試圖了解between和among的差別，結果白費心思，一切付諸流水。與其如此，倒不如多跟喜歡的人約會？」不過，我們必須盡快調整心態。編字典，就是要真實記錄語言如何使用，但要辦到這點，必須放下手中短劍，拋開自身的好惡偏見。翻閱文獻時，會發現莎士比亞曾用雙重否定，珍‧奧斯汀也用過「ain't」。此外，引發爭議的單字新用法已經入列，但沒有拋棄舊的字義，只是增添意思。諸如「can't」（無法）之類以往被認為糟糕或醜陋的字眼，如今早已稀鬆平常，見怪不怪。字典編輯即使看到這些明顯的錯誤，也必須得出結論（其實應該是必須「相信」），指出英語不僅生氣盎然，而且蓬勃發展。

　　許多納入「語法」的規則都在堅持理想，而非反映事實。十七世紀以後的語法學家不熱衷於根據語言用法來保存語言，反而喜歡推廣一種重新形塑的概念，指出語言應該是什麼。第一批捍衛英語的人士不根據偉大的英語作家如何遣詞用字，而是依照自己認為何謂優雅正確的看法來保存語言，結果從根本上改變了英語。他們想要保存和推廣的用法通常不存在：這是便宜行事，虛構造假，假藉道德之名欺瞞詐騙，以此宣揚和傳播偏見。我再說一遍：「語法學家和老學究口中的『標準英語』，其實是一種虛構、靜態和柏拉圖式的理想方言。」若抱持這種偏狹心態，便會誤以為英語不該與時俱變並加以駁斥。然而，這樣無法保存英語，而是把它浸在醬缸裡，使其迂腐不化。這種現象屢屢出現，往復循環發生：在每個時代，學識淵博老學究會一再抱怨英語錯

誤叢生，因此急忙攀上屋頂，對著無知愚蠢的百姓大聲疾呼，開始煽動走回頭路的風潮，連塞繆爾·詹森都曾參與其中：

倘若我們擔憂之改變不可抗拒，除了猶如面對萬難克服之困境而低頭默認，尚能有何種作為？我們可阻止無法擊退之物，減緩無法治癒之疾病。人終有一死，但強身健體，足以延年益壽；語言如同政府，有退化之天生傾向；我們既然長期捍衛憲法，也該奮起保存語言。[29]

我們以為英語是需要捍衛的堡壘，但更好的比喻是將其視為孩子。我們愛他且撫育他，但孩子大到能自行走動時，便會到不該去的地方：他會直接跑去摸要命的電源插座。我們替孩子穿上漂亮的衣服，叫他要守規矩。結果他回家時，內衣套在頭上，腳上還穿著別人的襪子。英語日漸成長，就會走出自己的道路，這樣沒錯，也很正常。英語偶爾會完全符合我們的想法，有時卻走到我們不樂見的地方，我們雖擔憂不已，它卻依舊能成長茁壯。我們可以要求英語整理儀容，表現得更像優雅的拉丁語；我們也可以發脾氣，轉頭去學法語。然而，我們永遠無法對英語頤指氣使，正因為如此，英語才會蓬勃發展。

作者注

1. 眾多皮膚白皙、面色紅潤的英格蘭國王其實是法國人。根據傳聞，中世紀的英格蘭國王理查一世（King Richard，統治期間：一一八九到一一九九年）曾率軍參加十字軍東征而離開英格蘭，當權的弟弟約翰王子（Prince John）趁機弄權，橫征暴斂，俠盜羅賓漢（Robin Hood）便率領綠林好漢群起抵抗。這位參與聖戰的「獅心王」（the Lionheart）壓根不會說英語。他如果沒有將聖地（Holy Land）搞得生靈塗炭以及被關在奧地利的監獄裡，通常都待在法國西南部的阿基坦公國（Duchy of Aquitaine）。在諾曼征服（Norman Conquest）之後，第一位真正登基的「英格蘭」國王是亨利七世，（Henry VII），他確實出身於威爾斯（Welsh）。

2. on‧y‧mous 在《韋氏大詞典》的解釋為：**on‧y‧mous** \'änəməs\ *adj*：bearing a name; *especially* : giving or bearing the author's name <an *onymous* article in a magazine>（形容詞：有名字的；「特別是」給予或簽署作家名字的〈雜誌的一篇署名文章〉）。

3. 拉丁語拼法摘錄自萊瑟姆（R. E. Latham）等人編注的《源自英國的中世紀拉丁字典》（*Dictionary of Medieval Latin from British Sources*）；古法語拼法摘錄自凱勒姆（Robert Kelham）的《諾曼或古法語詞典》（*Dictionary of the Norman or Old French Language*），第七四—七五頁；中古英語拼法摘錄自

《牛津英語詞典》第三版的「right」（形容詞）條目（二〇一〇年）。

4. reʒt、reght、reghte、reht、reit、rethe、reyʒt、reyght、reyt、reyte、rʒt（這可能在傳抄時出現的錯誤，因為該有母音的地方卻沒有母音）、rich、richt、ricth、riʒ、riʒght、riʒht、riʒhte、riʒt、riʒte、riʒth、riʒtt、riʒtte、riʒty（另一個傳抄的錯誤，y是多餘的）、righte、rigt、rigth、rigthe、rih、rihct、rihht、rihst、riht、rihte、rihtt、rihtte、rijʒt、rist、rit、rite、rith、rithe、ritht、ritth、rothes（複數，另一個傳抄的錯誤，多了一個o）、rycht、ryde、ryʒ、ryʒght、ryʒht、ryʒhte、ryʒt、ryʒte、ryʒth、ryʒthe、ryʒtt、ryʒtte、ryʒtth、ryʒtthe、ryg、rygh、ryghe、ryght、ryghte、ryghtʒ、rygt、rygth、ryht、ryhte、ryt、ryte、ryth、rythe、rytht、wryght（w-，可能也是傳抄的錯誤）、ziʒt（z-，絕對是傳抄的錯誤），當然還有right。

5. 韋氏公司，《韋氏簡明語法字典》，第十三頁。

6. chancery 在《韋氏大詞典》的解釋為：**chan · cery** \'chan(t)-s(ə-)rē, 'chän(t)-\n-**ies** ... **2** : a record office originally for issuance and preservation of a sovereign's diplomas, charters, and bulls and later for the collection, arrangement, and safekeeping of public archives and ecclesiastical, legal, or diplomatic proceedings（一種檔案室，最初發行和保存君主的公文、特許狀和訓諭，後來收集、安排和保管公共檔案以及教會、法律或外交文獻紀錄（《韋氏大詞典》）。

7. our naturall tong is rude，斯克爾頓的《麻雀飛利浦之書》（*Boke of Phyllyp Sparowe*）。

8. 毛斯（MOTH）〔立於旁〕：彼等曾入言談盛宴，剽竊殘羹剩肴。
   考斯塔德（COSTARD）：嗟夫！彼等攜籃拾字，飽食終日。
   吾訝異乃主未嘗從爾之名（moth，意指「蛾」）偷取字詞，
   因其不似「honorificabilitudinitatibus」（可獲殊榮）這等冗
   長：吞噬汝，尤較爭食滾燙葡萄乾 為易。（語出莎士比亞喜
   劇《愛的徒勞》〔*Love's Labour's Lost*〕，第五幕第一場，第
   三十六到四十二行）

9. 請參閱布爾洛科（William Bullokar）的《簡明英語語法》
   （*Bref Grammar for English*）和柯德雷（Robert Cawdrey）的
   《按字母順序排列之單字表……》（*A Table Alphabeticall...*）。

10. 笛福的《探討計畫的論文》（*Essay upon Projects*），第二三三
    頁。

11. 出處同上，第二三三─二三四頁。

12. 笛福的《英國商人常用書信完整指導手冊》，第一一八─一
    一九頁。

13. 洛斯的《英語語法簡介：重要筆記》，第七頁。

14. 洛斯指出，即使《聖經》譯者都分不清這點。他如此感嘆：
    「『Whom do men say that I am?（人說我人子是誰？）』這些
    地方的whom都要改成who。」（語出《馬太福音》第十六章
    第十三節、《馬可福音》第八章第二十七節以及《路加福音》
    第九章第十八節）。

15. 特魯斯的《教唆熊貓開槍的「，」：一次學會英文標點符號》，第四十四頁。

16. 〈娜塔莉亞的評論：教唆熊貓開槍的「，」：一次學會英文標點符號〉（Nataliya's Reviews: Eats, Shoots and Leaves），Goodreads.com，二〇一四年六月十一日，讀取日期為二〇一六年四月二十三日，http://www.goodreads.com/review/show/177243634?book_show_action=true。

17. 格溫的《格溫文法：優秀英語文法與寫作的終極寶典》，第六頁。

18. 《欽定版聖經》和《李爾王》的章節段落都被《韋氏簡明語法字典》引用，第四四二—四四四頁。

19. 德萊頓《後記答辯》（*Defense of the Epilogue*），第二一七頁。

20. 傑克・林區（Jack Lynch）的《詞典編纂者的困境》（*Lexicographer's Dilemma*），第三〇—三一頁。

21. 華萊士的〈一觸即發〉（Tense Present），第四十一頁。

22. 他不用「nauseous」（噁心、想吐的），而用「nauseated」（被作嘔的）：華萊士的〈系統掃把〉（Broom of the System），第二九頁；以及華萊士的〈英語 183A〉（English 183A），第六三三頁。

23. 迦納的《迦納的現代美語用法》（*Garner's Modern American Usage*），第五六〇—五六一頁。

24. 華萊士的〈順從分支〉（Compliance Branch），第十九頁。

25. 史威夫特寫信給紳士艾薩克・比克斯塔夫（Isaac Bickerstaff,

Esq.），《作品》（*Works*），第二六八頁。

26. 史壯克（William Strunk）和懷特的《英文寫作風格的要素》，第三五頁；以及懷特的〈談幽默〉（Some Remarks on Humor），第一七四頁。

27. 喬安妮・威爾金森（Joanne Wilkinson），評論琳恩・特魯斯的《教唆熊貓開槍的「，」：一次學會英文標點符號》，《書單》雜誌（*Booklist*），二〇〇四年六月一日。

28. 札格納特（juggernaut）改編自毗濕奴（Vishnu）的其中一個印地語（Hindi）名稱Jagannāth（表示「世界之王」）。據說（supposedly）在節慶期間，人們會沿街拖行放在車上的Jagannāth巨型化身，而有些虔誠信奉者會讓車輪從身上輾壓過去。在前一句話中，「supposedly」是關鍵詞。若想知道更多可疑的詞源，請參閱第十章〈優雅時髦〉。

29. 詹森的《詹森字典》序言。

第四章

論錯字

——無論如何（Irregardless）

　　韋氏公司編輯都得回覆讀者來信。自一八六〇年代以來，本公司便歡迎使用者寫信詢問書籍或英語方面的問題，而某位長期受苦的編輯必須回信。

　　這樣做有點問題。首先，來信讀者通常信奉規定主義，誤以為字典應該捍衛語言，字裡行間總是怒氣沖沖，大發牢騷，責罵我們將他們認為不配的單字納入字典。其次，字典編輯從事這行時，乃是看重這項工作幾乎不必與人溝通，不料卻得應付歇斯底里的讀者，還必須心平氣和，搬出讓人信服的說辭，解釋為何要收錄某個單字。

　　我最倒楣，以前的工作就是長期接受客戶抱怨[1]，因此經常被叫去回覆尖銳偏激的電子郵件。多數來信者都是針對某個字典條目表達驚訝、沮喪和絕望，而我就要冷靜向他們解釋收錄這個條目的理由。我不太介意回信：我們的檔案有足夠的證據，可以說明為何收錄字典的所有條目。回答讀者問題所做的研究通常很

有趣，而且也沒人會在電話裡對我破口大罵。

　　我某天整理信件時，看到一封轉發的電子郵件，來信者怒氣沖沖，抱怨我們的字典收錄了「irregardless」，這一切隨即改變了。我翻著白眼：這個字「顯然」沒被認可，所以不會收錄到我們的字典。來信者顯然翻閱一本老舊的爛字典，不小心看到「irregardless」這個不是單字的條目，馬上就誤認為我們犯錯了。想到就令人懊惱。

　　我草擬了回信，信中如此聲明：字典沒有這個字，你不妨前往我們的網站，在線上字典搜尋這個字，然後你會看到下面的注釋……。此處要填入的是有人查找線上字典沒有的單字時，我們慣用的說法。我前往網站，輸入「irregardless」，結果差點暈倒：「我們的字典收錄了『irregardless』。」我太驚訝了，用了正常的音量高喊：「太誇張了吧！」

　　坐在我附近的科學編輯丹・布蘭登（Dan Brandon）從他的隔間回我：「別太驚訝。」

　　人們對「irregardless」痛恨至極，無以復加。每個人都說很討厭「moist」（潮溼的）這個字，但這種厭惡並不強烈，還帶點玩笑意味：哇，「moist」，令人想吐，真是噁心。然而，人們對「irregardless」的痛恨具體且強烈：它不能表示「without regard to」（不關於），而必須表示「with regard to」（有關於），因此這個字很荒謬，不應該存在；它是雙重否定，有理智與判斷力的人，都不會認同這個字；它是「irrespective」（不顧的；與……無關的）和「regardless」（不關心的；無論如何）混合而成，根

本是個冗詞，我們不需要它；它不合邏輯，所以不算單字；沒知識的人才會用這個字，它根本不該納入字典。人們怨聲載道，通通指向一點：出現「irregardless」，表示英語在墮落，而韋氏公司手搖著籃子，滿心歡喜，連蹦帶跳，踏上苟且敷衍之路。

我的確認為來信者抱怨有理。我心想，「irregardless」是錯的——我打從心底感同身受，任何字典條目都無法扭轉我的看法。然而，我的工作不是跟別人一起抱怨用語錯誤，因此我按捺著性子，不發牢騷，並且回了信。我寫道：沒錯，這個字已被收錄，但請注意，它被標記為「nonstandard」（非標準，這是一種委婉說法，表示多數受過良好教育的英語使用者不認可這種用法），並且在單詞定義之後，有很長的用法說明，告訴讀者應該使用「regardless」。我如此總結：「我們必須記錄人們實際使用語言的情況。」我寫這個句子時，不僅咬牙切齒，心裡也不斷冒出著重引號*。

我原本希望這是單獨案例，可惜不是：愈來愈多人來信抱怨，我不得不逐一仔細回覆。我會如此寫道：很抱歉，「irregardless」確實是一個字。它由「一連串的語音組成，足以象徵和傳達意義，通常無法被細分成可以單獨使用的單位」[2]。它是個單字，使用極其廣泛，散見於坊間文章。箇中原因為何，我們這些人微言輕的勞苦編輯，實在無從得知。沒錯，「irregardless」似乎該表示「有關於」，但人們不這麼用它，而

---

* 譯注：著重引號（scare quote），表示不認同或諷刺。

字典就是記載文字是如何使用的。這確實是雙重否定，但不能否定（哈哈）人們在說話和寫作時仍會使用它。英語的冗詞贅字多不勝數，司空見慣（無意貶損，只是陳述事實）。不能認為「irregardless」是多餘的，就把它刪除。如果要消滅冗詞贅字，可能得燒毀一半的詞彙。沒錯，「irregardless」這個新造的字不合邏輯；然而，「inflammable」[*]的意思是「able to catch fire」（能夠著火的），「unthaw」[†]也表示「to thaw」，但沒人質疑它們不是單字。我們當然知道「irregardless」經常被認為是錯字；我們是自由開放的描寫主義派，但是會注記很長的用法說明，建議讀者使用「regardless」，別用「irregardless」。感謝您撥冗指教。

　　我多年來不斷回覆這類抱怨信件，逐漸勉為其難與接受了事實。我查看過證據，沒錯，發行的印刷品大量使用「irregardless」。因此，這個字應該被納入我們的字典。話雖如此，我絕不會認為這是個好字，而且我依舊認為，使用「irregardless」的人很差勁。

擾人的 irregardless

　　到了二〇〇三年，情況有所變化。我當時擔任總編輯，負責監管大批編輯信件。一封電子郵件從天而降，聲稱在受過教育的

---

[*]　譯注：這個字等於「flammable」（易燃的），前綴 in 表示「非；相反的」。

[†]　譯注：融化。前綴 un 表示「非；相反的」。

密西西比人口中，「irregardless」是「regardless」的「最高級」。

　　我拿下眼鏡，揉了揉眼睛，直到眼冒金星。當時還早，也許我喝的咖啡不夠，甚至還沒清醒。這或許是一場夢魘，當我再看信件時，它會說「irregardless」亂七八糟，你們都搞錯了。我看了信件。還是如此寫道。

　　形容詞或副詞的最高級表示最極端或無與倫比的程度或級別。形容詞的最高級通常是在單字後頭加「-est」：「nice」和「nicest」，以及「warm」和「warmest」。但偶有例外：「best」是「good」的最高級，而「most interesting」是「interesting」的最高級。

　　形容詞或副詞能分程度，才有最高級；換句話說，這些單字本身有不同的程度（比如，「cold」可變成比較級「colder」，甚至最高級「coldest」），或者本身可增可減：「honesty」（誠實）可以被衡量為「more honest」（更為誠實）或「less honest」（較不誠實）。「regardless」可以分程度嗎？我心想不行，至少聽起來不對。我的「語感」靜默不語，沒有騷動。有什麼東西可以更加「regardless」？沒有。來信的傢伙根本不知道自己在胡謅什麼。我大腦中喜歡證明它是最聰明的區塊開始說話：你知道嗎？人們會誤用文法術語。「irregardless」可能不是「regardless」的最高級，而是「regardless」的加強形式，好比中綴「fucking」（他媽的）把「absolutely」（絕對地）變成「absofuckinglutely」（我他媽的百分百確定）。然而，為什麼加強形式的字要使用表示「非；相反」的前綴（ir-）？在某種程度上，這個前綴感覺是

在削減。我自忖這種思維毫無根據,那位來信者也在胡說八道。

我不打算回覆這封電子郵件,因為我得去調查。我編字典五年了,深切體會到一點,就是尋找證據之後,原本深信某個字是虛假的,結果發現錯的是自己。我找出證據之後,若是發現自己對「irregardless」的看法是錯的,那我就跟氣急敗壞、為文撻伐小錯誤的人沒兩樣。這些傢伙咄咄逼人,嚴詞批判當作名詞的「above」(上述的人、事或物),或者抱怨為何會有「moist」這個字[3]。換句話說,即便我知道英語不是這樣運作的,但是在我心裡,我希望「irregardless」是粗俗鄙陋的,而且它「確實是錯字」,這樣我才能認為自己很聰明以及我「確實是對的」。因此,我只翻了幾頁,便相信自己編織的謊言。我將電子郵件傳給另一位編輯,請他回覆讀者,然後把椅子向後推離辦公桌,起身離開,隨處走走,看看我們的引文檔案。

用於編寫字典定義的原始材料稱為「引文」。它們是外界使用文字的片段,通常取自於坊間文章。每段引文都包含一個被標出的單字,這是嵌入引文內容的珍貴字詞。引文源自於四面八方,從書籍到廣告,從個人書信到報紙,任何印刷品都羅列其中。字典編輯評估這些資料來定義某個單字。字典的每個條目,都有大量的引文來佐證。在韋氏公司,引文有紙本資料或電子檔案。紙本引文占滿了編輯樓層的三分之一,而且可追溯至十九世紀中期。

我將手指移到抽屜標籤上,逐一查看,直到我找到存放所有「irregardless」紙本引文的抽屜,然後把它拉開。我心想,幾乎

不可能從一疊索引卡中找到說明「irregardless」是「regardless」加強形式的檔案，但我應該勉力一試。

　　話雖如此，我馬上就發現這種用法的段落：

> 　　他是個黑人，又是個藝術家，從小家境貧窮，被迫忍受美國南方的種族主義。我記得他面對很嚴重的問題，而我才剛剛真正理解這個問題。他缺乏關愛，父母不疼他。「無論如何」（irregardless），正如老人所言，也如同斯未特先生[*]所說，他不僅長大成人，活到高齡⋯⋯而且只要有人願意聆聽，他會不斷分享自己的問題和個人看法，同時精心策畫以求必要效果。他持續歌唱，弦歌不輟。[4]

　　我把頭靠在涼爽的金屬櫃子上，讓這個字在我腦中快速盤旋。這個「irregardless」用得很特殊，尤其是它在本文中的強調效果。它是斜體的，位於「正如老人所言」之前；它幾乎像是某人使勁一揮手，阻止後頭再討論前述論點，比「anyhoo」[†]更加裝模作樣。多數「irregardless」的書面資料都沒有這種強調用法。那些資料平淡無奇，只是它們出現了「irregardless」這個字。沒有斜體，沒有放在「正如老人所言」前面，什麼都沒有。我再次檢視了這個引文，發現它沒有被當作「irregardless」目前條目

---

[*]　譯注：Mr. Sweet，sweet表示溫柔和善良。

[†]　譯注：俚語，等於anyhow，表示「反正或即使這樣」。

的佐證證據。換句話說，現存的「irregardless」定義（意思等於「regardless」）沒有包含這種特殊用法。這是另一個線索，暗示「irregardless」的這種用法有所不同。我想把這疊引文放回去，但我的語感在腦中格格作響，對著我嘲弄：「你心知肚明，想要一勞永逸解決這個問題。」

　　因此，我深入去探查，找到了資料，證明這種「irregardless」的特殊用法可追溯至一八六〇年代，從紐奧良到紐約，全美各地都有人使用。在好幾個範例中，「irregardless」出現在「regardless」的附近，顯然是作者刻意為之，表示「irregardless」不只是「regardless」平淡的同義詞：

　　　　如果所有的孩子都被強迫去學習《聖經》經文，人們便可大幅改善用字遣詞，而且不論（regardless）孩童信奉何種宗教，都該學習《聖經》。

　　　　《聖經》臻於文學藝術的頂端（不論〔irregardless〕能否移風易俗、崇尚道德）。如果能加上學習文學十分之一的時間拿來研讀詞藻優美的《聖經》，英語將會變得多麼優雅和純淨！[5]

　　我的語感咯咯笑著，繞著我的大腦來回奔跑。如果「irregardless」是「regardless」的同義詞，而且作者認為在前一段使用「regardless」綽綽有餘，為什麼他要在下一段使用「irregardless」呢？而且當年刊印這篇文章時，這個字已逐漸遭

人唾棄。

在十九世紀末期，有人開始嫌惡這個字。當時的評論文章不斷用引號來標明它，這是一種冷言冷語，用來蔑視對方。一八八八年，一位作者在《堪薩斯酋長週報》（*The Weekly Kansas Chief*）上怒氣沖沖寫道：「如果董事會認為，授權利蘭先生（Mr. Leland）繼續談判很恰當，我們會『不管』（irregardless）特洛伊《時代報》、格思里（Guthrie）的打手以及債券持有者的代理人是否不高興，繼續宣稱利蘭先生已經做出這樣和那樣的妥協。」[6]還有人妄稱這個字是新創的，但這鐵定會讓人憤怒。一八八二年，堪薩斯的《阿奇申每日環球報》向讀者宣布一條重大新聞：教區牧師特威恩創了一個新字：irregardless。[7]

這一切在在顯示，從十八世紀末期到十九世紀中期，這個字最早出現於印刷品時並沒有人特別標記它。沒人把它加上引號、改成斜體，或者標明「原文如此」[*]。這個字會乖乖被印出來，好像它就是另一個字。然而，到了十九世紀末期，它突然用來指責不學無術的傢伙：

> 這個「記者」獲得以下報告的副本，傑弗遜鎮區（Jefferson township）的一位教師幾天前把這份文件交給他的受託人：

---

[*]　譯注：sic，表示原文有誤，引述者只是照抄。

我不斷試圖將一切轉到常規的年度學習中。學校以前根本沒有被評鑑，搞得書籍亂七八糟。我發現要克服許多障礙和困難。我認為學生不論（irregardless）有何要求，最好讓他們做好常規的年度學習。我努力讓教導的學生成為好公民。但我一開始教導的學生就不是好學生。因此，從任何角度來看，他們在學校都不是理想的公民。

受託人認為，這些學生不顧（irregardless）言行舉止，胡作非為，對他們提出任何建議，恐怕無濟於事。[8]

這篇文章以這種尖銳方式使用「irregardless」，無疑呼應了現今人們對這個字的抱怨：不能同時使用表示「不是」的前綴（ir-）和基本上表示「不是」的後綴（-less），胡亂拼湊出一個字，還要別人能理解意思。然而，這種〔不是〕〔單字〕〔不是〕卻表示〔單字〕〔不是〕的結構老早就出現於英語。書面資料隨處可見「unboundless」（無限的）和「irrespectless」（無恥的）之類的字眼，另有數十個類似的單字。我們握有證據，證明早在十五世紀就有人幹這種蠢事。為什麼有這麼多書面資料記載這些愚蠢和不合邏輯的拼湊單字？甭管它合不合邏輯：誰都知道，口中迸出的單字愈多音節，聽起來就愈聰明。《洛干波特記者報》（*Logansport Reporter*）率先暗中提出「irregardless」為何討人厭的主因：它屬於方言，聽起來像土包子說的話。不過，這種看法是這個字問世很久後才被人提出來的，但無論如何，誰在乎呢？

方言的困境

不妨把英語視為一條河流，這條水帶看似緊密結合，但河流學學者[9]都會指出，河流其實是由許多不同的水流組成，偶爾有高達數百股水流。河流的有趣之處在於，改變其中一股水流，就會改變整條河流，從生態系統到河道，無一不變。在英語河流中，每一股水流就是一種不同的英語：商業術語、建築行業的專業詞彙、學術英語、青少年俗話，以及一九五〇年代的青少年俚語，諸如此類。每股水流雖各行其是，卻都是英語的組成分。

方言是英語河流的其中一股水流。方言是某種語言的子集合，有專屬的字彙、句法、音韻和語法，偶爾會與主要語言的其他方言重疊，有時則不然。「Y'all」（你們大家）是第二人稱複數代名詞的方言；它在某些美式英語的方言中（特別是南方方言）是完全標準的。雖然說這些方言的人經常使用這個字，它卻不屬於我們稱為「標準英語」（Standard English）的方言。

我們一想到方言（如果我們還想得的話），經常會想到地方性語言，好比南方英語（Southern English）、波士頓英語（Boston English）和德州英語（Texan），然而，不同的社會階層、種族和年齡群都會有自己的方言。這就表示方言可能會造成對立分化；方言和說方言的人經常揹負刻板印象，並備受議論。

方言不會自我防衛，但我則熱衷於捍衛方言的語言價值：我一直受到刻板印象荼毒，也飽受他人議論。我出生於白人勞工階

級家庭，會說的主要方言是奇卡諾英語*和非洲裔美國人白話英語（African-American Vernacular English，又稱美國黑人英語）。我是個古怪的孩子：我從小說話時會摻雜方言，包括北方內陸（North Inland）美語（我父母在五大湖地區〔Great Lakes〕養育我）以及大西部美語（General Western American，我的家鄉科羅拉多州的地區性方言）。當然，我長大後才了解這件事：我小時候是個倒楣鬼，呆頭呆腦，只想跟同年齡的小朋友玩在一起。我像海綿一樣，入學後開始吸收每種文化及其方言的點點滴滴。我會聽拉丁女歌手葛洛莉雅‧伊斯特芬（Gloria Estefan）和創作歌手埃爾‧德巴（El DeBarge）的歌曲，也會聽德哈諾人†的歌曲和節奏藍調（R&B，全名Rhythm & Blues）；我會玩交互花式跳繩（double Dutch）和跳橡皮筋（Chinese jump rope）；我把朋友稱為「chica」（西班牙語，指女孩）和「muchacho」（西班牙語，指男孩），或者「homey」（老鄉；老友，意同homeboy）或「girlfriend」（女伴）。

我們逐漸長大，言行舉止就泛政治化了。我看過別的父母要求小孩說話「要像個白人」，免得因為口音而被人看扁，因為他們一輩子飽受歧視，打電話給有線電視公司之類的企業時，客服小姐會取笑他們的奇卡諾或黑人口音，故意推托，說可能要等一段時間，嗯，你知道的，才能安排人手服務他們。我在

---

*　譯注：奇卡諾英語（Chicano English），指墨西哥裔美國人說的英語。

†　譯注：德哈諾人（Tejano），德州西班牙語定居者的後裔。

「大鳥語爭議」（Great Ebonics Controversy）爆發之前便已長大成人。這項爭議爆發之時，白人感到絕望，認為允許黑人學生在教室裡講「鳥語」[10、*]會讓英語滅絕，而且導致「適當教育」（proper education）崩壞。是否操白人口音就能左右逢源，而操黑人口音就會被貼上刻板印象呢？早在外界意識到黑人口音竟隱含政治意味之前，我的朋友就分為兩派，彼此意見分歧。有些朋友放棄「homey」，改用「guys」（朋友；男人）；有些人不用「homey」，改說「nigga」（黑鬼；老黑）。我的墨西哥朋友努力擺脫語尾上揚的說話方式（uptalk），藉此矯正口音；雖然他們不是出生在墨西哥，也從未造訪過當地，但其他同學會在大庭廣眾之下嘲笑他們是「非法移民」，還叫他們滾回墨西哥，讓他們心裡難受。

如果他們沒有自行做決定，就會被迫抉擇：我有一位社會科老師，上課的第一天便向我們宣布，每個人應該在課堂上說「正確合宜的英語」，亂說英語，就會被標記下來。他會標記許多錯誤的發音，其中包括沒有發出「-ing」單字句尾的 g（非洲裔美國人白話英語的典型標誌就是「不發 g」）；發「growing」（成長）和「fill」（填充）這類的單字時，用長音 e 取代 i（強化鬆嗓的〔lax〕/ɪ/，這是奇卡諾英語的發音怪癖）；懶洋洋坐在椅子上，口中喃喃自語（一種「叛逆行徑」，混蛋老師上課時，青少

---

* 　譯注：鳥語（Ebonics），他們的母語。孟子譏笑楚人說話如同鳥語，戲稱其為南蠻鴃舌，鴃便是伯勞鳥。

年就會擺出這副德性）。

　　我的朋友絲黛芬妮（Stephanie）是個黑人，我在下課後懶洋洋地坐在她家客廳的地毯上，相互擊打網球鞋，我倆忿忿不平，抱怨時事（current events）作業的規定。她抱怨：「I don't need no old white man telling me how to speak "proper English"（我不需要年老的白人告訴我如何說『合宜的英語』）*。我已經會說了。」她母親從廚房裡大喊：「絲黛芬妮，是 *some* white man（有些白人）。妳應該說：You don't need *some* white man telling you to speak proper English。」

　　我並沒受到影響：我有一天告訴母親上學的情況，她突然打斷我，模仿我講話的方式：「Can you *queet talkeeng like deez*?†（你可以不要這樣講話嗎？）」我很困惑，說道：「We *don'talk like deez.*（我才沒有這樣講話。）我只是在分享事情。」我們沉默了一段時間，母親接著說：「妳這樣說話，妳的朋友可能會認為你在取笑他們。」無論我是否言不由衷，母親這番話確實奏效了：我突然深刻了解，我長得一臉白人樣，講話卻像個黑人或墨西哥女人，怪模怪樣的。我從那時起就很謹慎，注意嘴巴說出的單字和發音。我說話時不再尾音上揚，不再忽略尾音 g，也不再加強鬆嗓的 /ɪ/，甚至盡量讓語流平順，聽起來像平淡無味的西方白人口音。

---

* 　譯註：這是雙重否定句。

† 　譯註：正確的句子是「Can you quit talking like this?」長音 e 取代了 i，典型的奇卡諾口音。

即使我小心翼翼，當我前往新英格蘭*上大學時，我還是洩了底。我覺得自己說話很正常，但是在麻薩諸塞州中央地區講出方言，我突然就成了鄉巴佬。室友經常笑我的母音發得平淡鬆弛；我說話很慢，有個同學以為我有語言障礙。我經常說「howdy」†，有個很笨（或很壞）的女人聽到之後，問我以前是不是騎馬上學，以及我的家鄉有沒有電。每一條對我口音的評論，無論如何措辭，在在告訴我一件事：我是外來的陌生人，並非土生土長的當地人。我不是被視為異鄉遊子，就是遭人排擠。

很久以後（當我開始研究英語時），我才發現方言對英語是何等重要。方言提供了大量詞彙，而且方言向外擴散，就表示語言在成長。沒有方言，就沒有語言，這種說法並不誇張。我愈了解方言，就愈看重它們。說方言可能像「未接受教育」或「低級」，但方言其實充滿複雜的語法，非母語人士是無法理解的。例如，在非裔美國人白話英語中，「he been sick」（他生病了）和「he *been* sick」有所差別。前者的「been」代表標準英語的現在完成式「has been」，後者強調了「been」，表示這種動作或狀態是很久以前發生的。講這種方言的母語人士可以悠遊於這種「been」之間。

人人都認為自己會說標準英語，但它不是任何人的「母語」：標準英語本身就是一種書面的理想方言，我們受教育時便

---

* 譯注：美國東北部地區。

† 譯注：「你好」之意，為牛仔彼此問候的用語。

在學習這種語言。如果我們的母語都是標準英語，教授「良好語法」或「合宜英語」的書籍都得報廢，因為大家生下來最早接觸的就是這種語言，已經能夠純熟運用。關於句尾介系詞、正確使用「dilemma」（左右為難）和不使用「snuck」（sneak〔偷偷地走〕的過去式和過去分詞）的規則都將毫無意義：我們早已吸收這類細膩用法，跟呼吸一樣簡單容易。我們必須學習標準英語，表示它不是我們的母語。但這沒有關係：以英語為母語的人其實會講「許多種」英語方言，通常能根據情況轉換自如[11]。方言太棒了！

但是，「irregardless」該怎麼辦？難道不能悄悄忽略它嗎？

下面要講另一種有趣的河流現象：河水想往哪裡流，就往哪裡流。

尊重母語，捍衛方言

我還有其他工作，便把「irregardless」擱在一邊，但我一有空閒，便會在通信文件中四處尋找，看看是否有人聲稱這個字在他們的家鄉是標準用法（別人所為），而我也會登入某個資料庫，看看能否找到更多佐證「irregardless」強調用法的證據（個人所為）。隨著時間的推移，某些事情悄悄發生了：我多方探究「irregardless」之後，開始「欣賞」這個字。大家別誤會，我不會用它或支持這種用法，但我佩服它堅忍不拔，能夠長期遊走於標準英語外圍，打死不退。這個字完全不合邏輯，但還有許多

不合邏輯的新造字（好比「unravel」*），數個世紀以來，依舊生氣勃勃。我有一天開車回家，心想：是否「irregardless」在方言中原本有細微的強調作用，但它落筆成文或向外傳播時卻受到壓抑，只表示「regardless」，其特質或細膩之處喪失殆盡呢？寫作時很難傳達這種強調語氣，何況幾乎沒人願意使用這個被貶為「沒水準的」字詞。我發現，儘管「irregardless」遭到眾人口誅筆伐，依舊有人使用它，而且早在十九世紀就衍生出「第二層的強調」意義，不但倖存下來，而且透過各種社群，有如野火燎原，四處擴散。這個惱人的字並非靜態不動：它是促進語言成長的積極力量。我睜大眼睛，拍著方向盤哈哈大笑。我已經突破迷障。「irregardless」不再是語法學家痛恨的單字，或者我認為預示語言衰亡的徵兆：它具備深度且歷史悠久，甚至我行我素。

　　剎那之間，我成了美國最鼎力替「irregardless」辯護的人。我幫韋氏公司錄製了一個短片，駁斥「irregardless」不是單字的觀點。我上推特和臉書，對那些討厭「irregardless」的人喝倒采，因為他們把這個字視為幫兇（straw man，直譯為稻草人），誤以為它讓英語一命嗚呼。我繼續四處搜尋（甚至從最高法院案件的口頭答辯[12]），要找出更多證明「irregardless」強調用法的資料。我收到一封令人難以置信的電子郵件，來信者駁斥我的影片，聲稱「irregardless」不是單字。對方寫道：「它是編造的字，因為人們不斷使用，才被收錄到字典！」我笑得很開心，然

---

* 譯注：解開。ravel表示「使更複雜」，前綴un代表「非；反」。

後才寫信回覆。這個字「當然」是編造的，而且因為人們經常使用才被納入字典。現實本是如此。字都是人造出來的：我們能在海底撈到字詞，或者在威爾斯的偏鄉僻壤挖出單字嗎？我開始告訴來信者，「irregardless」比普通人想得更為複雜，它不屬於標準英語，卻應該獲得起碼的尊重。我母親聽到這種觀點，非常驚恐。她咂咂嘴，說道：「柯芮，你大學就學到這些？」

我堅定捍衛方言，卻跟其他人掉入同樣的陷阱：我認為自己最懂詞彙，但其實我應該更通情達理。

我的小女兒在美國大西洋中部成長，因此她和我說不同的方言。各位會認為，我每天應該都能從中發現驚奇，其實不然，這讓我感到非常沮喪。

她有一天從學校回家，我走出書房和她聊天。我問她：「Do you have any homework?（妳有作業嗎？）」

她回答：「No, I'm done my homework.（沒有，我寫作業了。）」

這種特殊結構[13]是美國大西洋中部方言的標誌恰好也是加拿大英語（〔Canadian English〕的標誌），通常使用分詞「done」（完成，如上）與「finished」（I'm finished my burger〔我吃掉了漢堡〕），我也聽過有人使用分詞「going」（I'm going Emily's house〔我要去艾米麗的家〕）。在這個地區，這些全都是很正常的句子。在我住的城鎮，各種階層的人（從醫生到乞丐）都會使用這種語法結構，很稀鬆平常。

然而，我卻認為它聽起來很刺耳。

我糾正女兒：「No, you're done *with* your homework.（妳應

該說：妳寫完作業了。）」

　　她回答我：「Right, I'm done my homework.（沒錯，我寫作業了。）」

　　我歷經多年訓練，也耗費不少時間悉心回答抱怨方言「ain't」或「irregardless」的讀者，但此時我卻將這些拋諸腦外。我怕有人對女兒說三道四才糾正她。「I'm done my homework」不是標準英語，我的寶貝女兒可能會因為不說標準英語而遭受歧視。我不希望別人聽到她說「I'm done my homework」，就覺得她很笨。不管是否在這裡長大的人都這樣說話，也不管她最終是否會知道「I'm done my homework」不是標準英語，然後跟我們一樣，學會在母語和體面方言（標準英語）之間自由切換，甚至不管我說的方言在這裡是否是「錯誤的」。身為母親，我很擔心女兒會因為說方言而遭人羞辱。

　　某種方言或該方言詞彙遭到邊緣化之後，有時會衍生出更可怕的結果。社會語言學（sociolinguistics）教授約翰・里克福德（John Rickford）針對特雷沃恩・馬丁（Trayvon Martin）命案，廣泛分析了馬丁朋友瑞琪兒・珍特爾（Rachel Jeantel）的證詞。馬丁遭人追逐時曾與珍特爾通話，後來被喬治・齊默爾曼（George Zimmerman）槍殺。在當時出庭的人士之中，她是除了齊默爾曼之外，唯一的槍擊目擊者。

　　珍特爾是黑人，母語是海地克里奧爾語（Haitian Creole）和英語。她作證時，辯方不斷問她是否懂英語，或者她是否聽不懂別人對她提出的問題。她不斷反駁，說她非常了解這些問題，而

且誠實回答，沒有保留。問題在於，她用非裔美國人白話英語回答問題。操這種方言，往往會被認為愚笨無知且沒受過教育。白人陪審團多次中斷訴訟程序，聲稱他們聽不懂她說什麼。珍特爾根據自己在馬丁掙扎期間聽到的話，作出審前筆錄證言，而辯護律師質疑部分的證詞。在接受採訪時，珍特爾說她聽到有人大喊：「Get off!（下來！）」有人問她：「Could you tell who it was?（妳知道誰說的嗎？）」根據文字稿，她首先回答：「I couldn't know Trayvon.（我不知道特雷沃恩。）」後來，她又說：「I couldn't hear Trayvon.（我聽不到特雷沃恩。）」然而，里克福德指出，即使在海地克里奧爾語中，這種回答也不合理。他說：「當我和另一位語言學家[14]從電視上聽法庭播放的錄音帶時，我們聽到 I could, an' it was Trayvon.（我可以，那是特雷沃恩。）」里克福德指出，他得聽更清楚的錄音，才能確認採證的最初訪談內容。他說：「不過，珍特爾絕對沒說筆錄證言的話。」

　　如果證詞的內容不同，陪審團是否會做出不同的決定，這點很難判斷。然而，「可能」在此至關重要：如果陪審團或法庭上有一個人的母語是非裔美國人白話英語，珍特爾的證詞「可能」就不會被人質疑，判決結果也「可能」會不同。套句我的母語：That is worth reckoning（這點值得想想）。

作者注

1. 保險索賠理算師（insurance claims adjuster）、遊說校友捐贈的職員，以及麵包店助理（憤怒的顧客曾拿起一個芝麻街艾蒙〔Elmo〕的造型蛋糕，把它砸在我臉上）。

2. 有些人會回信罵我「白痴」：「irregardless」可以分解為「ir」和「regardless」。沒錯，可以這樣切分，但「ir」不是能夠單獨使用的單位。從這點來看，我不是「白痴」。

3. 這是個完全「正確的」單字。抱歉啦，各位。

4. 瓦克爾（Walker）的〈老藝術家〉（Old Artist），第三九頁。

5. 〈先知的近期警告〉（The Seer's Latest Warning），《奧爾巴尼晚間先驅報》（*Albany Evening Herald*），一九一一年四月五日，第二版。

6. 〈再發牢騷〉（Another Gripe），《堪薩斯酋長週報》（堪薩斯特洛伊〔Troy〕），一八八八年二月二日，第二版。

7. 《阿奇申每日環球報》（*Atchison Daily Globe*），一八八二年一月三十日，第四版。

8. 〈明星標本〉（A Star Specimen），《（印第安納州）洛干波特記者報》（*Logansport (Ind.) Reporter*），一八九三年三月二十四日，第二版。

9. potamologist 在《韋氏大詞典》的解釋為：**pot · a · mol · o · gist** \ ˌpätəˈmäləjəst\ *n, pl* –s : a specialist in potamology（名詞，複數 -s：研究河流學的專家）。

potamologyt 在《韋氏大詞典》的解釋為：**pot · a · mol · o · gy** \ˌpätəˈmäləjē\ *n, pl* **–gies** : the study of rivers（名詞，複數 -gies：河流的研究）。

10. 長期以來，這個名稱一直是一種狗哨（譯注：dog whistle，喚狗的高音頻哨子，狗能聽到，人卻聽不見。引申為在普通的訊息中隱藏針對某種族群的貶抑訊息。）。這種方言有好幾種名稱：黑人白話英語（Black Vernacular English）、黑人美國英語（Black American English）或非裔美國人白話英語。然而，語言學家從未把它稱為「鳥語」。

11. 至於如何在方言之間切換（稱為符碼轉換〔code switching〕），我最喜歡相聲二人組阿奇與阿皮（Key and Peele）的段子。這兩位黑人演過一齣短劇，雙方拿著手機朝人行道走去。其中一位和妻子討論如何購買劇院門票，另一個人則在打電話。他們看到對方，馬上很有默契，順暢切換到非裔美國人白話英語的說話模式。第二位男子接著穿越街道。當他聽不到第一個男人的聲音時，立即回到自然的口音：語調更高，口齒略微不清。他說道：「Oh my God, Christian. I almost totally got mugged just right now.（我的天啊，克里斯欽〔Christian，男子名，亦指基督徒〕！我剛才差一點被人打劫。）」

12. 「歐柏吉菲爾訴霍奇斯」。在口頭答辯中使用「irregardless」的律師從印第安納州的德波大學（DePauw University）獲得大學學位。我們收集大了量證據，證明該州居民會使用

「irregardless」。

13. 福魯沃德（Fruehwald）和邁勒（Myler），〈我寫作業了〉（I'm Done My Homework）。

14. 瑪格麗特‧里格格里歐索（Marguerite Rigoglioso），〈史丹福語言學家指出，如果對非洲美國人方言有偏見，可能導致不公正的裁決〉（Stanford Linguist Says Prejudice Toward African American Dialect Can Result in Unfair Rulings），《史丹福報告》（*Stanford Report*），二〇一四年十二月二日。

第五章

論博觀厚積

——語料庫（Corpus）

　　我被韋氏公司錄取後，朋友會問我平常上班做什麼事。他們好奇是有道理的：每天花八個小時處理字典，而不是把它們擱在架上或拿來當門擋，這種工作很荒謬。然而，我就在幹這種事，一天八小時盯著字典。荒謬的人做荒謬的事。

　　荒謬的人做什麼事呢？我告訴朋友，我是個文字狂，編字典簡直就像作夢：我經常在閱讀。

　　桌面擺滿飲料，我會歪著頭讀書，不時心存懷疑，臉上閃過一絲詭譎的笑容。真的在讀書，真的沒騙人。不是在找新詞，或者剔除舊詞。只是看書而已。我笑得很開心。哦，是的，是的，的確如此。

　　如今，外界若對字典編輯有「任何」看法，便只有一種共同看法：這些書呆子猶如某種「三位一體」*的語言創造、拯救和維

---

* 譯注：三位一體（Holy Trinity），原指聖父、聖子和聖靈合成的獨一真神。

繫者。人們會用各種古怪的角度猜想我的職業，誤以為我整天關在煙霧繚繞的會議室，猛抽雪茄，狂飲蘇格蘭威士忌，舉止誇張，猶如廣告從業員，不時與其他編字典者高聲交談，想出最新、最偉大的詞彙。偶爾會蒙眼擲飛鏢，亂槍打鳥彙整單字，甚至四處貪污收賄：若非如此，字典怎麼會收錄「Xerox」（全錄公司，泛指複印）和「Kleenex」（可麗舒紙巾）？

人們不斷累積這種印象，一旦發現編字典如此平凡無奇，可能會大失所望。我女兒的朋友總結得最棒：他聽到我的工作之後，驚訝得合不攏嘴，說道：「天哪，這是我聽過最無聊的事情。」但是對於其他人來說，這份工作卻棒極了。一位我剛認識的人從桌子對面伸手握住我的手腕[1]，眼睛發亮，興奮說道：「你整天『坐著讀書八小時』，還有錢可領？」

字典記錄人們如何實際使用語言，因此必須根據字典編輯頭腦之外的東西編纂，亦即基於龐大英語印刷文獻的代表性樣本。該如何獲得代表性樣本？便是長期涉獵群籍，唯有閱讀一途，別無他法。

英語字典蔚為風行

隨著英國的權力與財富逐漸從貴族階級流向商人階級，英語字典在十六世紀末期開始大量湧現。倫敦躍升為全球貿易和探索中心，普通商人以往雖無須讀書識字，此時便得提升文化水平。早期的英語字典都是雙語字典（拉丁語和英語、法語和英語，或

者義大利語和英語），因為英語剛成為一種全球通用的語言。這些雙語字典有助於靠前述語言交易的倫敦商人，而與英國商人打交道的外國人也獲益良多，因為英語詞彙和語法迂迴曲折、晦澀難懂。

隨著倫敦的文化水平日益提高，語法學校（特別是供年輕男性學習的機構）愈來愈普遍，各類現代字典先驅的參考書籍也蔚為風行。時至十六世紀末期，某些流行的啟蒙讀本羅列了單字表，以協助學生提升閱讀和寫作能力：教師理查·穆爾卡斯特（Richard Mulcaster）一五八二年的《基礎教育》（*Elementarie*，更貼切的名稱為《基礎教育首篇，主要論及理查·穆爾卡斯特提出之英語正確寫法》〔*The First Part of the Elementarie Vvhich Entreateth Chefelie of the Right Writing of Our English Tung, Set Furth by Richard Mulcaster*〕）在書末列出大約八千個每位學生都該知道的單字；埃德蒙·庫特（Edmund Coote）一五九六年的《英語教師手冊》（*The English Schoole-Maister*）大約收錄一千六百八十個字[2]。

學者奉為首部單語英語字典的是羅伯特·柯德雷一六〇四年出版的《按字母順序排列之單字表……》[3]。柯德雷很可能因為教書而編纂了本書。他在字典卷首的〈給讀者的信〉中表明意圖，指出要讓民眾使用符合語境的詞語、學習何時運用華麗詞藻與何時使用簡樸話語，免得用詞不當而顯得裝腔作勢。這封信字字珠璣[4]：不僅告訴讀者如何使用字典，同時挖苦見多識廣的博學之士，譏諷他們只想引人注目而誇誇其談（「哪位智者認為，

奇言怪語足以展露機智？我們開口說話，難道不是要讓他人理解嗎？」）

柯德雷聲稱，這本字典適合所有人，但並非如此：它羅列艱澀的單字，唯有受過教育方能看懂。在劍橋大學受過訓練的飽學之士，無需柯德雷之類的庸俗之徒來告訴他們「say」或「dog」代表的意思；柯德雷的字典著眼於更高級的單字，比如「cypher」（密碼）、「elocution」（辯論術）和目前罕見的可惜單字「spongeous」（如海綿般多孔的）。柯德雷如何決定該收錄哪些難字呢？他身為老師，當然知道哪些單字會困擾學生；然而，他也旁徵博引，參照過印刷出版的專業詞彙表和啟蒙讀本，包括穆爾卡斯特與柯德雷的書籍。因此，柯德雷坐擁兩項名聲：一是首度編纂出色的單語英語字典，二是創立「剽竊」（plagiarism）這種優良的字典編纂傳統。

這種編字典之法爾後又延續了一甲子左右：字典列出艱澀單字，供受過教育的飽學人士使用，而且定義的字詞通常源自於字典編輯的主觀意見與作古編輯遺世的心血結晶。早期字典有時囫圇吞棗納入英語的外來單字，偶爾納入人們粗製濫造的多音節字詞。簡單的普通詞語不收錄，因為學富五車之文士不必知道這些尋常單字。早期字典全然著眼於傳道授業：旨在讓略微受過教育的人提升素養。

到了十七世紀中期，情況有所改變。坊間出現一些字典，專門解釋「扒手黑話」（thieves' cant），亦即倫敦低下階層（偶爾是罪犯）所用的詞彙。字典從收錄讀書人的典雅用語轉為記錄小

偷俚語，似乎轉變得很突兀，但這種改變源自於閱讀需求：在十六和十七世紀，英格蘭風行稱為「無賴文學」（rogue literature）的寫作類型。這類粗製濫造的書籍、戲劇和小冊子據說是英國伊莉莎白時代真正的低俗犯罪小說，全盤托出乞丐、騙子與小偷的懺悔之詞，而上流的飽學之士趨之若鶩，全數買單。因此，無賴文學的作者開始出版「扒手黑話」字典，讓讀者更加了解他們的作品。

字典編纂啟蒙者

在這個時代，出書是門大生意，因此字典頻頻問世：在柯德雷的《按字母順序排列之單字表……》出版後的一百年之間，大約有十多部新字典上市。識字率提升，書市方能興旺。爾後，新教改革（Protestant Reformation）興起，民眾更強調要用母語親身閱讀和理解《聖經》，學校便如雨後春筍般設立，教人讀書識字。啟蒙（Enlightenment）時代降臨，令新教改革黯然失色之後，人們認為要論道說理，非讀書識字不可，讀寫能力的價值便一飛衝天：誠所謂，恰當運用字詞，方能表達正確思想。時至十八世紀，字典包含了普通詞彙，無論飽學之士或販夫走卒，皆能從中習得字詞，適切表達想法。

提升民眾的識字率，不僅書商能賺更多錢，讀者也需要（而且想要）更了解所用的單字：為何某個單字比另一個單字更合適、有些單字該怎麼唸，以及某個意思何時是低俗的，而另一個

意思何時是高雅的？現有的字典無法完整回答這些問題。某本字典可能收錄一些普通的單詞；另一本可能沒有包含這些字；其他字典可能只著眼於法律或植物學的詞彙，而其餘字典可能不夠全面。簡言之，讀者希望錢花得合算。由於缺乏涵蓋廣泛的字典，現代字典和現代字典編輯便應運而生。

首先是納撒尼爾·貝利（Nathaniel Bailey）。他在一七二一年出版《通用英語詞源詞典》[5]（*An Universal Etymological English Dictionary*，冠詞 An 為誤用，但原文如此），不僅收錄日常用字，還提供大量歷史資料、注記各種用法以及標示重音符號，讓讀者知道唸某個單字時該強調哪個音節。這本詞典的對象是「每個人」，譬如學生、商人、外國人、「求知」者，以及「無知」者，因此廣泛收錄禁忌用詞和俚語，包括「cunt」（屄）和「fuck」（他媽的；貝利故作忸怩，不用英語，反而以拉丁文定義這兩個字）。這本詞典廣受歡迎。

貝利之後是塞繆爾·詹森，這位仁兄脾氣暴躁，抱怨成性。他是倫敦書商的兒子，大學輟學，罹患憂鬱症以及現代醫生可能會認為是妥瑞症*的病症。詹森「長相怪異、粗魯無禮且資歷不足」，但一群英國書商卻邀他撰寫「權威的」英語字典，箇中原因為何，著實令人疑惑。

---

*　譯注：妥瑞症（Tourette's），神經內科疾病，會不自主地發出清喉嚨的聲音、聳肩或搖頭晃腦。

　　詹森是個讀書人，卻非飽學之士，而編字典，責任重大，於是他便如同我們這字典編輯，開始廣泛閱讀。他專注於英國文學的偉大作品，好比莎士比亞、約翰・米爾頓（John Milton）、約翰・德萊頓、約翰・洛克（John Locke）和亞歷山大・波普（Alexander Pope）的創作，但也參閱更平凡的普通作品。他飽覽群書，涉獵廣泛，舉凡化石研究、醫學文獻、教育論文、詩詞歌賦、法律條文、布道講詞、學術期刊、個人信件、色彩明暗的科研文件、破除當時神話迷信的書籍、世界史簡略，以及其他字典，各種素材。無所不包。

　　他一看到有趣的單字，便會標示它，將該字的首字母注記於書緣，然後將標示得密密麻麻的文獻交給助手，令其在紙上抄寫這段文字。這些紙張會按字母順序歸檔，詹森日後編寫字典時便會從中參考。

　　從一七五五年之後，各方編字典時幾乎都會仿效詹森（收集詞彙）的系統。諾亞・韋伯斯特準備編纂一八二八年的《美國英語詞典》（*American Dictionary of the English Language*）時，參考大量注釋的書籍（以及眾多字典）；所有號稱《牛津英語詞典》（*Oxford English Dictionary*, OED）的每位主編都會監督一項公共閱讀計畫，以便收集全球讀者（包含某位古怪至極的殘忍傢伙[6]）提出的引文和罕見詞彙；如今，字典出版商依舊在出自各種來源、我們稱之為「引文」處，畫底線、加括號和標示摘錄。

　　這種系統「似乎」簡單得要命。

博覽群書是基本要求

　　諾亞・韋伯斯特在一八一六年的一封信中寫道，編字典是盡量收集、定義和安排某種語言的「所有」辭彙[7]。韋伯斯特認為，無論是術語行話、偽善言辭、有趣單字或無聊詞語，所有單字都該一網打盡[8]。然而，現代字典編輯將這種觀點的重點略微往左移：編字典是「盡量」收集、定義和安排某種語言的所有詞語。韋伯斯特的這句名言頗讓人信服，但說來簡單，做可不容易。沒有一本字典能夠收錄某種語言的全部單字。

　　字典編輯評估某個字是否值得收錄時，不能全然依賴自己對該語言的認知。我鑽研中世紀，懵懵懂懂，一知半解，從來沒見過會計術語「EBITDA」（息稅折舊攤銷前盈餘）*，也希望日常生活不會碰到這個字。因此，我怎麼可能知道這個字廣為使用？即使被視為專家的編輯（科學編輯），也不一定是專家。克里斯托弗・康納（Christopher Connor）是韋氏公司的生命科學編輯之一，他說過：「我們不可能無所不知，但是要朝這方面努力。」因此，許多字典出版商都會推動某種閱讀計畫，以便提供字典編輯編寫字詞定義的素材。

　　工具若要好用，製造材料必定得好（我以前聽過我父親在車庫裡頭大吼大叫，通常會先突然聽到「叮噹」響聲，然後爆出一連串髒話），字典也不例外。普通字典的目的不僅是汲取語言精

---

* 譯注：全名為earnings before interest, taxes, depreciation, and amortization。

華，吸取人人可見的輕盈零碎雜物；字典也不是要在語言底層挖掘，從水底深處的污泥中打撈出鏽蝕的罕見古老詞語。若要獲取定義語言的真正代表性樣本，必須兼顧深度與廣度。

英語是處處創新的語言（無論你喜歡與否），網路大行其道之後，新創字詞便廣為傳揚（無論你喜歡與否）。因此，隨處可見新造單字：比如「mansplain」（男人說教）這樣的單字。它是「man」（男人）和「explain」（解釋）的合併詞[9]，很討人喜歡且廣為使用，泛指迂腐的男人向別人解釋事情，誤以為對方懵懂無知，自己見多識廣。「mansplain」大約出現於二〇〇九年[10]，到了二〇一三年初，它變得無所不在：從《紐約時報》到美國多語言網路傳媒《赫芬頓郵報》，從加拿大的《環球郵報》到南非的《週日論壇報》到印度的《週日衛報》，處處可見它的蹤影。它是「好」詞，當然無處不在，而且促成了一系列的「-splain」：我的桌上有一份我收集的非正式清單，收錄的單字包括：「grammarsplain」、「wonksplain」、「poorsplain」、「catsplain」、「whitesplain」、「blacksplain」、「lawsplain」，以及鐵定會有的「sexsplain」，全部出自於各類網路文章。

漫不經心的讀者會認為，「mansplain」和「-splain」詞綴是二〇一〇年代的「-it」字詞：這些新字隨處可見，而且非常重要，「因為」它們無所不在。從二〇一三年以來，別人只要知道我在編字典（一半人會很熱情，另一半人則會嚇到），都會問我：「你們收錄『mansplain』了嗎？」我會明確告訴他們（或讓他們失望）：「還沒有。」他們聽了，都會很生氣。一位朋友如

此回我：「你不是應該站在風口浪尖，見證語言變遷嗎！」我告訴她，我們確實是如此，但是語言變遷的風口浪尖並非總是最明顯突出的，而我花了很多時間研究「bored of」（厭倦）的用法。

她眨了眨眼，我希望她會感興趣，但她應該是心存懷疑。她重複我的話：「bored of。」

我的回應是：沒錯，「bored of」，比如「I'm bored of being asked about 'mansplaining' every fifteen minutes.（每十五分鐘就有人問我mansplaining，我覺得很煩）。」幾百年以來，「bored」都是與「by」〔I'm *bored by* your grammarsplaining〔你的文法解釋讓我厭煩〕）或「with」（I'm *bored with* your grammarsplaining〔你的文法解釋讓我厭煩〕）合併使用。然而，最近幾年，字典編輯開始發現「bored」與「of」逐漸被配對使用。其實，這種趨勢在英國比在美國更普遍[11]。

牛津字典的編輯指出，他們現在收集到更多使用「bored of」的證據，「bored by」反而比較少，而根據證據，「bored with」和「bored of」的用法雖然旗鼓相當、不相上下，但天平也是往後者的方向傾斜。這屬於微小變化，只是語言構造板塊的「bored」略有滑動，在語言中激起漣漪，但字典編輯可以感受到這個衝擊波。因為「bored of」的「of」可能代表「of」逐漸衍生出新的意義，而這種事情就會讓字典編輯感到棘手和煩惱。很少人留意「bored of」這種新用法，但是它比「mansplain」更為常見。若是膚淺探討英語，便會錯失這個微小卻美麗的例子。

然而，所謂深入探討語言，並非去探索語言的底層。我剛開

始替《韋氏大字典》定義字詞時，曾經遇過「abecedarian」（初學者；按字母排列的）。這個字很罕見，唯有向別人證明自己參加過「全美拼字大賽」（National Spelling Bee）時，才會迸出這種詰屈聱牙的單字。姑且不管它是否常見，我必須閱讀彙整的引文，以便確定是否需要更改定義。

我很熟悉它的第一個定義：「one that is learning the rudiments of something (such as the alphabet)」（正在學習某些東西〔比如字母表〕之基礎的人）；然而，我從未見過第二個定義：「one of a 16th century Anabaptist sect that despised human learning on the ground that the illiterate needed no more than the guidance of the Holy Spirit to interpret Scripture」（十六世紀重洗禮派〔Anabaptist sect〕的成員，這個支派對學習嗤之以鼻，因為文盲只需要聖靈引導便可詮釋《聖經》。）我「喔」了一下，但沒有發出聲（不能發出這種聲音，因為這就算說話，就是觸犯了禁忌），然後繼續鑽研引文。我略知歐洲的宗教歷史，覺得這個定義應該是鬼扯。改革重洗禮派！文盲！聖靈！真的，我定義字詞的「福杯滿溢」*。已經裝不下了。

「abecedarian」很罕見，而這種「abecedarian」（初學）的感覺更是罕見。我們收集了許多引文，幾乎沒有提到它的檔案；韋氏公司編輯都不曾在印刷文件中看過這個字。既然如此，字典怎

---

* 譯注：my cup runneth over，語出《聖經・詩篇》第二十三篇第五節，表示上帝豐豐富富地給予祂的子民。

麼會收錄呢？根據某張二十世紀初的「粉紅卡」，證據就在編輯文庫的一本書中。我關上文件抽屜，跑到地下室。那裡收藏陳舊的編輯文庫，旁邊堆放著成捆的包裝膠帶，喬治・梅里亞姆也陰魂不散，永遠在抱怨漲價的墨水價格以及貪得無厭的韋氏家族。我開始翻箱倒櫃，尋找證明重洗禮派這個古怪教派名稱的證據。我忙了將近一週，期間還參閱討論重洗禮派的各種語言文獻。

　　我最後接到一位教授朋友的電子郵件，信件如此開頭：「我翻閱過Historiae anabaptisticae（拉丁語：重洗禮派歷史）的文獻，也參考過墨蘭頓*在施托克†等人於威登堡（Wittenberg）時期以及後來所寫的書信。」用拉丁語探索蛛絲馬跡確實讓我非常興奮，但從編字典的角度來看，這樣很浪費時間。如果「abecedarian」的這種特殊用法如此罕見，那麼根本沒有佐證資料，這種用法可能早已深陷廢棄字詞的污泥，構成英語河流的底部，而我也不該花整整一週去鑽研它。沒錯，我學到了很多關於德國茲威考（Zwickau）的先知以及重洗禮派的草創時期，但我最後坐下來冷靜盤點我對這個字收集的資料時，發現根本不必更動字典的原本定義。我花了一週鑽進兔子洞，爬出來之後卻發現，我是世界上最愚蠢的文字狂。我學到的甚至不能拿去在雞尾酒派對說嘴炫耀。追根究柢並不像人們宣稱的那樣美好。

　　因此，我們尋求中庸之道：既旁徵博引，亦講求深度。字典

編輯讚美超然客觀，同時崇拜原始、未經解析的資料，但我們寧願大眾忽視以下的事實：適切拿捏參照資料來源其實是門藝術，取捨非常主觀。應該納入多少學術文獻？傳寫學術文獻的人都希望你閱讀他們撰寫的所有內容（因為有人必須這樣做），並且很多領域都充斥各種專業期刊。

如果我們讀《現代文學雜誌》，我們還應該讀《當代文學》嗎？那《美國文學》呢？如果我們讀了，是否也需要納入《早期美國文學》？或者，我們可以假設《美國文學》也會涵蓋一部分的早期的美國文學？為了不要偏袒存私心，我們也得閱讀《加拿大比較文學評論》或《蘇格蘭文學評論》嗎？當然，我是誇大其詞，但所言不虛。若涉入科學領域，閱讀清單就成千上百，包括九種都稱為《物理學期刊》的期刊。應該讀哪本《物理學期刊》，著實令人舉棋不定，但這可能並不重要，因為多數出版的期刊都不是學術性的。不如多花點時間想想應該閱讀《時人》和《OK！精采》（*OK!*）雜誌。

找出挖掘新詞的金礦

早期的字典編輯非常謹慎，摒除他們認為不符合要求的來源。塞繆爾・詹森對於美國的資料嗤之以鼻；諾亞・韋伯斯特則認為，某些英國文學巨匠的文風過於浮誇，不適合納入用詞合理的英語之內[12]。現代字典編輯挑選來源時（試著）比較不那麼傲慢，但也必須做出選擇。橫在眼前的，是最新的加拿大作家瑪格

麗特‧愛特伍（Margaret Atwood）的小說，以及整套《暮光之城》（*Twilight*）系列小說。《暮光之城》系列小說極受歡迎，但可能不會出現許多新的單字。瑪格麗特‧愛特伍的小說不比青少年吸血鬼／狼人／超自然愛情故事受歡迎，卻可能產生更多的新詞。是否該挑選更具文學性的作品，不理會更為流行的低劣彆腳貨？彆腳貨難道不能占有一席之地嗎？

《新韋氏國際字典第三版》受到一些投訴，其中之一是它從波莉‧阿德勒（Polly Adler）的小說《房子並非家庭》（*A House Is Not a Home*）收錄了一些引文，總共四十五則。二十世紀初的讀者若有洞察力，馬上便知波莉‧阿德勒這號人物：她是紐約最著名妓院的老闆和鴇母。她的回憶錄有很棒的引文，包括令人驚喜的用法「trying to chisel in on the beer racket」（在非法販售啤酒的勾當上分一杯羹）[13]。如此我們便得考慮一點：我們這些讀書讀過頭的蠢蛋算哪根蔥，憑什麼判定某一本書是（a）彆腳貨和（b）可能不是挖掘新詞的金礦？當《哈利波特》（*Harry Potter*）系列小說首度亮相時，許多字典編輯認為它屬於科幻作品，不會產生多少經得起時間考驗的新詞。然而，現在處處可見「muggle」（麻瓜），這個字表示特定文化或群體之外的人（通常位於首都之外），連最高法院的異議*中都曾出現這個詞[14]。

---

*　譯注：Supreme Court dissent，異議指訴訟案中某法官對其他法官判決的不同意見。

網路崛起的優缺點

現代字典編輯還得應付其他東西：流傳整個網路的訊息。工具書出版商通常對於從網路挖掘引文有所保留，因為多數的網路文字都未曾被校訂過。此外，書籍、新聞和期刊改編後又會轉成線上資產，比如《紐約客》的紙本文字不同於其網站內容。紙本印刷部門資源縮減，編輯人員也會隨之裁減，因此以往某些可靠的參考資源，如今校訂的內容可能有瑕疵（如果仍有校訂的話）。

網路也替字典編輯帶來另一個問題：來源會被隨意更改或校訂，甚至憑空消失。《維基百科》編輯布萊恩·亨德森（Bryan Henderson）曾在二〇一五年大肆校訂這個開放原始碼百科全書的內容，負責刪除和修改所有「is comprised of」（由……組成）。他在網站上編輯了四萬七千筆資料，大多是用「is composed of」（由……組成）和「consists of」（由……組成）取代「is comprised of」[15]。這件事鬧得沸沸揚揚，支持或反對亨德森的聲浪都不少。然而，字典編輯對此不甚認同，眉頭緊鎖，頗為擔憂。

我們這些編輯發現網路上出現了有趣的用法，好比「bored of」或「is comprised of」，於是將其納入檔案，不料日後回頭查找時，資料已遭人刪除。我們會喃喃自語，罵道：媽的，亂寫亂改。話雖如此，文字記載總是不斷改變：約翰·德萊頓曾校訂自己的後期作品，改正「wench」（少婦；娼婦）之類的字眼，因

為他年事日長，逐漸偏愛「mistress」（女主人；主婦；情婦）。

　　最後，還有一點需要考量。在這個「字典收縮」（dictionary contraction）的時代，工具書出版商左砍右砍刪減人力，有六人編字典就要偷笑了，哪有人力去閱讀這麼多鬼東西？

　　某些字典出版商試圖使用所謂的語料庫（corpus）來解決這個問題。所謂語料庫，就是全文資料的精選集，通常被儲存到可檢索的資料庫。這些語料庫（corpora）[16]位於網路，可以公開使用或訂閱查詢。有些語料庫專注於報紙；有些混合學術和非學術文獻；有些包含新聞廣播的逐字稿；有個出名的語料庫甚至只收錄美國肥皂劇的劇本。語料庫通常包含上億的文字，有助於字典編輯。最棒的語料庫會標記和細分資料來源，讓字典編輯可以檢索演講文字稿或學術文獻，而語料庫也會在彙整的單字後頭標示詞類：這是天賜之物，定義有五種詞類的「as」時，便可事半功倍。

　　語料庫收集了字典編輯無法輕易獲得的資料，譬如：科幻與奇幻小說；英國現代刑事法院早期的訴訟文件；使用者網路（Usenet）群組的貼文；一九七〇與一九八〇年代龐克圈子手工印製的雜誌和小冊子；以及漫畫書：網路興起之前，憑預感辦事的字典編輯必須知道前述材料在哪裡，並且冀望這些資料存放於容易前往之處且由心胸寬大的圖書管理員監管。

　　語料庫也非常適合收集方言詞彙或區域用語。這些字詞只屬於某種方言或只在特定地區使用，甚少流通於國內全境或全球各地。「finna」便是最好的例子：南方英語常出現這個字，用來替

代「fixing to」，而根據南方方言，這代表「going to」（即將），但是美國南部以外經過校訂的印刷品卻很少出現這個字。因此，編輯字典的北方佬很難在通行全國的報刊上看到它，卻能在包含小型區域性報紙和出版物的語料庫找到這個字。語料庫確實開啟了字典編輯先前只能望而興嘆的嶄新詞彙世界。語料庫問世之前，字典編輯只能參照自己收集的資料。如今只需要點擊幾次滑鼠，便可略窺某個單字的地理分布，或者了解某個單字比另一個單字更流行的程度。

語料庫雖然好用（確實如此），卻無法與真人相比，因為人可以翻閱雜誌或瀏覽網路文章，讓他們的語感伺機逮住某些字詞。語言學家喜歡語料庫；只要兩、三位語言學家聚在一起，他們便會興高采烈，討論語料庫的範圍大小，論及各種可能性，講的都是「資料」（data）。然而，除非有人能夠分析與詮釋資料，否則彙整了全球資料也是白忙一場。

收錄創新詞彙

二〇一五年，名為Wordnik的線上字典新創公司掀起一陣風潮。他們宣布一項募款活動，聲稱要記錄「上百萬個失落的」英語單字，因為這些詞彙太新穎或罕見，目前沒有任何字典收錄它們。這家公司打算搜索網際網路，尋找各種附上注釋的單字：換句話說，就是在流通文本中尋找首次使用後立即補上說明的單字，作法如下。Wordnik委託一家數據分析公司去尋找「also called」（也稱為）或「known as」（已知）的觸發文字，從中收集一百萬個失落單字。這間數據分析公司的一位聯合創辦人告訴《紐約時報》，Wordnik 的研究將可以用來追蹤新單詞被採用的速度：

> 他說道：「我們可以實際判斷出主流術語何時採納字詞。」方法是觀察作家何時不再抱怨「infotainment」（資訊娛樂節目）之類的新造字，然後開始使用它們，好像民眾已普遍了解這些單字的意思。他接著指出：「看出哪些單字很快便被採納，哪些詞仍然被摒除在外，這是非常有趣的事情。」[17]

訓練有素的字典編輯會參考某些指標，從中判斷某個單字是否已完全融入到語言之中。前面提到的那種注釋消失了，便是其中一個指標。如果了解自己在尋找什麼，這個指標將非常有用。如今，最有成效的新單字（而此處所謂的成效，並非指「useful」〔有用處的〕，而是「used a lot and all over the place」〔被大量使用且隨處可見〕）來自於電腦程式設計、醫學和商業之類的領域，因為這些領域充斥行話和術語。在這些領域中，專家都甚為了解這些專業詞彙，因此這些單字出現時都不必標記新單詞的記號，比如引號、斜體或注釋。然而，在通俗的出版物中，這些術語行話仍然會被標記引號、斜體表示或附上注釋，因為它們尚未融入普通人的語言。

編寫字典時，我可能會讓足本大字典內收錄專門的術語，因為讀者期待能從這種字典找到更難的術語和更專業的詞彙，但我不會將它們納入簡明的刪節字典，因為讀者只希望從這類字典找到日常使用的單字。然而，如果我認為某個字非常重要，即使它仍然經常被附上注釋，我也會將它收錄到字典：「AIDS」（愛滋病）和「SARS」（嚴重急性呼吸道症候群）可能第一次出現就會被收錄到字典，因為我們推斷，這兩個字代表的綜合症是非常關鍵的健康情況，短期內是不會消失的。要靠人來下這類決定；在語言變革戰壕中身經百戰的人能比目前的自然語言處理程式做出更好的決定。然而，電腦運算要快得多。

字典編輯思索如何記錄語言時，內心深處會引發一陣恐懼。收集引文的構想其實與語言的形成背道而馳。我們生活在文明開化的社會，書籍垂手可得，教育十分普及，因此認為書面文字比口頭話語更為重要。這有點道理：話語瞬間即逝，聽者只能捕捉一次，然後像分類精神垃圾郵件一樣分類聽到的話語，這些點點滴滴的訊息可能有用，也可能無用，要嘛被丟棄，要嘛被擠到記憶底層腐爛，上頭堆滿購物清單、你第一隻寵物的名字，以及披頭四（The Beatles）〈你需要的就是愛〉（All You Need Is Love）的副歌。相較之下，文字是永恆的；只要在網路上撰寫品味低級的文字，這種貼文就是「真實的」。

然而，嚴格來說，這完全是假象。口語其實是語言主要傳播方式，各種語言學研究在在證明了這一點。人通常先學會說話，然後才會閱讀。只要學過任何外語，都知道判定流利的黃金標準

並非閱讀能力，而是能否向該外語的母語人士提問，詢問他們喜歡世界杯的哪個隊伍，而且能理解和參與後續的討論。這就表示新的單詞和短語被創造出來後，幾乎總得流通一陣子，最後才會載入文字，而字典編輯根本無法觸及這種語言創造的領域。

啊，那又怎樣？如果某個單字很重要，總有人會把它寫下來，然後字典編輯會發現它，最後編目並定義這個字。唉，並非總是如此。首先，並非所有文字都是公開的。信件、購物清單以及我們在中學時和同學傳遞的便條，這些都沒有打字排版且裝訂成冊供大眾閱覽。即使偉人書信（具有文學價值或歷史意義的魚雁往返）也難以完全彙整成冊出版，甚至散落佚失。這就是語言上的損失：許多人撰寫個人書信時，遣詞用字會更加自由奔放。他們會創新、縮寫和隨機創造新詞，同時拋開拘束，恣意運用語言，而這便意味著字典編輯不會看到一大堆令人興奮的創新詞彙。

如此一來，編字典的人就會遇到第二個難題：我們必須眼見為憑。雖然字典編輯求知若渴、嗜讀如命，但我們不可能遍覽世上所有的印刷品。如今的印刷物不僅多過於以往，每個人更能透過網路，讓自己的文字被廣為閱讀。這並非誇大其詞。二〇一四年六月，一位名叫披奇絲‧蒙若伊（Peaches Monroee）的十六歲少女製作了一段六秒鐘的影片，聲稱自己的眉毛是「on fleek」，表示「good」（漂亮的）或「on point」（完美的）。到了十一月，亦即蒙若伊上傳影片僅五個月之後，全球將近百分之十的谷歌搜索是查找「on fleek」[18]。

　　我同事艾米莉為了撰寫一篇部落客文章採訪了蒙若伊[19]。她詢問「on fleek」出自何處。它是家庭俚語、對「on point」和「flick」（輕彈）玩弄文字，或者是混合「fly」（飛）和「chic」（時髦的）？答案是以上皆非：蒙若伊說這個字是她隨口編造的[20]。

編輯的閱讀和標記清單

　　編輯總監馬德琳‧諾瓦克（Madeline Novak）剛剛到我的辦公桌來發送一份清單。我當時正忙著閱讀《新韋氏國際字典第三版》的序言，韋氏的新手都得做這項苦工，當作在職訓練的一部分。序言以四點（point type, pt）大小的字型印刷，共有四十五頁，我很高興能夠放下這份文件來處理清單。馬德琳說道：「你看一下，告訴我你想從哪裡著手。」

　　我瀏覽的清單是正式的「閱讀和標記清單」（Reading and Marking list），亦即我們經常閱讀和標記的來源目錄，按字母順序（當然如此）和主題來分門別類。我砰的一聲闔上《新韋氏國際字典第三版》，輕輕發出一聲「好」，然後便去瀏覽清單，好像一個小孩剛發現哥哥或姊姊暗藏的M&M's巧克力。我的眼睛不斷上下掃視頁面：來源五花八門，包括《美好家園雜誌》（*Better Homes and Gardens*）、《今日化學家》（*Today's Chemist at Work*）、音樂雜誌《Vibe》、《Commonweal》雜誌，以及《紐約時報》，甚至還有我家鄉的報紙《落磯山新聞》（我壓抑自己的尖叫聲，結果發出如同緩慢漏氣的聲響）。

馬德琳叫我挑選三到四份；不到五分鐘，我已經寫好一份想閱讀的清單，大約有十五種閱讀來源，而這只是期刊和報紙的清單！我還沒有「看到」書籍清單。別理M&M's巧克力了：書單就像一整間糖果店。

我放下鉛筆，覺得自己運氣絕佳。我不僅喜歡閱讀，更是「無法停止」閱讀。我會讀公車廣告，檢視口袋裡的收據，甚至把視線越過陌生人的肩膀偷看他們正在閱讀的東西，因為我遏止不了這種欲望，我「必須」這樣做。這間出版公司竟然付錢請我讀書，「幹這份工作，真是太爽了。」

閱讀和標記是[21]字典編輯的核心技能之一。與其他的技能一樣（包括：定義、校對，以及避免彼此目光接觸），要刻苦練習，方能掌握這項技能。學習過程很簡單：一邊閱讀文件，一邊留意醒目的字詞。找到單字時，畫底線標示出來；用括號在該字周圍括出足夠的上下文，讓人日後定義時可以知道它的用法和意思；在被標記單字旁邊的頁邊空白打上記號，打字人員就不會在寫得亂七八糟的底線標示中遺漏模糊的標記。重複這個過程，要把所有的資料都讀完。

然而，要下苦工的，乃是閱讀本身。多數人誤以為，這種閱讀詩情畫意，令人陶醉其中，乃是文字愛好者（以及想編字典的人）夢寐以求的。唉，這件活不輕鬆，也不該輕鬆以待。史蒂夫・佩羅說道：「我覺得多數人努力讀了一天資料之後，才開始標記，但我認為這樣做是不對的。」

對於剛入行的字典編輯而言，除了擺脫舊語法和重新學習語

法，還必須拋棄舊的閱讀習慣，重新學習新的閱讀方法。務必勤加練習，方能有所成效。吉爾像個修理舊保險桿的機械工，不斷捶打新進編輯，把語言偏見從他們的腦中擊打出去，而史蒂夫則是訓練我們這些編輯如何閱讀。閱讀和標記的目標是替引文檔案添加有趣的新單字。要做好這份工作，必須留意閱讀內容，但不能過分留意。字典編輯閱讀和標記時，最常遇到的問題是被文章吸引，而不是對語言感興趣。例如：

> 歌手芭芭拉·史翠珊（Barbra Streisand）在馬里布市的豪宅（spread）替民主黨（Demo）舉辦「每人五千美元」（$5000-a-head）的募款活動（fund-raiser），企業家休·海夫納（Hugh Hefner）帶著一名穿著暴露的（scantily clad）妙齡少女（youngie）出席。這位年輕女子發現政治人物南希·裴洛西（Nancy Pelosi）盯著她，於是怒氣沖沖，說道：「親愛的（sweetie），別看我什麼都沒穿，就把我當傻子看！」[22]

這位穿著暴露的性感妙齡女子是誰？她的確不是個蠢蛋嗎？裴洛西如何回話？海夫納又如何回應？天啊，我「很想」知道事態的發展。

如果你也這樣想，那麼你其實沒有閱讀和標記，你只是在閱讀。你非常專注於內容，可能會錯過「Demo」，這個字是「Democratic」（民主黨的）縮寫，不過很少見。你也可能錯過

「spread」，這個字經常用來表示豐盛佳餚，不是本文所指的房舍。然而，你應該不會錯過所有的關鍵字：「youngie」應該會引起你的注意，因為它出現在「scantily clad」的後頭。唉，「世風日下，人心不古！」（O tempora! O mores!）

對於字典編輯來說，略讀和一頭栽進故事而不顧文字同等危險。我們略讀時，是在搜尋文本的關鍵字和熟悉的模式，並非逐字或逐句閱讀。略讀上面的段落，可迅速找到某些重要的單字：「sweetie」、「scantily clad」、「Barbra」和「Hugh Hefner」。但是可能會遺漏「$5000-a-head」的「a」和「head」＊：這兩種用法不是新的用法，但是在印刷品中肯定不會像口語那般常見，所以應該標記。我們也可能標記「fund-raiser」（保留中間的連字號），以便記錄證據，證明這兩個字已經從開放型態的複合詞轉變加連字號型態的複合詞。閱讀和標記就是要捕捉這種微妙的轉變。

唯有辛勤練習，方能捕捉到這類變化。我們會拿史蒂夫讀過文章的影本來練習閱讀和標記，這些文章出自於《娛樂週刊》雜誌，內容有點風趣，藉此增加練習難度。史蒂夫提供給我們閱讀素材，然後我們回到座位標記內容，最後大家聚在編輯會議室一起審閱，史蒂夫會告訴我們遺漏了哪些好字，也會解釋其他標記的詞語不太有用。

我同事艾米麗・維茲納對自己的閱讀和標記訓練記憶猶新。她當時在閱讀《娛樂週刊》的一頁報導，史蒂夫逐段跟她分析。

＊　譯注：a代表per，head代表person，合起來指「每人」。

史蒂夫問艾米麗：「第一段標記了什麼？」艾米麗便指出她標記的文字。如果史蒂夫覺得不錯，就會點頭，說道：「很好。」他們一路看下去，直到最後一段。這段文字在評論《美國派2》（*American Pie 2*）。史蒂夫問道：「妳標記了什麼？」

艾米麗停頓了一下，然後向我說道：「我當時剛來上班，不太了解這個人，但他是老闆！所以他問我，我只好回答。」她清了清嗓子，說道：「嗯，我標記了『horndogs』（精蟲衝腦的男子）。」史蒂夫頓了一下，回答：「很好。」該標記的字還是得留意，甭管它是否低俗愚蠢。

各位可能會發現，我不斷提到「引人注意的詞語」。沒錯，字典編輯會注意的單字，通常在某種程度上是新詞。然而，因為我們是根據收集的引文來下定義，如果我們只標記新詞，收集的檔案就會有所偏頗。因此，韋氏公司的大人物曾要求所有編輯，在標記一份來源時，至少注記每三到五個字之後，就要標注我們通常不會注意到的文字，以便填滿我們的檔案。現代的線上語料庫可協助我們填補不足之處，但是語料庫問世之前，我們得自己補充，（而且還得不斷向打字人員道歉，同時請他們吃自製餅乾，因為他們要根據這些來源，將每個畫底線的單字都轉換成獨立的引文）。

我們填補檔案時，必須廣泛閱讀。我看著眼前的閱讀和標記清單，挑選了四種迥異的讀物，亦即《時代》雜誌、《人車誌》（*Car and Driver*）、《大眾機械》（*Popular Mechanics*）和《今日基督教》（*Christianity Today*）。在適當的時機，我的收件箱便會

開始出現它們的副本，連同調查當天午餐的粉紅卡。封面的右上角是帶有我姓名首字母的標籤，表示這份《人車誌》的副本是「我的」，完全屬於我，但我的首字母下面有另一位編輯的姓名首字母。我有點生氣：我是替自己挑選了這些雜誌，不是替MDR、DBB、KMD或其他編輯選擇閱讀素材。我必須跟別人分享嗎？此時，我感覺這份工作沒這麼「爽」了。

在韋氏公司裡，多數期刊不止由一位編輯閱讀。這樣做是合理的：每位編輯閱讀和標記時都有自己的風格：每個人都會以獨特的方式收集詞彙和語法、標記方言、從業餘愛好中收集專業詞彙，以及穿越英語的時空時俯拾語言的零星雜物。我在《人車誌》看到「hot rod」（馬力超強的改裝車）時，會認為這個字平凡無奇，大家都耳熟能詳，但是沒有跟「hot-rodder」（愛改裝車的人）[23]一起長大的人卻會覺得這個新字令人興奮。反之亦是如此：如果我對汽車一無所知，可能會完全錯過「drivetrain」（傳動系統）*這個字在意思上的微妙轉變；現在的傳動系統或許不只包含機械原件，可能整合了電腦以及其他引擎蓋底下我所不了解的神奇機制。如果同一個人（或我）錯過了這種轉變，字典的定義最終將會過時，因為他們（或我）壓根不懂傳動系統。

或者，因為我不熟悉汽車詞彙，我可能會標記代表「catalytic converter」（觸媒轉化器）的「V-6」和「cat」以及表示「horsepower」（馬力）的「horses」。我們把這個問題稱為「過度

---

*　譯注：相關組件包括離合器、變速箱、傳動軸和車輪。

標記」。一旦不小心過度標記，這種「cat」的特殊用法便會在引文檔案中出現太多次。更糟糕的是，因為「cat」的貓科含意司空見慣，很可能沒人會標記這種意思。因此，日後某個倒楣的編輯必須在檔案中如此解釋：根據客觀的檔案彙整資料，「cat」在書面英語中大量表示「catalytic converter」，但情況並非如此，「cat」更常用來表示「通常出現在網路廣泛分享的影片、圖片與紀念品上的小型寵物貓科動物」。

前面提到的MDR和DBB是物理科學編輯。我既不是科學家，也不是機械技師，所以我標記之後，他們會接手閱覽，確保我沒有遺漏專業詞彙在意思上的轉變。KMD是比我多三十年經驗的編輯。我偶爾會翻閱她在我看完後重新標記的《時代》雜誌，並驚訝於她發現的詞彙。

我把橙色鋁箔袋子的東西倒進咖啡機，等待機器煮好一壺咖啡時，隨手拉出最新一期的《時代》雜誌，檢視她在自己姓名首字母旁邊列出頁碼的內文。其中一頁是她標記的整版廣告：「The acclaimed new Dodge Durango sport utility vehicle from the drawing board to production in 23 blazing months.」（嶄新的道奇Durango休旅車備受好評，從設計到量產，歷經二十三個月，一路披荊斬棘，開創新局。）我心想：媽的，沒留意廣告！我當時專注於在文章中挖掘字詞，竟然忘了翻閱廣告。

讓多位編輯標記同一個來源，其實還有一個很普通的理由：有很多東西要閱讀，而編輯都得應付截止日期。畢竟，編字典是商業行為。編輯必須配合截止日期，在某個時間點出版字典來增

加銷量；我們每年必須賣出特定數量的字典來支付所有開銷；如果入不敷出，我們就得節流；跟多數現代美國工人如今所知的一樣，公司要省錢，就要縮減完成工作所需的人員或流程。我喜歡花一整天坐在書桌前慵懶地閱讀，但我不能這樣做，我必須解決特別令人討厭的定義（比如替「as」下定義）。

閱讀和標記清單會營造虛幻的喜悅感：編輯最終都得讀自己討厭的東西。我的同事離職去教書時，我承接了她一部分的閱讀和標記工作，特別是要閱讀政治雜誌。我不介意討論政治，但我討厭冗長的政治文章或咆哮指責的評論。我現在每週都得翻閱充斥這種論調的雜誌。我們最終都得放棄先前喜愛的來源，僅僅因為我們沒時間閱讀它們。《人車誌》不再送到我的辦公桌，《大眾機械》也停了。我現在正努力閱讀《劍橋後現代神學指南》（*The Cambridge Companion to Postmodern Theology*）。目前找不到編輯來讀這本書。上帝，饒了我吧！

話雖如此，多數字典編輯都是嗜讀成性的人。閱讀和標記的訓練會讓人變得嗜讀成性，一發不可收拾：一旦開始閱讀，無論如何，都停不下來。我曾經用餐時停了下來，用手機拍攝模糊的菜單相片來添補引文檔案；我曾經發出「噓」聲要孩子安靜下來，以便聽清楚公共電台的人如何使用「ho-bag」*這個字[24]；我看到路標的有趣單字時會突然轉向，把車子停到路邊去拍照；

---

* 譯注：淫亂的賤貨。污辱女性的字眼，由whore（音同ho，指婊子）和 douche bag（混蛋）組合而成。

我習慣旅行時帶走免費的香皂，不是因為我喜歡這種肥皂，而是因為它們的包裝有時會印著很有趣的文字。我等著要把各種物品（並非全部由我收集）送給打字人員，請他們輸入成為引文。以下列出部分品項：

- 冷凍餐盒
- 尿布盒
- 啤酒罐
- 書報的藥品廣告插頁
- 火柴盒
- 家庭相冊的照片（孩子們，對不起。在照片中，你們站在「dinor」標誌的下方，這個字是「diner」〔餐廳〕非常罕見的拼法，只有特定區域才會出現。不過，你們都不在乎這點。你們甚至是看見我把照片拿去公司時，才知道我拍了這張照片。）
- 除臭品牌 Odor-Eaters 的包裝
- 穀片包裝盒
- 外賣菜單
- 貓食袋（空的）
- 音樂會宣傳單或節目表
- 商品種類繁多的郵購目錄
- 從紗線束帶撕下的標籤
- 黃頁電話號碼簿。「整本」黃頁電話號碼簿。

即使我使盡吃奶的力氣來根除這種習慣，還是無法停止閱讀和標記。當然，我還是可以享受閱讀，但看到某些單字時若不去處理，總覺得不舒坦，猶如芒刺在背，非得處理不可。我可能正在讀最新的暢銷書，讀得酣暢淋漓、行雲流水，突然看到「fuckwad」（混蛋），狂飆的視線便猛然剎車。我心想，「該標記嗎？」此時內心湧現一個微小的聲音，請求我不要：天啊，我們可能有數千則「fuckwad」引文檔案，這個字沒有價值，算了吧！這個要我苟且享樂的獨白尚未結束，我早已拿起筆和廢紙，抄寫引文內容，打算隔天帶到公司。我想像自己是一名足科醫生：過了一會兒，整個世界在我眼中就是一雙雙的腳。

整天讀書當然愉快，但我也得了職業病。我已經無法隨意看待和拋開單字，使其獨自留下、自生自滅。我就像蹣跚學步的孩童，老是在人行道撿拾每一片碎屑和垃圾、死蟲子和狗屎，連番問道：「這是什麼？這又是什麼？還有這個呢？」但是爸媽還有要事，於是一邊發問，一邊被拖著走。

即使我此時在寫書，眼角還是瞄到塞在儲藏櫃架上的燕麥罐，上面印著醒目的字眼「Quick Cook Steel Cut Oats」（快煮鋼切燕麥）。「Quick cook」。「Steel cut」。嗯，到底是什麼意思呢？

各位，不好意思。我想拆開一包燕麥片來一探究竟。

作者注

1. 各位讀者，我當時縮手，沒讓她握住。

2. 庫特單字表包含基本的定義，穆爾卡斯特的列表卻沒有。穆爾卡斯特要求別人下定義。他介紹單字表時，呼籲別人替英語為母語的人士編纂一本完整的英語詞典：「有此需求，不外乎眾人即便精通外語，依然萬難瞭解家鄉情事。雖意圖猜想，卻常失之千里。」（一六六）

3. 後續書名如下：《……包含與教導正確寫法，講解源自希伯來語、希臘語、拉丁語和法語等語言之艱澀英語單字／使用白話英語詳加解釋，俾利彙整之詞彙得以造福成年男女或年輕人，使其更易理解出自於《聖經》、耳聞自講道或出現於其他場合之諸多艱澀英語單字，同時能適切運用這些詞彙》（...conteyning and teaching the true writing, and vnderstanding of hard vsuall English wordes, borrowed from the Hebrew, Greeke, Latine, or French, &c. / With the interpretation thereof by plaine English words, gathered for the benefit & helpe of Ladies, Gentlewomen, or any other vnskilfull persons. Whereby they may the more easilie and better vnderstand many hard English wordes, which they shall heare or read in Scriptures, Sermons, or elswhere, and also be made able to vse the same aptly themselues）。我的媽啊，柯德雷，書名幹嘛搞這麼長！

4. 「倘若各位想搜尋的字詞乃是以（a）開頭，請查找本單字表的開頭部分，若是以（v）開頭，請查找結尾部分」，以下的引文都出自於柯德雷的《按字母順序排列之單字表……》。

5. 「……理解英語多數字詞（古英語或現代英語）的起源，無論是生於古英語、撒克遜語、丹麥語、諾曼語、現代法語、日耳曼語、荷蘭語、西班牙語、義大利語、拉丁語、希臘語和希伯來語，每個字皆以合宜的字母表示。此外，簡潔扼要說明所有源自於前述語言的艱澀單字，同時解釋藝術、解剖學、植物學、醫學、藥學、手術、化學、自然哲學（自然／物理科學）、神學、數學、語法、邏輯、修辭學、音樂、紋章學、海事、軍事紀律、馬術、狩獵、獵鷹、捕鳥、釣魚、園藝、畜牧、手工藝、糕點製作、雕刻和烹飪等等。另外還大量收集並解釋古代法規、章程、令狀、舊紀錄和法律程序使用的詞彙和短語；同時說明詞源，解釋大不列顛男女和著名地方的專有名詞。本詞典也收錄不同區域的方言，比哈里斯（Harris）、菲力浦（Philips）、克爾賽（Kersey）或其他早期出版的英語詞典多收錄數千個單字，同時彙整常見諺語額外補充訊息，提供解釋和插圖。整部詞典編纂字詞，有條不紊摘要彙編，可供求知者憑案賞玩，無知者汲取資訊，有益於莘莘學子、技工、商人與外國人，滿足其徹底了解如何說、讀、寫英語的渴望。」這些人不像以前那樣替詞典取冗長的名稱。

6. 這名凶殘怪胎便是威廉·切斯特·米諾醫生（Dr. William

Chester Minor）。他是OED主編詹姆斯・穆雷（James Murray）僱用過最多產以及對文字最敏銳的讀者之一。米諾醫生被終身監禁於布羅德莫（Broadmoor），這間精神病院是英國最著名的犯罪瘋子庇護所。他博學強記，尚未發瘋之前，早已替韋氏編輯蒐羅字彙。韋氏公司一八六四年《美國英語詞典》（足本，菊四開版本）的序言曾提及米諾。他當時擔任科學編輯，但從我們辦公室的信件來看，他並不稱職。

7. 韋伯斯特寫信給約翰・皮克林（John Pickering），莫頓的《新韋氏國際字典第三版的故事》，第二〇五頁。

8. 這是浮誇不實之談，有點欺世盜名之嫌。韋伯斯特編字典時，其實不會收錄許多「粗魯」和「低俗」的字眼。

9. 所謂「合併詞」（portmanteau），就是其形式和意義混合另外兩個單字的形式和意義。詞彙很有趣，但前述解釋呆板無聊：比如「smog」（煙霧）是混合「smoke」（煙）和「fog」（霧），而「brunch」（早午餐）是融合「breakfast」（早餐）和「lunch」（午餐）。「portmanteau」本身就是合併詞：它是中世紀法語單字，表示大型行李箱，混合了「porter」（搬運）和「manteau」（斗篷或披風）。

10. 齊默（Benjamin Zimmer）和卡森（Charles E. Carson），〈新辭彙〉（Among the New Words），第二〇〇─二〇三頁。

11. 〈Bored之後該用哪個介系詞：by、of或with？〉（Bored by, of, or with?），《牛津字典》（部落格），二〇一六年四月二十四日，www.oxforddictionaries.com。

12. 韋伯斯特號稱「美國教師」（America's Schoolteacher），曾在一八〇七年的小冊子《寫給拉姆齊博士的一封信……關於詹森字典的錯誤》（*A Letter to Dr. Ramsay... Respecting the Errors in Johnson's Dictionary*）寫道：「無論世人如何讚譽莎士比亞文采出眾、華彩卓然，他的作品錯誤百出，不該作為模仿範本。」

13. 《韋氏大字典》第五版的「chisel」（動詞）條目。

14. 「他聽到最高法院對『歐巴馬健保法』（Obamacare）的解讀和辯護之後，認為『字詞不再具有意義，並譴責眾法官欺瞞詐騙（jiggery-pokery）』。最後的這個侮辱詞語非比尋常，讓網路『麻瓜』心想自己以前在哪裡看過它。」語出馬林娜・科倫（Marina Koren）的〈安東尼・斯卡利亞與欺瞞詐騙的最高法院〉（Antonin Scalia and the Supreme Court of Jiggery-Pokery），《國家期刊》（*National Journal*），二〇一五年六月二十五日。

15. 安德魯・麥克米蘭（Andrew McMillan），〈某位人士耗費精力，只為了修正《維基百科》的一個語法錯誤〉（One Man's Quest to Rid Wikipedia of Exactly One Grammatical Mistake），《祕密管道》（*Backchannel*），二〇一五年二月三日，www.backchannel.com。

16. 絕對不能寫成「corpuses」。字典編輯和語言學家把「corpus」的複數稱為「corpora」。

17. 娜塔莎・辛格（Natasha Singer）從曼努埃爾・艾伯特（Manuel

Ebert）引述的話語，〈透過網路讓新單詞「可被查找到」〉（Scouring the Web to Make New Words 'Lookupable'），《紐約時報》，二〇一五年十月三日。

18. 〈論on fleek〉（On fleek），谷歌趨勢（Google Trends），二〇一四年。

19. 艾米莉・布魯斯特，〈令人驚豔的on fleek：第二部分〉（Raising an Eyebrow on 'Fleek': PART TWO），《韋氏大字典》（部落格），二〇一五年二月十二日。

20. UrbanDictionary.com有一個「fleek」（沒有on）的條目，貼文可追溯至二〇〇三年，而這個字表示「smooth」（平穩；圓潤；悅耳）或「nice」（宜人；愉快）。然而，我在撰寫本文時，蒙若伊仍可聲稱她首創「on fleek」。

21. 此處「閱讀和標記是」的原文「Reading and marking is」中的動詞使用is並非筆誤：「Reading and marking」看似複合主詞（compound subject），應該使用複數動詞are，但是這兩個動作被視為一個整體動作。閱讀就必須標記，不閱讀也無法標記。

22. 赫伯・卡恩（Herb Caen），《舊金山紀事報》（*San Francisco Chronicle*），一九八六年九月十二日，第四十三版。

23. hotrodder在《韋氏大詞典》的解釋為：**hot-rod · der** *n, pl* **-ders 1** : a hot-rod driver, builder, or enthusiast（名詞，複數 -ders 1：改裝車駕駛、改裝者或熱愛改裝汽車的人）。你現在可以把這個字納入自己的語言使用風格，進而變得更好。

24. 我們通常不會從口語英語汲取引文，因為這樣很容易聽錯不熟悉的單字，或者拼寫時發生錯誤。君不見，許多人都把「beaucoup」（很多；大量）拼成「boku」；但是，拜託一下，上公共電台怎麼會說出「ho-bag」這個字。

第六章

論定義

——衝浪板（Surfboard）

　　吉爾回到悶熱的編輯會議室，靠坐在椅子上，吮吸著牙齒。每當他即將耗費唇舌向我們解釋某件事時，便會擺出這種姿態。吉爾心知肚明，我們會把他的話當馬耳東風，但我們若想編字典，就必須聽懂他的重點。

　　我到職的第一年，吉爾老是在吮吸牙齒。

　　他說我們要開始具體談論定義，亦即說明該編寫哪些定義和不寫哪些定義。他指出：「我們先討論何謂真正定義（real defining）。」

　　我和其他新任編輯彼此偷偷瞄了一眼，認為替這家美國最老牌的字典出版商所下的定義便是真正定義。豈料，定義有好幾種，而字典編輯必須處理的兩大問題是真正定義和詞彙定義（lexical defining）。真正定義牽涉哲學和神學，亦即試圖描述事物本質。真正定義可回答下列問題：「什麼是真理？」、「什麼是愛？」、「如果四下無人聽聞，聲音還算存在嗎？」以及「熱

狗是不是三明治？」字典編纂新手想的都是這種定義：待在暖目溫心的木造辦公室裡，端坐於皮革覆面的書桌前，博覽群書，兼通古今，從中寫下想法來定義字詞。眼睛盯著前方，手握智慧之書，決定「愛」到底是一種行為、一種感覺，或者一種虛構概念。或許，戶外的某個地方（好比過往的汽車）會傳來愉悅的聲響。當英國舞曲樂團KLF擊打著節奏，高唱代表作：「愛是幾點鐘？」耳聞砰砰作響的字典編輯將面露微笑，因為只有他們能告訴KLF，愛究竟是幾點鐘。

這是愉悅的假象（其實是我的幻想）。字典編輯不下真正定義。編字典的謬誤作法便是嘗試去下真正定義。字典編輯只能下詞彙定義，亦即描述單字如何使用以及它在特定情況下的含義。我們回答的問題是：在「She's a real beauty」（她是位大美女）這個句子中，「beauty」是什麼意思？或者某人說他「love」（喜歡；愛）披薩時，「love」到底是什麼意思？這種「love」跟他說他「love」他母親的「love」一樣嗎？

然而，人們翻開字典去查找「love」時，他們希望看到我們解釋它「是」什麼。我們透過網路留言，知道民眾不喜歡冠冕堂皇的說詞（「strong affection for another arising out of kinship or personal ties」〔因親屬或個人關係而對另一個人產生的強烈情感〕、「attraction based on sexual desire」〔因性慾而衍生的吸引力〕或「affection based on admiration, benevolence, or common interests」〔基於欽佩、仁慈或共同利益而激發的情感〕）：

- 「長期強烈的價值觀效應」（L ong O vercoming V alues E ffect）等於「愛」？[1]
- 什麼是愛？？上帝就是愛！神「愛」世人，甚至將他的獨生子賜給他們！[*]
- 愛是渴望某種東西能充分發揮能力。
- 帶有魔力的強烈情感，每個人都會表達愛，愛也是人人需要的。
- 我認為愛是騙人的，如同宗教或所謂的玄學，被隨意塑造成人想要的東西。
- 愛遠不止於此。
- 你們詞典對愛的解釋是錯的。愛就是美國男子樂團強納斯兄弟（Jonas Brothers）。[2]

　　真正定義和詞彙定義的區別通常聽起來像是藉故吹毛求疵。字典編輯並非要說「love」（愛）的本質就是「affection」（情感），而是說這個字就是這樣使用的。然而，人們說話和書寫時，偏愛使用「love」而較少使用「affection」。這是因為前者的涵義比後者更廣嗎？「love」必定不同於純粹的「affection」。

　　字典編輯常在這條鋼絲上搖晃身軀行走。沒錯，love牽涉的「整體含義」跟affection牽涉的確實不同，但love「這個字」的某些用法與affection「這個字」的某些用法重疊。如果你是哲學家，

---

* 譯注：語出《約翰福音》第三章第十六節。

不會滿意這個答案，但它卻是字典編輯所能想出的最好答案。

編輯行話

　　一旦剛入行的字典編輯放棄自己對編字典的看法，就必須學習行話，而掌握行話之際，便開始了解字典條目極為複雜。要定義的字是「headword」（詞目），我們絕對不會把它稱為「the word being defined」（正在被定義的字）。定義被稱為「a definition」（定義；喔！還算正常），或者「a sense」（意義；若不只一個定義，就會特別用這個術語）。不同的「意義」會以不同的「意義數字」（sense number）標記（1、2、3，以此類推）。密切相關的「意義」會整合為「subsense」（次意義）：這些意義會在「意義數字」之後以字母來標記（1 a、b、c、d，以此類推）。如果走運的話，偶爾可以串聯密切相關的「次意義」，將其細分為「subsubsense」（次次意義），這些會在「次意義字母」（subsense letter）之後以括號數字標記：1 a（1）、（2）、b、c（1），確實有點煩人。現在，每個「意義」之內會有幾個相同的定義說法，我們將其稱之為「substitute」（代用說法），只因為能夠挑選且以「sub-」（副／亞）開頭的字並不多。「substitute」用粗體冒號分隔，除非它是「binding substitute」（連結代用說法；一種「ur-substitute」〔尾部連結字詞的代用說法〕，後面接連作為這個連結代用說法例子或子集〔subset〕）的代用說法，此時後面就會連結羅馬體的細體冒號。整段的冗

長描述（megillah，包括詞目、意義和次意義）就是「entry」
（條目）。學習這些術語時，也必須知道如何在字典編寫行話
（「sense」或「headword」）和普通人能理解的詞彙（「definition」
或「word」）之間切換。這樣做很令人沮喪，因為我們一邊學習
精確用語，一邊又得刻意不精確，如此方能與常人溝通。這種練
習很有效，足以用來學習如何撰寫定義。

　　編寫字典時，首先要做的就是決定是否該收錄某個單字。許
多人對此頭痛不已，箇中原因眾多。正如我們所見，很多人認為
某些單字低級庸俗，用法錯誤，不該納入字典，免得指鹿為馬，
顛倒黑白。

　　另外有一批人海納百川，處處包容，認為只要有人用過的
單字就該收入字典。這些字是否盛行於一四○○年，到了莎士
比亞時代便乏人問津，或者有沒有曾把它們寫下來，這些都
無關緊要，只要它們是單字，就該納入字典。這類包容人士不
時出現，比如韋伯斯特也曾抱怨其他字典沒收錄美式英語單詞
（Americanism）；然而，只要讓這些人知道出版侷限，很容易就
能讓他們閉嘴。幾乎沒人會購買參考書籍，即使要買，也很少會
購買好幾冊的參考書。如果多冊的參考書銷路不佳，出版商就必
須著眼於單冊的參考書；出版一本厚達二十吋的單冊字典是不可
能的，「而且」有欺瞞詐騙之嫌。

　　一旦字典開始上線，包容人士便開始在前述的說詞中挑骨
頭。電子字典沒有空間限制，為什麼不納入所有詞彙？可是，編
纂詳盡的英語字典時，仍然面臨一個主要的速度障礙：字典編輯

即將絕種。民眾創造語言遠比我們編字典更快。我們人手不足，不可能「看到」每個英語單字，更遑論「定義」所有字詞。

有些開放原始碼字典或線上詞彙表可讓民眾輸入自創的單字和定義，但其中佼佼者都有一個共同點：它們都有某種編輯人員，專門清理業餘人士定義的內容。這樣似乎瞧不起人，但這是長期接納用戶提交的定義所得出的作法。韋氏字典在開放原始碼字典中進行了小小的實驗，允許民眾在線上資料庫中增添單字、詞性、來源和定義。一做之下，發現民眾若沒受過訓練，顯然就不知該如何撰寫字典定義。

文字編輯兼商業命名專家南茜‧弗里德曼（Nancy Friedman）給我發了一個推特鏈結，讓我看一件寫著「hella」（加州用語，屬於副詞，「very」〔非常〕的意思）定義的T恤[3]：

hella

hell‧a \helə\

adverb（副詞）

1. an excessive amount（過量）

2. large quantity（大量）

3. more than above what is necessary（超過必需的量更多的）

synonyms:（同義詞）

1. surplus（過剩）

antonyms:（反義詞）

1. lack, deficiency（缺乏，不足）

　　我看了大叫：「不是！」這樣定義太爛了！寫文案的傢伙搞清楚了詞性和發音（這兩件事很難辦到），但是定義這個副詞時卻使用（1）名詞的定義（2）另一個名詞的定義，但漏了不定冠詞「a」，而且跟第一個定義沒兩樣，以及（3）形容詞的定義，卻完全不符合習慣用法，而且模糊，令人感到混亂。「more than above what is necessary」到底是什麼鬼東西？是否「hella」這個字「含義太廣」，因此必須跳脫習慣用法，隨意冠上同義的介系詞，才能把定義講清楚？這個定義跟「over over what is necessary」（超過超過必需的量）一樣，也就是說，它根本不通。不妨把這些定義套入使用「hella」且符合習慣用法的句子：

That album is *hella* good.（那張專輯「非常」好。）
That album is *an excessive amount* good.（那張專輯「過量」好。）
That album is *large quantity* good.（那張專輯「大量」好。）
That album is *more than above what is necessary* good.（那張專輯「超過必需的量更多的」好。）

　　老兄，你懂不懂英語啊？把「hella」定義得奇差無比。這就是為什麼字典編輯必須受訓，練習如何編寫定義[4]。

什麼字才能放到字典裡？

　　字典編輯最初學習編寫定義時，會學到一項基本規則，但普

通讀者對此卻完全不知情,這項規則就是必須用名詞定義名詞;用動詞定義動詞;用形容詞定義形容詞;以及盡量用類似副詞的字眼去定義副詞。條目的每個部分都必須與其功能相配。如果寫一個例句,句中目標單字的詞性必須與定義的詞性相同。

普通字典要收錄某個單字,它必須符合三項標準。首先,這個單字必須廣泛出現於印刷品,因此字典編輯必須大量閱讀。例如,某個單字若只出現於美國《酒觀察家》(*Wine Spectator*),除了閱讀這本美國雜誌的葡萄酒行家,圈外人士可能不太熟知它。然而,這個字若是出現於《酒觀察家》、《今日化學家》、北美藝術文化雜誌《VICE》和《洋蔥》雜誌娛樂報(*A.V. Club*),它可能廣為人知,值得被納入字典。

單字也必須有很長的保存期,儘管保存期要長得取決於編纂中的字典、佐證該單字有人使用的證據,以及現代人通聯時對語言造成的影響。語言如今的成長速度不一定比一六〇〇年快;除了書面記錄的文字,沒人確實知道當年的人使用何種詞語,因此沒人可妄下定論來博取名聲。更確切而言,隨著愈來愈多民眾讀書識字、人們更能閱讀印刷刊物,以及網際網路興起(任何人〔甚至賣T恤的公司〕都能透過網路發表言論來吸引讀者),我們便更加清楚語言的成長速度。哇靠!語言成長非常迅速。一九五〇年時,某個單字可能要經過二十年才能廣受關注和使用。如今,單字不到一年便能被人瘋傳。因此,我們必須極為仔細評估來源類型,偶爾也必須判斷某個字詞是否能夠流傳久遠。

　　這樣做有風險。沒人真正知道某個字最終的下場，因此可能嚴重誤判。在一九八〇年代初期，有位韋氏編輯認為「snollygoster」（表示「毫無節操或精於盤算的人」）已經沒人使用，而且為了挪出空間來收錄其他新奇的單字，便把這個字從《韋氏大學英語詞典》刪除。大約十年之後，某位知名電視人物開始使用「snollygoster」，因為這個字剛好可用來描述某個政治人物。如今，美國人開始逐漸使用「snollygoster」。天啊！我們真是夠蠢。我們還得預估未來科技發展，但這根本辦不到。二十年前，沒人知道描述「to search the Internet for something using a search engine」（使用搜尋引擎搜索網際網路）的常用動詞將是「google」，還有「tweet」（喞啾）是從鳥嘴發出的聲音[*]。

　　我們一旦確定某個單字被人廣泛使用，保存期也很長，還要看它是否符合第三個標準，亦即具備所謂的「有意義的用法」。各位可能心想，這個標準有夠愚蠢：所有的單詞都有意義！

　　這可不一定。每位字典編輯會提出解釋都是「antidisestablishmentarianism」（反對政教分離主義）。很多人都知道這個字，但我們的引文證據都是冗長詞彙的列表，並非出現於文章中。當它出現於文章時，會位於「'Antidisestablishmentarianism' is a long word.」（「反對政教分離主義」是很長的單字）之類的句子。若想從這類的引文尋找意

---

[*]　譯注：如今指推特的推文。

義，便會立即發現「antidisestablishmentarianism」很少在文本中被賦予意義。這不是唯一冗長的例字，還有「Pneumonoultramic roscopicsilicovolcanoconiosis」（火山肺矽病）*。愛解字謎之人和字典編輯把它稱為「P45」†。這個字看起來和聽起來就像重疾，被收錄於《新韋氏國際字典第二版》（*Webster's New International Dictionary, Second Edition*），不過卻沒有任何有意義的用法。其實，這個字似乎是美國國家字謎聯盟（National Puzzlers' League）的主席在一九三五年創造的[5]，只是為了看看字典是否會收錄它。我們確實上當了，所以現在挑詞選字時會更為謹慎。

我們身為字典編輯，會不斷重複檢視這些標準（廣泛使用、保存期長，以及有意義的用法），而「如果某個單字符合收錄標準，就該替它撰寫定義。」然而，我們根本沒有談論中間的步驟：必須先定義，然後才能定義。

所有單詞都是在上下文中定義的，因此在找到單字的新意義或新單字之前，必須先閱讀針對這個單字收集的證據，確認現有條目是否涵蓋了該標記的用法。這種工作並不輕鬆：單字會變換詞性，意義當然也會改變。舉例而言，該如何處理這句話的「cynical」：「It was concluded that students experiencing loneliness report a greater level of unhappiness, display signs of detachment during social interactions, and are more cynical and dissatisfied with

---

*　譯注：吸入細微矽粉導致肺發炎的疾病。

†　譯注：它以P開頭，共有四十五個字母，號稱目前英語詞典收錄的最長單詞。

their social network.」（結論是經歷孤獨感的學生會表現出更不快樂的樣子，在社交互動中表現出脫離的跡象，而且對自身的社交網絡更加憤世嫉俗和不滿意。）[6]

這裡「cynical」的用法似乎不完全符合現有「contemptuously distrustful of human nature」（輕蔑地懷疑人性）的意思，好比「Voters have grown *cynical* about politicians and their motives.」（選民已經不信任政治人物並懷疑其從政動機。）；它也不符合「主要出於自身利益所做出的人類行為」的意思，比如「It was just a *cynical* ploy to win votes.」（它是騙取選票的自私策略。）這種用法似乎意味著「pessimistic」（悲觀的）：學生並非懷疑人性，而是認為可怕的現狀將持續下去。然而，如果某個人不信任人性，並且心懷輕蔑，難道這個人不該憤世嫉俗，而且不指望情況會轉為光明燦爛嗎？讓我們回頭談引文。我們是否該聳聳肩，把這個意思歸入成堆的「輕蔑地懷疑」引文？或者，這是否為新衍生的意義？果真如此，是否需要修改條目以涵蓋這種用法？

下定義的編輯愈老道，愈能確認引文跟某個定義有多麼接近，以及需要相隔多遠才需要撰寫新的意義。意義猶如頻譜（spectrum），只能描述頻譜上最大的數據集群（data cluster）。馬德琳‧諾瓦克如此解釋：「意義擺在那裡，可以用各種方式切割這個意義，但切割之後的東西無法捕捉整體事物。無論如何，你都不會滿意。如果你自認為準確解釋了它，便是自我欺騙。還有一些東西從邊緣滲出。」

韋氏公司的黑皮書

　　韋氏的編輯都要經過數個月的培訓，學習如何解析單詞的語法、如何閱讀和分類引文，以及如何替單詞的新用法編寫合適的定義。

　　我們會運用一些技巧來自我訓練，第一個是公式化定義。大家都知道這類定義：它們是字典用語。「屬於或關於」之類的東西；某某的「品質或狀態」；諸如此類的「行為」。有這種套語說法，不是因為我們懶惰，而是它們很有用，可以將定義標記為特定的詞性，而定義單字時可用公式化定義讓自己不迷失方向。它們也可用來將類似用語聯繫在一起。如果我將「devotion」（關愛／奉獻）定義為「the quality or state of being devoted to (someone or something)」（獻身給某人或某件事的品質或狀態），我便能巧妙地向讀者傳達「devotion」和「devote」密切相關。

　　公式化定義偶爾很有用，但可能會過於死板而讓人受限。此時，字典編輯就得依靠第二個工具：可替代性。

　　可替代性背後的邏輯是：定義若寫得好，應該能夠插入句子，替代被定義的單字。雖然結果可能冗長囉嗦，聽起來卻不該是錯誤的（如同前述「hella」T恤上印著的定義）。可替代性其實可以協助濃縮定義。如果我不使用可替代性來定義「hella」，可能會想出冗長的解釋，而且充滿字典用語，比如「to an excessive degree」（在過度的程度上）。這個解釋行得通：「That T-shirt is [to an excessive degree] awesome.」（那件T恤「在過度

的程度上」很棒。）如果運用了可替代性，我更可能把「hella」定義為「very」（非常）或「extremely」（極為）：「That T-shirt is [very/extremely] awesome.」（那件 T 恤「非常／極為」棒。）

我們學習如何適切撰寫名詞或動詞定義時，也必須掌握自家字典撰寫風格。每家出版商都有專屬的寫作風格或自家撰寫樣式：出版商會列出在自家所有書籍中，特定的單字、複合詞或項目符號列表該如何出現。這是為了保持風格一致，乃是實際編字典的理想目標之一。沒有書籍能夠在這點上臻於完美。韋氏公司會提供「黑皮書」（Black Book）來規範風格。

韋氏的每位編輯都會不時參閱「黑皮書」。「黑皮書」是編寫字典的內部規則（通常稱為「風格指南」）。前任主編菲利普·巴布科克·戈夫為了編寫《新韋氏國際字典第三版》，精心構思並詳細撰寫這些冊子。這些單行備忘錄用黑色布料活頁夾裝訂成冊，故名。

黑皮書甚為驚人，可謂戈夫的心血結晶，反映出他對細節的關注幾近病態。戈夫替編輯寫了一份備忘錄，名為〈詞彙條目的標點法和樣式〉（PUNCTUATION and TYPOGRAPHY of VOCABULARY ENTRIES），劈頭便說：「這份備忘錄著眼於『如何』撰寫定義。除非明確說明，否則不涵蓋『何時』或『為何』。」[7]他確實是如此。在備忘錄中，戈夫鉅細靡遺，說明韋氏定義字詞的基本模式。備忘錄有三十三頁，甚至說明定義中何處可插入空格[8]。

別以為戈夫只會空口說大話：他來自新英格蘭，凡事講求效率（包括編字典）。因此，備忘錄這麼長，表示確實重要。要徹

底成為字典編輯，就要注意最小的細節。不是下定義時偶而為之，隨性做做而已。要嘛得注重細節，不然就滾蛋回家。

戈夫早年在海軍服役，養成寡言無禮的習慣而惡名昭彰，而黑皮書也反映了這點。備忘錄如此開頭：「Editorializing has no place in definitions.」（定義時不可添加個人觀點）或者「Godlove's psychophysical defs of color names and their references had better be regarded as sacrosanct.」（色名及其參照的心理物理學定義最好被視為神聖不可侵犯。）遵命，長官！

黑皮書似乎與世隔絕。這些備忘錄如此重要，竟然被擺在辦公室的一隅，放在一個矮書架上，靠近這位前任編輯祕書的辦公桌，底下是一堆棄置的櫃子，櫃內有早期《韋氏大學英語詞典》的印刷校樣。一套黑皮書放在韋氏公司老闆的辦公室，另一套則在辦公室四處流傳，會在毫無預警的情況下出現於奇怪之處。某一天早上，我離開我的隔間，停下來看看生命科學編輯們在我辦公桌附近的醫學百科全書裡頭看到何種怪異的單字[9]，我竟然發現黑皮書的其中兩本已經蒙灰，放在百科全書桌子的一隅。我翻開最上面的黑皮書，書中收集了定義技術詞彙的備忘錄。我剛打開封面，便可聞到一九五二年的氣味：打字機色帶和沾染陳舊菸草的油印紙，遮掩著戈夫定義長期失望和煩惱[10]的基調文字。

每本書籍（以及後續的每一個版本）都有專屬的風格指南，因為戈夫認為一九五〇年代可行的風格，如今無法總是一體適用。話雖如此，這些風格指南無論有多少頁，最終都是以黑皮書為藍本來撰寫。如果對定義機制有關的問題有疑問，可在黑皮書

找到答案。顯然沒人希望你緩緩走到他們的小隔間，滿身大汗，請教如何撰寫形容詞的定義；與其這樣，不如一語不發，臉色陰沉，叫你去翻閱黑皮書找答案，這樣容易多了。

字典編輯養成

　　若要掌握自家風格，唯一的方法就是不斷練習。每位韋氏編輯從浩瀚的編輯應徵者人海中被挑選出來，在仍屬新鮮人且還在扭來扭去之際，就被就丟到書桌前做編輯作業。我們一入這行，就在練習這檔事。資深編輯認為，要學習如何定義字詞，最好花點時間靜靜模仿，一邊做一邊反思。

　　首先，我們會閱讀吉爾和史蒂夫多年來提出的定義理論，共有五十多頁。這就進入定義和定義過程本身的細節，而它是以黑皮書（你猜對了）為基礎。然後，我們會拿到一堆紙，要修訂上面的定義，這些定義皆出自於早期的韋氏字典。我們會拿到一份寫短語的表單、一份要修改舊條目大寫字母的表單，以及另一份要修正舊條目屈折變化形式*的表單。這類練習讓我們發慌，因為這些定義出自於已出版的字典，也就是說它們是由比我們接受更多訓練和經驗更豐富的編輯撰寫。這是我們的「愚蠢紀念品」：無論我們多麼聰明優秀，一定都會搞砸。

---

*　譯注：屈折變化形式（inflected form），字尾有變化的，比如serve轉成served。

　　不用多久，我們就學會如何區分字型為四點大小的粗體冒號和細體冒號。我們會知道某些字詞沒有依照正確的格式書寫，或者某個定義不慎被添加了個人意見。我們也會知道，單字何時「通常要大寫」，何時又「偶爾要大寫」。我們甚至會瀏覽校對員的標記，從中參閱印刷校樣和舊定義單，藉此了解「粗體」和「斜體」的區別。我們自覺猶如登山時遭遇雪崩，因此拚命尋找立足點。

　　每位新進人員完成工作表之後，就會拿到一批要瀏覽的練習定義單；我被分配到一大批 B 開頭字母的定義，連同零星的其他字母開頭單字的定義。我們會定義這些單字，彷彿它們即將被收錄到詞典：我們必須在「米色卡」上寫下定義、確認內容正確無誤，然後蓋上日期戳，藉此讓定義練習成為肌肉記憶*。我們最後會將定義交給吉爾或史蒂夫過目，然後就被批改得體無完膚。

　　我很念舊，喜愛收藏雜物，所以會收集練習定義單。每隔一段時間，我就會把它們拿出來看看，然後很驚訝自己以前怎麼會定義得如此糟糕。我經常忘記重要的風格問題：我的一半定義沒有以粗體冒號開始，而且我在只有一個「意義」時使用「意義數字」（這是大禁忌：吉爾會乾咳一聲，表示不滿：「二號『意義』在哪裡？沒有二號『意義』，就不能出現一號『意義』。」）

　　更糟糕的是我犯的錯很難糾正：

---

* 譯注：人體肌肉有記憶功能，只要重複相同動作，肌肉便會形成條件反射。

jugate n - s 1: a collectible (as a button or coin) showing the heads of two political figures; esp : a collectible showing the heads of a presidential candidate and his running mate

雙頭徽 **名詞** *複數*–s 1：一種收藏品（如鈕釦或硬幣），上頭顯示兩個政治人物的頭像；**尤其是**：印著總統候選人及其競選夥伴頭像的收藏品。

　　我對風格指南犯了輕微錯誤（該死的「意義數字」），而對證據犯了兩個嚴重錯誤。首先，「especially」（尤其）之後的「次意義」範圍太廣：「jugate」這個字最常見的用法並非指任何收藏品，好比湯匙或陶瓷鹽罐搭胡椒罐，而是指競選徽章。第一個「意義」已經涵蓋更廣泛的用法，而用「especially」就是要聚焦於最常見和特定的用法。「especially」之後的「次意義」應該如此定義：「a campaign button showing the heads of a presidential candidate and his running mate.」（印著總統候選人及其競選夥伴頭像的徽章。）

　　但這還不是最糟糕的。正如吉爾指出，我下定義時還摻入性別觀念，而這是不必要的。他後來與我一起檢視定義時，從「his running mate」中挑出「his」，說道：「可能會有女性參選總統。如果是這樣，這個定義就得修改。既然如此，何不下定義時避開性別問題。」我聽得瞠目結舌：我剛從女子大學畢業，卻被一個「老傢伙」指正如何使用性別語言。他說得沒錯：我根據過

去總統參選人的性別而先入為主，將這種觀念摻入定義之中。然而，優秀的字典編輯會權衡過去、現在與未來：女性競選總統有那麼不可思議嗎？因為所有的總統都是男人，所以我假設性別中立的「he」應該不成問題。於是犯了摻雜主觀意見的錯誤。

我如同多數新手，也不知道定義該包含哪些訊息。我初試身手時，把「naja」定義成「a crescent-shaped pendant made by the Navajo people」（納瓦荷人製作的新月形墜飾）。這種飾品只是納瓦荷人*製作？或者納瓦荷人也會穿戴穿它們？其他人是否也穿戴這種垂飾？美國西南部的路邊隨處可見禮品店。如果一名白人遊客前往其中一間店買了裝飾「naja」的項鍊，然後戴上了它，那麼這個垂飾是否就不算納瓦荷人專屬的（Navajo）？而它是否就不能稱為「naja」？把定義寫成「it's characteristic of the Navajo」（它是納瓦荷人特有的）是否更好？但這表示什麼？我們的資深生命科學編輯瓊・納爾蒙塔斯（Joan Narmontas）如此解釋定義：「把複雜系統簡化。」然而，我是反其道而行：將簡單系統搞得很複雜，而且沒必要。我的新手定義沒有包含足夠訊息，讀者不僅沒有得到答案，反而更加困惑。

我跟多數人一樣，一想到好的詞典定義時，便帶有很多假設和偏見。我曾被要求定義「outershell」，然後提出「a protective covering」（一種保護性的覆蓋物）的解釋。吉爾把這個定義修改成「an outer protective covering」（一種外部的保護性覆蓋物）。

---

* 譯注：美國西南部的原住民。

我在下一次開會時提出異議：不能在定義中使用正在定義的單字！美國各地的語文老師都普遍承認（且宣揚）這項真理！

吉爾笑著說道：「這裡定義的不是『outer』。」我還是不斷施壓：一定要用「outer」嗎？他回答：好吧，這樣寫似乎有點偷懶，不過卻很重要。我們必須說清楚覆蓋物在哪裡。這裡的 outershell 是穿在衣服外面或覆蓋在某個物品外面的東西。

我聽完後心浮氣躁。對我而言，「covering」已傳達「outsideness」（在外）而不是「insideness」（在內）的訊息。它已經「覆蓋」某些東西；它的「裡面」有東西；它在被覆蓋物的「外面」。媽的！這不就是證明完畢了嗎？吉爾根本不理我，繼續討論其他的議題，但我私下認為他根本在吹毛求疵。

俗話說，驕兵必敗。太過自信，只會招致失敗。我當天下午校對時，發現有一種包覆心臟的覆蓋物，稱為「pericardium」（圍心囊／心包），但它不在體外，而是在體內。「pericardium」位於體內，包覆著心臟。我把頭往後仰，不發一語，深陷沮喪之中，心想我永遠都無法寫好定義。

兩天之後，我們開始瀏覽我們對 B 開頭單字的定義，我和吉爾都在課堂上坐著。我和其他兩位編輯一起受訓。吉爾通常要我們大聲唸出自己下的定義，讓大家知道我們有多麼愚蠢。我們討論了一些條目，接著瀏覽「birdstrike」（鳥擊）。其他兩位編輯先唸定義，吉爾提出一些建設性的批評，講到範圍、用法、是否需要把這個字的分成兩種「意義」來解釋，以及或許可以只用一個「意義」。然後，吉爾看著我：

birdstrike n : a collision in which a bird or flock of birds hits the
engine of an aircraft

鳥擊 **名詞**：一隻鳥或鳥群撞擊到一架飛機的引擎

吉爾咕嚕咕嚕唸著我的定義，過了一會兒說道：「嗯，這個定義不錯。」

我確信他還對我提出建設性的批評，但我沒聽到，因為我當下樂得飄飄欲仙。幾個月以來，我不斷受訓和體悟，幾乎處處碰壁，自覺愚昧無知，根本不懂英語，如今總算有了一絲希望：「我寫了一個很棒的定義。」並非全是不必要的吹毛求疵，而是必要的挑剔檢討。檢討完畢之後，我回到座位，拿出我的標準月分記事簿，在一九九八年九月一日的方框中寫道：Gil/birdstrike: PRETTY GOOD DEFINITION.（吉爾／鳥擊：非常棒的定義。）

我偶爾會把記事簿拿出來看看，提醒自己我可以辦到。

編字典的字序

編字典有許多古怪之處。第一種現象最奇怪，而且所有傳統字典出版商皆如此：沒有人從 A 開始撰寫字典。絕對沒有！

我嚇呆了，如果不從頭開始，要從哪裡著手呢？我跑去問史蒂夫，他給了兩個答案。首先，每本字典（不是字典出版商，而是出版商出版的每一本書）都有專屬的風格指南，下定義的編輯

需要花點時間熟悉寫作風格。此外，偶爾要替數個字母開頭的單字撰寫定義之後才能「完成」風格指南。編輯大約會從字母表的三分之一處起頭（亦即單字較少的H或K），藉此游刃有餘，逐漸習慣新風格，然後處理單字較多的字母。許多字典是從H（或前後的字母）向Z推進，然後再從A向H（或前後的字母）推進，接著再次修訂第一批的中間字母（H，也可能是I）。

史料足以佐證此一過程。十六世紀的字典編輯湯瑪斯・伊利奧特（Thomas Elyot）曾在其字典（極為冗長的）獻詞和序言中談及這點。他從A開始，隨處嘗試，東寫西寫，直到自己掌握下定義的訣竅。他接著寫道：「吾深感無力，乃擲筆於地，改由M著手，更孜孜不倦，潛心研究，由此進展，直抵最末字母。吾完事之後，返回首個字母，亦勤奮不懈，編纂其餘字母。」[11]既然伊利奧特曾回頭處理第一個字母，我們也可如法炮製。

不從A開始的另一個原因是為了賺錢：回顧昔日，有人會審查字典，審查者必定會查看第一部分的定義。編字典費時耗工，而且寫作風格總會逐漸改變。出版商總不希望審查者瀏覽A字母到一半時，突然發現風格有所改變吧？從A看到D，風格要盡量保持完美一致，讓審查者覺得最後一批字母也是如此。沒有人會詳細檢查K字母。

並非字母表中的每個字母都有相同的條目，因此字典編輯喜歡（或害怕）某些字母。各位不妨拿起桌上型字典，不管前後封面，用手指夾住字母A到D的頁面：你會發現A、B、C和D的字母頁面足足大約占據四分之一的厚度。E、F和G的頁面厚度

適中。以H開頭的字有一長串，以「hand-」和「hyper-」開頭的單字多不勝數。I、J和K占的頁數不多，然後是字母表中間字母的長篇幅頁面：L、M、N、O和P。我總覺得這些字母包含的篇幅過長，可能是因為唱ABC字母歌時，總一溜煙就把它們唱過去。Q幾乎沒有什麼單字，然後便前進到R，速度不變，同樣快速繞過去。T的單字不少，而U讓人驚訝，因為「un-」開頭的單字還不少。V可謂雲淡風輕，不足掛齒。W大約跟它的發音一樣（double U，兩個U），內容為U的兩倍。X、Y和Z無足輕重，不足掛齒，只是跑完這段馬拉松後，伸展一下筋骨而已。

各位會發現，我講了一大串，獨獨漏了一個字母。這是因為我得特別討論它。用大白話來講，S是最糟糕的。在字典中，它的頁數最多，也最讓人心碎，因為從這個字母便可瞥見字母表的結尾。一旦看完了S，接下來就是T到Z，而這些字母有一半甚至只能算是字母，以它們開頭的單字很少。然而，S不同，包含的單字「連綿不盡」。在字典收錄的單字中，足足有百分之十一是以S開頭的詞彙。字母表有二十六個字母，而這個字母就霸占了字典十分之一的頁面。我先前說過，我曾經從照片看過一位回家後舉槍自盡的編輯。我猜想他當時可能正在編纂S開頭的單字而想不開。

S的單字不只量多，內容也會讓人抓狂。艾米利不像D那樣討厭S，因為D的單字很多，而且有許多可怕的字眼（好比「despair」〔絕望〕、「dismal」〔淒涼的〕、「death」〔死亡〕、和「dejected」〔失意的〕）。她說道：「這很令人沮喪（depressing），

連這個字都是以d開頭！」我不喜歡G，因為它包含「get」（得到）、「give」（給）和「go」（去），還有一些讓我害怕的條目[12]。然而，我喜歡J，因為它的單字不多，而且有「jackass」（蠢蛋）及其類似的條目，不但有「jackassery」（蠢事）和「jackassness」（愚蠢），還有「jackass bark」（三桅帆船）、「jackass bat」（驢蝠）、「jackass brig」（雙桅橫帆船）、「jackass clover」（南苜蓿）、「jackass deer」（黑尾鹿）、「jackass fish」（銀色唇指䲁）、「jackass hare」（長耳大野兔）、「jackass kingfisher」（笑翠鳥）、「jackass penguin」（黑腳企鵝／非洲企鵝）、「jackass rabbit」（長耳大野兔）和「jackass rig」（一種特殊索具）。

然而，偶爾「粉紅卡」會記載一、二個有趣的S單字，例如我曾在「sex kitten」眾多的引文（citation，簡稱cit）中，發現的注記：

sex kitten

sex pot

There is no essential difference in these defs [definitions], but they're not the same. Some differentiation shd be made.

性感女郎

性感尤物

這些定義基本上沒有差別，但它們並不相同。要有所區隔。

這張「粉紅卡」是以前的一位物理科學編輯所寫。他經常舉止唐突，對自身專業以外的領域說三道四。檔案中處處可見他寫的「粉紅卡」，多數是他發現既有定義的錯誤（無論確實與否）而提出糾正，而這些定義不僅屬於科學領域的定義。看了這張「粉紅卡」，簡直讓人洩氣。如果他認為可以分別這兩個字的定義，他下評論時應該知道如何區分，可是卻隱瞞不說。

另一位審閱該批次定義的科學編輯看到這張「粉紅卡」，顯然十分惱火，於是決定大加撻伐，指出這種干涉根本不必要。他打字回應那位物理科學編輯對「sex kitten」的注記：「我不該如此批評你，但是我認為你撈過界，曲解了物理科學的意義。」

然而，「粉紅卡」畢竟是「粉紅卡」，有意見就得處理。史蒂夫於是更改《韋氏大學英語詞典第十版》，替「sex kitten」的定義添加了「young」（年輕的）。

定義詞彙

詞彙定義帶點哲學意味，具體明確、用同義詞、分析意思、刪減節錄和迂迴表達。這些皆是花哨的說法，乃是根據嘗試的順序，指出以英語為母語的人士被要求解釋某個單字時所做或試圖做的事情。無論誰都會下明確的定義：這便是具體指出那個單字的意思。如果一位睡眠不足卻笑容滿面的父親問他的嬰兒：「妳的鼻子在哪裡？」這個嬰兒握緊拳頭，指著臉的中央，這就是明確的定義。

多數字典都會避開明確的定義，因為很難對稍微抽象的事物下明確的定義：我們該如何指出「sad」（悲傷）、「concept」（概念）或「for」（給／為了）？明確的定義也只能讓人提出某個類型的例子：杯子有各種形狀、大小、顏色和材料。然而，當有人問你「什麼是杯子？」時，你可能只握著一個紅色的一次性塑膠杯子。我們知道，某些東西（例如杯子）有各種樣貌形式，但某些東西（例如霍加狓*）卻沒有，但字典並非要迎合讀者的心理圖像庫。話雖如此，我們偶爾還是會運用圖片或插圖，替字典添加明確的定義。我們希望讀者能讀懂「gable」（山牆）的定義，亦即「the vertical triangular end of a building from cornice or eaves to ridge」（建物從簷口或屋簷到屋脊的垂直三角形牆面），然後知道這個定義是指建築的哪一個部分，但偶爾還不如提供一張屋頂的插圖，畫一條線去指出山牆。「圖解字典」或「視覺圖像字典」通常是供無法閱讀的兒童或英語學習者使用，裡頭便大量使用明確的定義。

如同明確的定義，幾乎每個人都能提出同義詞的定義：這種定義只是針對某個單字，列出比較為人熟悉的同義詞。你的姨婆蘿絲說某人是「schlemiel」，而你問她「schlemiel」是什麼意思，她就會告訴你這個字就等於「idiot」（白痴）、「fool」（傻瓜）、「dupe」（蠢貨）或「chump」（笨蛋），說法繁多，不一而足[13]。你問「beautiful」（美麗的）是什麼意思，別人會回答

---

* 譯注：霍加狓（okapi），中非產的一種鹿。

「pretty」（漂亮的）。這種定義藉由我們幼時的詞彙測驗和標準化測驗而深植我們腦中。詞典會使用許多同義詞的定義，因為我們認為如此可以突顯不同類型單詞之間的語義關係。此外，閱讀一個字的同義詞比解讀冗長的定義更為容易。

同義詞的定義與分析定義落差甚大。字典最常見使用分析定義，這些定義似乎是由一個訓練有素的「神經多樣性」的機器人團隊所撰寫。

分析定義是以「屬」（genus）[14]來開頭。所謂「屬」，就是一個總體類別，描述「被定義詞」的核心意義。「屬」術語必須涵蓋夠廣，足以包含單字的各種用法，但也不能過於寬廣，免得方向模糊。根據我們的訓練文件，「被定義詞」應該放在可容納它們的最小「屬」中，免得留有空隙，讓它們在裡頭嘎嘎作響，讓你心煩氣躁。有時不難辦到：「snickerdoodle」（肉桂餅乾）顯然是「a cookie」（一種餅乾），而不是「a dessert」（一種甜點；這讓它可包含布丁、餡餅或冰淇淋）或「a meal」（一種餐點；這使它成為開胃菜或主菜）。然而，通常做起來並不簡單。

哪個「屬」術語最適合「surfboard」（衝浪板）？或許是「A piece of sporting equipment」（一件運動器材）？不行：前面短語的「屬」是「piece」（件），但是範圍太廣，可泛指任何事物，包括「觀點」（speak your *piece*，說出你的看法）、「一部分的食物」（a *piece* of pie，一塊餡餅）、「一把槍」（a mobster's *piece*，暴徒的槍枝），以及「性愛伴侶」（a mobster's *piece*，暴徒的炮友）。我開始搜索腦海中的同義詞。「a plank used for surfing」（用來衝浪的木板）。好多了，但我們別忘了「屬」術語（如果我們認真的話）必須已經收錄到正在編纂的詞典。我查詢「plank」，結果經常被用來描述一塊比普通衝浪板窄很多的木頭。我又得打掉重練，重新尋找同義詞。

　　「a panel used for surfing」（用來衝浪的面板）並不好：這裡的「panel」通常指覆面完工的表面，好比木質面板，或者一小部分的門。「a platform used for surfing」（用來衝浪的平台）：不好，因為「platform」的相關含義是「a usually raised horizontal flat surface」（通常升起的水平平台），暗指下面有個東西正在抬高它。可能是水嗎？或許，但水平呢？衝浪板總是處於水平狀態嗎？如果我將它直直插入沙中，它是否就不算一種「platform」？這樣可能想過頭了；於是我繼續下去。「a slab used for surfing」（用來衝浪的厚板）如何？我想到的畫面是：一位長髮飄逸的人踏著墓碑乘風破浪。

　　我知道「surfboard」最好的「屬」術語是「board」（板子）。我下意識地想到吉爾和「outershell」，因此不寒而慄。然而，我告訴自己，我在「surfboard」的定義中沒有使用「surfboard」，用的是「board」。不過，我心裡還是有點疙瘩：即使它是最好的「屬」術語，還是會被視為懶惰之舉。畢竟要定義的字被稱為「surf*board*」，不是「surfplank」或「surfslab」。剩下的工作就是去解釋這種板子跟其他的板子有何不同。

　　在標準的分析定義中，「屬」術語是包含詞目的廣義類別，但差異詞（differentiae）是區分該類別每個成員的描述符

（descriptor）。（此處的「differentiae」是複數；一個定義通常不止一個。）「administration」（執行部門）、「couch」（沙發）和「surfboard」都包含「board」這個「屬」術語，但其中只有一樣能用來衝浪，能這樣區分的就是差異詞。

　　定義主要由差異詞構成，所以「黑皮書」或我們的培訓材料都沒有詳細討論如何撰寫差異詞。有一些非常籠統的建議和少許硬性規則可作為指導原則，但是字典的差異詞五花八門，很難概括它們。編輯下定義時只能各憑本事，因此必須渴望閱讀，博覽群書，累積行文用字的知識。

　　首先遭遇的問題是要決定差異詞該包含哪些訊息：若要知道這個詞的意思，什麼是至關重要的？哪些是無關緊要的訊息，輕則可分散注意力，重則會造成混淆？以「surfboard」為例，差異詞似乎很清楚。這塊板子與其他板子有何不同？它顯然是用於衝浪，無需用腦去想，便知道定義要包含這一點。

　　這種板子也是被某些人稱為「long」（長）和「narrow」（窄）的板子，即便這兩種指標都非常主觀（字典編輯心知肚明）。有些人衝浪會使用所謂的「longboard」（長板）（這種衝浪板比我們想的「long」還要長），他們會認為普通的衝浪板過於粗短，而滑水運動員則是認為衝浪板太寬，外型很有趣。然而，我們不是要替用長板衝浪的人或滑水運動員下定義，而是要替不知名的大眾下定義。某件東西只要與手臂等寬且跟人一樣高，此時按比例而言，大家都會認為它是「long」和「narrow」，而如此推想是合理的。

　　這種板子也必須能夠漂浮（我突然發覺，這是很重要的細節），因為它必須承載一個人的重量，不會立即把他拖到海底。可惜我先前沒有想到。我會發現這點，乃是因為批次檔有一則引文，出自於一篇名為〈衝浪物理學〉的文章，該文指出衝浪板的密度低於海水密度，得以漂浮於水面。

　　我開始撰寫定義並置入差異詞：「a board that is long, narrow, and buoyant and which is used for surfing.」（一種板子，長且窄，可以漂浮，用於衝浪。）這個定義很完整，但是不夠優雅。「long」、「narrow」和「buoyant」是修飾「board」，把它們移到「屬」術語之前，句子就更簡潔，變成「a long, narrow, buoyant board used for surfing.」（一種長、窄且可漂浮的板子，用於衝浪。）太好了：我剛剛節省了二十五個字元*，也調整了這個倒置的句子。

　　然後，我發現在這個嶄新的時代，「surf」不只表示踏著長窄且可漂浮的板子衝浪，還可指我們把髒腫溼軟的大屁股坐在椅子上，不停點擊滑鼠瀏覽網頁。我也許要稍微調整「used for surfing」。「the act of surfing」（衝浪／瀏覽行為）可適用於網際網路或海洋衝浪，但「the sport of surfing」（衝浪運動）可明確代表在海洋「衝浪」，不是上網「瀏覽」。或許可以插入「the sport of」，讓我的「語感」反覆咀嚼，看看這個短語能否承受這等折磨。我目前正在慢慢把定義寫好。

---

* 譯注：字母加空格。

可惜的是，我不能慢慢來，必須迅速完工。在美國，字典編纂如同其他出版業，在商言商，競爭殘酷。如果沒人買或使用字典，縱使博覽群書，鉅細靡遺，一切編纂的心血都將付諸流水。

出版計畫用鐵拳統治著我們。舉個很好的例子，大約需要兩到三年才能更新《韋氏大學英語詞典》的版本。對多數人而言，這個計畫時程長得離譜：替字典添加單字要花三年？字典編輯，跟我抱怨也沒啥用。

更新字典非易事

新版本並非只是添加新詞。編字典時，通常都會審查現有條目並加以修改。「surfboard」的條目並非我寫的，但我修訂的次數多於我在戶外親眼看到衝浪板的次數。審查條目如同撰寫條目，做的事情沒兩樣：我們會閱讀單字的所有引文，權衡證據，並且根據需要來調整定義。我在撰寫本文時，《韋氏大學英語詞典》大概收錄十七萬個條目，需要審查約略二十三萬項定義。審查時會發現，在過去十年左右，眾編輯已經發現各種條目的問題，因此針對有問題的條目寫了「粉紅卡」；審查和修改時，需要注意這些「粉紅卡」。

每個條目無論是被修改或審查，都會由多個編輯經手過目。定義者率先起手，文字編輯會接著清理定義者撰寫的文字，然後再由一批專業編輯審核：這些參照編輯（cross-reference editor）會確認定義者使用的單字都已經收錄到字典的條目中。然後，

詞源學家會審核或撰寫單字的歷史；定年編輯（dating editor）會研究和增添單字首度使用的日期；發音編輯（pronunciation editor）負責處理整本字典的發音問題。最終又會回到文字編輯（通常不是第一位文字編輯，以策安全），他會再度修正交叉參照後擬定的條目，然後交給最終讀者（final reader），顧名思義，他是最後可修訂條目的人，然後轉給校對員（proofreader，這位編輯既不是定義者，也不是前面兩位文字編輯）。校對員奮力瀏覽過兩千頁四點大小的字型所印刷的頁面之後，生產編輯（production editor）會把它送給打印員或準備資料的傢伙，然後我們又得校對另一批字典頁面（稱為排版校樣〔page proof〕）。

我們編字典時，這個過程反覆發生。因此，定義者可能會定義一批C開頭的單字，交叉對照W的字詞，然後替T的單字審核或撰寫詞源，接著替S的後半部分單字注記日期和發音，擔任P單字（第一遍）以及Q和R單字（第二遍）的文字編輯，以最終讀者身分替N和O的批次單字收官，爾後校對M的詞彙，擔任生產編輯來處理第二批排版校樣，以及擔任字母L的校對員。直到最後一批收官之前（通常都在G附近），我們都會分頭錯開校訂字母表的單字。一個單字要印刷於頁面或在網路上發布，通常至少被十位編輯過目。

我們編纂《韋氏大學英語詞典第十一版》時，大約動用二十名編輯：這二十人要審查大約二十二萬個現有定義，編寫大約一萬個新定義，並且修訂十萬多處文字（改錯字、更新日期和修訂）。別忘了，所做的十一萬處以上的修訂，每回至少要經過十

位編輯十幾次的審核。我們有多少時間可以將《第十版》修訂成《第十一版》，讓生產編輯著手製作新字典？答案是十八個月。

正是因為如此，定義錯誤才會發生。有位編輯曾經處理《新韋氏國際字典第三版》因飽受壓力而早逝，難怪他會將「fishstick」（炸魚排）定義成「a stick of fish」（一根魚）。我幾乎能在頁面上看到油膩發亮的絕望心情：好的，這批已經搞定了。我做完了，讓我脫離苦海。

「fishstick」之類的定義與《新韋氏國際字典第三版》的其他定義相比，似乎是不相稱。足本大字典與簡明字典相比，不僅收錄更多條目，還包含更長的定義以及更複雜的差異詞。未刪節的足本大字典替字典編輯提供了一點發揮空間，因為讀者希望能在其中看到個完整的定義。然而，這樣會產生問題：空間若不成問題，如何知道該何時收手？

誠所謂，見樹不見林。很容易只考慮局部，沒有顧及整體。《新韋氏國際字典第三版》對「hotel」（旅館）的定義（如今早已惡名昭彰）便是如此：

a building of many rooms chiefly for overnight accommodation of transients and several floors served by elevators, usually with a large open street-level lobby containing easy chairs, with a variety of compartments for eating, drinking, dancing, exhibitions, and group meetings (as of salesmen or convention attendants), with shops having both inside and street-side entrances and offering for

sale items (as clothes, gifts, candy, theater tickets, travel tickets)
of particular interest to a traveler, or providing personal services
(as hairdressing, shoe shining), and with telephone booths, writing
tables and washrooms freely available

　　許多房間的建築物，主要供人旅客過夜住宿，也有數個安裝電梯的樓層，通常在地面樓層設置開闊的大廳，包含安樂椅，有各種供飲食、飲酒、跳舞、展覽和小組會議（如銷售人員或參加會議的人士）的隔間。建築內部和街邊入口有商店，讓旅客可購買特別感興趣的商品（比如衣服、禮物、糖果、劇院門票和旅遊門票），或者提供個人服務（好比美髮與擦鞋），以及設置電話亭、寫字檯和洗手間，供旅客免費使用。

　　跳舞隔間！旅遊門票！糖果！現在哪間旅館還會提供這種服務？
　　字典編輯編寫定義時，通常分為兩類：合併者（lumper）和分開者（splitter）。合併者下定義時，經常寫出廣泛的定義，足以涵蓋該意義的數個細微差異；分開者則會替細微差異分頭編寫定義。這似乎是一種自然傾向：合併者很難從他們廣義的定義中區別出細微的含義，而分開者很難將簡潔的各別定義合而為一。艾米莉和我是分開者；尼爾屬於合併者。史蒂夫可遊走兩邊，但他定義愈多，愈傾向於合併。「fishstick」的定義就是由合併者

編寫，而「hotel」的定義絕對是由分開者撰寫。

「hotel」的定義突顯了寫定義時會遭遇的大問題：世事會變遷，我們只是編字典的人，無法洞察未來。「hotel」的定義寫於一九五〇年代，當時自稱「hotel」的場所確實設置前面提到的某些（或全部）設施。寫這個定義的編輯顯然想要區別旅館和其他住宿場所（好比汽車旅館〔motel〕或小旅館〔inn〕），（合理）認為提到旅館提供的服務來與汽車旅館相較，便可協助引到讀者了解條目。然而，一九五〇年代的奢華旅館生活細節與如今的現實情況截然不同；單字的用法和意義終究會改變，因此必須考慮差異詞的每處細節和每個字眼：是否足夠具體，同時足夠籠統，以便因應未來的變化？

我閱讀「surfboard」的引文時，發現很多引文談論新太空時代材料（大約在一九八〇年）被用於製造板子。是否該提醒讀者，衝浪板並非全是木頭製作的？我搜索「屬」術語「board」，看看其中的定義是否包含非木質材料。沒錯，確實有包含；但是當我揉捏臉頰考慮引文時，感到一股熟悉悚然的感覺在腦後湧起。我一想到衝浪板，就想到木頭，也敢打包票，認為多數人看到「board」這個字時，會想到諾大的平面物體，同時聯想到木頭。然而，手邊的證據在喋喋不休[15]，聲稱這些新太空時代材料多麼神奇（沒錯，確實如此），甚至全國公共廣播電台（NPR）的採訪記錄中談到衝浪板發明者時還提到這類材料。提到衝浪板並非總是木材製作似乎是個不錯的主意。

幸運的是，韋氏編輯有處理細節的絕佳手段：括號附加語。

透過這種手段，便可在定義內提供某個範圍的例子，而不必觸及在那個範圍之內的元素。目前看來，「A long, narrow, buoyant board made of wood, fiberglass, or foam and used in the sport of surfing」（一種長、窄且可漂浮的板子，以木頭、玻璃纖維或發泡體製作，用於衝浪運動）果真是不錯的定義。要是某個聰明工程師用某種特殊塑膠製造衝浪板時，又該如何呢？如果他使用碳纖維呢？或者，萬一他們發明了一種全新的聚合物，不到幾年便成為衝浪板製造業的標準，而我們只裝單字的小腦袋甚至無法理解這種物質呢？

　　此時，我們可以改用括號附加語來擺脫困境：「a long, narrow, buoyant board (as of wood, fiberglass, or foam) used in the sport of surfing」（一種長、窄且可漂浮的板子〔比如以木頭、玻璃纖維或發泡體製作〕，用於衝浪運動）。這個「as」表示後面的列表並非詳盡無遺，而括號就像個視覺線索，指出內部列出次要訊息，而這些文字告訴讀者在那個範圍內的某些常見例子。這個括號附加語告訴讀者，衝浪板通常由木頭、玻璃纖維或發泡體製成，卻也不排除衝浪板可由一種有感知的塑膠製作，可以完全服貼衝浪者的腳，同時根據生物計量資料，適應玩家的衝浪風格，甚至與海洋底下的每個水分子溝通，藉此產生最棒的波浪，讓衝浪者盡情享受踏水樂趣。

　　各家出版商還會在定義時使用其他手段：在定義內使用「especially」（尤其）或「specifically」（具體而言），把某個單字的兩個獨立卻緊密相關的意義結合起來，或者使用「broadly」

（大體上），以此達到同樣目的，不過卻反其道而行[16]。至於何時使用「broadly」，而何時該用「specifically」或「especially」？這跟編字典一樣，完全得靠語感。

　　然而，單字的差異詞複雜萬分，前述的手段會讓讀者和字典編輯輕易便在文字迷宮中迷失方向。差異詞必須是限制性子句；它畢竟是將「屬」縮限為特定類型。而且它們通常是從屬子句，亦即修飾前方文字的子句。然而，即便小心謹慎，依舊會寫出模糊的從屬子句，不知道該修飾兩個明確先行詞的哪一個：

dog \\'dȯg *sometimes* 'däg\\ *noun* –s **1 a**: a small- to medium-sized carnivorous mammal (*Canis familiaris* synonym *Canis lupus familiaris*) of the family Canidae that has been domesticated since prehistoric times, is closely related to the gray wolf, occurs in a variety of sizes, colors, and coat types as a pure or mixed breed, is typically kept as a pet, and includes some used in hunting and herding or as guard animals

dog \\'dȯg 偶爾 'däg\\ 名詞 複數–s **1 a**：一種小型到中型的肉食哺乳動物（*Canis familiaris*〔家犬〕，同義詞 *Canis lupus familiaris*），屬於犬科，從史前時代開始便被馴化，與灰狼是近親，有各種體型、色澤和毛髮類型，有純種或混種，通常被人飼養當作寵物，有些會被用來打獵和放牧，或者當作守衛動物

子句「that has been domesticated since prehistoric times」修飾哪些文字呢？可能是「mammal」，也可能是「Canidae」。如此拿放大鏡檢視先行詞，算不算雞蛋裡挑骨頭呢？如果有人讀到這個定義，誤以為所有的犬科動物從史前時代開始便被馴化，所以可以將澳洲野犬（dingo）帶回家裡。對這些人而言，指出模糊的子句並不算吹毛求疵。

我們都會使用一些技巧來組織差異詞。我偶爾會拿出本子，在上頭畫表格，以便確定差異詞都指涉正確的事物：

屬	第一階	第二階
board	long	
	narrow	
	buoyant	
	(made of wood, fiberglass, foam)	
	used in the sport of surfing	

定義內容愈多，便愈難組織：

屬	第一階	第二階	第三階
a building			
	of many rooms		
		for overnight accommodation	
			of transients
	and several floors		
			served by elevators,
	usually with a large open street-level lobby		

屬　　　　第一階　　　第二階　　　第三階

containing easy chairs,

with a variety of compartments

for eating,

drinking,

dancing,

exhibitions,

and group meetings

(as of salesmen or

convention attendants),

with shops

having both inside and

street-side entrances

and offering for sale items

(as clothes, gifts, candy,

theater tickets, travel

tickets) of particular

interest to a

traveler,

or providing personal services

(as hairdressing,

shoe shining) ,

and with telephone booths, writing tables, and washrooms

freely available

　　不好意思，前面是在描述哪個字呢？我又被跳舞隔間搞糊塗了。

　　史蒂夫・佩羅說道：「很奇怪，我無論怎麼看，總覺得定義都不完美。所謂定義，就是試著根據某些慣例來解釋單字的含義，必須區分單字的定義和單字的含義。含義是存在單字裡面的東西，而定義是對單字的描述。但定義是一種人為產物。」

　　確實如此。艾米莉替我們主網站十大最受歡迎的單字下定義。她花了十二個月才大功告成。若要透過定義去捕捉意義，只能這樣做。尼爾如此解釋：「每當我決定要放棄時，最終都會遇到要靠定義去解決的問題。我就會反問自己，我是否愈來愈能解決問題。如同直角坐標系的漸近線：可能逐漸趨近解答，但永遠無法得到答案。」

　　我曾向尼爾抱怨一個條目，他提出另一種更好的說法：「Words are stubborn little fuckers（單字是小混蛋，根本難以駕馭）。」

作者注

1. 讀者對「love」條目的評論，Merriam-Webster.com。

2. 我們錯的還不只於「love」。曾有讀者指出：「我認為，『couch』（長沙發）沒有靠背或扶手，只是可以供人躺下或坐下的平面。『chesterfield』（切斯特菲爾德長沙發）是一種皮革覆面的沙發。我不會用『divan』（矮長沙發）或『davenport』（坐臥兩用大沙發）這兩個晦澀的字眼。『lounge』（躺椅）是動詞（譯注：懶洋洋躺著）。『settee』（長沙發）是一種小型沙發，通常裝有緊實而非鬆軟的墊子。不應該使用『squab』（沙發）。」

3. 南茜・弗里德曼，推特，〈大量的T恤〉（Hella t-shirt!），二〇一五年十月二十三日。

4. 第一六一頁列出「hella」的定義。在此偷偷告訴寫文案的人：不妨請字典編輯替你們捉刀！不用花太多錢，因為我們習慣賺取「hella」（非常）微薄的筆資。

5. 克里斯・科爾（Chris Cole），〈最大的惡作劇〉（The Biggest Hoax），《詞彙天地》（*Word Ways*，一九八九年），讀取日期為二〇一六年四月二十四日，http://www.wordways.com/biggest.htm。

6. 史多里克（Bryce Evan Stoliker）和拉弗朗尼亞（Kathryn Lafreniere），〈感知壓力的影響〉（Influence of Perceived Stress），第一四八頁。

7. 戈夫，〈詞彙條目的標點和排版〉（Punctuation and Typography of Vocabulary Entries），第三九〇頁。

8. 在粗體冒號的兩邊；在引入「especially」（特別）或「specifically」（特定）之類意義分隔字眼（sense divider）的分號之後；在用於標記一系列次意義的細體冒號之後（不是之前）；在每個定義之後，前提是後頭要接連意義或用法注釋（由長破折號引入——但是，長破折號之後不加空格）；條目的主要元素之間，比如詞目、發音、詞源和日期；當然，定義中的單字之間要有空格。

9. 醫學百科全書總被翻開到有人受傷或畸形的照片，望之令人毛骨悚然。患者眼睛通常會蒙著黑色緞帶，讓整體畫面更驚悚恐怖。話雖如此，不能全怪罪於生命科學：某位同事大約三杯葡萄酒下肚之後透露：他經過那張桌子時，只要看到圖片太平淡無奇，便會隨手翻書，直到他翻到夠噁心的圖片。

10. irk 在《韋氏大詞典》的解釋為：**irk** *n* **–s 1** : IRKSOMENESS, TEDIUM <the *irk* of a narrow existence> **2** : a cause or source of annoyance or disgust <the main *irk* is the wage level>（名詞 -s 1：煩惱、煩悶〈短暫存在的煩惱〉2：引起煩惱或厭惡的原因〈主要的煩惱是薪資水準〉）。這個定義概要寫得很棒。

11. 湯瑪斯・伊利奧特，《湯瑪斯・伊利奧特爵士詞典》（*The Dictionary of Syr Thomas Eliot Knyght*）的獻辭。

12. 定義這些短字很恐怖。欲知詳情，請參閱第八章〈取走〉的章節。

13. 英語有很多「fool」或「idiot」的同義詞。各位或許會覺得，說英語的人心腸比較壞，而我對此的回應是，需要乃發明之母（譯注：necessity is the mother of invention，作者暗諷蠢人眾多，講法才會五花八門）。

14. 所有術語都是拉丁語，因為拉丁語聽起來更為高雅。

15. 「對霍比衝浪板的需求愈來愈大，他們無法找到足夠的輕木去製造衝浪板。因此，奧爾特開始開發和大量生產發泡體和玻璃纖維衝浪板。如此便改變了一切。」內森・羅特（Nathan Rott），〈衝浪板製造業的亨利・福特的霍比・奧爾特去逝，享壽八十〉（Hobie Alter, the Henry Ford of Surfboards, Dies at 80），《蒐羅萬象》（*All Things Considered*），美國公共廣播電台，二〇一四年三月三十一日。

16. 舉例而言，sexism在《韋氏大詞典第十一版》的解釋為：

sex · ism *n* **1** : prejudice or discrimination based on sex; *especially* : discrimination against women（名詞 **1**：基於性別的偏見或歧視；尤其：歧視婦女）；man的解釋則為：**man** *n* ... **1c** : a bipedal primate mammal (*Homo sapiens*) that is anatomically related to the great apes but distinguished especially by notable development of the brain with a resultant capacity for articulate speech and abstract reasoning, is usually considered to form a variable number of freely interbreeding races, and is the sole living representative of the hominid family; *broadly* : any living or extinct hominid（名詞……**1c**：一種雙足靈長類哺乳動物

〔智人〕在解剖學上與巨人猿屬於同一物種，但腦部尤其顯著發育，能夠清晰說話和進行抽象推理，通常被認為可透過自由雜交，形成可變數量的種族，並且是人科動物唯一的存活代表；大體上：任何存活或滅絕的人科動物）。

第七章

論例句
——務實的（Pragmatic）

在韋氏公司處理條目相關工作時，除了替詞語下定義，還要撰寫或尋找定義的例句。

替條目增添例句，為的是說明單字最常見的用法。這種作法很巧妙，可讓讀者稍微知道詞目（被定義的字）會與哪些單字一起使用。例如，「galore」被定義為「abundant, plentiful」（豐富的，大量的），結尾還附上使用說明：「used postpositively」（當作後置詞）。為了不讓讀者感到挫折而唉聲嘆氣，然後朝字母P快速翻閱字典，我們會舉一個例子，說明「used postpositively」在現實生活中到底表示什麼：「bargains *galore*」（許多便宜貨）。此外，各位若瀏覽「aesthetic」（審美的；美學的）的例句，會發現這個字也可從前面來修飾名詞（her *aesthetic* sensibility〔她的審美能力〕），但是它若是置於動詞後頭，唸起來就會如同藝術系學生表演時過於做作，斧鑿太深（her sensibility was very *aesthetic*〔她的鑑賞力非常具有審美性〕）。「Coffee」既可當成

物質名詞（I love *coffee*〔我喜歡喝咖啡〕），也能作為可數名詞（give me two *coffees* and no one gets hurt〔給我兩杯咖啡，這不打緊〕）。透過「liberal」的說明，便可知道哪個「意義」牽涉政治（he voted a straight *liberal* ticket〔他清一色投自由黨的票〕），哪個表示慷慨大方（she was a *liberal* donor to the charity〔她出手闊綽，捐大筆錢資助這間慈善機構〕）或者指文科（a *liberal* education〔一種文科教育〕，近來常被視為政治教育，即使並非如此）。

各位翻閱字典時，可能會發現某些例句甚至不是句子，而是片斷的短語。這是昔日印刷出版的遺緒，當時若納入句子的主語（和標點符號），可能會增添一行字，然後又會增添一頁，最後為了符合印刷規則，就要多印三十二頁，以此類推，猶如吞下抓住蒼蠅的蜘蛛，雪球愈滾愈大。從生產角度來看，這樣做合情合理。然而，對多數使用字典的讀者而言，這無疑給英語賞了一巴掌，有礙於提升民眾的讀寫能力。教師會來信，怒氣沖沖質問：如果連「字典」都懶得使用語法和標點符號，他們該如何教育學生正確使用語法和標點符號？[1]這種情況正在改變：網路空間足夠，可以加入主詞和最後面的標點符號，因此（我們希望）學習英語的學生不會變得愚蠢無知。

你還會發現，某些例句有出處，某些則沒有。這些是不同類型的例子：我們業界把沒有出處的例子稱為「文字說明」，有出處的則被稱為「著者引用」。「著者引用」是直接從我們收集的引文檔案擷取的示例。各位可能會認為，這樣做輕而易舉，畢竟

我們已經閱覽單字的所有引文，只要從中挑選一個例句即可。話雖如此，這跟編字典遭遇的其他雜務一樣，其實不容易辦到。

引用例句的標準

很難替字典條目找到合適的引用例句，因為字典引用必須符合三項主要標準：說明單字最常見的用法；只能使用該字典收錄的單字；文字要盡量平淡無趣。作家通常都想吸引讀者，因此妙筆生花，行文生動有趣且結構精巧，處處引經據典。這類文字讀之令人如沐春風，卻是最糟糕的例句。

字典是要告訴人們單字的意思，並向讀者展示如何以最客觀、冷靜和死板的方式使用詞彙。民眾查字典，並非要翻閱刺激浪漫的文字，那不如去看百科全書。他們只是稍微瀏覽一個條目，看看查找的單字是什麼意思，然後回頭做功課、寫情書，甚至憤怒敲打鍵盤，全部用英文大寫輸入長篇大論。

為了讓條目文字順暢，沒有突兀之處，字典編輯會仔細權衡每個細節，以確保條目整體協調平衡。我們會特別注意例句和配對的定義。哪個會先吸引人？如果是定義：很好，這是讀者要的。假使是例句：不好，得換個句子。例句應該要比定義更無趣才對。

當然，問題在於定義通常很無聊；字典編輯念茲在茲的，就是如此。「pragmatic」（務實的）的第一個定義如下：「Concerned with or relating to matters of fact or practical affairs :

practical rather than idealistic or theoretical」（關注或談論事實或實際事務：務實的，不是理想的或理論的）。如果你喜歡超過三個音節的單字，這個字或許很吸引你。然而，對我們而言，所謂字典，就是沒有火花或嘶嘶聲，講求平淡無奇、無聊乏味以及，嗯，「務實實用」。我們希望找到很棒的引用例句，如同希望能用兩個多音節定義來釐清「desert」[2]的意思，或許可用尖酸刻薄的俏皮話，如同美國諷刺作家孟肯（Henry Louis Mencken）、美國諷刺小說家安布羅斯・比爾斯（Ambrose Bierce），甚至美國喜劇演員菲爾德斯（W. C. Fields）等人所寫的辛辣文字。

有些單字難以掌控，好比「pragmatic」。你很快就會發現，許多作家不明就裡誤用這個字：

Aren't politicians supposed to pander? Aren't they supposed to be pragmatic to a fault—focusing on short-term relief and eschewing serious, long-term problems like reforming the health care system and attacking structural deficits?

政客不是應該逢迎拍馬、投其所好？他們不是應該務實看待錯誤：著眼於短期救濟，避談嚴肅的長期問題，比如改革醫療體系和撻伐結構性赤字？[3]

我有點困惑：這些政客不是「關注或談論事實或實際事務」嗎？這些短視近利的因應作法果真「務實看待錯誤」？吉爾沒有

在「風格與定義」課程上談論美國政治。「pragmatic」的引文有四百六十三個，這只是其中一個。我覺得眼前的日子會就這麼逢迎拍馬、無止境地蔓延下去。

有鑑於此，替條目尋找非常貼切的引用遠比撰寫定義更花時間，而這一點也不奇怪。當我向艾米莉請教如何使用引用時，她說尋找引用是她處理條目時「非常、非常耗時的環節」。我問尼爾引用的問題，他呼了一口氣，哭喪著臉，好像我冷不防揍了他一拳。尼爾說道：「我覺得我掉進谷歌新聞的深淵。」他指出，我們在韋氏公司處理的多數來源並不是替編字典而寫。因此，谷歌的搜索功能並不足以讓我們完成工作（對字典編輯尤其如此，我們最想搜索普通動詞的及物用法）。他們會回傳太多查詢結果，讓我們無法輕易且快速細查內容；出版物名稱和日期的元資料[*]也可能出錯；此外，谷歌針對搜尋的單字會回傳大批虛假的結果。尼爾接著指出：「這樣很難搞，讓我感到乏味。我會被困在水底，但我認命了。」我明白他的感受。

除了從現實的作家借用合適的例句，韋氏的編輯偶爾會親自撰寫例句。說來容易，做起來可不簡單。字典編輯雖然薪水低且備受嘲弄，卻是深愛著英語。我們喜愛玩弄文字，想讓其他人也愛上英語。儘管被禁止使用花俏文字，我們偶爾仍會手癢犯戒。「portly」表示「dignified」（莊重威嚴）的定義中收錄以下

---

[*]　譯注：元資料（metadata），描述資料的資料，昔日的卡片目錄就屬於元資料，而現今的元資料通常以數位形式存在。

例句「walked with the *portly* grace of the grande dame that she was」（她年高德劭，雍容華貴，步履優雅，「莊重威嚴」）。各位不妨想像下列景像：女族長穿著束腰緊身內衣，下半身搭配裙襯，皆以裙撐支撐，頭戴羽毛網紗，手持精緻木杖，腰桿挺直，舉止有方，沿著大道輕移蓮步，風姿綽約，高貴典雅。好一幅迷人畫面；然而，戈夫倘若看到這個例子，會認為「grace」後面的文字過於囉嗦且多餘而將其刪除。

編寫例句的難題

　　自行編寫例句還會遇到另一個大問題，就是我們偶爾會根據自身經驗寫例句，但是讀者卻不會有這種經驗。在我們要定義的一批文字中，可能會有「obscure」（無名的；費解的）。為了要替這個字的「not well-known」（不為人所熟知的）的意義上增添文字說明，我們便提出「an *obscure* Roman poet」（名不見經傳的羅馬詩人），這個例子簡短有力，完全符合習慣用法。然而，我們會考慮讀者的想法：有多少人經常閱讀羅馬詩人的作品？羅馬詩人如今不都是鮮為人知嗎？年輕人並沒有到處引用古羅馬詩人卡圖盧斯（Gaius Valerius Catullus）或塞克圖斯‧普羅佩提烏斯（Sextus Propertius）的詩句，餐館裡的民眾也不會談論古羅馬詩人比巴庫盧斯遭受不公平的待遇*。字典編輯很容易忘記自己並非

---

*　譯注：比巴庫盧斯（Marcus Furius Bibaculus）因用詞浮誇而頻遭譏諷。

判定是否「正常」的黃金標準。

　　我們最終也會出現語言疲勞（verbal fatigue），最需要「語感」時，它卻消失無蹤，呼喚不來。當我們要幹活時，不僅想不到適合的定義說法，還會完全忘記如何使用英語。我們的思想早已變成篩子，而介系詞和副詞之類不起眼的單字會輕易從中篩落，因此我們寫下「a *pragmatic* man absorbed by practical details」（悉心留意實際細節的務實男人）之際，會不確定「absorbed by」是否真的是慣用法。還要將它改成「absorbed with」？我們會推敲這兩個短語，甚至會查詢語料庫，看看哪種用法比較常見，但最後仍是徒勞無功。結果，主角「pragmatic」變成了鬼畫符，你根本認不出它。在我們「語感」先前停留之處，只遺留它用指甲摳我們腦袋殘留的空洞疼痛。

　　此時，我們會從椅子起身，失魂落魄，拖著步伐，走到其他編輯的桌子前面。當對方抬頭看你，我們會輕聲問道：「不好意思，請問absorbed with和absorbed by，哪個是對的？」我發過不少電子郵件向艾米莉和尼爾提問，劈頭便說：「Help, I can't English.（幫忙一下，我英文不會。*）」加入編輯團隊有個好處，就是大家不會同時腦殘。

　　編寫文字說明有一些相當嚴格的規定。首先，不能寫笑話，或者任何可能被視為笑話的文字。不可以替「drudge」（做苦工

＊　譯注：原文有錯，此處照實引述。

的人）撰寫「she' just a harmless *drudge*」*的例句，因為在講英語的地區，大約只有五十個人能心領神會，而這些人都坐在離我半徑二十五呎的方圓內，個個苦思如何處理負責的條目。我們是替詞典編寫例句，不是在《雙關語月刊》（*Puns Monthly*）上發表笑話。

　　我們還要從字典中刪除潛藏的雙關語；有人說，最棒的編輯眼光敏銳至極，心地卻邪惡無比。說得一點都沒錯。編輯其實就像個條子†：我們若是認為某些文字低級下流或有性暗示（或者既下流又帶性暗示），就會嚴格把關。撰寫文字說明時，這便如同雙面刃：崇高的道德責任與齷齪骯髒的天性相互角力。責任感必須占上風，這樣才能領到薪水。因此，「I think we should *do* it」（我認為我們應該「幹」下去）要改成「I don't want to *do* that」（我不想「做」那件事）；「That's a *big* one!」（那個很「大隻」！）要改成「That's a *big* fish!」（那是一條「很大」的魚！）；「He *screwed* in the lightbulb」‡就得完全刪除。

　　沒過多久，我們滿眼都是雙關語：我們會刪除「member」（成員，但可指陰莖）和「organ」（管風琴，也可暗示陽具）的每條文字說明，理由為何，無需贅言。我們也會嚴格審查

---

*　譯注：她「勞役繁重」，卻不會受傷。《詹森字典》對「lexicographer」的定義，語帶諷刺。

†　譯注：原文為twelve，十二是美國警察無線電呼叫代碼，逐漸被歹徒用來暗指警察，以此警告同夥閃避。

‡　譯注：他把燈泡「旋緊」。screw暗示性交或亂搞。

「wind」（風）的文字說明，以確保裡頭沒有暗藏任何低級笑話。我們甚至覺得，是否該檢查一下「organism」（生物），因為只要刪掉一到二個字母，這個字就會變成「orgasm」（性高潮），鐵定會有人把「complex *organisms*」（複雜的「生物體」）解讀成有性暗示。

（我必須承認，我發現有兩個很棒的雙關語已經納入我們的字典，而且一直沒有被刪除。第一個雙關語被收錄到一本平裝字典，附在「tract」（道／束；大片土地）的條目之下，暗指電影《聖杯傳奇》（*Monty Python and the Holy Grail*）的乳房笑話：「huge *tracts* of land」[4,*]。第二個雙關語出現在我們的中學字典內，位於「cut」（切開）的條目之下。該例句如此寫道：「cheese *cuts* easily」[†]。許多中學生喜愛雙關語，希望他們從中得到無比樂趣，同時發現字典就算不酷，至少也沒那麼死板無聊）。

一旦我們從文字說明刪除所有趣味文字之後，必須進行下一個步驟，開始刪除姓名。你可能誤以為保留名字很好，可以贏得友情，也能鼓勵民眾購買字典（嘿，有沒有人叫賴瑞。字典的「awesome」〔非凡的〕條目有你的名字！）但是，這樣卻處處充滿危機。特麗莎（Trisha）剛和一個名叫賴瑞的傢伙分手。有沒有可能她不小心翻開字典，竟然看到「Larry is the *paradigm* of class」（賴瑞風采迷人，乃紳士典範）這個例句？她可能會號召

---

*　譯注：眾多「大片」的土地。電影角色說這句話時，暗指某位女性胸前宏偉。

†　譯注：容易「切開」起司。cut the cheese 可表示放屁。

社交媒體的九百位朋友，請這些人寫信，要求我們將這個文字說明改成「Larry is the *paradigm* of a lying sack of shit, and Trisha is glad she dumped his ass」（賴瑞滿嘴謊話，詐騙成性。特麗莎很慶幸甩了這個混蛋）。

　　使用名人的姓名也沒有好處。如果提供「Bill Clinton was the *president* of the United States」（比爾·柯林頓曾經擔任美國「總統」）這種例句，將會長期遭到政治光譜兩端的人士撻伐。這些激進者會像黑猩猩一樣，搥胸咆哮，不是蔑視怒罵，便是高聲歌頌，讓我們彷彿在德國電影製作人萊尼·里芬斯塔爾（Leni Riefenstahl）影片中扮演臨時演員*。天底下沒有人能夠不讓我們免受辱罵：假使我們寫道「Mother Teresa was a *holy* woman」（德蕾莎修女是「神聖」的女人），有人還是會抱怨，說不想看到字典硬生生灌輸他們天主教的觀念。

　　除了名字，還得非常注意代名詞及其用法。英語代名詞牽涉性別，其一般用法往往會讓很多人痛恨得咬牙切齒，因為代名詞總會傳遞作者對兩性的看法，無法兼顧讀者的偏好。使用代名詞會面臨左右為難、進退維谷的窘境。即便討厭女性，也千萬別寫「he enjoys *working* on his car」（他喜歡「修理」他的車子），除非也納入「she enjoys *working* on her car」（她喜歡「修理」她的車子）；話雖如此，文字編輯也不允許這樣做，因為將這兩句納入條目，不但可笑，而且多餘。

---

*　譯注：里芬斯塔爾曾替納粹黨拍攝宣傳片。

也不要試圖改用「he enjoys *working* on her car」（他喜歡「修理」她的車子）來隱藏這個白痴舉動：什麼！你認為女人需要男人幫她修車？更不要寫成「she enjoys *working* on his car」（她喜歡「修理」他的車子）：這不是滅男人的威風嗎？你怎麼敢假設男人無法自行修車！此外，不受性別限制的人呢？這些人難道不能修理自己的車嗎？然而，如果我們寫「they enjoy *working* on their car」（他們喜歡「修理」他們的車子），吹毛求疵的人會看到我們在此使用單數的「they」而悲慟不已，即使此處的「they」並不一定明確指單數。

當然，要注意的遠遠不只代名詞。我們收錄文字說明時，必須避開任何隱含偏見的文字。如果我們替「conservative」（保守的）提供「the *conservative* party blocked the measure」（「保守」黨阻擋了這項措施），有人會如此解讀：被視為保守的人就是阻撓者；若將這句話改成「he votes a straight *conservative* ticket」（他清一色投「保守派」的票），讀者便會寫信反映，認為字典在引導民眾投票。即使是我們認為根本無關緊要的句子，好比「I love pizza a *lot*」（我「很」喜歡披薩），也可能意外遭受批評。此處要說明的是「lot」這個字：有人還是會來信抱怨：「怎麼可能會『喜歡』披薩；你是變態嗎？」[5]

此外，「tomorrow is *supposed* to be sunny」（明天「應該」會放晴）這種文字說明也可能出問題，因為如果有人在字典中查「suppose」時看到「tomorrow is *supposed* to be sunny」，便會以為明天真的會是情天，如果不是，這些人會寫信抱怨。某位編纂

《新韋氏國際字典第三版》的資深編輯指出，戈夫禁止這類文字說明，理由是讀者可能無法區分字典和占卜玩具「神奇八號球」（Magic 8 Ball；我在此換個說法），因此質疑我們寫的說明。如果明天「沒有」放晴，該怎麼辦呢？

　　其實，最好假定無論如何撰寫文字說明，總會在某時某地得罪某人。

　　某些編輯會因此精神錯亂而發脾氣。以下是某個校對員整理出來的文字說明，而我們的兩本兒童字典收錄過這些例子：

「a man overboard」（從船上落水的一位男人）

「discovered arsenic in the victim's coffee」（在被害者的咖啡中發現砒霜）

「the baby was abandoned on the steps of the church」（嬰兒被遺棄在教堂台階上）

「it was as if you had lost your last friend」（猶如你失去了最後一位朋友）

「when you have no family, you are really on your own」（當你沒有家人時，你就真的只能靠自己了）

「blow up the bridge」（把橋梁完全炸毀）

「carried a knife about him」（他隨身帶著一把刀）

「felt as I was dead」（覺得我好像死了）

這些例句或許散發些許憂鬱氛圍。各位會反駁，但是該如何

解釋「overboard」、「arsenic」和「knife」之類的單字呢？嗯，說得有理。不過，這些例子是在解釋下面斜體的單字：

「*a* man overboard」（從船上落水的「一位」男人）

「*discovered* arsenic in the victim's coffee」（在被害者的咖啡中「發現」砒霜）

「the baby was *abandoned* on the steps of the church」（嬰兒被「遺棄」在教堂台階上）

「it was *as if* you had lost your last friend」（「猶如」你失去了最後一位朋友）

「*when* you have no family, you are really on your own」（「當」你沒有家人時，你真的只能靠自己）

「blow *up* the bridge」（把橋梁「完全」炸毀）

「carried a knife *about* him」（他「隨身」帶著一把刀）

「felt *as* I was dead」（覺得我「好像」死了）

　　撰寫文字說明不是要磨練當小說家的文筆，也不是要發洩情緒，抱怨最近與情人分手，或者表示對各種對外界危機的感受。如果我在修改一批別人寫的定義，結果看到這類的文字說明，比如「I wonder *why* I do this job」（我不知道「為什麼」要做這份工作）、「*thinking* dark thoughts」（「思考」邪惡的想法）和「*all* hope is lost」（「所有的」希望都幻滅），我會停筆，認為對方狀況不佳，然後我會離開辦公桌，親自找他或她懇談。不過，這樣

做的話，我們彼此都會害怕。

例句的重要

　　如果尋找和撰寫例句如此痛苦，為何不乾脆別收錄它們？誰在乎例句呢？令人驚訝的是，很多人在乎。我們多年來不時收到讀者要求，最常見的就是要我們收錄更多例句。從語言學的角度來看，這是有道理的。人們學習語言時，不是從個別單字著手，而是練習組塊*。各位不妨想想學過（或嘗試學習過）的任何外語。首先學習的是什麼？通常都是學習怎麼講「Hello, my name is [Kory]. How are you?」（你好，我的名字是「柯里」。你好嗎？）不會學習單字「name」（名字），然後學習「be」（「是」的原形）的動詞變化形式（這樣也好，因為在多數的語言中，be動詞都是不規則的，要記住各種變化）。你不會去學疑問詞「how」（如何），以及第二人稱代名詞的各種變化形式。等到你稍有基礎之後，才會學習這些文法知識。你一開始會學習兩個完整的基本句子，然後信心滿滿，往前學習下去，直到碰上假設語氣／虛擬式為止。†

　　替字典編寫例句，不僅是要填滿空白，讓字典編輯精神崩潰，也是要引領讀者，使其知道單字在更廣泛語境（context，亦

---

*　譯注：組塊（chunk），語言學術語，指一群可供人學習語言的單字，也就是話語組成部分。

†　譯注：語法的最後章節通常講解假設語氣。

即上下文）之下的用法、內涵意義（connotative meaning）、分布範圍[*]和聲調／語調[†]。人們期待文章有敘事、文采修辭和對話，但字典必須以平淡無奇的方式表達這些。然而，我們必須清楚解釋詞彙、表現語氣和搭配形式，以及讓文字聽起來非常自然（即便這是我們精心構思的說明）。如此面面俱到，極難拿捏得當。

我在韋氏任職六年之際，負責編纂一本參考書籍，必須撰寫大量的文字說明。統籌這項計畫並監督我作業的是一位出色的資深編輯，而他不會隨便讚美或鼓勵人。在編纂期間，我不止一次收到他的電子郵件，問我編寫某批詞彙時到底在想什麼。我當時經常離開辦公室，心想或許該打包走人，改去協助舉辦文藝復興慶典算了。

在某個下午，我遭遇到困難，便給他發了電子郵件，提及我正在校訂的一批詞彙，問他對於另外一位編輯的文字說明有何意見。他回了很長的信，既刻薄又暴躁，不料最後卻稱讚了我。他寫道：「你替『gob』寫的例句很有創意，值得嘉許。這個字很難解釋，在你提供的例句中，它讀起來非常自然。」

我想出的文字說明是「has *gobs* of money」（有「大量的」金錢）。完全地道、乾淨簡潔，而且無聊透頂：我覺得自己總算上岸了。

---

[*]　譯注：數量語言學術語，表示語言單位在書面材料中的頻率分布。

[†]　譯注：語音分析術語，指發音時的音調或音調變化。

作者注

1. 我不知道該如何回答，或許這就是為什麼我會編字典，沒有去當英文老師。

2. desert 在《韋氏大詞典》的解釋為：**de · sert** \di-ˈzərt\ *n, pl* **-s** ... 2 : deserved reward or punishment— usually used in plural <got their just *deserts*>（名詞，複數 **-s** ……**2**：應得的獎賞或懲罰，通常用於複數「got their just deserts」〔得到應有的獎賞／懲罰〕）。各位認為，例句算是獎賞或懲罰呢？

3. 喬克・萊恩（Joe Klein），〈身處政界〉（In the Arena），《時代》雜誌，二〇一一年六月二日，第二十三頁。

4. 沼澤城堡（Swamp Castle）國王（對兒子即將與幸運公主〔Princess Lucky〕結婚發表看法）：我們住在這片爛沼澤。有什麼土地，就要去爭取。

   伯特王子（Prince Herbert）：但是我不喜歡她。

   沼澤城堡國王：不喜歡她？她有哪點不好？她很漂亮，又有錢，而且她有一大片的……土地。

   （電影《聖杯傳奇》，泰瑞・瓊斯〔Terry Jones〕和泰瑞・吉連〔Terry Gilliam〕執導，一九七五年）

5. 我們聽到很多人對「love」（熱愛；愛情）的條目有意見。多年來，我不停收到這類的抱怨來信，雖然不一定是針對披薩。

第八章

論短字

——取走（Take）

　　我們那時正努力修訂《韋氏大學英語詞典》，準備推出第十一版，而我們剛處理完字母S。這本詞典分為兩批來校訂。當S的最後一批稿子簽回之後，我們這些編輯沒有歡欣雀躍，因為大家早已頭昏眼花。我接著去看簽出表，知道即將處理字母T，便按例做了某些小舉動：握拳慶祝、鬆了口氣、仰頭望天、輕聲發出「哦，耶！」的聲音，以及輕微扭動肩膀，跳支小舞助興（萬不可張揚，畢竟仍在上班）。然而，編字典的人不可長時間昏頭。頭昏眼花時卻這般愜意，有可能輕率幹下蠢事。

　　我渾然不知自己早已魯莽幹下蠢事。我簽出下一批T開頭的詞彙，抓住那批字詞的印刷校樣，連同帶走裝引文的箱子（共有兩箱！）[1] 我翻閱印刷校樣的頁面時，發現我要處理的這批文件（整組）就只有一個字：「take」（取走）。我心想：嗯，這很奇怪。編字典與多數行業一樣，會替業界奉獻者制定某些基準，字典編輯可藉此衡量自身悲慘低微的地位，而其中一項基準便是

被允許處理的單字長短。多數人認為，長字或罕見字最難定義，因為這些詞彙通常最難拼寫、唸讀和牢記。其實，這類單字處理起來易如反掌。「Schadenfreude」（幸災樂禍）可能難以拼寫，但定義起來卻是「小菜一碟」。這個字無論在語義和句法上法都非常、非常清楚。它只能當名詞，而且經常附加注釋。雖然它現在已經屬於英語單字，卻是英語從前喜歡咕嘟吞進肚子的德語美食。

如前所述，單字愈短且愈常用，通常便愈難定義。「but」（但是）、「as」（如同）、「for」（關於；為了）之類的單字用法五花八門，句法雖雷同，卻不盡相似[2]。「go」（去）、「do」（做）、「make」（製造；沒錯，還有「take」）之類的單字不但有必須在語義上仔細定義的含蓄用法，也有語義上的直率用法。「Let's do dinner」（讓我們做晚餐）和「Let's do laundry」（讓我們洗衣服）在句法上別無二致，其中「do」的語義卻彼此迥異。在「how do you describe what the word "how" is doing」的句子中，該如何描述「how」這個字的作用呢？

不僅只有繁瑣的語義會讓人編字典時深感痛苦。諸如「the」（定冠詞）和「a」（不定冠詞）的單字非常短，幾乎不會被視為單字。我們搜尋引文的公開資料庫通常甚至不會將這些單字列入索引，遑論想要能搜尋到它們，而這一切完全基於務實理由。如果從我們公司內部的引文資料庫搜尋這些單字，將會回傳超過一百萬筆的查詢結果，我們看到這種結果，先會破口大罵，然後潸然淚下……

　　為了避免字典編輯痛哭流涕而打擾周圍的人，這些短字偶爾會從常規的詞彙批次中被抽出來，交由資深的編輯處理。若要編纂這些單字，需要用詞簡明扼要、精通語法、處理迅速和勇敢剛毅，因此通常更聰慧且更有經驗的編輯方能拿捏得當。

　　當然，我那時還不算聰慧或經驗豐富的編輯，仍然是懵懂無知。我當時運氣欠佳且魯鈍愚蠢，卻會盡責辦事：我從其中一個箱子抓起一把索引卡，開始根據詞類把卡片分成數堆。處理書面引文時，這是首要工作，因為引文沒有排序。我認為「take」這個字不難處理：只需要區分動詞和名詞即可。這幾堆二點五吋高的索引卡開始層疊置於我的辦公桌時，我決定將其餘引文丟到放鉛筆的抽屜，然後把我的引文堆在如今已清空的箱子裡。

　　根據詞類來排序引文通常很簡單。字典收錄的單字通常只有一種詞類。如果詞類不止一個，通常很容易區分，比如分辨名詞的「blemish」（瑕疵）和動詞的「blemish」（玷污），或者區隔名詞的「courtesy」（禮貌）和形容詞的「courtesy」（免費使用的）。然而，大幅修訂一本大詞典（好比編纂新版的《韋氏大學英語詞典》）時若遇到 T 字母，閉著眼睛也能根據詞類排序引文，這是因為做得太熟練了。對於「blemish」這樣長短適中的單字，只需要花幾分鐘。

　　我花了五個小時才把「take」的第一箱引文排序完畢。

短字也有大影響

　　遺憾的是，字典編輯下最多功夫去編纂的條目通常沒人看。我們以往看到「get」（得到）時，經常自我欺騙，幻想某個人在某個時間點於某個地方會查到這個單字，這個人會讀到11c的「意義」（「hear」〔聽到〕），然後告訴自己：「我『總算』了解『Did you get that?』（你聽到了嗎？）的意思了。韋氏字典，謝了！」我偶爾每天得花八小時校對字型大小為六點的發音符號，而計畫接近尾聲時，我會神智失常，開始做白日夢，幻想我如此悉心校對「get」，有可能因此中樂透、促進世界和平，或者成為辦公室裡舞技最棒的人。

　　網際網路神奇無比，如今能夠確切知道人們經常查詢哪些單字。除非電視播出全美拼字比賽，否則民眾通常不會查詢「rhadamanthine」或「vecturist」之類冗長且難拼的字[3]。人們喜歡查詢長度適中的單字。韋氏公司網站查詢率最高的單字包括「paradigm」（典範）、「disposition」（性格）、「ubiquitous」（無所不在的）和「esoteric」（難以領略的），而這類單字經常被人使用，但是讀者很難根據上下文來判斷它們的意思。

　　民眾也不會去查詢最短的單字，比如「but」（但是）、「as」（猶如）和「make」（製造）。你只要以英語為母語，都會知道「make」如何搭配詞語，看到「You are as dull as a mud turtle」（你跟陷入泥淖的烏龜一樣遲鈍），便知道「as」是什麼意思。你知道它表示比較，不知為何，就是這樣。然而，對於編字典的人而

言，這樣還不夠。

最為諷刺的是，字典編輯花最多心血處理的條目通常是某些固定詞彙。史蒂夫・克萊恩德勒指出，編纂《美國傳統英語詞典》的某位編輯在二十一世紀的前十年徹底校訂了五十到六十個最基本的英語動詞。他說道：「他做了這件事，短期內就不用再做了。這可能是他們四十年來首次做這種工作。」《美國傳統英語詞典》並非懈怠瀆職：這些基本詞彙的語義不會立即改變。史蒂夫指出：「替這些條目增添新的慣用語，根本是小事一樁。如果要大幅校訂『take』、『bring』或『go』，每五十年做一次就好了。」

這些短字並非完全不會改變意思。艾米莉・布魯斯特替《韋氏大學英語詞典第十一版》的一批詞彙下定義時，「發現」不定冠詞「a」有新的意義。我用引號強調「發現」是有原因的：艾米莉大幅校訂「a」時所指出的語義轉變並非新鮮事。她仔細閱讀了「a」的引文，而她具備「分開者」的性格，因此梳理出比以前更細微的含義。

新的意義如下：「在專有名詞之前當作虛詞／功能詞，以便區分指稱對象的情況有別於通常、先前或假設的情況。」好比「With the Angels dispatched in short order, *a* rested Schilling, a career 6-1 pitcher in the postseason, could start three times if seven games were necessary against the Yankees.」（由於天使隊被橫掃出局，生涯季後賽六勝一敗的投手席林得以充分休息。如果〔紅襪

隊〕對陣洋基隊時要打到第七場，席林可能會先發三場）[4][*]。

艾米莉說道：「我一輩子都在編字典，那天當然是我最興奮的日子。整個過程比較簡單，我沒有左思右想，思考字典是否包含了這個意思。我立即明白它沒有被收錄。我只是編寫定義。事成之後，我深感自豪。」

這似乎很荒謬。這一切難道只是因為「a」？沒有人會留意這種短字。每個人都知道它的意思，如此大驚小怪，對我們的生活也毫無影響。然而，「is」（是）可謂最簡單的單字，辯論這個字有何含義之後，某位美國總統卻因此遭到彈劾。

> 提問：（懷森伯格先生〔Mr. Wisenberg〕）……無論貝內特先生（Mr. Bennett）是否知道你與陸文斯基女士（Ms. Lewinsky）的關係[5]，「沒有與柯林頓總統發生任何方式、形式或類型的性交」（there is no sex of any kind in any manner, shape or form, with President Clinton）這種說法完全錯誤。這樣講沒錯嗎？
>
> 柯林頓總統：要看「is」這個字的含義是什麼。如果「is」代表「是」，也就是「從來沒有」，那就另當別論。如果它表示（發表這項言論時）「當下沒有」，這種說法就完全正確。

因此，或許短字也不是「毫無」影響。

---

* 譯注：這句話暗指席林以往都被賦予重任而難得休息。

「take」的挑戰

　　把引文排序好之後，我決定先解決動詞。動詞的條目遠比名詞的條目還要長：有一百零七個不同的「意義」、「次意義」，以及定義好的短語。或許，這些卡片還隱藏某些必須納入字典的「意義」或習語。

　　我們參照書面引文時，工作的測量單位便是「堆疊文件」。每篇引文都被分類成一堆，代表單字目前的各種定義，新的「堆疊文件」會用來編纂新的定義。我看著印刷校樣，然後看看桌子，最後開始有條不紊地將桌上所有的物品（一盒粉紅卡、日期戳章、桌曆和咖啡）移到身後的書架上。

　　第一篇引文如此寫道：「She was taken aback.」（她大吃一驚。）我鬆了一口氣：這不難。我檢視了一下印刷校樣，找到了合適的定義：to catch or come upon in a particular situation or action（在特定的情況或行動中看見或偶然遇見；「意義」3b），然後開始處理成堆的引文。接下來的一些引文也是雷同的，包括「意義」2的一堆、「意義」1a的一堆，以及「意義」7d的一堆，然後我開始放心。我心想，雖然引文有一大堆，但這跟其他批次的詞彙沒什麼不同。我要把這些處理完畢，然後休假兩週，泡在圖書館看書，然後「去外面走走」。

　　然而，命運已受到誘惑，開始阻撓我。下一篇引文寫著：「Reason has taken a back seat to sentiment.」（理智被情緒取代；直譯：理智退居二線，情緒掌控一切。）我信心滿滿，先把它放

到「taken aback」（令人震驚）的引文，但是又重新思考。這種「take」的用法並不完全表示「to catch or come upon in a particular situation or action」，對吧？我嘗試使用替換法：「reason did not catch or come upon a backseat」（理智沒有看見或偶然遇見後座）[6]。不行，應該是：「reason was made secondary to sentiment」（理智屈從於情緒）。

　　我檢視了一下印刷校樣，看不到任何相符的定義，然後將引文放到「new sense」（新意義）的堆疊上。但是，當我要拿下一篇引文時，我心想：「除非……」。

　　如果你聽到字典編輯定義到一半時說出「除非……」，你就該關燈回家，但是要先確定他們有足夠的飲水和不易腐爛的食物，足以跟文字奮戰數天。聽到「除非……」，表示某個編字典的傢伙要開始瘋狂替單字下定義，但最終可能徒勞無功。

　　處理短字時會發現這些詞彙的意思會被放大。單字的含義取決於上下文，如果上下文發生變化，單字的含義也會變化。在「take a back seat」中，「take」的含義會根據上下文而改變：「There's no room up front, so you have to take a back seat」（前面沒有位子，你得坐後座）的意思不同於「reason takes a back seat to sentiment」。第二種用法屬於習語，表示必須在條目末尾將其定義為短語。我開始堆起一疊新的引文。

　　我的節奏已被打亂，但我讀到一下篇引文時，我有信心可找回步調：「... take a shit.」（……拉屎；機器故障）。這是髒話，屬於慣用語，意思明確，用法固定，必須在條目末尾定義它。沒

問題，我辦得到。

可是「take a shit」有別於「take a back seat」（退居二線），不算是固定的成語，也可以講「take a crap」（拉屎）、「take a walk」（散步）、「take a breather」（喘口氣）、「take a nap」（打盹）或「take a break」（休息一下）。我瀏覽了印刷校樣，把頁面翻來翻去，看到「意義」17a的定義「To undertake and make, do, or perform」（從事和製造、做或執行）。我埋頭思考，嘗試代替字詞，結果卻慘不忍睹：「to undertake and make a shit」（從事和製造屎）、「to undertake a shit」（從事屎）、「to undertake and do a shit」（從事和做屎）和「to undertake and perform a shit」（從事和執行屎）。

我陷入思考，但這樣總是不妙。有人可以「perform」（執行）或「do」（做）午覺嗎？有人能夠「undertake and make」（從事和製造）呼吸嗎？或許「意義」17b的定義「to participate in」（參加）比較合適。但是我的語感在尖叫：「participate」暗指被參與的事物在說話者之外另有一個起點（被參與的事物不同於說話者）。因此，我們會「participate in」（參加）會議，或者「participate in」（上）法國哲學的課程。我暫時將引文放到17a的堆疊中，然後在接下來的五分鐘把每個「意義數字」和定義寫在便利貼上，並且將便利貼貼到每堆最上方的引文。「意義」17a的便利貼包含用括號括起來的「Refine/revise def? Make/do/perform?（改善／修訂定義？製作／做／執行？）。

我坐了下來，痛罵自己。我重新定義了「Monophysite」

（基督一性論者，認為基督是神性與人性合為一者）和「Nestorianism」（聶斯脫利派，主張基督有兩位格及兩性體）；我可以用十幾種語言罵人；我不是白痴。問題應該很容易解決。下一段引文是：「...arrived 20 minutes late, give or take.」（大約遲了二十分鐘。）

什麼？這根本不是書面用法！它怎麼混進來的？我抿著嘴唇，從隔間環顧四周，試圖找出幹這檔事的傢伙。這裡有人亂搞我的引文！然後，我發現這個傢伙就是我自己。我顯然需要把這段引文重新歸檔。但是要歸到哪裡？我盯著它，看了五分鐘，決定挑選最順暢且最多人走的路徑，認為它可能是副詞短語（呃，應該夠接近了）。沒錯，我只要把這段引文……歸入「take」還不存在的副詞短語用法，因為「take」沒有副詞短語用法。我咬牙切齒，牙齒開始疼起來了。

我將這段引文放到桌上的角落裡，心裡想著：「Which Will Be Dealt with in Two or Three Days」（兩、三天後再來處理）。

接下來的引文：「...this will only take about a week.」（這只需要花一週左右。）我的大腦看到「take about」，便吐出「片語動詞」。所謂片語動詞，就是由一個動詞和一個介系詞或副詞（或兩者）組成的兩個字或三個字的短語，其功能類似於動詞，而且其意義無法從每個組成分的意義中判斷出來。在「He looked down on lexicography as a career」（他以前瞧不起編字典這份職業）中，「Look down on」（蔑視）就是片語動詞。整個短語當作動詞，而「look down on」並不表示此處匿名的「他」確實站

在高處，瞪著編字典這份職業，而是他認為編字典這種職業不重要，根本不值得尊重。

以英語為母語的人通常看不出片語動詞，這就是為何我很自豪，能一眼瞧出這種用法。我替「take about」的片語動詞用法新建了一個引文堆，但我的語感開始說話：「那不是片語動詞。」

我閉上眼睛，默默祈求從天外飛來一塊隕石，立即讓這間辦公室陷入火海。過了一會兒，我感覺我的語感已經挑了一些訊息，而這些訊息已整整齊齊沉到我的腦底：此處的「about」（大約）可有可無。看看這句：「this will only take a week」（這只需要花一週）和「this will only take about a week」（這只需要花一週左右）幾乎是同樣的意思。表達意思的重點不是「take」，而是「about」，表示「take」在此是及物動詞。我翻閱索引卡，翻到「意義」10e(2)的引文堆：「to use up (as space or time).」（用完〔空間或時間〕。）

已經過了一個小時，我大概瀏覽了二十段引文。我把所有「完成」的引文堆成一堆，拿一把去量厚度。處理過的引文堆厚度有四分之一吋。然後，我量了引文箱子。每個箱子都是滿的，而且長十六吋。

在接下來的兩週，「take」這個字讓我神經緊蹦，不斷測試我最後一根神經的拉伸強度。此時，我擴展了「desk」（桌子）的定義，因為桌面已經沒有空隙可堆疊引文。引文堆出現在我的螢幕頂部、放在我擺鉛筆的抽屜、歸到鍵盤成排打字鍵的中間、

放在隔間牆壁的頂部而搖搖欲墜，以及堆到桌子底下的電腦主機上。然而，空間還是不夠用：我開始小心翼翼、戰戰兢兢，把引文堆放到地板上。我的隔間似乎舉辦過全球最整齊的紙帶遊行＊。

　　處理這種規模的條目時難免會撞牆。如果你去跑步或試圖跑步，鐵定會很熟悉「牆」是什麼。當你被推著（或推著自己）超越身體的耐力極限時，就會撞牆。你集中注意力，肺部變得灼熱，而且小腿肚發疼，右邊屁股疼痛，可能因為沒有伸展肢體，或者這只是前兆，表示你因為努力不懈辦事，下半身簡直（literally）[7]已經內爆了。地面向上傾斜；你的腳由混凝土製成，動彈不得，比你想像的還要重上五十倍；你的脖子開始下垂，因為已經撐不住且無法再挺直肥腫的腦袋。你既不愉快，也沒入定禪修，甚至不像《跑者世界》（_Runner's World_）雜誌把跑步描繪的那般神清氣爽。你撞牆了，達到人體極限，整個人已經癱瘓。

　　我把動詞「take」處理到四分之三左右便達到人體極限。當我看到「took first things first」（要事先辦）的引文時，覺得自己慢慢陷入痴呆狀態。我知道眼前的東西一定是文字，因為我的工作就是處理文字，而且我知道那堆符號應該是英語，因為我在編英語字典。但是，知道歸知道，還是無從下手。我心想，這根本是垃圾。我感到大腦向側邊滑動，肚子因偏移而疼痛。在我撞上字典編輯面臨的極限牆壁時，某種思緒從我腦海掠過：哦，天

＊　譯注：紙帶遊行（ticker-tape parade），一種西方的歡慶活動，民眾從街邊高樓向外拋撒紙屑，向遊行隊伍表達敬意。

哪！我會像城市傳說一樣死在辦公桌前。別人會發現我的遺體被
「take」的雪崩掩埋。

　　那天晚上吃飯時，老公問我還好嗎？我抬頭看著他，眼神
渙散，說道：「I don't think I speak English anymore.（我想我不
會講英語。）」他聽了之後，有點驚慌。我老公只會說英語，說
道：「You're probably just stressed.（妳可能只是承受壓力了。）」
我哭嚷著回答：「But what does that even mean?（那是什麼意
思？）」「Just thinking about what it means makes my brain itch!（光
要思考那是什麼意思，我的頭就在癢！）」他似乎又有點驚慌。

編字典只能不斷向前走

　　我又多花了三天才將動詞「take」的引文排序完畢。我欣喜
若狂。耶，我辦到了！然後，我又開始沮喪：媽的，我還得去定
義「take」，而且還有當作名詞的「take」要處理！幸好我先前
決定使用便利貼來更改現有條目。「Make, do, or undertake」最
後沒有被修改，但是需要擴增或修訂某些「意義」；某個定義要
包含「she took the sea air for her health」（她為了健康而呼吸海
洋空氣）之類的用法，但是該定義卻寫成「to expose oneself to
(as sun or air) for pleasure or physical benefit」（將自己暴露於〔陽
光或空氣〕，以便獲得快樂或有益身體健康）。我馬上便把它改
成「to put oneself into (as sun, air, or water) for pleasure or physical
benefit」（將自己置身於〔陽光、空氣或水〕，以便獲得快樂或

有益身體健康），免得讓讀者閃過醫療的畫面。

堆在地板的乃是我需要稍微多想的引文，還有用來撰寫「take」新「意義」的引文。傍晚時分，金色陽光緩緩沿著牆壁移動。我在處理這些引文之前，決定先回覆先前埋首處理「take」而累積的電子郵件。我要等到早上才要重新開始。

隔天早上，我到公司上班，發現夜間清潔人員把地板上的所有引文移走，堆到我的椅子上，文件猶如瀑布，整堆垂懸而下。當時的場面很戲劇化：我放下包包，嘴巴張開，盯著原本放著二十多堆引文的空白地板。我突然一陣鼻酸，發現自己竟然想哭。我要是當場崩潰，鐵定會嚎啕大哭。我把包包放在地板中央，跑去洗手間，靠在擦手紙的箱子上，思考這時辭職回去麵包店上班會不會太晚，就算被客人用蛋糕砸臉也無妨。

編字典只能朝一個方向穩定前進：繼續向前走。站在廁所裡把頭靠在冰冷的塑膠箱上根本無濟於事。此外，我的同事還在等我離開，這樣她們才能抽擦手紙來把手擦乾。我重新整理清潔人員留下的整齊引文堆，並且在我隔間五呎之內的每個地面上放上紙張，寫著：「別碰老娘的文件！！！清潔人員！！！」我坐在椅子上，表情嚴肅，覺得該做點有趣的事：此時應該替處理好的引文蓋章，然後把它們歸檔。

完成某個條目之後，書面引文就會被放在三個地方的其中一處：「用過」（Used）組，佐證條目中每項定義的引文；「全新」（New）組，包含起草的新「意義」的引文；「拒絕」（Rejected）組，內含各種引文，但其含義沒有被現有條目或新定義所包含。

處理條目的編輯會替用過和全新引文蓋章，以便標記它們曾用於某本字典。當整片地板被某項定義工作的文件占滿時，偶爾會突然聽到有節奏的砰砰聲，好像有人用手指輕敲物體。這就是某位編輯正在替引文蓋章。

我拿出我量身製作的日期戳章，開始標記用過的引文，一堆接著一堆蓋印，把它們標示為「Used」。我蓋了第一批引文之後，愈蓋愈興奮。隔間附近的同事為此感到惱火，但甭管他們。我沒有沙袋可以踢，也無法引爆核子武器來洩憤，但我有日期戳章，塞繆爾‧詹森和諾亞‧韋伯斯特賦予我權力，我要把這個該死的動詞打入冷宮。

對索引卡施展這番輕微暴行之後，我便碰到「take」的另一個面向。我重新將地板上的引文整理成新的成堆文件之後，動詞「take」的編纂工作便順利進行。我塗塗改改，重寫了一些定義。我從辦公桌起身，向一些同事詢問如何處理該修改和新的條目。這些同事從隱身的巢穴爬出來之後，幫了我不少忙。

我根據「意義」6f的說明「to assume as if rightfully one's own or as if granted」（假裝是自己的，或者好像是被授予的）去解釋「she took all the credit for it」（她把全部功勞都攬在身上）之類的用法。我從中梳理出一個新的「意義」，編寫了「意義」6g：「to accept the burden or consequences of」（接受重擔或承擔後果），以便解釋「she took all the blame for it」（她承擔一切責罵）。按編字典的標準來看，這樣有點偏向分開者的立場；然而，史蒂夫認為應該要這樣區分。

　　我還想替「take」更為模糊的「意義」想出文字說明。有了這個勢頭，我便更有動力：我突然看出「take the plunge」（果斷行事）屬於固定的成語，「give or take」應該由「give」條目來解釋，而這三堆引文所佐證的用法有點雷同於12b(3)的意思（「to accept with the mind in a specified way」〔以特定的方式從心中接受〕），只要調整定義之中的兩個字，便可由12b(3)解釋；此外，我有一堆引文的片語動詞在字典中有專屬的條目，所以我可以高高興興把它推給其他毫無戒心的編輯，讓他們去傷腦筋。

　　我只用了兩天，隨處改寫和排序引文便編好了動詞部分。處理完畢之後，我沒抽空回覆電子郵件，隨即一頭栽入名詞部分。有二十堆引文，幸好數量不多，處理起來游刃有餘。我僅花了幾天便做完，感到非常滿意，於是將椅子往後推，先左看右看，確定沒人偷瞄，便用力擊打空氣，脫口說出：「太棒了！」[8]

　　我把完成的這批文件放回印刷校樣的桌子，把簽出表往回翻了好幾頁（已經處裡到字母U），然後簽回「take」。我花了一個月不停編輯，終於處理好這個單字。

　　我發現，從編字典的角度而言，一個月不算長。北美字典學會（Dictionary Society of North America）是字典編輯、語言學家和對字典有興趣的文字愛好者參與的學會。喬治亞大學（University of Georgia）於二〇一三年主辦了該會的雙年會。其中一位與會者是編纂《牛津英語詞典》（Oxford English Dictionary）的編輯彼得·吉里佛（Peter Gilliver），他和我們的團隊共進晚餐。

　　我們幾乎包下了餐廳，大家談得很熱絡，像商店一樣鬧

哄哄。《牛津英語詞典》是老牌詞典，收錄超過六十萬個「意義」，而《韋氏大學英語詞典》相對輕薄，大概只納入二十三萬個「意義」。我們談論了對這兩本詞典下定義時的差異之處。我們討論這個話題時，我告訴全桌的人，我已經編纂好《韋氏大學英語詞典第十一版》的「take」，總共耗費了一個月左右。在座的某位學者搖搖頭，說道：「哇！」

彼得隨即唱和：「我修訂了『run』（奔跑）。」他講得很平和，然後微笑，說道：「我花了九個月。」

整桌人一同爆出：「我的媽啊！」九個月！確實是如此。《牛津英語詞典》的「run」包含六百多個不同的「意義」，相較之下，《韋氏大學英語詞典》的「take」顯得很小兒科。

我從桌子的另一端拿起酒杯，說道：「我要向『run』敬酒。希望我們有生之年不必再修訂它。」

作者注

1. 第十一版的編纂方式很奇怪：需要審查的新版本引文有書面資料和資料庫檔案。韋氏公司在一九九〇年代末期編寫第十一版時已經建立了資料庫，但我們還是審查書面引文。說句實在話，我很懷念那幾箱引文。

2. 請參閱第二章〈但是〉，看看「but」其中一種用法的語法兔子洞（語法混亂，難以釐清）。

3. rhadamanthine 在《韋氏大詞典》的解釋為：**rhad · a · man · thine** \ˌra-də-ˈman(t)-thən, -ˈman-ˌthīn\ *adj* : rigorously strict or just（形容詞：非常嚴苛或公正無私）。

   vecturist 在《韋氏大詞典》的解釋為：**vec · tu · rist** \ˈvekchərəst\ n, *pl* **-s** : a collector of transportation tokens（形容詞，複數 **-s**：收集運輸代幣的人）。

4. 湯姆·維迪奇（Tom Verducci），〈又來了〉（They're At It Again），《運動畫刊》（*Sports Illustrated*），二〇〇四年十月十八日，第五十一頁。

5. 斯塔爾（Kenneth W. Starr），節錄，《斯塔爾報告》（*Starr Report*）。

6. 這裡沒寫錯。不知為何，人們通常會在「take a back seat」時使用分開的複合字「back seat」，但提到駕駛後面的座位時卻使用連在一起的單字「backseat」。英語真是古怪！

7. 「意義」2（誇張用法，加強字面意思，並非真實的）。

8. 我要出去外面才會大喊大叫來慶賀。

第九章

論壞字

——婊子（Bitch）

　　如果你整天一直仔細檢視單字，便會與它們建立異常超然卻極不自然的關係。我覺得這就像當醫生一樣：有位美女走進問診室，脫掉全身衣服而一絲不掛，但醫生卻只是全神貫注盯著血壓計。

　　對於字典編輯來說，一旦把單字拉到辦公室，把它們脫得精光，這些字都變得一模一樣。無論它們是否粗鄙不堪、讓人害羞、下流淫穢或令人反感，全都跟科學術語和普通詞彙一樣受到同等待遇。然而，這得花一點時間才能適應。最近有位新編輯安靜坐在辦公桌前，其他兩位編輯走過來，全神貫注地交談。他們沿著隔間通道走著，其中一位問道：「我們應該收錄『cock』（陰莖／雞巴）嗎？」「為什麼不行？字典已經收錄『shithead』（白痴），連『turd』（屎塊／臭狗屎）都有……」以上是她聽到的對話。

　　當我們試圖找出字典該收錄哪些詞彙時，以這種方式對話很

正常。我花了好幾年去說服恐慌的來信讀者，告訴這些人字典收錄某個猥褻的單字，只是記錄這個字的用法，而且純真的孩童根本不是看字典才學會髒話。自從英語字典問世以來，各種禁忌詞彙都被記錄下來[1]：文藝復興時期歐洲翻譯家約翰·弗洛里奧（John Florio）編纂一五九八年的字典時，把義大利語翻成英語時使用了「fuck」（幹／肏）。詹森和韋伯斯特拒絕收錄低級詞彙（詹森是基於美學理由，韋伯斯特則想捍衛道德），但不可否認，人們很愛講髒話。我看到各種禁忌用語時不會生氣，並非我冷酷無情，也不是使用禁忌詞彙讓我感覺更酷，而是我的職責就是處理文字。我很少看到條目時會驚慌失措，但我某天查詢《韋氏大學英語詞典》的「bitch」（婊子）時卻大吃一驚：

bitch *noun*（名詞）\\'bich\\

1 : the female of the dog or some other carnivorous mammals（母狗或其他雌性的肉食性哺乳動物）

2 a : a lewd or immoral woman（淫蕩或不道德的女人）

b : a malicious, spiteful, or overbearing woman—sometimes used as a generalized term of abuse（惡毒狠心或咄咄逼人的女人，有時被當作籠統的謾罵詞語）

3 : something that is extremely difficult, objectionable, or unpleasant（非常困難、令人反感或令人不快的事情）

4 : COMPLAINT[2]（抱怨）

　　我先前不曾查詢過這個條目，但我正考慮要替這個單字添加新的「意義」，所以需要審查它。我重讀條目時歪著腦袋，好像在聆聽某個不存在的聲音。然後，我聽到了：我們的字典沒有把這個單字標記為禁忌。

字典的禁忌標籤

　　字典會以各種方式標記禁忌語言。最常見的是在定義開頭印上警告讀者的標籤：「offensive」（冒犯的）、「vulgar」（粗俗的）、「obscene」（淫穢的）和「disparaging」（貶損的）等等。然而，這些標籤卻也是語義模糊。例如，「vulgar」和「obscene」有什麼區別？「offensive」和「disparaging」的差別又在哪裡？用冒犯的詞語不就是貶損人嗎？如果某個東西是淫穢的，它不也是粗俗的，而且反之亦然嗎？。

　　至於如何決定是否該將某個單字標記為「vulgar」或「obscene」，鮮少有內部文檔說明這點，讓我非常驚訝。「黑皮書」沒有任何說明，最近的風格指南也隻字未提，吉爾或史蒂夫也不曾在電子郵件中告訴我們，可以用哪些「石蕊試紙」去檢驗單字，讓我們知道該如何稱呼它們。如果風格文件沒有說明，我們就必須假設昔日德高望重的眾編輯認為，這種事稀鬆平常，不值一提。我們必須參照字典去尋找答案。

　　「vulgar」用來描述單字時，到底是什麼意思？從《韋氏大字典》擷取的適當定義是「lewd, obscene, or profane in expression or behavior：INDECENT, INDELICATE」（言語或行為上猥褻、淫穢或褻瀆的：下流的、不文雅的），還附帶說明引文「names too *vulgar* to put into print」（過於「粗俗」而無法印於書面的名稱），我意外發現引文竟然出自於哈里・阿倫・希彭達*。沒什麼用處：畢竟，「obscene」就擺明出現在這個定義之中。反過來說，《韋氏大字典》將「obscene」定義成「marked by violation of accepted language inhibitions and by the use of words regarded as taboo in polite usage」（違反公認的語言禁令，以及使用被視為不禮貌的禁忌單字）。

唉，「taboo」（禁忌）也沒提供任何線索：「banned on grounds of morality or taste or as constituting a risk：outlawed by common consent：DISAPPROVED, PROSCRIBED」（基於道德或品味或造成風險而被禁止：大眾同意應該禁止：不被准許的，遭到禁止的）。正如這本字典所言，少有單字被「大眾同意應該禁止」。此外，如何才算「大眾同意」？我奶奶認為的禁忌用語與我認為的禁忌詞彙有所不同；某個人認為不雅的單字，另一個人卻覺得無傷大雅。更令人洩氣的是：對某個人來說，某個單字「在某個情境下」是不雅的，換到「另一個情境」就完全沒問題。

如果我走在街上，一個陌生男人叫我「man-hating bitch」（討人厭的婊子），但我的朋友認為我有膽識而稱呼我「tough old bitch」（頑強的老婊子），我會用不同的方式回應這兩種情況。

---

* 譯注：H. A. Chippendale，著有《揚帆獵鯨》（*Sails and Whales*）的希彭達船長。

前述三個單字的定義可謂主觀模糊的「銜尾蛇*」，自己吞食自己的尾巴。

當然，我不能如此標記：「vulgar to some, obscene to others, sometimes vulgar to still others, sometimes offensive, mostly disparaging」（某些人認為粗俗，其他人認為淫穢，有時還有其他人會覺得粗俗，有時令人反感，通常都用在貶損），因為根據編纂風格規則，我不能這樣寫。風格規則不允許這樣，因為這種陳述很荒謬。發現自己對《韋氏大學英語詞典》沒有標記標籤感到很困擾。然而，每個人對猥褻單字的誣衊詆毀程度感受不同，字典編輯如何用一個標籤便能簡潔扼要完全表達字義呢？

關於「bitch」

「bitch」這個字可追溯至第一個千禧年之初，當時被當作一隻母狗的名字，多次在狩獵和飼養文本中出現，而那些文本是在討論如何飼養、繁殖和管理母狗，以及讓母狗產仔。在「dog」（狗）的用法中，這個字很不起眼：只是方便好用的短字。然而，狗兒發情時會全力求愛，可能因為如此，「bitch」才有引申的意義：「a lewd woman」（淫蕩的女人）。約略時至一四〇〇年，這種「意義」開始出現於文本；某段早期的引文中有一句話，聽起來猶如直接從重金屬專輯的封套內容介紹擷取出來的：

---

* 譯注：銜尾蛇（ouroboros）表示「無限循環」或「自我參照」。

「þou bycche blak as kole (thou bitch black as coal)」（汝之婊子黑如煤炭）[3]。當莎士比亞在《溫莎的風流婦人》使用「bitch」的「狗」用法時[4]，「淫蕩的女人」的這種「意義」便深入英語的骨髓。其實，這種用法的早期證據通常出自於戲劇、諷刺作品和其他庸俗故事，這些皆是早期英語的低俗小說。因此，在一六○○年時，「bitch」的「淫蕩的女人」用法至少被認為是非正式的。

十六世紀的字典出版商當然知道「bitch」這個字，因為他們有學養，會閱讀狩獵文獻。他們也很可能閱讀戲劇、諷刺作品和道德故事，知道「bitch」有別的意思，可指「淫蕩的女人」，還有其他指卑鄙男人卻甚少使用的「意義」。然而，早期字典的條目只收錄「bitch」與狗有關的「意義」，雖然根據書面記錄，在十六世紀中期，這些男性大多開始自行編字典，而「淫蕩的女人」的「意義」當時已逐漸廣為使用。（但是「bitch」侮蔑男人的通用意思根本乏人問津。）他們可能認為這類意思過於粗俗，因此不考慮把它們納入字典。此外，還需注意的是，早期字典基本上是概略（résumé）和肉麻恭維信（mash note）混合為一，字典編輯理應會考慮贊助者的身分與品味。如果收錄粗俗詞語可能會讓字典編輯喪失宮廷高官的厚愛，他們便會刻意忽略粗俗詞彙。[5]

要等到塞繆爾‧詹森才能打破窠臼。他的一七五五年《詹森字典》率先收錄「bitch」專指女性的「意義」並附上定義。這項條目出於多種原因而備受關注，尤其是詹森明確表示他無意在《詹森字典》記錄俚語和非標準詞彙的變遷。某些備受尊敬的王政復辟時期作家（少數貴族也如此[6]）吟詩作對和撰寫諷刺作品

時，不斷使用「bitch」的這種「意義」，詹森才會認為它已經成為英語的一部分。

這不是說詹森認為可以隨意使用這個字。他沒有把這個以女性為中心的用法定義成「a lewd woman」（這肯定是這個字最常用的意思），而是寫成「a name of reproach for a woman」（責備女人的稱呼）。這不是直接分析「bitch」所下的定義，而是混合使用警告和定義的說法。

雖然一些早期的字典編輯會迎合貴族的微妙感受，某些編輯卻反其道而行，刻意引起轟動，集中精力編纂前述提到的「黑話／隱語」（canting）字典。此處的「cant」泛指社會邊緣的各種下流族群使用的俚語，這類族群包括小偷、吉普賽人（Gypsy）、罪犯、惡棍、淫蕩女人和鬼吼鬼叫的酒鬼。無論這類俚語如何低級、如何下流、如何猥褻：黑話字典都要把它們一網打盡。

人們編纂這些收錄髒話的單字冊不是為了賺錢；有人確實對研究「低級」語言感興趣。到了十八世紀，嚴肅的字典編輯便有意研究黑話隱語。例如，約翰・艾什（John Ash）把一些庸俗詞彙和黑話隱語收錄到他一七七五年的字典[7]。艾什是英國浸信會牧師（Baptist minister），卻沒有礙於宗教信仰而拒絕收錄詹森對「bitch」編纂的多數定義。他更身先士卒，率先將「cunt」和「fuck」收錄到他的單語通用英語字典，而且有別於貝利的作法，他甚至用英語去定義這兩個粗鄙的字眼。

英國字典編輯弗朗西斯・格羅斯（Francis Grose）是受過良

好教育的紳士，敘事講古一流。他在一七八五年出版了《低俗粗話經典詞典》（*A Classical Dictionary of the Vulgar Tongue*），收錄了黑話隱語，以及格羅斯所謂的「滑稽短語、新奇典故和人物、事物和地方的暱稱[8]，這些單字被長期不斷使用，因襲傳承之後成為經典詞彙」。這是第一本收錄本土底層用語（不僅黑話俚語）的通用詞典。格羅斯和助理（他叫湯姆・科金〔Tom Cocking〕，名字取得恰到好處，令人拍案叫絕*）不是一邊吃美味晚餐，一邊杜撰詞彙：他們會挑午夜時分，在倫敦四處閒逛，從碼頭、街上、聲名狼籍的小酒館和貧民窟收集詞彙，然後在格羅斯的詞典中發表成果。格羅斯和科金應該非常熟悉平民百姓在那一瞬間如何使用低俗的單字。

　　格羅斯收錄了「bitch」的條目：

BITCH, a she dog, or dogess; the most offensive apellation [*sic*] that can be given to an English woman, even more provoking than that of whore, as may be gathered from the regular Billin[g]sgate or St. Giles's answers, "I may be a whore, but can't be a bitch."

　　婊子：雌性的狗或母狗；對英國女性最無禮的稱呼[†]，比用「whore」（妓女）罵人更能激怒別人。經常能從比林斯

---

*　編注：tom 有雄性動物之意，cock 則有陰莖之意。

†　譯注：apellation 拼字有誤，但原文如此。應該是 appellation。

蓋特或聖吉爾的街坊聽到以下的巧妙回答：「我可能是個妓女，但絕不是個婊子。」*

　　《低俗粗話經典詞典》包含大量粗俗無禮的詞彙。值得注意的是，格羅斯認為「對女性最無禮」的稱呼就是「bitch」。這位詞典編纂大家仿效詹森，避重就輕去定義這個字。韋伯斯特編纂一八二八年的《美國英語詞典》時也剽竊詹森的作法，而且也不加上標籤：定義本身便已發出足夠的警告了。另一位美國字典編輯約瑟夫・伍斯特（Joseph Worcester）[9]在編纂他一八二八年出版的《詹森字典》刪節本時也依樣畫葫蘆，偷竊詹森的作法，雖然他後來出版一八三〇年的《英語綜合發音與釋義詞典》（Comprehensive Pronouncing and Explanatory Dictionary of the English Language）時刻意刪除這個單字。他在序言中指出，他不想「腐蝕英語」（corrupt the language）。確實如此，伍斯特在一八三〇年的《詹森字典》或者後續出版的字典中，完全沒有收錄任何猥褻詞彙[10]。

　　然而，詹森的魅力實在太強烈了。到了一八六〇年，伍斯特終於向「bitch」屈服，把詹森對這個字的第二個定義加到他的字典。這種情況一直持續到十九世紀末期。自一七五五年起，各家字典一直使用「name of reproach」（責備的稱呼）這種定義，期

---

*　譯注：這句話類似於邱吉爾的機智反應：女士，我可能喝醉了，而我明早就能酒醒，但妳依舊還是個醜八怪。

間超過一百年。

　　然而，「bitch」的實際用法不斷改變。從一六七四年到一九一三年，老貝利（Old Bailey）一直是倫敦的主要刑事法院。各位只要翻閱老貝利存檔的訴訟紀錄，便能感受「bitch」豐富的語義層次感。這些證詞就像英國警方的例行審問紀錄，處處充滿「bitch」，但幾乎都不是指狗。多數「bitch」是辱罵女性的字眼，而且我們找到證據，證實早在一七二六年時，「bitch」就被拿來罵男同性戀：

　　There were 8 or 9 of them in a large Room, one was playing upon a Fiddle, and others were one while dancing in obscene Postures, and other while Singing baudy Songs, and talking leudly, and Acting a great many Indecencies.──But they look'd a skew upon Mark Partridge, and call'd him a treacherous, blowing-up Mollying Bitch, and threatned that they'd Massacre any body that betray'd them.

　　在一個大房間裡，有八到九個傢伙，其中一個無所事事，其他人則在跳舞，姿態下流，不堪入目，還有人在唱淫穢歌曲，口出髒話且舉止猥褻。但是他們斜眼瞪著馬克‧帕特里奇，罵他是個叛徒，說他是天殺的男同志（Mollying Bitch），更語帶威脅，放話說任何人膽敢背叛他們，他們就會幹掉他。[11]

把「bitch」當作貶義詞來貶損男人要早於老貝利創立的時間：它可以追溯到一四七五年「Be God, he ys a schrewd byche」[12、*]。這種用法肯定沒有以女性為中心的「bitch」那般常見，但它會定期出現，尤其是在十八和十九世紀。英國小說家亨利・菲爾丁（Henry Fielding）在代表作《湯姆・瓊斯》[†]中用過它[13]，蘇格蘭詩人羅伯特・伯恩斯（Robert Burns）在他十八世紀末期的蘇格蘭方言詩句中也用過它。這種貶義用法甚至悄悄滲入十九世紀初的大學俚語；總是在飲茶時間當服務生的劍橋學生（代替女僕或母親的職分）就被稱為「bitch」。這些用法的要點非常清楚：被稱為「bitch」的男人是比較女性化的，亦即帶點娘娘腔。

因此，在十八世紀時，「bitch」有兩個主要意義的分支：一個分支泛指女性和女性特有的東西，另一個新分支是指控制發情母狗的困難，由此衍生出泛指困難或無法控制事物的「意義」；從十八世紀開始，「bitch」便被套用於財富、貧窮、必要性、無法修復的船隻，以及掌控拜倫勳爵（Lord Byron）愛情生活的恆星等等。

各式各樣的來源皆能佐證名詞「bitch」[14]的全部用法，但在數百年之間，沒有一種用法被收錄到字典。

「它沒有標籤？」艾米莉皺著眉頭問道。「真的沒有？」

---

* 譯注：以上帝之名，他是一個精明的婊子。本句出自於早期手稿《珀金頓手稿》（*The Porkington Manuscript*），文中重述某位天主教托缽會士和某個厚臉皮男孩的故事。這位會士用這句話嘲笑男孩。

† 譯注：《湯姆・瓊斯》（*Tom Jones*），發表於十八世紀中期。

我們穿著襪子，在她的廚房拖著腳四處走，一邊喝酒，一邊聊公事。字典編輯把工作帶回家乃是一種職業傷害。我們整天埋首鑽研英語，所以離開公司大樓時，難免無法完全擺脫工作。

我們一起談論可能的情況。我們心想，是否標籤不小心被遺漏了？確實發生過這種事：修訂單偶爾會不見、被夾到錯誤的印刷校樣，或者完全掉落。也許我檢查的資料不是最新的。艾米莉靠著流理檯，推斷用法注釋或許指出這個字是個籠統的辱罵詞語，可涵蓋用「bitch」詆毀女性時「whore」（妓女）以外的「意義」，「以及」用來詆毀男性時「weak, ineffectual」（軟弱，無能）的「意義」。她把空酒杯從一隻手換到另一隻手，說道：「用法注釋可兼顧這兩者。」

我說道：「唯有它只有單獨的『意義』時才說得通。這個用法注釋是附在『惡毒狠心或咄咄逼人的女人』的『意義』。」

「所以跟男人無關。」

「對，無關。」

「或者只是……泛指女性。就像在街上聽到混蛋口出惡言卻不回應的那些女人。」

「或者沒有落入超級女性化刻板印象的女人。」

「沒錯。」

我說道：「妳知道，就是那種『bitches get shit done』（婊子可搞定事情）的用法。我認為那真的是要翻轉詆毀用詞，也就是說……」

「喔伊。」艾米莉哼了一聲，隨即喝了一大口酒。

帶有性別歧視的單字

　　美國女權主義作家喬・弗里曼（Jo Freeman）小冊子《婊子宣言》（*The BITCH Manifesto*）成書於一九六八年，出版於一九七〇年，時值第二波女權主義達到高峰之際。在弗里曼撰寫《婊子宣言》那年，「sexism」（性別歧視）首度出現於印刷刊物，紐約市也率先出現民眾公開抗議「限制墮胎法案」；在《婊子宣言》問世那年，積極爭取女權的貝拉・艾姆祖格（Bella Abzug）當選眾議院議員，美國的路德派／信義宗教會*的兩個分支開始任命女牧師。美國人對女性的看法（以及談論女性的方式）不斷變化。喬・弗里曼決定應該要去主導對某個長期指稱女人單字的論述。她寫道：「女人被稱為婊子時應該很自豪[15]，因為婊子是美麗的。它應該是一種自我肯定，而非他人的否定。」

　　許多爭取身分認同的運動，其部分目標就是要扭轉污衊用詞。這是遭到詆毀的團體（女性、男同性戀、有色人種和殘疾人士等等）爭取認同的過程，旨在對抗污衊他們的煽動性詆毀用詞，主動開始用它來標記身分以示驕傲。這樣做是為了消弭壓迫者的力量，猶如凌空抓住向你射來的詆毀之箭。

　　然而，扭轉污衊用詞並非易事。首先，人們都認為被誹謗的團體只是單一團體，並非不同的團體，而這些人剛好是共同的族群，或者有同樣的生理性別、性別、性取向或生活狀態。最

---

*　譯注：路德派／信義宗教會（Lutheran Church），以馬丁・路德宗教思想為依據的教會團體統稱，強調「因信稱義」，故又稱信義宗。

常見的成功扭轉案例是「queer」（酷兒）。積極防治愛滋病的團體「酷兒國度」（Queer Nation）在一九九〇年代順利翻轉這個污衊語。在一九九〇年代和二十一世紀的前十年，「queer」被當作「gay」（男同性戀）的戲謔詞，甚至成為電視節目的名稱，比如《同志亦凡人》（*Queer as Folk*）和《酷男的異想世界》（*Queer Eye for the Straight Guy*）。它先被當作同性戀群體內的標籤，用來描述形形色色的同性戀，然後指稱不想用傳統「二擇其一」方式來自我標示的群體：同性戀／異性戀、男人／女人、男性／女性。對於那些在LGBTQIA運動[16]找到溫暖的人而言，「queer」只是一種身分。

然而，前述扭轉污衊用詞的運動並非像人們宣傳的那樣處處成功。約翰・基奇（John Kichi）是位六十多歲的男同性戀。在二〇一三年時，他去應徵工作，竟然發現「queer」被列為性別而驚恐萬分。他向當地一家新聞台透露：「我認為酷兒又走回頭路[17]，回想當年，同性戀還會被醫生標記為異常。我的每位同性戀朋友都對此感到震驚。」

這種扭轉成果時好時壞的模式也發生在「bitch」身上。女權主義者（多數為白人女性）在一九六〇年代和一九七〇年代開始去扭轉這個字眼，當時有許多婦女反對（如今還在反對）這種運動。反對者聲稱，無論「bitch」在文化中如何普遍，仍然會被當作負面的字。一群作者在二〇〇九年於《社會學分析》（*Sociological Analysis*）期刊發表一篇論文，總結了反對派的論點：「我們很久以前便從女權主義學到了教訓，關乎人的就是政

治；把『bitch』正常化的女人，也把『sexism』正常化了。」[18]

扭轉用詞的重點是消除詆毀詞的效力。如果讓人從反面思考「bitch」，用它來描述意志堅定、堅強剛毅的女性，這種用法不就跟原本的詆毀意義有同等效力（即便沒有更有效力），或者《社會學分析》的那群作者說得對：「如果不斷宣揚『bitch』，不就在暗示男人可以用這個字嗎？」

如果扭轉的人是想從男性饒舌歌手奪回這個用詞的黑人女性，那該怎麼辦？這樣一來，扭轉運動是否更為（或更不）合情合理？此外，誰有權決定黑人使用「bitch」有多合理呢？如果討論「黑人女性」在扭轉「bitch」，好像所有黑人女性（跟白人女性）都隸屬同一個團體，這樣會不會過於卑劣？其他膚色的女性又該置於何地？

假設男人稱女人為「bitch」時是恭維，那該怎麼辦？如果直男（異性戀男性）這樣做時會怎樣？男同性戀或自認為是女性主義者的男性如此做時又會怎樣？男性可以參與這種扭轉運動嗎？既然談到這點，我想告訴各位：在過去三十多年左右，愈來愈少人使用「bitch」的母狗「意義」。如今在報章雜誌看到這種用法時，出現的字眼可能是「she-dog」或「female dog」，甚至是「girl dog」。我還能把一隻母狗稱為「a bitch」嗎？

追根究柢，這是個人面臨的難題：字典編輯身處某個特定文化時期，有自己的想法、感受、經歷、偏見（無論知或不知）和假設，卻要盡其所能去描述單字的主要明指意義（又稱本義）和隱含意義。然而，「bitch」是個淫穢下流的字，含義繁雜，猶如

燙手山芋，甚難處理，字典編輯如何才能全面捕捉或傳遞它的意思呢？

字義的演變與分歧

　　字典編纂如同對語言動手術，有先前的準備儀式，亦即備妥各種器械（鉛筆、筆記本、滑鼠和資料庫）。有時手術室裡洋溢著音樂；有時只能聽到機器的嗡嗡聲，還有你全神貫注時，寂靜猶如薄冰，像毯子包覆著你。對病患切下第一刀時，極其漫長的早晨可能就此展開，病人可能會出現料想不到的併發症，或者這只是例行手術，身經百戰的外科醫生閉著眼睛都能順利完成。

　　外科醫生和字典編輯生存在一種奇怪二元性之中：病患（人類或語言）偶爾是各種部位的平淡組合，你能夠標記、處理或知曉它們。然而，與此同時，這些部位又能與他其部分協同工作，形成一個人，這個人有名有姓、有個家族、屬於某個社區、養著一隻狗、要付各種帳單、懷有一段歷史，或者下巴有個神祕疤痕，而你根據自身的專業知識無法加以解釋。你對各個部位瞭若指掌，卻無法描述整體。

　　說穿了，就是要探究箇中緣由：「bitch」被用來指稱女性的意思。它目前有兩種備受爭議的「意義」：

　　2 a : a lewd or immoral woman（淫蕩或不道德的女人）

b : a malicious, spiteful, or overbearing woman—sometimes used as a generalized term of abuse（惡毒狠心或咄咄逼人的女人，有時被當作籠統的謾罵詞語）

　　我知道這兩種用法的來龍去脈，但我對定義本身的歷史緣由感到好奇。我愈思索這些定義，愈感到心癢難耐且刺痛不已。沒錯，「bitch」一直用來罵那些「被視為」淫蕩或不道德的女人；它也一直用來罵那些「被視為」惡毒狠心或咄咄逼人的女人。然而，當「bitch」被用來罵那些「確實是」淫蕩或不道德的女人，或者「確實是」惡毒狠心或咄咄逼人的女人時，它跟前面的「bitch」是一樣的嗎？我迅速離開座位，盡量不發出聲響（但我的椅子是一九六〇年代中期出廠的金屬搭軟木裝置，支座老舊不堪，無論添加何種高科技潤滑油，只要一坐上去，它就像一隻被人用屁股壓著的鵝，不停嘎吱作響），然後躡手躡腳去翻查合併檔案，那裡保存各時期編纂「bitch」使用的證據。抽屜裡擠滿了文件；「bitch」的文件厚達九吋。

　　定義的演變分別位於兩本不同的字典：一是《韋氏大字典》（足本），可追溯到一八六〇年代，期間數度更改名稱；二是《韋氏大學英語詞典》，起初是足本《韋氏大字典》的刪節版本。我先從一九〇九年第一版的足本《新韋氏國際字典》查起。文件堆中只有一張卡片，那是一條草擬的條目，說明「bitch」的「意義」2，附有編輯標記：

2. ~~An~~ opprobriously, ~~name for~~ a woman, esp. a lewd woman; also: in less offensively, ~~applied to~~ a man. "Landlord is a vast comical <u>bitch</u>." <u>Fielding</u>.

2. ~~一個指責女人~~的說法，特別針對淫蕩的女人。另：比較不那麼無禮的~~方式~~，~~用於~~男人。「房東是個非常滑稽的<u>婊子</u>。」<u>菲爾丁</u>。

這個定義沒有出現在《新韋氏國際字典》；然而，一九〇九年出現的是該定義未經編輯的前半部分：「an opprobrious name for a woman, esp. a lewd woman」。沒有注釋可解釋為什麼「also」的部分被刪除。

《新韋氏國際字典第二版》於一九三四年出版（因此公司內部把它稱為W34），徹底修訂這個定義，改成「Opprobriously, a woman, esp. a lewd woman; also, formerly, less offensively, a man. Vulgar」（指責女人的用法，特別針對淫蕩的女人。另：昔日用法，比較不無禮，用於男人。粗俗）。數十年前修訂時就是這樣結尾，還添加了一個醒目的同義詞解釋。編寫這個定義的助理編輯柏西・隆恩（Percy Long）加了一個注釋：「The citation from the Sat. Review shows that temper as well as morals may be stigmatized by the word. Colloquially it is used to indicate ill will or meanness quite as often as lewdness」（這段從《星期六文學評論》雜誌擷取的引文顯示，使用這個字可能會惹人生氣，也可能污衊

他人品德。在口語上，它被用來表示惡意或卑鄙，跟淫蕩一樣常用）。這段注釋沒有標示日期，但應該是一九三一年之前寫的，當時的助理編輯約翰·伯特爾（John Bethel）如此回應：「'also, formerly, ... a man.' This is of course all wet in its use of 'formerly.' It's extremely common in 1931」（「另：昔日用法，……用於男人。」在這裡用「formerly」當然大錯特錯。在一九三一年時，這種用法非常普遍）。伯特爾的注釋慘遭駁回。

眾人在編輯檔案中唇槍舌戰，討論該如何修訂《新韋氏國際字典第二版》（對這個字）的定義。約翰·伯特爾在一九四七年五月留下一大段注釋，詳細解釋這個定義錯得離譜。他呼籲要將這個廣義的「意義」切分成獨立的「次意義」，分頭指女人、男人和事物；他指出，無論W34如何解釋，針對男性的「bitch」用法仍然存在；他還提到，在一九四〇年代中期時，「bitch」的用法並非全然「不帶色彩」（colorless，亦即只是另一個稱呼「woman」的字），而是實實在在暗示被稱為「bitch」的女人有問題。他在結尾時寫道：「In the specific applications the term often, of course, implies 'loose morals,' but in other contexts it (? almost equally often) implies spitefulness or some other extreme flaw of disposition」（在具體的應用中，這個詞當然經常暗示「品德不佳」，但是在其他的語境下，它〔? 幾乎同樣經常〕暗示惡意或其他極端的性格缺陷）。

伯特爾在一九五二年退休，搬到巴哈馬群島，但繼續擔任顧問。他在一九五四年再度施壓，要求將不同的「意義」分開來，

而另一位助理編輯丹尼爾‧庫克（Daniel Cook）一年後接受了建議。

足本《新韋氏國際字典第三版》於一九六一年出版時真正修訂了這個定義。「bitch」的修訂工作落在這本字典的副主編馬瑞‧威兒‧凱伊（Mairé Weir Kay）頭上。她十分優秀，說話單刀直入，而且要求嚴格，倘若發現有人怠惰，便會嚴厲對待，令人生畏。《新韋氏國際字典第三版》出版之後，她雖然沒有掛名主編，卻一直擔任這項職務。她任職近四十年，同仁只稱她為「凱伊小姐」（Miss Kay）。簡而言之，她是「bitch」被翻轉負面意義之後的化身。

文件顯示她在一系列引文和注釋蓋上的清晰日期戳章，這些引文和注釋可追溯到一九二〇年代。從一九五六年開始，我們的文件顯示兩處她對「bitch」草擬的定義。當時，《新韋氏國際字典第三版》的初步定義正如火如荼進展。總括來說，她的修訂如下：

2 a : a lewd or immoral woman : trollop, slut—a generalized term of abuse b : woman; esp : a malicious, spiteful, and domineering woman : virago—usu. used disparagingly

（2 a：淫蕩或不道德的女人：蕩婦，淫婦——籠統的謾罵詞語 b：女人：尤其是惡毒狠心和咄咄逼人的女人：潑婦——經常為貶損之詞）

3 archaic : man-sometimes used disparagingly（過時用法：男人——偶爾為貶損之詞）

我們如今看到這些同義參照會皺眉蹙額。「Trollop」、「slut」和「virago」？伯特爾指出，這個字如今經常用來表示男性對女性的觀點，而非女性的真實性格，該如何看待這種說法？「凱伊小姐」拐彎抹角，添加了兩處用法注釋：「a generalized term of abuse」和「usu. used disparagingly」。這是字典編輯留下的漏洞：當這個詞被用來貶損人時，說出和寫出這個字的人就是在表達這種貶義。

第三個「意義」被庫克抨擊，儘管文件中有足夠支持這種解釋的證據。「意義」2a 沒有被編輯收錄到字典。「意義」2b 被庫克刪減成「a malicious, spiteful, and domineering woman」。「woman」的普通意義不見了（所謂「woman」，就是當男人從車窗探出頭並大喊「嘿，婊子！」時針對的女人，但這些男人根本無法評論這個女人的性格，因為他不認識她；或者十七世紀老貝利的證詞中被辱罵的女人，比如「I'll see you hang'd, you Bitch!」（我會看著你被吊死，妳這個婊子！））。「凱伊小姐」添加的用法標籤「usu. used disparagingly」也不見了。替代它的是沒有用法警告的定義，沒有合格標籤，什麼都沒有。從編字典的角度而言，「bitch」的這種用法跟名詞的「baseball」（棒球）、「milk」（牛奶）或是「sweetheart」（甜心）的用法沒什麼兩樣。

　　再提一件事：「意義」2b的「and」。根據這個定義，「bitch」這個字只適用於惡毒狠心「和」咄咄逼人的女人。如果有個女人咄咄逼人卻心地善良，或者性情溫順但心懷惡意，「bitch」的這個「意義」便不適於她。然而，我翻閱針對這項條目標記為「used」（用過）的引文，顯然這個「and」是一項錯誤：它應該是「or」。這個詞雖小，影響卻很廣。

　　《韋氏大學英語詞典》的「bitch」更是變化多端。該詞典的第一版（一八九八年問世）跟一八六四年的足本《美國英語詞典》採用相同的「bitch」定義：「an opprobrious name for a woman」（指責女人的稱呼），這是將韋伯斯特一八二八年的定義擦脂抹粉後提出的解釋。在一九六三年的第七版之中，這個字的定義根據第三版的定義加以修訂：「a lewd or immoral woman」和「a malicious, spiteful, and domineering woman」。《韋氏大學英語詞典》如今收錄「bitch」兩個明顯有貶義的定義，但沒有附加任何警告該用法為侮辱的標籤。

　　一直到《韋氏大學英語詞典》第十版問世之後，用法注釋才再度出現於條目裡，而這次是位於「malicious, spiteful, domineering」的「意義」之中。副主編蘇珊・布拉迪（Susan Brady）悉心添加了這項注釋。她給文字編輯留了一張粉紅卡，指出應該增添用法注釋。史蒂夫是文字編輯，於是插入下面的注釋：「—sometimes used as a generalized term of abuse」（——有時被當作籠統的謾罵詞語）。吉爾是最終讀者，在這項用法注釋上蓋章，表示完結。無論完結與否，這項注釋又再度被加上注解：我們的主編弗雷德・米

什沒有對吉爾的決定提出異議，但是對粉紅卡的評論清楚表達了想法。他寫道：「但這最常只是表示這個定義的意思，而不是籠統的意思。」在第十版對這個字定義的最後階段還有這種意見交換。當時是一九九二年。

字典編輯必須持客觀、拋棄語言包袱

「哎呀。」我同事珍・所羅門（Jane Solomon）嘆息道。我們先談論編輯以及不將自身觀點和偏見帶入條目的困難之處，然後我提到了「bitch」。她問道，那有什麼問題？我豎起食指，「妳聽好了。」我告訴她，這個條目連「警告該用法為侮辱」的標籤都沒有。她回答：「哦，天啊！」

我們先前談論「microaggression」（微冒犯；微侵略）。這個字比較新，指的是特別針對少數團體的成員所做的輕微侮慢舉動或輕視言語，可能會被認為無關緊要，但其實是某種人身攻擊。「mansplaining」（男人說教）經常被視為一種「microaggression」：女人永遠無法當家做主，即便對她最擅長之事也不能拍板定案。珍先前負責替某個網路字典定義「microaggression」，而我們談論了如果定義涉及像這個字的敏感問題，要擺脫無意識的編輯偏見確實很困難。她和編輯不斷回頭審視她撰寫的條目；珍先和一位積極爭取公民權的友人商討過定義，以確保她已經精確掌握對這個字的明指和隱含意義。但是對她定義的修訂卻讓她感覺是從「極端白人的角度出發，讓人深感遺憾。」她的編輯調整了定

義的力道，讓「microaggression」這個字表示僅「被認為」具有攻擊性的評論。她說道：「然而，『不是這樣的。』他們就是在冒犯人，只是冒犯別人的人並非總能清楚知道自己正在幹這種事。」

字典編輯應付像「bitch」這種扭轉意思的單字時，跟珍艱難處理「microaggression」的定義一樣，都會面臨相同的問題，只是「bitch」是明目張膽的在詆毀別人。這個字全部含義的力道隱含於字典編輯無法衡量的事物之中：意圖與感受的相互作用。更重要的是：說者的意圖或聽者的感受？如果我在街上走著，聽到一個我不認識的男人從他的車窗探出頭，對我大喊：「Nice, bitch!」（不錯喔，婊子！）我可能不會像他對我喊「Nice day!」（你好！）一樣來回應他，我會覺得被他貶低，因此我會假定他在貶低我，即便他其實是在恭維我。

如果換成女人對我這樣大喊，我會有不同的感受嗎？也許吧。一切都要視情況而定：我以前和女人彼此互喊「bitch」的經驗如何；「nice」的用法；對我喊的人用何種語氣；我當下的心情；我的年紀多大了（我發現自己年齡漸增，愈來愈不會被陌生人打擾，聽到他們對我講幹話時，我會更能反唇相譏，從而證明他們最早的說法：我真的是個難纏的婊子）；以及我是否認為那個人在喊我，還是在喊跟我同行的十幾歲女兒。這是我對說「bitch」的男人有偏見嗎？當然，我一輩子被男人無緣無故嘲笑「bitch」，自然會對他們產生偏見。在汽車從旁飆過的短短兩秒鐘之內，我能猜出叫喊的人有哪種意圖嗎？此外，我需要考慮另

一種可能：人是複雜的動物，感受層次繁多，那些男人或女人對我喊「Nice, bitch!」時，「他們」可能並非全然知道這句話的意思。

在這種情境中，不只有說者和聽者，總會另有他人，亦即旁觀者。這就是字典編輯最終所處的位置，也就是處理語言時要當旁觀者。我們沒有參與最初你來我往的言語交鋒；我們是事後聽聞，那時煙硝味已散，一切早已歸於平淡。我們該如何處理下列的引文呢？

- an actress recently described as the reigning *bitch* of the movies.
  （最近被描述為電影圈統治「婊子」的某位女演員。）
- It contains his two most memorable characters: Leila Bucknell, the irresistible siren and invincibly successful *bitch*, who manages to be financed by a succession of lovers without losing her position in smart society.

  （它包含了他最令人難忘的兩個角色：一是萊拉・巴克內爾，她是風情萬種的妖女，也是長袖善舞的「婊子」，既能從一票情人的口袋撈錢，又能在花花世界中維持她的社會地位。）
- ...was a hard *bitch*. （……曾是難纏的「婊子」。）
- "So someone calls you a *bitch*?" says Tanisha of BWP[*]. "That's

---

[*]　譯注：BWP為Bytches With Problems的縮寫，Bytch是bitch的另一種拼法。

what they call any woman who's tough and good at business. We say, wear the title as a badge of honor and keep getting yours."（女子饒舌樂團「問題婊子」的塔妮莎說道：「有人叫你『婊子』？他們看到堅強和有成就的女人，就會這樣叫她。把這頭銜當作榮譽徽章，不斷去收集戰果。」）

這些「bitch」的用法是否屬於籠統的謾罵詞語？貶損人的話？這很難說。有些引文很短，甚至無法判斷指稱的對象是女人或男人。最後一段引文顯然是對「bitch」翻轉負面意思之後的評論，但是它卻沒有提供足夠的訊息，告訴我們塔妮莎對沒有翻轉負面意思的「bitch」有何看法。

某些字典處理翻轉意思的詞彙時，不是採用標準定義，而是刊印出短文。Dictionary.com有一篇關於「bitch」的短文，解釋這個字的力道取決於誰說這個字及其背後的意圖，然後泛泛談論「bitch」如何翻轉意思。當然，這樣做並不完美（要討論「bitch」，寫一整本書都可以），但這種方法很聰明。隨著書面字典不斷透過網路發表，可能有更多出版商會採取這種作法。

然而，即便如此，定義翻轉字義的詆毀詞時還得應付兩個主要的難處。首先，字典編輯必須試著綜覽單字最常見的用法，也就是要將自己置於最痛苦的詞彙討論互動，並且將它們分開來逐一描述。字典編輯討厭收拾這種爛攤子，因此又會導致第二個難處：編字典歷來（坦白說，至今仍是）屬於富裕、受過教育的白種老傢伙統管的領域。如今，編字典的女人可能多於男人，但這

個行業仍由白人主導。編輯不易發覺自身的偏見，也很難排除偏見，因為編輯只是凡胎肉體，而且永遠有截稿壓力。丹尼爾．庫克在一九五六年看不出「bitch」的第二種「意義」確實在貶損人；弗雷德．米什在一九九二年時也對同樣說法不知所措。指出「bitch」被用在女人身上時都是貶損的編輯全是女人，這些女性編輯都有被人叫「bitch」的經驗。

　　現代字典編輯受過訓練，要保持客觀並拋棄語言包袱；如今，編字典就是要讓定義者隱身幕後且化為無形。話雖如此，語言是深切與個人有關的，即便字典編輯都不例外：我們用語言講述自己、描述周遭世界，以及從我們認為壞的事物中勾勒美好事物。有段童謠說：「棍棒和石頭可能會打斷我的骨頭，但辱罵絕不能傷害我（sticks and stones may break my bones, but names will never hurt me）。」每個深受欺侮的五歲孩童都知道這是個謊言。閒言閒語會傷害人，因為語言是唯一被社會接受可用來攻擊他人的武器，突然之間，即將退休的字典編輯便身處混戰之中。當白人字典編輯必須編輯「nigger」（黑鬼）的條目時，他們知道幾世紀以來，這個字不斷被用來攻擊他人。他們也知道，有人打算翻轉這個字的意思，企圖從壓迫者奪回貶抑他人的力量，然後用這個壞到極點的貶損詞來彰顯自豪感。他們知道自己置身於翻轉浪潮之外。這些編輯知道，由於他們是白人、受過教育和擁有社會地位，自己難免牽涉到一部分「nigger」所牽扯的問題。既然如此，編字典的白人如何能適切處理「nigger」及其衍生的各種意見？

　　語言不僅與個人有關，也是有形體的。字典編輯定義詞彙時會習慣於貶抑詞（你要把「bitch」讀多少遍，它才不會長得像個英文字？）然而，我們都有各自的生活經驗，足以證明單字具有實體。我們用手寫字、用嘴巴說話，以及忍受語言在我們身體上遺留的傷疤：我媽說她在製造業當經理的經驗時，經常被罵「bitch」，這種口頭辱罵像釣魚線一樣纏繞著她，彷彿口腔潰爛，不時隱隱作痛；我看著老爸朋友映著夕陽的側影，聽他大罵前妻「bitch」，口中發出塞擦聲，剎時有三顆口水搭便車，順勢從他口中噴出；城市的嘈雜聲如同窗簾拉開之際，「bitch」一詞便掛在聚光燈下，頓時空氣沉悶凝滯，突如其來的憤怒和尷尬（為何尷尬？）令我的臉頰緋紅；當汽車繞過街角揚塵而去，遺留男人訕笑聲和一股汽油味，而被罵「bitch」的我則胸中鐵拳緊握，憤怒填膺。

作者注

1. 弗洛里奧，《詞彙世界》，第一三七頁。

2. 這些小字體的大寫定義就是所謂的同義參照（synonymous cross-reference）。它們是被討論字義的同義詞，因此可以從參照條目找到更全面的分析定義。當然，這是節省版面的手段，讓我們可用一個單字來下定義（但「黑皮書」禁止這種作法）。

3. 道德劇《堅忍之城堡》（*Castle of Perseverance*），第二一一七行，約略成書於一四五〇年，收錄於《中古英語詞典》的「bicche」條目。

4. 「A blind bitch's puppies, fifteen i' the litter.」（一窩盲眼母狗的幼犬，共有十五隻），《溫莎的風流婦人》（*Merry Wives of Windsor*），第三幕第五場第十行。

5. 弗洛里奧翻譯義大利文「fóttere」及其衍生字時，使用語體（register）合適的英文俚語：「to jape, to sard, to fucke, to swive, to occupy」（嘲弄、取笑、幹、交媾、占有）。弗洛里奧的贊助者可能讀了《詞彙世界》之前五本奉獻作品的讚譽之詞而飄飄欲仙，因此根本沒翻到這本詞典的F字母。或許，這些贊助者確實想將義大利原文翻譯成這種猥褻詞彙。

6. 查理二世（Charles II）的宮廷貴族老愛用猥褻詼諧的詞語描述先前清教徒掌權的時期。英王查理二世的寵臣約翰·威爾默特〔John Wilmot，第二代羅徹斯特伯爵（Earl of

Rochester）〕為人放蕩（libertine）而聲名狼籍（在那個年代，此舉情有可原，因為英國人先前經歷克倫威爾獨裁嚴酷，厭惡其清教徒的禁慾生活，因此擁護查理二世復位，慶祝道德解禁並回歸美好傳統）。他是當時最重要的詩人之一，所著詩句不時提到手淫、假陽具、同性戀和亂倫，並且隨意使用「fuck」這個字。去死吧，清教徒！

7. 艾什，《全新與完整英語詞典》（*New and Complete Dictionary of the English Language*）。

8. 格羅斯，《低俗粗話經典詞典》第三頁。

9. 若想知道更多關於約瑟夫・伍斯特和諾亞・韋伯斯特之間猶如肥皂劇般的愛恨情仇，請參閱第十四章〈婚姻〉的章節。

10. 伍斯特認為「damn」（該死）、「hell」（見鬼去吧！）和「ass」不是猥褻詞彙。《聖經》裡有這些單字，所以它們完全是神聖的。《聖經》沒有包含「ass」的「stupid person」（傻瓜）「意義」，但是跟《聖經》同等神聖的莎士比亞作品有這層意思。

11. 「湯馬斯・萊特的審問紀錄」（Trial of Thomas Wright），一七二六年四月，《老貝利線上訴訟紀錄》（*Old Bailey Proceedings Online*），參考編號：t17260420-67。

12. 《托缽會士和男孩》（*The Friar and the Boy*），第五十四頁，約略成書於一四七五年，收錄於《中古英語詞典》的「bicche」條目。

13. 本段的用法證明皆出自於《格林的俚語線上詞典》（*Green's Dictionary of Slang Online*）的「bitch」n.1.條目。

14. 我還沒講到動詞的「bitch」，這個動詞誕生於十六世紀，到了一九〇〇年，變得無所不能，可表示千百種意思，從「to go whoring」（去嫖妓／找炮友）、「to spoil something」（弄壞東西）到「to complain」（抱怨）和「to drink tea」（喝茶）。

15. 喬・弗里曼，《婊子宣言》（一九六八年成書），一九七〇年出版。

16.「女同性戀」（lesbian）、「男同性戀」、「雙性戀」（bisexual）、「跨性者」（trans，這裡指變性者〔transsexual〕或跨性別者〔transgender〕）、「酷兒」（queer）、「雙性人」（intersex）和「無性戀」（asexual）的首字母組成的名詞。這個詞仍在擴增且不斷變化。

17. 語出基奇，蘇珊・唐納森・詹姆斯（Susan Donaldson James）報導，〈同性戀者指出，千禧年的「酷兒」一詞猶如「N」開頭的字（黑鬼）〉（Gay Man Says Millennial Term 'Queer' Is Like the 'N' Word），《美國廣播公司新聞》（ABC News），二〇一三年十一月十二日。

18. 克萊曼（Sherryl Kleinman）、艾茲爾（Matthew B. Ezzell）和佛洛斯特（A. Corey Frost），〈扭轉批判性分析〉（Reclaiming Critical Analysis），第六十一頁。

第十章

論詞源與語言原創
——優雅時髦（Posh）

　　就某些方面而言，辦公室的個人隔間猶如臨街教堂[*]，用途極為明顯：供人前來全能的「朝九晚五」祭壇頂禮膜拜。然而，由於隔間沒有適當遮掩，路過的人都能向內窺探，而我們又會裝飾隔間，布置細小的文化標記，向路人透露裡頭信奉的宗教。供奉的主體是辦公桌，其上擺滿我們崇拜的工具：電腦、書籍和文件。外圍是我們隨身攜帶的物品，提醒自己和同儕牧師，我們並非只埋首於工作：這些物品是我們（有意且慣於）安排妥善的圖騰和崇拜物，足以揭露我們的內心世界。

　　史蒂夫和馬德琳在各自的隔間擺滿各式植物；我們的隔間都有成疊的書架，以便能同時翻開數本字典來參照，而某位參照編輯則在書架上擺滿她貓咪的照片（也有別人貓咪的照片）。丹有

---

[*] 譯注：臨街教堂（storefront church），指鋪面房的城市教堂，用來舉辦盛大的禮拜儀式。

幾個玩具和一些《遠端》卡通*；艾米莉將一些藝術照和明信片擺在視線範圍內，藉此平衡風水，搭配碩大無比的《韋氏大學英語詞典》，另有她在公司午餐會上贏得的各式獎品。這些擺在書架的物品儼然如監督以色列人的法老，俯視艾米莉處理職務。

　　然後是吉姆‧拉德爾（Jim Rader）的隔間。他的隔間不是供奉語言的祭壇，而是語言的生物飼養箱，能讓語言極其緩慢生長、呼吸，然後成型，可謂神奇的時空之境。那個隔間只有六呎見方，不可能放置大量文件，又能在內舒適工作。然而，你路經該處時，透過成堆的字典向內窺探，便會看到吉姆待在裡面，甚至背靠著椅子坐著。

　　他的某一面牆是很高的書架，塞滿了各式書籍，好比《古中部德語詞源詞典》（*Alt-mitteldeutsch Etymologisches Wörterbuch*）和《古弗利蘭語詞源詞典》†；他的辦公桌確實（「literally」的「意義」1）淹沒於一波靜止的鬆散文件，許多文件上頭寫滿潦草的細小字跡，這些是「原始印歐語」‡詞根。他的桌面、桌底或桌子附近堆放各式書籍，望之儼然工程界的驚人成就，亦即那種顫顫巍巍的結構，人站在附近時不禁會屏住呼吸，免得書籍倏然傾

---

* 譯注：*Far Side*，美國創意畫家加里‧拉爾森（Gary Larson）創作的系列卡通，以幽默手法嘲諷世事。

† 譯注：《*Old Frisian Etymological Dictionary*》，弗利蘭語屬日耳曼語系，而弗利蘭群島位於北海。

‡ 譯注：原始印歐語（Proto-Indo-European），這種假想語言被視為印歐語系諸語的共同鼻祖，乃語言學家根據現今印歐語系各種語言的特色，利用比較語言學倒推而得出。

倒，但吉姆坐在椅子上，不時轉動身軀，絲毫不在意。他會向後仰，把腳重重放到桌面空隙，不過他先前開始伸展四肢時，這處空隙壓根不存在。他也會伸手去拿一本埋在成堆文件下方的書籍，竟然能乾淨俐落、手到擒來。我們目瞪口呆看著吉姆，彷彿他是位煉金術士或魔術師，甚至是十級魔法師。從某方面而言，吉姆是一名詞源學家。

如果喜愛文字的人會想長大後成為字典編輯，那麼字典編輯會希望成為詞源學家。所謂詞源學，就是研究單字的歷史和起源以及詞彙譜系，而詞源學家便是鑽研這門學問。字典編輯喜歡語言複雜古板的枝枝節節，像球迷交換棒球卡一樣熱愛分享專業趣聞；然而，詞源學家掌握語言古板複雜的枝枝節節，不僅掌握語言文字，還通曉構詞學、音韻學和語言的整體歷史。他們知道的訊息量超乎常人。

我不久前去芬蘭旅行，帶回芬蘭糖果與辦公室同仁分享。吉姆走到我的桌前，說道：「芬蘭。Puhutko suomea?（你會說芬蘭語嗎？）」

我眨了眨眼睛。出了芬蘭，很難碰到會說芬蘭語的人，在這間辦公室更是罕見。我先回答：「En puhu paljon suomea. Puhun vähän.（不太多，我只會說一點。）」我接著反問：「Entä sinulla?（你呢？）」

吉姆搖搖頭說：「Ei, en puhu suomea.（我不會說芬蘭語。）」

不僅吉姆有這種特質。艾利克・漢普（Eric Hamp）是現代比較著名的詞源學家之一（每個時代都會有每個時代著名的詞

源學家）。執行編輯史蒂夫‧克萊恩德勒告訴我他曾聽過艾利克解釋「Häagen-Dazs」（哈根達斯）的「泛斯堪地那維亞」（Pan-Scandinavian）發音。他根據變音符*，認為這個冰淇淋品牌名稱絕非來自斯堪地那維亞，因此根本無法用任何斯堪地那維亞的語言唸這個字。艾利克接著講述阿爾巴尼亞語（Albanian）的「milk」（牛奶）這個詞，足足說了半小時。

　　編纂《美國傳統英語詞典》的詞源學家帕特里克‧泰勒（Patrick Taylor）目前待在中亞的偏遠地區學習庫爾曼吉語（Kurmanji，又稱北庫爾德語），不為什麼，只為了學習這種艱澀冷僻的語言。史蒂夫說道：「他的某些詞源解釋可追溯至中古漢語或阿卡德語†。他非常瘋狂，但我欣賞這種作風。」

詞源讓單字有了關聯

　　人們之所以喜歡詞源，部分原因是它會講述英語本身和某個單字的故事，偶爾又能揭露該單字誕生時的文化與時期。詞源讓單字之間產生關聯：「virulent」是美國學業能力傾向測驗（Scholastic Aptitude Test, SAT）會考的愚蠢單字，意思是「malignant」（惡性的；惡毒的）或「intolerably harsh or strong」（狠毒的），但是你會發現它的詞根原來是拉丁字「virus」（毒

---

* 譯注：變音符（umlaut），母音上頭的發音記號，好比ä的上方記號。
† 譯注：阿卡德語（Akkadian），古代美索不達米亞地區的一種亞非語系閃族語言。

藥），而這個詞根不但衍生了「virus」（病毒）（可想而知），也類似於「bison」（野牛）、「weasel」（黃鼠狼）和「ooze」（滲出）等字的詞根[1]。從那時起，「virulent」便不再屬於行家的字眼，或者英文老師逼你強記的單字，以便你能進入最好的大學；它大搖大擺，變成東海岸熱病[*]的表兄弟，重回古怪的病毒家族，自此遠離其惡狠歹毒的親戚。

英語充滿了這些樂趣，它們猶如一便士糖，被我們吞下肚。英語不但有趣且提供豐富的訊息：我們為何稱有大鬍子的人是「sideburn」[†]呢？這是玩弄南北戰爭的伯恩賽德（Burnside）將軍的姓氏。他戰績不佳，卻以獨特的大鬍子而聞名，人們便用他的姓氏來命名這種鬍子，稱為「burnside」，這個字容易讓人聯想到「燒焦的臉頰」（burn sides），十分契合他屢戰屢敗、灰頭土臉的狼狽形象，爾後拼寫形式改為「sideburn」，可能因為這種鬍子主要位於臉頰。

我們為何把務實且冷靜的人稱為「phlegmatic」（冷靜鎮定；不易衝動的）？因為從前的人認為，這些人不易激動，乃是口中含著太多的痰（phlegm）。為什麼我們說某人「worth their salt」（稱職；勝任；直譯：值得他們的鹽）？因為鹽在古代價值不菲，百姓常用鹽付錢購物（也用鹽支付「*sal*ary」〔工資〕）。我們會大叫：喔，原來如此！於是廣發電子郵件，將這項趣聞告知

---

[*] 譯注：經蜱叮咬而傳播的家畜疾病，尤以非洲牛瘟最為嚴重，死亡率接近百分之百。

[†] 譯注：連鬢鬍。指鬢角、臉頰兩側的絡腮鬍和嘴唇上方的鬍鬚全都相連。

親朋好友：大家看哪，凡事「都有理由的」！

　　然而，這也會讓詞源學陷入危機。人們會誤以為，無論如今的英語多麼複雜和荒謬，只要追本溯源，一切都將變得直截了當且合乎邏輯。這種想法令人著迷：英語遵循一條黃金的邏輯鉛垂線，只要能夠抓住這條線，便可一窺英語的堂奧。諾亞・韋伯斯特便上勾了。他在一八二八年的字典中所納入的詞源解釋是基於他自行設計的一套複雜的詞源系統，他認為所有語言的全部詞彙皆源於一種共同語言：他把它稱為「迦勒底語」（Chaldee）。

　　韋伯斯特試圖將所有單詞聯繫起來，並非基於語言學，而是根據存在主義。在《美國英語詞典》名為〈語言起源〉（Origin of Language）的引言明確討論了這點[2]：我們在《聖經》中讀到，耶和華創造了人類時，「賜福給他們，又對他們說：『要生養眾多，遍滿地面，治理這地，也要管理海裡的魚等等。』[*]」韋伯斯特接著解釋，如同《聖經》所言，人類從創世起，鐵定只說單一語言，直到天性調皮（我個人的詮釋）的人類建立巴別塔[†]之後，耶和華為了懲罰傲慢狂妄的人類，才讓人類說不同的語言[‡]——所有的語言歷世歷代出現各種變遷，卻無不同樣古老。韋伯斯特認為，一切都應該能夠追溯到古老的閃族語言「迦勒底語」。他的確去追本溯源：

---

[*]　譯注：語出《聖經・創世紀》第一章第二十八節，此為和合本譯文。

[†]　譯注：參照《聖經・創世紀》第十一章。

[‡]　譯注：和合本翻譯成變亂天下人的語言，「巴別」聽起來像希伯來語的「變亂」（confused）。

BECK（名詞）小溪。義同「Gray」（召喚）。這個字，薩克遜語為「becc」，德語為「bach」，荷蘭語「beek」，丹麥語「bæk」，瑞典語「back」，波斯語「ﮏﺎﺑ唸bak」，小河或溪流，這個字也出現在愛爾蘭語、阿拉伯語、迦勒底語、古敘利亞語、撒馬利亞語、希伯來語和衣索比亞語，意思為「flowing」（如同淚水流動），流淚。請參閱《聖經·創世紀》第三十二章第二十二節*。這個字在英語中已經過時，但靠近溪流的城鎮會在名稱中帶有這個字，好比「Walbeck」（德國的瓦爾貝克）；但是更常出現美洲的地名，比如「Griesbach」（格里斯巴赫）等等。

　　根據現代的研究資料，幾乎每個詞源都是錯誤的。「beck」來自於「古挪威語」，但上頭並未列出它，而在愛爾蘭語、阿拉伯語、迦勒底語、古敘利亞語、撒馬利亞語、希伯來語和衣索比亞語中，也「沒有」意思為「如同淚水流動」的「beck」。德語、荷蘭語、丹麥語和瑞典語「確實有」非常類似「beck」的單字且意思為小溪，但這可能是因為這些詞彙可能都源自於古挪威語。韋伯斯特說這個字在英語中已經過時，連這點都說錯：英國人還在用這個字。

　　韋伯斯特的詞源錯誤突顯了詞源學的一個重點。OED的詞

---

* 譯注：該節敘述雅各帶家人過了雅博渡口，此渡口便是小溪或水流，但欽定版和新國際版都用 ford 這個字。

源學家阿納托利・利伯曼曾說：「詞源學全是猜想和重建。」[3]
韋伯斯特的詞源解釋是碰運氣的，但它們都基於一個大致有條理
的系統。如果透過韋伯斯特的眼光去看這些解釋，會覺得完全合
乎邏輯。OED的首任編輯詹姆斯・穆雷指出：「他認為可以從自
己的觀點去推敲出詞語的衍生或起源。」[4]這是許多語言愛好者
和端坐家中、不切實際的詞源學家採取的策略。如果詞形匹配且
看似合乎邏輯，還需要懷疑嗎？有人曾寫信告訴我，指出大家都
說「sushi」（壽司）是日語，其實是錯誤的：這個人的家族來自
波蘭，祖母早在壽司開始流行之前便經常吃生魚，並將其稱為
「szukajcie」。「sushi」的發音類似於「szukajcie」，因此必定源
自於波蘭語。

　　我把這件事告訴吉姆，他聽完後開懷大笑。他說，這實在荒
謬。此刻便足以見真章，清楚見識業餘人士和專業行家的落差。
日本（在幕府時期）曾閉關鎖國數百年，斷絕與西方的交流，
但美國海軍將領馬修培里（Matthew Perry）在一八五三年強勢叩
關之後（日本被迫簽訂不平等條約），便在明治時期重新對外開
放。吉姆告訴我，英語單字「sushi」的最早用法來自十九世紀
末期前往日本的西方人士所寫的遊記。這是有道理的，因為當時
西方對日本的興趣日益濃厚。

　　雖然英語使用者早在十六世紀便透過貿易不斷接觸說波蘭語
的人士，而且在十九世紀中期，大量波蘭人湧入英國尋求庇護，
但波蘭語並沒有像日語一樣對英語輸出那麼多詞彙。此外，吉姆
最後還指出，「szukajcie」是「szukać」的第二人稱複數命令形

式，而後者表示「to seek」（尋求），並非「raw fish」（生魚）。他很困惑，說道：「事實擺在眼前。為什麼這個人會想歪呢？」

我搖搖頭，不是回答他的問題，而是思考他的回答。

追溯詞源之奧妙

尋找詞源猶如編字典，精深奧妙，玄之又玄。詞源學家若要追本溯源，會先爬梳書面記載，直到現代英語最早使用單字的用法。爾後，他們會根據所學，不斷研究，同時（說白了）依靠直覺往前追溯。如果這個字可追溯到初期的現代英語（約在一五〇〇年或一六〇〇年），詞源學家便會檢視語境和拼寫，同時研究誰在何時於何處使用這個單字。

例如，「specter」（幽靈）可以追溯到一六〇五年，這已經到頭了。然而，詞源學家訓練有素，也會從拼法斷定「specter」可能不是土生土長的英語。字首為「sp」，後頭接「ct」，這些都是義大利語系的詞形標記，不是日耳曼語系（英語為其中成員）的構詞形式。眾所周知，英語使用者歷來最常接觸的義大利語系的語言就是法語；語源學家毫不費勁便能蒐羅到十六世紀法語的「spectre」，意思為「specter」，也能找到拉丁語的「spectrum」，表示「appearance」（外貌）或「specter」。

詞源如同語言，並非一成不變。新的研究、新的字源和新的想法都會曝光。人們誤以為，詞源若非不言而喻而無需研究，就是語源學家無中生有，創造了詞彙的身世。只要唸些咒語、

略微揮動雙手和用點副詞。哇！「ghost」（鬼魂）的詞源便立即出現。吉姆隔間的書籍不是供表演使用：他確實會參考《古弗利蘭語詞源詞典》，試圖尋找可能納入英語的詞彙之同源字／同根詞。吉姆總是透過網際網路和其他管道搜索新訊息。你能證明「mullet」*指髮型的意思比紐約嘻哈樂團「野獸男孩」（Beastie Boys）一九九四年的歌曲〈鯔魚頭〉（Mullet Head）更早出現嗎？這種訊息可能提供詞源線索。

　　無論主題為何，詞源學家會給所有詞彙應有的待遇，偶爾甚至給的更多。吉姆早期替《韋氏大字典》處理一批詞彙時，曾經替「blephar-」（科學詞彙的前綴，表示「eyelid」〔眼瞼〕）之類的單字撰寫大篇的詞源注釋，其開頭類似以下範例：

　　　　艾利克·漢普（在《喉音》〔Glotta〕，第七十二期〔一九九四年〕，第十五頁）認為，「*gʷlep-H-ro」源自字基（base）「*gʷlep-」（「blépein」的來源）。漢普指出，多里斯語（Doric）字首「gl-」的各種變體，比如從「glépharon」變成「blépharon」，乃是從音節劃分為「-l-」的字首「*gʷl-」演變的結果，最先產生「*gul-」，然後根據類推弱化成「*gl-」（請參閱他更早發表的文章〈早期希臘語音學的注釋〉〔Notes on Early Greek Phonology〕，《喉音》，第三

---

* 譯注：鯔魚／胭脂魚髮型。男子髮型，開始流行於上個世紀八〇年代，頭頂和兩側頭髮剪短，後頭的頭髮蓄長。

十八期〔一九六〇年〕，第二〇二頁）。

　　吉姆也在「twerking」（抖臀舞）之類的條目留下類似的研究注釋：其中的假設是「twerk」是從「work」（幹活）演變而來，這種說法並不令人信服。中性詞的表現變形不是英語單詞形成的慣用方式，因此，在這個案例中，這種假設是相當特別的。他對「molly」（莫利，一種新式毒品）的MDMA（methylenedioxymethamphetamine，俗稱「搖頭丸」）意思提供以下注釋：在英國，這種毒品的粉末或膠囊形式有另一種名稱，叫做「mandy」，它與最初的MDMA更為相似。似乎沒有令人信服的理由可將「molly」視為「molecular」（分子的）的縮略形式。

　　吉姆替「asshat」（笨蛋）撰寫注釋時，先是不露聲色，提及犯罪喜劇《撫養亞利桑那》（*Raising Arizona*）和喜劇片《城市鄉巴佬》（*City Slickers*），然後才針對詞源進行分析：「asshat」目前的意義可能是重新分析之後得到的，或許是根據「have one's head up one's ass」（表示「to be obtuse, be insufficiently conscious of one's surroundings」（遲鈍，不夠了解周圍環境））這種說法，也可能是因為它跟「asshole」（混蛋）的發音類似，就這麼簡單。如果要更準確說明這個字的由來，必須找到進一步的證據。

　　並非全都是類似「molly」和「asshat」的詞源。對字典編輯和普通人來說，某些單字的詞源非常無聊。（「father」源自於古英語的單字「fæder」，意思為「father」〔父親。唉，無聊透頂。〕）然而，讓詞源學家激動的單字幾乎不會讓其他人激動。吉

姆編纂《韋氏大字典》時，校閱了「chaus」的詞源，這個字是指舊大陸*的貓，幾乎乏人使用。

吉姆在檔案中挖掘資料，然後愈挖愈深，愈深愈挖。結果他發現，「chaus」源於前人口傳時的誤讀，古羅馬作家老普林尼（Pliny）的著作《自然史》（*Historia naturalis*）便收錄了「chaum」。正確的發音可能是「chama」。「『-ma』當年被唸成『-um』，我確實找到了老普林尼著作的一些抄本。」吉姆停頓了一下。「耶，我真的愛上了這份工作。」

詞源故事眾說紛紜

《韋氏大字典》出版之前，「chaus」的詞源被列為「origin unknown」（未知起源），這是一片廣闊的世界，半調子的詞源學家喜歡在此嬉戲，發表閉門造車的高論。對於「origin unknown」的詮釋之道眾多，但沒有一項是對的。在詞源學家眼中，這表示單字可能有起源的理論，但缺乏直接證據來證明這些理論。然而，大多數人卻認為，「origin unknown」似乎表示「我們這些編輯魯鈍愚蠢，拜託各位寫信告知你們最棒的字源臆測。」

我們收過讀者來信，告知「posh」的起源。這個案例最能夠說明上述現象。這個形容詞在二十世紀初首度納入英語，意思是「elegant」（優雅的）或「fashionable」（時髦的），最早出

---

*　譯注：舊大陸（Old World），歐、亞、非三洲，尤指歐洲。

現於《來自內部的英軍》（*The British Army from Within*）：「The cavalryman, far more than the infantryman, makes a point of wearing 'posh' clothing on every possible occasion—'posh' being a term used to designate superior clothing, or articles of attire other than those issued by and strictly conforming to regulations.」（騎兵遠比步兵更要在各種場合穿著「posh」之軍裝，此處「posh」指的是高級戎裝，並非軍隊發配且嚴守規範的衣服。）[5] 這個字可能是軍隊俚語，但是學者找不到此前有人用過「posh」的形容詞。這個紀錄似乎是從天而降的。

　　即便如此，讀者還是不斷告訴我們這個字的來源：回想當年，英國民眾得搭乘輪船往來英國和印度。當時，富人搭乘半島東方輪船公司*的船舶時，會預訂最好的船艙，亦即有東晒卻無西晒的艙房（十九世紀時尚未發明空調）。這些船艙在輪船出航（開往印度）時位於船的左側，返航時則位於右側，因此船票上會蓋上「P.O.S.H.」字樣，表示持票者入住的艙房是「*port side out, starboard side home*」（「出」航為「左」舷，「返」航為「右」舷）。這種「posh」（豪華）船票專供富裕高雅人士之用，而正是這種與財富的關聯，「posh」如今才會有「elegant」和「fashionable」的「意義」。

　　這是很棒的詞源故事：它讓人聯想女士們在甲板上喧鬧，品

---

*　譯注：半島東方輪船公司（Peninsular and Oriental Company），總部位於英國倫敦的航運公司，又稱大英輪船公司。

嚐著法式小點，而身穿白色亞麻服的侍者在甲板上四處挪動座椅來服侍貴賓。這也是一項沉澱到英語的精采歷史花絮，於現代讀者眼前展現精雕細琢的過往情節。它的確美麗無比，卻是胡謅的屁話。

追溯詞源講究證據。儘管我們多年來（其實可追溯到一九三〇年代）不斷收到電郵和書信，但這個「posh」起源的書面證據卻連個屁也沒有。並非沒人撰寫這類遊記：坊間有眾多十九世紀的文學，談論英國與印度的互動，以及描述英國人前往印度的旅遊。其實，愈來愈多這類作品逐漸問世，但我們卻絲毫沒發現當年的蛛絲馬跡，足以證明「port out, starboard home」的說法正確無誤。

支持這項理論的第一個證據可以追溯到一九三五年寄給倫敦《泰晤士報文學增刊》（*The Times Literary Supplement*）的一封信：

閣下：在補充版的《牛津新英語詞典》（*Oxford New English Dictionary*）中，「posh」這個字被標示「obscure origin」（不知起源）。「Port Out, Starboard Home」是美國的船運術語，表示最棒的艙房，我們應該相信它是由這個術語的首字母所組成。[6]

剎時之間，警報聲大作。根據目前的起源說法，「posh」來自於英國，但現在卻有英國人宣稱它是美國的船運術語。此外，

這類說法總會提到船艙和太陽之類的瑣事（此乃不可或缺的情節），可是這封信卻隻字不提。這是支持這項理論的最早引文，但是故事細節早已被混淆了。

另有一面示警紅旗：首字母縮略語詞源。雖然有人對「OMG」（Oh my God，天哪）和「LOL」（狂笑，一種說法是Laugh Out Loud的縮寫）[7]之類的新首字母縮略詞氣到跳腳，但我們確實喜歡這種縮寫，尤其喜愛知道對首字母縮略詞的解釋。

「Constable on patrol」（巡邏的警察，cop表示警察）、「to insure promptness」（確保迅速服務，tip表示小費）、「gentlemen only, ladies forbidden」（僅供紳士享樂，女士禁止使用，golf表示高爾夫球）、「without passport」（沒有護照，wop指義大利後裔）、「fornication under consent of the king」（經國王允許的通姦，fuck表示性交；另有其他版本：「for unlawful carnal knowledge」〔針對非法的肉體知識〕、「forbidden under charter of the king」〔遵照國王憲章而禁止〕和「file under carnal knowledge」〔肉體知識下的檔案，此處file指強姦檔案〕）[8]：這些短語妙語如珠，繪聲繪影講述前述單字的起源，而它們完全是「ship high in transit」（運輸時將肥料置於高處以免浸水，縮寫為shit，指屁話）。

英語的首字母縮略詞這個群體成效不彰：它們衍生的字詞鮮少流傳久遠。能存留的通常是科技術語，好比源自於「radio detecting and ranging」（無線電偵查與範圍）的「radar」（雷達）、起源於「light amplification by stimulated emission of radiation」（激射光波放大）的「laser」（雷射）、「self-contained underwater breathing apparatus」（自足式水下呼吸器）產生的「scuba」（水肺），以及出自於「computerized axial tomography」（電腦化斷層掃瞄）的「CAT scan」（CAT掃描）。然而，這些都顯而易見，非常無趣。我們希望首字母縮略詞的虛構詞源更為迷人，好比「good old raisins and peanuts」（好吃的陳年葡萄乾和花生）或「north, east, west, south」（關於東西南北），這些都會透露一些訊息，暗指「gorp」（什錦乾果果仁）和「news」（新聞）這些迷人詞彙的意義。

在第二次世界大戰之前，首字母縮略詞並不常見，當時人們會謹慎使用它們。如今有首字母縮略詞詞源的英語單字，通常起源軍方，這一點也不讓人訝異：前述的「radar」、「GI」（美國兵；不騙各位，這個字最初指「galvanized iron」〔鍍鋅鐵〕，但被士兵和其他人誤解為「government issue」〔政府分發〕），以及「snafu」（局面混亂）和「fubar」（亂七八糟；「situation normal: all fucked up」〔正常情況是：全部搞砸了〕和「fucked up beyond all recognition」〔搞砸到面目全非〕，都是政府官僚造的字）。

沒錯，有些縮略字在二十世紀初之前便偷渡到英語，但數量不多：只有「RSVP」（敬請賜覆，法語répondez s'il vous plaît的縮寫）和「AWOL」（absent without leave，擅離職守）可以被視為普通詞彙，而有些人會抱怨，說其中一個不是真正的首字母縮略詞，只是廣義的首字母縮略詞，因此不能算數*。[9]

詞源的故事愈精細和愈詳盡，詞源學家就愈懷疑其真假。

---

* 譯注：指RSVP，唸這個字時是單獨唸出字母。

讓我們看看透過趣聞「已經」納入英語的普通詞彙，比如「sandwich」（三明治）這個字。約翰‧孟塔古（John Montagu）是第四代桑威赤伯爵*，也是個賭徒，「sandwich」便來自於他的頭銜。孟塔古好賭成性，曾經坐在賭桌前一連賭了二十四小時。他當時非常沉迷，沒空停下來吃正餐，只能邊玩邊吃吐司夾冷牛肉。這種麵包片包餡的混合物變得非常流行，後來就被稱為「sandwich」。

　　從詞源學來看，這項傳聞不難驗證：有任性的貴族、賭博和點心。此外，有一些證據可支持這個故事：它是從桑威赤伯爵生前便寫好並出版的文獻中擷取的。如果伯爵想要反駁，他輕易便能辦到。這份文獻[10]還提到，在一九六〇年代末期，用來指稱麵包片包餡點心的「sandwich」廣為流行，而當時孟塔古仍在世。詞源學家唯一欠缺的，就是孟塔古本人的簽名證明和當年那個三明治的草圖。

　　然而，你會發現這個故事的細節是粗略描繪的。孟塔古伯爵沒有大喊大叫，要人把牛肉夾在麵包之間；沒有賭贏後的歡呼，也沒有後續的傳聞，宣稱三明治成為賭徒的幸運之物；更沒有旁觀者看到孟塔古不肯離開賭桌而震驚不已。這個故事不錯，但缺乏引人注目的情節。人類很愛講故事。如果缺乏史料，我們會很樂意去加油添醋，補足細節。因此，如果詞源背後的故事有「太

---

*　譯注：Earl of Sandwich，Sandwich 譯為桑威赤，位於英格蘭東南部，是肯特名譽郡。

多」迷人的細節，便會令詞源學家頓啟疑竇。

　　相較之下，「posh」的故事細節一日三變。船票是為英國和歐洲之間的航程而發行的，可入住船隻的背陰側；或者船票是用於離開英格蘭樸茨茅斯（Portsmouth）的未指定航程，以確保乘客可一路享受明媚的陽光；或者船票是用於離開英格蘭南安普敦（Southampton），而且從「posh」艙房可眺望美景；或者船票是供英格蘭和美國之間的旅程所使用，因此乘客可以在午後晒太陽取暖（或者晒早晨的太陽；太陽會根據航線而改變方位，乘客並不清楚太陽的位置）；或者船票是用於美國和印度之間的航程，旅行方向沒有具體說明，但這項資訊很重要，因為如果船從舊金山往西橫越南太平洋，持這些「posh」船票的乘客就得承受烈陽曝晒。由於故事版本眾多，需要拿一張地圖和六分儀才能按情節索驥。

　　字典編輯並非找碴，刻意想反駁這個「posh」起源的說法。我們已經懇求民眾提供證據，比如蓋章的船票、將這個說詞搭船旅行掛鉤的早期用法、日記和小冊子。任何在那個時代發生且被記錄下來的資料都可能是證實這項說法的關鍵。我們大聲疾呼之後卻杳無音訊，沒人回應。我們的某位詞源學家在一段提出「蓋章船票」理論的引文背後如此寫道：「說法很吸引人，但沒有證據。應該有蓋上這種印章的船票。」

　　讀者還提出種種說法，並非只有「port out, starboard home」理論。有人認為這個字是烏爾都語，乃是「safed-pōś」的變形，意思是「white clothed」（白衣），後來泛指「affluent」（富

裕）或「well dressed」（身穿華服）。其他人告訴我們，在英屬印度*的某些宮廷中，屏風被稱為「posh」，用來隔離髒臭的百姓與時髦的貴族。甚至有人認為，「posh」源自於「pasha」，而這個字源自於土耳其語的某個字，該字指鄂圖曼帝國（Ottoman Empire）的達官貴人。前述說法皆有道理，但是完全缺乏佐證資料。

討論英屬印度的出版文獻不勝枚舉，如果烏爾都語單字「pōś」是「posh」的詞源，應該能夠從十九世紀初期到中期的文獻中查到它，而且被解釋成與表示「affluent」的烏爾都語字同義，但相關紀錄卻付之闕如。屏風的說法也沒有佐證文獻，而半島東方輪船公司的豪華艙房理論也缺乏證明資料。「pasha」被納入英語之後大約三百年，「posh」才融入英語；因此，如果「posh」是「pasha」的變形，應該有某些書面文獻可證明這兩個字有所關聯。

語言學家提出過幾種理論，似乎比我們讀者提出的說法更可信。這些專家指出：形容詞「posh」源自於表示「a dandy」（打扮時髦的人）的早期名詞；或者起源於表示「money」（金錢）的早期名詞；在英國幽默小說家佩勒姆・格倫維爾・伍德豪斯（P. G. Wodehouse）的某篇故事中，「push」被用過一次來表示「fashionable」，「posh」或許與這種用法有關。話雖如此，即

---

* 譯注：英國從一八五八年到一九四七年之間於印度次大陸建立的殖民地，範圍橫跨現今的印度、孟加拉、巴基斯坦和緬甸。

便連詞源學家的最佳揣測都不夠好。我們需要無法駁斥的確切證據。

　　我們的作法讓讀者生氣，因為這樣跟他們對詞源的看法相左：詞源是有邏輯且童話般的英語故事。然而，如果某項詞源理論很有道理但缺乏佐證，光憑這點就將它與嚴謹的詞源學相提並論，這種研究態度是非常草率的。此外，英語成長的方式毫無道理可言。綜觀英語的發展史，處處充滿混亂且不合邏輯，因為英語確實是真正的民主政體，完全由正在使用和曾經使用它的人所創建，而總體來說，人類是思緒混亂且不合邏輯的。

　　例如，人們十分天才，看著毛衣邊緣參差不齊，不停抽絲或脫線，於是心想：「這太糟糕了，毛衣不僅在散開（raveling）；它正在超級散開（superraveling）。不，是極度散開（über-raveling）。不，不是，我了解了：它散開得不像話（frickin' *un*raveling）！這就好像，散開的數量難以置信（unreal amounts of raveling）。耶！從現在開始，我要把它叫做『散開』*。」此外，「pumpernickel」是一種（酸味）裸麥黑麵包，有誰認為這個名稱很棒？如果回溯這個字的德語詞源，會發現這個字表示「fart goblin」（放屁的小妖精）[11]。你日後只要看到這種麵包，應該會嚇到退縮，還會傻笑不已。

　　有些人無法忍受這種混亂的邏輯。如果英語不順從他們的邏

---

* 譯注：unraveling，和前面的raveling表示同樣的意思，但前綴「un-」有否定、相反和去除的意思。

輯，他們的邏輯就得臣服於英語。

詞源謬誤

　　語言學家指出，有所謂的「詞源謬誤」，而崇拜這種觀念的人熱切相信，字詞的最佳用法（意思是詞語最純粹和最正確的用法）乃是字詞的祖父母（亦即字源）的意思。這些抱持謬見的人最常召喚「decimate」這位士兵來攻擊別人。他們自吹自擂，狂言：你竟然敢用「decimate」去表示「to cause great harm to」（造成重大傷害）？這個字真正的意思是「to destroy one-tenth of」（毀滅十分之一），它的詞源（拉丁語「decimare」，表示「to select by lot and kill every tenth man」〔抽籤選擇，每十人殺死一人〕）講得清清楚楚。如果你重視語言，就不該使用「decimare」誇大的延伸意義。你應該只用它來表示摧毀十分之一的東西。

　　在最早的英語用法中，「decimate」確實表示「to select and destroy one-tenth of」（挑選並摧毀十分之一），因為當「decimate」首度用於英語時，主要的情境是在描述羅馬人軍紀嚴明。「decimate」的「one-tenth」（十分之一）的意思在十六世紀末期融入英語，而到了十七世紀中葉，這種用法已經被擴展，泛指傷害重大（greatly harm）。大約有兩百年的時間，這兩種「意義」肩並肩存在，沒有人為此而氣惱。

　　然而，在十九世紀末期，美國文學評論家理查·格蘭特·懷特（Richard Grant White）愣頭愣腦，根據「decimate」的詞源，

認為其延伸「意義」有誤（將「decimation」當作大屠殺的一般用語非常荒謬）[12]。懷特的反對意見過了一段時間才被認可，但謬論一旦成形，便衍生出歧視觀點，歷久不衰。二十世紀的某些用法評論家採納了懷特的控訴意見：「decimate」表示「傷害重大」的「意義」純屬無稽之談，無知者才會使用。根據我們的證據，大約從這個時期開始，人們開始談論「literally decimating」（照字面意義來毀滅）某些東西：表示他們曾經去挑選，然後確實殺了或毀滅十分之一的事物，無論這些不幸之物為何。

然而，即便用法評論家也不能否認，「decimate」在英語中甚少表示「毀滅十分之一」；它最常用來描述「傷害重大」，而從十七世紀末期，這個「意義」便經常被人使用。這是合乎邏輯的：正如阿蒙‧謝伊（Ammon Shea）在其著作《破爛英語》（*Bad English*）中所述：「我們到底有多常需要用一個單字左右的詞語去指『某些東西確實被取出了十分之一』？」[13]顯然我們不常說這種話。有鑑於此，抱持謬見的人便改變策略：「decimate」真正的意思是「毀滅十分之一」，而它擴展意思之後，「可以」表示「傷害重大」，但是用「decimate」去暗示完全毀滅則是逾越規範，無法容忍。這種觀點從一九六〇年代中期開始出現，這是當今人們在用法文獻中提出的反對意見。

詞源謬誤是最糟糕的迂腐想法：抱持這種個人觀點毫無意義，把自己裝扮得亟欲保存歷史原則。殊不知，語言會變化，而這就是一種歷史原則：語言若不變化，便已經死亡了。抱持詞源謬誤觀點的人似乎喜愛純潔的拉丁語[14]，但各位會發現，這些人

仍然沒有因為拉丁語而拋棄放蕩不羈的英語。

　　講究邏輯和喜歡直線思考的人倘若強迫抱持詞源謬誤觀點的人表明觀點，要求他們明確劃分界線，從中分隔詞源支持的用法和什麼都行的胡言亂語，他們便會模棱兩可，含糊其詞。例如，沒有抱持詞源謬誤觀點的人會要求我們必須重新排列一年中的月分，因為根據詞源，某些月分（從九月到十二月）與其在年曆中的位置不匹配。「September」（表示七）是一年中的第九個月；「October」（表示八）是第十個月；「November」（表示九）是第十一個月；「December」（表示十）是第十二個月。沒人抱怨「redact」（編輯；修訂）現在表示從文本刪除文字，而其拉丁字根表示「to put in writing」（加入文件）。

　　沒有抱持詞源謬誤觀點的人如今會反對因為錯誤或誤讀而產生的單字，比如「apron」（圍裙；十五世紀的人將「a napron」誤讀為「an apron」）或「cherry」（櫻桃；古法語「cherise」為單數，但中世紀說英語的人看到詞尾的「-s」，誤以為它是複數，所以單數是cheri，後來演變成cherry），因為這些錯字年代久遠，早已深入人心。如果我們要從英語刪除這些東西，該如何做呢？我們該訂個日期當作分水嶺來評判「正確」用法嗎？如果可以訂日期，哪天才適當呢？莎士比亞歸天之日？英國著名詩人德萊頓逝世那天？或者教宗駕崩當日？

　　若將詞源謬誤推到極致，可能要拒絕接受諾曼征服*之後產

---

* 譯注：諾曼人於十一世紀征服英格蘭。

生的單字，或許也要排斥丹麥法地區＊創造的詞彙。然而，我們看不到有人對此憤恨不平。抱持詞源謬誤觀點的人心知肚明，語言會不斷變化，無論他們如何暴跳如雷或威脅恐嚇，皆萬難阻擋文字變遷。

　　我將詞源謬誤描述得它彷彿是新鮮事，其實並非如此。自十八世紀初期以來，有人便不斷要求成立英語學院（English academy），讓這個統管機構形塑英語，決定何為正式用法，何為非正式用法。英國小說家笛福和英國—愛爾蘭作家史威夫特最積極推動：他們都認為需要清除英語的雜質，替其拋光打磨，爾後嚴加監管。任何新詞若沒有獲得英語學院的正式批准，皆無法被納入英語。笛福在其一六九七年的提案中寫道：「創造新詞將猶如偽造紙鈔，等同於犯罪。」[15] 史威夫特後來語帶諷刺寫道，英語處於極為糟糕的境地，「尚未臻於完美，我們不明瞭其正在腐朽。」[16]

　　法語和歐陸西班牙語都有學院，分別建立於十七和十八世紀。這些機構確實會發布命令，指出哪些句構和詞彙是「被允許的」，也設置了編字典的機構，可以出版字典來收錄「正確」單字。儘管如此，法國人和西班牙人想怎麼使用單字，誰也管不了。

＊　譯注：從西元九到十一世紀，英格蘭被丹麥日耳曼人控制並施行丹麥律法的區域。

字典之用法顧問組

呼籲成立英語學院的聲浪逐漸消弭，但仍有人不死心，要嘛仍在疾呼要創立這種機構，不然便自願擔任這種學院。即便英語學院沒有成立，渴望有決定性語言指導的人士仍然成立了類似組織：《美國傳統英語詞典》的用法顧問組（*The American Heritage Dictionary*'s Usage Panel）。

《新韋氏國際字典第三版》於一九六一年出版時，與先前問世的韋氏字典在許多方面明顯不同，但最為人詬病的是，這本韋氏字典竭盡所能描述百姓使用的語言，包括收錄有爭議的用法（比如「decimate」的延伸意思）。當時的文人學士立即反彈，譴責韋氏字典鬆散馬虎，沒有適切保護英語。眾人哭天搶地，哀悼英語已死。

有人更火上加油，正如《紐約時報》的一篇社論所言：「一批自認為極有文化修養之士聚在韋氏公司前抗議」[17]，而除了民眾怒吼抗議，還有人大張旗鼓，要求將整批《新韋氏國際字典第三版》搗成紙漿，回歸第二版的美好年代，但第二版也不避嫌，使用「illiterate」（不識字）和「uneducated」（沒受教育）之類的標籤去標記鄙俗詞彙。

然而，韋氏公司不顧反對聲浪，依舊勇往直前（確實如此，它動用了一百多位編輯編纂第三版，歷時二十七年才大功告成，當時的公司總裁聽到民眾呼喊要廢棄這本巨著時還中風倒下）。《新韋氏國際字典第三版》是韋氏公司的旗艦產品，要逼迫它拋

棄這本字典，除非太陽打西邊出來。

一位名叫詹姆斯‧帕頓（James Parton，《美國傳統》〔*American Heritage*〕雜誌的發行人）的人決定竭盡所能將第三版打入冷宮。《新韋氏國際字典第三版》出版之後幾個月，亦即到了一九六二年，帕頓開始購買韋氏的股票，打算收購整間公司。他的理由是：韋氏公司「亟需新的領導」[18]，而且第三版是在「侮辱人」[19]。他計畫「讓第三版絕版！重回第二版的懷抱，然後加速編纂第四版」[20]。這項惡意收購計畫失敗之後，帕頓接著做了一件最棒的事：他自行出版字典以糾正韋氏的錯誤，讓美國人擁有他們要求的權威機構。

《美國傳統英語詞典》仰賴的權威就是用法顧問組[21]，該小組起初由一百零五名作家、編輯和教授組成。這些英語專家齊聚一堂，決定哪些單字和短語是可接受的，哪些又是不可接受的。《美國傳統英語詞典》的字典編輯每年會向這些顧問發送選票，詢問他們某些用法在口語或書面上是否可接受。

第一批小組在成立時極為強調改革（在這些專家之中，有些人大肆抨擊韋氏的第三版字典），但他們的某些觀點卻出奇地溫和。《新韋氏國際字典第三版》收錄了「ain't」而遭人抨擊，因此一九六四年十二月的選票[22]中特地納入了這個字。這些專家受夠了第三版字典，理應反應激烈，沒想到卻提出更為溫和的意見，只要求稍加修訂。

當這些專家被問及能否接受「I'm right about that, ain't I?」（我對那件事的看法是對的，沒錯吧？）時，百分之十六的成員

認為口語上可以接受，而百分之二十三的人認為這種說法比「It ain't likely」（不太可能）更能接受（專家徹底駁斥這種說法；只有百分之一的成員認為可以在口語或書面上接受這種用法）。

作家兼文學評論家馬爾科姆‧考利（Malcolm Cowley）替《美國傳統英語詞典》第一版填寫完一九六六年的選票之後，最終寫了一段警示文字：「我們這些所謂的權威人士，很有可能過於迂腐而不知變通。」[23]另一位美籍猶太人作家以撒‧艾西莫夫（Isaac Asimov）誠懇指出：「我堅持己見，但我的看法並不一定有權威性。請各位明瞭這點。」[24]

話雖如此，該顧問組歷來對語言用法的態度都趨於保守，尤其會刻意迴避舊詞的新意以及功能轉換（亦即某個字從某項功能轉移到另一項功能，好比名詞變成動詞）。如果有可供抱持詞源謬誤觀點的人遮風擋雨的避風港，這個顧問小組就是。

雖然他們還是抱殘守缺，抱持些許詞源謬誤的想法（進入二十一世紀之後的前幾年，百分之五十八的專家指出，他們寫作時只用會「dilemma」〔左右為難的窘境來表示兩種選項中擇一，不會將它當成「problem」〔問題〕的一般同義詞，因為它的字根「di-」表示「two」〔兩個〕）[25]，但不少成員卻認為「awfully」（令人嫌惡地；極為）的「正面」用法以及「fantastic」（荒誕不經；極好的）的「極好」用法已經稀鬆平常，因此最新版的《美國傳統英語詞典》甚至沒有替這兩個字附加用法討論。

關心正確英語的人士喜歡用法顧問組，但箇中原因撲朔迷離，不得而知。這些專家從前沒有、如今也沒有權力去決定《美

國傳統英語詞典》該收錄哪些詞彙。這本詞典的執行編輯史蒂夫・克萊恩德勒說道：「我認為顧問組的每位成員都知道詞典扮演的角色。沒有人曾說：『不該收錄ain't』或『不該收錄irregardless』。」這也是好事，因為「irregardless」和「ain't」都出現於最保守的《美國傳統英語詞典》第一版，至今都沒有被剔除。非標準英語如同頑強的藤壺*，根本無法將它們從英語的船殼完全刮除。

（有趣的是，只有百分之九十的成員反對「irregardless」[26]，這讓我不禁想知道：哪些敗類滲透到該小組，在裡頭攪糞，搞得臭氣沖天？）如今，該顧問小組由二百零五人組成；從整體來看，他們對語言的用法比前輩更加開明。截至二〇〇五年的投票，百分之八十一的人認可「decimate」的延伸「意義」[27]（表示死亡慘重，不是僅限於群體的十分之一死亡），百分之三十六的成員則同意於「decimate」的延伸「意義」（表示廣泛破壞，如：「The crops were decimated by drought」〔作物因乾旱而死亡†〕）。

吉姆・拉德爾指出：「事物背後的歷史可能複雜萬分。」然而，沒有人想要忍受這種複雜的情況。我們自認為有權去瀏覽英語的生活相簿，並且丟棄那些不合理的照片，亦即模糊的相片，或者英語發脾氣和不配合時拍攝的快照。然而，這些從鉛垂線偏

---

* 　譯注：藤壺（barnacle），小型甲殼動物，會攀附於船底或水面下的岩石。
† 　譯注：字面翻譯是作物遭到乾旱破壞。

離的點點滴滴都散發驚喜和樂趣，不僅揭露英語的面貌，也展現我們生存的世界。

「OK」可能是全世界最廣為人知的英語單字，而它是「oll korrect」的首字母縮略詞。十九世紀初期短暫流行過一陣故意亂拼字且愛用縮寫的風潮，人們於是耍小聰明，將「all correct」胡亂拼成「oll korrect」，從此便將錯就錯。現在各位總算知道，十九世紀初期曾短暫湧現故意拼錯字的風潮。

英語曾被征服和更改，如今倖存下來，而說穿了，其中的諸多更改都是錯誤和誤讀。鮮活的語言是由容易犯錯的人類所創造，當然無法臻於完美，但是偶爾會陰錯陽差，造就非凡的佳字文本。

作者注

1. 拉丁字「virus」短小簡潔卻意象豐富：它可表示「poison」（毒藥）、「stench」（惡臭）、「venom」（毒液）或「slimy liquid」（黏液）。它與「ooze」有遠親關係，乃是因為「slimy liquid」的「意義」，與「weasel」和「bison」有些微關聯，則是因為「stench」的「意義」。

2. 韋伯斯特，《美國英語詞典》引言。

3. 利伯曼（Anatoly Liberman），〈奧坎剃刀和詞源〉（Occam's Razor and Etymology）北美詞典學會（DSNA-20）與英語史研究（SHEL-9）。

4. 米克爾思韋特（Micklethwait）引述，語出《諾亞·韋伯斯特和美國英語詞典》（*Noah Webster and the American Dictionary*），第一七〇頁。

5. 薇薇安（Vivian），《來自內部的英軍》，第八十六頁。

6. 在補充版的《牛津新英語詞典》：阿特金森（T. D. Atkinson），寄給編輯的信，《泰晤士報文學增刊》，一九三五年十月十七日，第六二五頁。

7. 若想知道更多關於「OMG」的緣由，讓你聽得停頓下來，笑得雙腳在半空中搖晃，請立即翻閱到第十一章〈美國夢〉的章節。

8. 我們難以接受的是，這個字如此多采多姿，背後卻沒有令人驚喜的來源趣聞，但「c'est la langue」（法文：語言就是如

此），我們只能接受。

9. 批評得很恰當。所謂「首字母縮略詞」，就是由複合詞的首字母或主要部分創造的單字，其發音是要唸成一個字（比如：「NAY-toe」〔NATO，北大西洋公約組織〕、「SNAF-oo」〔snafu，局面混亂〕），反觀「廣義的首字母縮略詞」（initialism）是從複合詞的首字母所創造的縮寫，好比「FBI」（聯邦調查局，Federal Bureau of Investigation 的縮寫），其發音是字母的組合（EFF BEE EYE）。這兩種方法造的字都可稱為「首字母縮略詞」，但這種講法會讓某些人暴跳如雷。

10. 皮埃爾─讓・格羅斯利（Pierre-Jean Grosley），《倫敦》（*Londres*，一七七〇年），I:626

11. 記住這件事，下次聚會時告訴朋友，鐵定能逗樂大家。

12. 懷特，《詞彙及其用法》（*Words and Their Uses*），第一〇六頁。

13. 謝伊，《破爛英語》，第十六頁。

14. 拉丁語本身並非純潔的語言，在它流通數千年的歲月中曾歷經重大變化。只能對這些觀點錯誤的人說聲抱歉。

15. 笛福，《探討計畫的論文》，第二三七頁。

16. 史威夫特，《提案》（*Proposal*），第十五頁。

17. 《紐約時報》社論，一九六一年十月十二日，第二十一版。

18. 《春田聯合報》（*Springfield Union*），一九六二年二月十九日，莫頓《新韋氏國際字典第三版的故事》引述，第二二三頁。

19. 約翰・G・羅傑斯（John G. Rodgers），《紐約先驅論壇報》（*New York Herald-Tribune*），一九六二年二月二十日，莫頓

《新韋氏國際字典第三版的故事》引述，第二二四頁。

20.〈詞典：最奇特之物〉（Dictionaries: The Most Unique），《新聞週刊》（*Newsweek*），一九六二年三月十二日，莫頓《新韋氏國際字典第三版的故事》引述，第二二四頁。

21. 莫頓《新韋氏國際字典第三版的故事》，第二二九頁；〈用法顧問〉（The Panelists），《美國傳統英語詞典》（部落格），讀取日期為二○一六年四月二十四日，https://ahdictionary.com/word/usagepanel.html。

22.《美國傳統英語詞典》用法顧問組，「字母A」內部選票總結，《美國傳統英語詞典》／霍頓・米夫林・哈考特（*American Heritage Dictionary*/Houghton Mifflin Harcourt）檔案，一九六四年十二月。

23. 考利、阿西莫夫（Isaac Asimov）和塔奇曼（Barbara Tuchman），施坦威（Susan Steinway）引述，〈檔案保管員搜尋用法選票〉（Archivist Mines the Usage Ballots）。

24. 並非每個人都如此謹慎。歷史學家巴巴拉・塔奇曼（Barbara Tuchman）是另一位小組成員，她堅決反對把「author」當動詞（寫作／著作），說道：「天啊，別這樣用！絕對不行！」

25.《美國傳統英語詞典》第五版「dilemma」條目，用法注釋。

26. 出處同上，「irregardless」條目，用法注釋。

27. 出處同上，「decimate」條目，用法注釋。

第十一章

論日期

——美國夢（American Dream）

　　字典編輯不希望讀者（與參考書籍維持正常關係的尋常百姓，亦即這些人只是偶爾翻查字典）去詳細檢閱詞條的每一部分。然而，有一處細節備受關注：被括號包圍的四個數字，亦即日期。

　　詞條並非歷來都標注日期。《牛津英語詞典》之類的老牌詞典首創這種慣例，將其帶入市場，因此列出日期主要是老牌詞典的特色。多數通用詞典出版商認為，在條目內標注日期不切實際，普通讀者也不會留意。但是他們錯了：讀者很重視日期。

　　我們的注明日期計畫（dating project，公司的內部稱呼）有段奇特的歷史。回顧一九八〇年代，時任韋氏公司總裁的比爾‧盧埃林（Bill Llewellyn）提議在條目內標注日期。但編輯部反應非常冷淡；要追溯首次用法的日期曠日廢時，令人望之卻步。公司需要叫一大批編輯跑遍全美圖書館找出新舊條目的日期。盧埃林想讓韋氏的字典更為獨特出眾，於是告訴編輯部，不加日期也

行，但必須端出新鮮的東西。資深編輯便決定替某些條目增添使用說明來代替日期。史蒂夫・佩羅指出：我們做好之後，把資料呈給比爾・盧埃林過目。他便說：「很好，把這些加入字典，『順便』標注日期。」

我們的資深定年編輯喬安妮・德斯普雷斯（Joanne Despres）說道：「那項計畫工程浩大，一切都得從頭開始。」本公司把標注年分的編輯稱為「注明日期者」（dater），他們首先檢視最老牌的詞典《牛津英語詞典》，接著參考更專業的詞典，譬如《中古英語詞典》（*Middle English Dictionary*）和《美國俚語詞典》（*Dictionary of American Slang*）。此後，編輯便開始參閱我們的資料庫和引文檔案。這項任務艱鉅浩繁，但總算即時完工，趕上一九八三年《韋氏大學英語詞典》第九版的出版時程。

盧埃林說得沒錯：讀者都愛《韋氏大學英語詞典》中添加的日期。有鑑於此，我們便開始替足本《韋氏大字典》的條目標注日期。

字詞為什麼要標日期？

在韋氏字典中，日期代表某個英文單字首度出現於（英語）刊物的時間，包含該字典對它的最早定義。各位應該會發現，這項陳述的措辭謹慎卻稍顯笨拙，因為很多人誤解日期的本質[1]。最大的誤解是，單字首度出現於書面的日期就是它被創造的日期。在我參加的某次會議上，一位演講者指出，根據《牛津英語

詞典》，珍‧奧斯汀是第一位在小說中使用「shoe-rose」（鞋玫瑰）*和「shaving glass」（修面鏡）的作家（這兩個詞透露有趣的訊息，展現珍‧奧斯汀生長的環境及其描繪的生活），隨後宣稱珍‧奧斯汀創造了這兩個字，因為她首度將其落筆成文。

我聽到這番話時，依舊維持學者風範，外表超然，不動聲色，內心卻幻想一隻隱形之手拍打我的前額，模樣如同荷馬‧辛普森†。我的腦海泛起一丁點聲音，罵道這根本是胡說八道。珍‧奧斯汀為什麼會替常見的廁所用品創造新詞？這些物品早就有人使用，也有大眾熟悉的名稱。她為何在小說中使用新詞卻不解釋呢？她很可能沒有發明這兩個字。如果她覺得讀者可能不熟悉「shoe-rose」或「shaving glass」，行文時應該會加以說明。珍‧奧斯汀沒有解釋，因為她在寫書時，這些詞語早已流通於社會[2]。創造這兩個單字的人不是珍‧奧斯汀。

單字問世時，通常先出現於口語，然後現身於私人書信，最後才出現於公開發表的創作。因此，如果條目標注的日期表示單字的誕生時間（亦即它從無到有的時刻），韋氏公司必須有一個地下保險庫，裡面裝滿每個單字首度被唸出來的祕密錄音檔，猶如出自於《哈利波特》系列小說的東西，只是沒有那樣神奇。然而，詞語如何誕生呢？我們不可能知道誰創造某個字或誰首次使用它，因為語言是先出現於私人領域，然後才進入公共領域。

---

* 譯注：鞋子的裝飾品。
† 譯注：Homer Simpson，美國電視動畫《辛普森家庭》的父親，他的口頭禪「D'oh!」已被《牛津英語詞典》收錄，他說這句話時就會拍額頭。

　　總有一天，有人會證明珍・奧斯汀沒有創造「shoe-rose」和「shaving glass」。單字首度印於刊物的日期經常變化，可能是因為新材料問世，或者文本被數位化之後容易便被搜尋而曝光。喬安妮說道：「全文資料庫（full-text database）的數量已經倍增，我們現在幾乎只使用它們。」

　　日期也可能因字典不同而改變。我們會根據某個單字最早被收錄「意義」的首度書面用法來標記日期，因此該單字在《韋氏大字典》中可能被標注不同的日期，因為《韋氏大字典》會收錄某個過時的早期「意義」，但《韋氏大學英語詞典》卻沒納入該「意義」。在《韋氏大字典》中，「actress」（女演員）的日期被標記為一五八六年，而在《韋氏大學英語詞典》中，這個字只被注明為一六八〇年，因為前者收錄了更早且過時的「a woman that takes part in any affair」（與人私通的女人）的「意義」，而後者只收錄常見的「a woman who is an actor」（演戲的女人）的「意義」。

　　日期非常精確，因此與好定義的準確度相比，似乎更值得重視，但它畢竟只是一個數字！日期屬於字典條目的一部分，許多來信的讀者卻很愛牽扯日期，如同摳除結痂。許多人認為，日期並非描述單字，而是描述單字代表的事物。「Boston marriage」（波士頓婚姻，《韋氏大字典》定義為「a long-term loving relationship between two women〔個女人的長期戀愛關係〕）便是絕佳案例。我們頂多只能指出，在一九八〇年以前，這個詞並沒被用來描述這種關係，但有些人會強烈批判，說這個時間點

太晚了。

　　我們長期以來不斷收到洋洋灑灑的電子郵件，信中討論女同性戀的地下關係。這些電郵令人受益良多，卻無法讓人更了解「Boston marriage」。有人指出，美國作家亨利・詹姆斯在一八八六年的小說《波士頓人》（*The Bostonians*）講述了這種愛情；說得很好，但詹姆斯不曾用「Boston marriage」來指這種關係，因此不能將這本書視為這個詞的起源。

　　偶爾，讀者會忘記我們是根據哪種語言來標記日期。有個人最近來信：「我發現某些起源日期錯得離譜。例如，字典說『brothel』（妓院）大約在一五六六年首度被使用。其實塔西佗（Tacitus）早在西元六十四年描述羅馬大火*時便用了這個字。」塔西佗確實在其《編年史》（*Annales*，又譯《羅馬帝國編年史》）提到妓院[3]，但他用的是拉丁語「lupanaria」，這個字後來被譯成英語的「brothel」。這種說法有理有據，因為塔西佗是羅馬歷史學家（因此講拉丁語），活躍於西元第一世紀末期，英語要數個世紀之後才成為一種語言。

　　即使某個單字是直接從另一種語言借用的，我們也只會尋找確認它是百分之百英語的證據。「safari」（遊獵；長途旅行，尤指在東非或非洲南部捕獵野獸的旅遊）是從斯瓦希里語（Swahili，通行於東非，尤作第二種語言）轉借到英語，但我

---

* 譯注：Rome burning，又稱 The Great Fire of Rome，當時羅馬帝國的君主是尼祿（Nero），而大火迅速蔓延，延燒了五天，至於起因為何，如今眾說紛紜。

們只關注這個字最早在何時明確成為毫無疑問的英語:「These Safari are neither starved like the trading parties of Wanyamwezi nor pampered like those directed by the Arabs.」(這些探險隊既不像瓦尼亞姆韋齊人的貿易商隊如此物資匱乏[4],也不像阿拉伯人領導的商隊那樣物資充足。)*

標注日期非易事

有一群學者和語言愛好者不斷希望提出比字典日期更早的日期,亦即找到比我們用來標記日期的用法更早的用法。這種衝動源自天性:人人皆想勝過專家,而從日期著手似乎比較容易。

不久之前,我在推特討論「dope slap」(暈眩拍打),而我(根據當時手頭的資料)將這個詞追溯到全國公共廣播電台《侃車》(*Car Talk*)節目的其中一個主持人湯姆‧馬格尤季(Tom Magliozzi)。湯姆的弟弟雷‧馬格尤季(Ray Magliozzi)指出,所謂「dope slap」,乃是一種「趁對方不注意時迅速拍他後腦勺的舉動」[5]。當湯姆在《侃車》部落格第一次使用這個詞時,它的名稱顯然源自於被拍打腦勺之後昏沉沉的受害者:「那個小孩看到機油燈亮起還把車開回家,老子我會先給他一個『dope slap』[6]。只要機油燈亮起,馬上就要熄火關閉引擎。」我說道:

---

* 譯注:探險家理查德‧伯頓爵士(Sir Richard F. Burton)在一八五九年時於《倫敦皇家地理學會期刊》(*Journal of the Royal Geographical Society of London*)發表了這句話,首度用英語將這個字落筆成文。

「我查遍了各種來源，沒有發現更早的說法。」經我這麼一說，「鐵定有人會搶著提出比這更早的用法。」

不到十四分鐘，有人便插話，指出一九九〇年就有《暈眩拍打唱片》（*Dope Slap Records*）的音樂專輯。這張專輯確實存在，但「dope slap」是專輯名稱，並非出現於文本，很難判定它究竟代表什麼。我回答：搜尋的結果不錯，但這可能不是更早的用法。

六分鐘之後，那位發推特的人找到了一九九〇年另一個實例，這次是位於文本之中：「the first annual Dope Slap Awards」（第一屆年度暈眩拍打獎），用於錄影帶《曲棍球：野蠻遊戲》（*Hockey: "A Brutal Game"*）。這個傢伙不會放棄。媽的，他就是要贏我。然而，還是一樣，他從《渥太華公民報》（*The Ottawa Citizen*）聯結的引文根本無法向我證明，這個「dope slap」就是指我強調的拍打後腦勺的舉動，而我們是根據這個「意義」來標記日期。

雖然這位推特朋友在這個案例中是錯的，不過要是像他這般悉心搜查，有可能找出我們先前沒有查到的更早期用法。我跟喬安妮談論此事時，她嘆了一口氣。在我們用來追蹤何處找到更早用法的一張標記日期試算表中，有六十五個表列來源，要檢查各種資料，包括大約數十本出版年代各異的字典、報紙資料庫和檔案室、學術作品的典藏庫（比如學術期刊線上系統JSTOR和生物醫學搜尋引擎PubMed），以及我們的編輯資料庫，這些文件散布於公司大樓四處，而且絕對沒有數位化。我們無法在這些資

料庫上使用ur-script指令去有效查詢,因此根本無法輕鬆篩選結果;我們沒有可用的程式去丟棄我們得到的所有虛假結果(掃描錯誤、資料庫錯誤、查詢錯誤,以及好像機器中的小精靈所搞的錯誤,就是要弄死你)。

「注明日期者」必須檢視和評估每項結果,但要處理的條目高達數十萬個,還得趕在截止日期之前完工。喬安妮指出:「我得處理這麼多資料。我替條目尋找資料的時間,平均不超過十五分鐘。」她聳聳肩,說道:「有些外界人士會花好幾天去搜尋每一種他們能翻閱的小報紙。你知道,他們這樣挖掘資料,確實幫助了我們。」

標注日期非常仰賴意義,因此跟下定義一樣難纏。喬安妮說道:「標注日期時不必撰寫文字,但是跟下定義一樣要進行語義分析。不必撰寫定義,只要了解內容即可。」然而,標注日期有別於下定義,我們必須四處搜尋源材料,而「注明日期者」可能會因此掉進兔子洞。《韋氏大字典》收錄「day hike」(一日遊)時將其定義成「a hike that's short enough to be completed in a single day」(短暫到足以在一天之內完成的徒步旅行),而喬安妮針對這個詞找到的多數用法幾乎無法與「a hike taken during the day」(白天從事的徒步旅行)區隔開來。

《韋氏大字典》沒有收錄後者的意義,所以不是她要尋找的來源資料。從資料庫搜索「day hike」的用法便會出現大量表示「hike during the day」的結果。喬安妮最後只得放棄批量搜尋的方法,改由從一九五〇年起的各種資料往前回溯,一年接著一年

瀏覽，從中尋找表示「short hike」（短暫徒步旅行）意義的證據（不同於「hike during daylight」〔白天的徒步旅行〕的意義），直到她在連續幾年的資料中都無法找到任何「day hike」是在表示「short hike」。這就代表她可能找到了「day hike」表示「a short hike」最早的書面用法，而這就是我們要的源材料。《韋氏大字典》在「day hike」這項「意義」之下標記的日期是一九一八年。還有更早的用法，但我們沒有收錄其「意義」，所以它們是無效的。

　　想提出更早用法的人會礙於這項規則而沮喪：如果更早的證據沒有明確和完全符合最早給定的「意義」，有可能會遭到拒絕。喬安妮說道：「我替『美國夢』（American Dream）感到自豪。」我們對這個詞所熟悉的「意義」有好幾種版本：一種是強調平等主義、特別是物質豐盛的美國社會理想；或者實現這種理想後獲致的社會繁榮或美滿生活。喬安妮找了一些不太合乎這種定義的早期引文：

　　　　購物採買如同其他事物，極為妥善方便。公共樂隊全天二十四小時不停演奏輕快曲目，只要打個電話便可聆聽喜愛的樂曲。公共建築猶如宮殿，內部設施高貴奢華，臻於極致。我們心想，都市生活便捷，五光十色，難以描摹，村野百姓如何能享受此等生活。若非迫於無奈，誰願意待在鄉下。美國夢便是都市生活。[7]

這段一八九三年的引文寫得非常棒。然而，喬安妮指出：「它表明富裕的物質生活，卻沒有提到平等主義的關鍵元素。」這段引文幾乎涵蓋了當前意義，但這樣是不夠的：它必須明確包含當前的意義。從這段引文中可以讀出平等主義的意思嗎？或許可以，但引文中必須有蛛絲馬跡，不能只根據判斷來決定內文有什麼。

喬安妮找到了「American Dream」在這種特定「意義」上的首度書面用法。諷刺的是，這段引文卻替美國夢敲響了喪鐘：

> 每個共和國皆面臨巨大風險，並非因為士兵不滿，而是數百萬民眾不滿。他們甚少（倘若有的話）滿足於地位平等。假如愈來愈多人與他們平起平坐，他們便愈來愈不滿。他們自然想成為獨立的階級。他們若不能在國內被賜封頭銜，便希望能與有頭銜的國外人士平起平坐。我們如今的情況便是如此，而這可能是美國夢的結束。所有的共和國都曾被富人或貴族推翻，我們有許多革命之子（Son of the Revolution）正摩拳擦掌、躍躍欲試。另有眾多功成名就的士兵嘲笑憲法，而行政部門或公眾輿論也不加以撻伐。[8]

這段引文聽起來似乎是去年寫的，但它其實成文於一九〇〇年。

這就是標記日期時會得到的一種樂趣：每件事都比你想的更古老。

日期記錄了英語的歷史

美國語言學家阿諾德‧茲維基（Arnold Zwicky）創造了「recency illusion」（近期幻覺）一詞[9]，泛指一種錯誤假設，覺得新鮮詞彙都是近期誕生的，但事實並非如此。字典標記的日期足以證明，許多特別令人討厭的現代用語皆可追溯到很早以前。年輕人經常說出（或寫下）縮略詞，好比用「wevs」代替「whatever」（無論什麼）或者用「obvi」取代「obviously」（明顯地），因此往往被嘲笑為怠惰偷懶。有人為文哀悼英語將亡於瘋手機的年輕世代，而這類批判文章多不勝數。這些義正詞嚴反對科技之士壓根不知，早在手機誕生前數個世紀，縮略俚語便廣為流通。

中世紀英國作家約翰‧戈爾曾在其《愛人的告解》中使用「happening」（事情）的縮略字「hap」（「A wonder hap which me befell」〔吾幸而恭逢之奇事〕）[10]，而這首長詩成書於十四世紀末期。然而，反對者哭天搶地，批判現代人鐵定偷懶怠惰，才會用那些可怕的首字母縮略詞（譬如「LOL」和「OMG」），這無疑是道德淪喪，優美英語早已被打入地獄！話雖如此，這些反對人士自己也在用一大堆縮略詞「please RSVP ASAP and BYOB」[*]。喔！「OMG」可追溯到一九一七年[11]，它首度出現在寄給邱吉爾的一封信。現在是想怎樣？把英語墮落的爛帳算到打字員頭上？

---

[*]　譯注：請盡快回覆並自備啤酒。分別是法文reponolez s'il vous plait、as soon as possible和bring your own beer的首字母縮寫。

人們很少將英語視為累積的成果：他們可能會發現討厭的新詞彙，卻誤以為這些是最近入侵他們認為是「英語」的疆域，昔在、今在、永在，萬年不變。字典標記的日期搓破這假象。喬安妮指出：「讀者看到某個單字是在某個時間點被納入英語，才知道有這回事，而他們也只會稍微想想這個字的歷史。」她說得沒錯：你會發現我們的多數字詞沉潛於英語的洪流之中，而從你所在區域的河流表面完全看不到這些詞彙。

在過去的三十年，印度菜逐漸在美國受到喜愛，因此愈來愈多人熟悉「korma」（拷瑪，浸泡於奶油醬的肉、魚或蔬菜所製成的食物），但這個字最早在一八三二年便出現於英語。「child support」（離婚後付給前配偶的子女撫養費）聽起來像是二十世紀末離婚率上升之後創造的新字，但這個字其實可追溯到一九〇一年。

人們也想與單字有更深的聯結、對它負責，或者知道它的某些祕密。只知道如何拼寫某個單字或某個單字有什麼意思還不夠；你必須「知道」它。

有些來信讀者最為誠懇。這些人偶爾看到我們字典的某個條目，便寫信告訴我們他們確實知道更早的用法，因為這個字是他們創造的。結果幾乎都是虛構的，但過程頗耐人尋味。這些讀者總是會轉告他們自身的故事，把細節交待得清清楚楚：我在一九六九年於普林斯頓大學（Princeton University）的宿舍創造了「wuss」（懦夫；膿包），遠遠早於你們標注的日期；你們說「noogie」（一種俚語，表示親熱或開玩笑時用兩根手指頭去摩擦

或輕擊別人的頭或臉）出現在一九六八年，但我讀小學時，小朋友就會這樣彼此嬉鬧，如果照你們標記的日期，我那時已經讀研究所了；我在一九二六年出生於史坦頓島*。在一九三二年，我已經能夠點撒上「jimmies」（小糖條）的冰淇淋甜筒，而到了一九四二年，我擔任冷飲小賣部店員，會把「jimmies」撒到冰淇淋甜筒和聖代。你們把「jimmies」的誕生日期標記為一九四七年是錯的。

　　即使我們提出印在刊物的確切證據來證明某些字比他們認為的更早誕生，讀者還是不為所動：喬安妮說道：「當我回頭提供他們更早的證據時，他們會繼續，就是有些人會堅持，不，不是這樣。」讀者會宣稱自己對英語有所貢獻：即便我們已經提出證據來加以反駁，他們依舊認為「cyberstalk」（網路騷擾）、「vlog」（影音部落格）或者「ginormous」（特大的）是屬於他們的。

　　雖然搜索單字的最初使用日期偶爾會覺得好像是在為字典編纂「小便競賽」†（我們韋氏字典能夠打敗《牛津英語詞典》嗎？）做準備，但是把單字追溯到某個特定時間點的確能啟發心智且富含教育意義。我們會發現人們偶爾會異想天開創造單字，結果某些詞彙便流傳下來：十七世紀時曾短暫掀起使用縮約形式的風潮，時至今日，這股風潮仍未消退，而根據拉丁語而（對英語）

---

* 譯注：Staten Island，美國紐約市下轄的五個行政區之一。
† 譯注：小便競賽（pissing contest），一群幼稚的小男孩，為了證明自己的能力，到處比便溺能力。

過度講究的浪潮席捲了十九世紀。

我們也學到，從十九世紀中期到末期，一批關於食物的詞彙從意第緒語[*]、漢語和波蘭語傳入英語，這一切並非僅是巧合：十九世紀時，前往英語國家的移民浪潮一波接一波興起，直接導致這些詞彙被納入英語。搜索日期是回顧歷史，追本溯源。偶爾很快便能抵達目的地，有時卻發現旅途漫漫，途中瀏覽風光時，還得一瞥邱吉爾的私人信件。

---

[*] 譯注：意第緒語（Yiddish），猶太人的語言，以德語為基礎並借用希伯來語的詞語。

作者注

1. 字典扉頁解釋了日期代表的內容，但我們撰寫和校對這些解釋純粹自娛而已。

2. 她在《傲慢與偏見》（*Pride and Prejudice*，一八一三年）使用「shoe-rose」，但只要快速搜索一下，便可找到證據，證明這個字在一八〇一年時已出現於刊物；「shaving glass」出現於《勸服》（*Persuasion*，一八一七年左右），但我可以把這個字的起源追溯到一七五一年。《牛津英語詞典》從一九一四年起便沒有更新「shoe-rose」和「shaving glass」的條目，但我確定牛津的編輯修訂到字母 s 時，應該會看到我對這兩個字更早出現的簡略說明（還不只這些）。

3. 塔西佗，《編年史》，第十五冊第三十七章。

4. 查德·伯頓爵士，《非洲中部赤道的湖區》（*The Lake Regions of Central Equatorial Africa*，一八五九年），第四一〇頁，引述自《牛津英語詞典》第三版的「safari」條目。

5. 布里特·彼得森（Britt Peterson），〈《侃車》靈魂不死——存於詞典之中〉（'Car Talk' Lives On—in the Dictionary），《波士頓環球報》（*Boston Globe*），二〇一五年四月二十六日。

6. 湯姆·馬格尤季和雷·馬格尤季，〈只要機油燈亮起，馬上就要關閉引擎〉（When the Oil Light Comes On, Stop the Engine Immediately），《侃車》（部落格），一九九二年三月一日。

7. 史密斯（Smith），《關於問題的文章》（*Essays on Questions*），第五十五頁。

8. 《國家雜誌》，一九〇〇年十一月八日，第三六二頁。

9. 阿諾德・茲維基，〈我們為何會有如此幻覺？〉（Why Are We So Illuded?；會議論文摘要，史丹福大學，二〇〇六年）。

10. 戈爾（John Gower），《愛人的告解》（*Confessio Amantis*），第四十三頁。

11. 約翰・阿布斯諾特・費雪（John Arbuthnot Fisher）寄給邱吉爾的信，一九一七年九月七日，出自於《艦隊領導費雪上將的回憶和記錄》（*Memories and Records by Admiral of the Fleet Lord Fisher*）（紐約：喬治・多蘭〔George H. Doran〕，一九二〇年），第八十七頁。

第十二章

論發音

——原子核的（Nuclear）

那是艾米麗‧薇茲納上班第一週，仍在適應編輯部樓層的氛圍。她很快便得知辦公室的一條規則：不准說話。當她被迫去安靜閱讀《新韋氏國際字典第三版》的扉頁時，突然被一個聲音打斷，有人用正常音量，口吻平靜，從容不迫說出「pedophile」（戀童癖）。各位不妨想像一下，艾米麗當時有多麼驚訝。

她搖搖頭，心想：「別……介意！」然後繼續讀扉頁。不料，另一個聲音又響起，語調同樣沉穩冷靜：「pedophile」。

情況愈來愈讓人毛骨悚然。整間辦公室似乎捲入其中，迴盪著駭人魔咒：一人接著一人，順著隔間一路發出聲音：「pedophile」、「pedophile」、「pedophile」。

突然之間，發音編輯喬希‧岡特（Josh Guenter）走到艾米麗身旁，把一張藍色索引卡遞給她，上頭寫著「pedophile」這個字。喬希問她：「妳怎麼唸這個字？」艾米麗便出口幫忙，說道：「pedophile」。喬希在一張紙上畫了點東西，點點頭，

然後走到下一個隔間。另一位編輯抬起頭，眨了眨眼，說道：「pedophile」。

這並非古怪的欺凌新生儀式。喬希當時正在對辦公室同仁進行調查，以便替《韋氏大學英語詞典》的詞彙發音排序。

發音編輯的工作及養成

只要來到這間辦公室，便能感覺忙碌卻安靜的氣氛猶如毛毯圍攏四周。倘若下午溫暖和煦，沉溺於電腦的嗡嗡聲和眾編輯的呼吸聲之中，想保持清醒極為困難。我大約任職一年時，某天站在較為偏僻的走道尋找德語字典，卻隱約聽到附近辦公室有人在聊天，我感覺非常奇怪。然後便聽到一陣笑聲。停頓了一下。情況又再重複：同樣的低聲談話，同樣的笑聲。我突然恍然大悟：我站在發音編輯辦公室外面。他正在收集引文（發音樣本）。

字典編輯都在收集和校勘訊息。然而，發音編輯是唯一的例外。他們不重視「閱讀和標記清單」，也不必擔心如何在辦公室挪出空間去擺放要篩選的源資料。他們要從語音實例中收集發音。簡而言之，發音編輯整天都在看電視。（喬希頓了一下，說道：「我花更多的時間看YouTube。」）他的辦公室有一台小電視機，還有一台收音機和一台錄音機，書架的必備案籍幾乎滿到要溢出來。

各位若是知道字典的發音並非發音編輯編寫的，可能會很震驚。喬希說道：「你以為我記得十萬個單字，讓我受寵若驚，但

我可沒這麼厲害。」字典的發音是透過收集、整理和分析的過程所獲得的成果，而這個過程類似於編寫定義。

　　然而，替發音（pronunciation，業界術語是「pron」）收集樣本是截然不同的事情。從發音的角度而言，語境（上下文）根本不重要；重要的是相關單字的清晰發音。發音樣本有三個主要的來源：廣播媒體（包括廣播、電視、電影和有線電視）、網路的聲音檔或影片（YouTube 和播客〔podcast〕是最大的出處）以及與人實際接觸（打電話、上述的辦公室調查，和面對面談話）。

　　替《美國傳統英語詞典》處理發音的史蒂夫·克萊恩德勒偶爾會寄給我連結，要我去瀏覽製藥公司替旗下商品整理的宣傳影片。喬希和史蒂夫經常打電話給公司、市政廳和名人（通常是諾貝爾獎得主和總統），詢問他們如何唸他們的產品或家鄉名稱，或者請教他們如何唸自己的名字。如果某個字有好幾個發音而喬希不確定應該先列出哪一個，他可能會拿個寫字夾板和索引卡在辦公室進行調查，叫每位編輯以很少使用的嗓子，沙啞說出某些詞彙，然後從中判斷哪個發音較為常見。喬希觀看或收聽發音來源時，會把來源唸出的發音寫在白色引文單，提供索引證據，然後將其歸檔。

　　喬希記下發音時需要善用技巧。英語不是語音語言（，亦即英文字母及其代表的聲音之間沒有一對一的關係。英語的 g 出現在字首時有兩種發音：一是「girl」（女孩）開頭的發音，二是「giraffe」（長頸鹿）開頭的發音；c 有三種發音，取決於它位

於單字的哪個部位以及周圍有哪些字母:「cat」(貓)開頭的發音、「citrus」(柑橘)開頭的發音,以及「politician」(政客)中間的發音。因此,記下英語發音時,無法仰賴字母表的二十六個字母來準確表示對方所說的內容。「SPRAHCH-geh-FYOOL」。嗯,\CH\ 是跟「chat」(聊天)一樣?還是跟「Chanukah」(修殿節)*的字首沙啞聲一樣?\AH\ 是跟「ax」(斧頭)一樣,還是跟「again」(再次)的開頭發音一樣?礙於這些不明確的發音規則,很可能把「sprachgefühl」唸成「SPRATCH-gay-FULL」或「SPRUTCH-geh-FOOL」,這樣就會錯得離譜。[1]

　　這就是為何字典會使用專屬字母表[2],其中充滿古怪的字母,譬如 ā、ə 和 ŋ。這些字母讓我們將「sprachgefühl」的發音準確寫成 \'shpräk̲-gə-ˌfu̇el\,不過卻會讓人抓狂,因為需要參照「符號表[3]」才能解譯它們。這些字母是音素的(phonemic)而非語音的(phonetic)。語音系統的字母代表「一個字母有一個聲音」;音素系統的字母表示「一個字母有一組聲音」,因為單一音素(話語中最小的聲音單位,以及我們發音字母代表的聲音)會隨著口音與方言而改變。茲舉用來代表「pin」(大頭針)這個字「i」的符號 \i\ 為例。在音素系統中,我們會告訴你 \i\ 的發音就像「pin」的「i」,不管你唸這個母音時,它的實際「聲音」為何。

---

* 譯注:猶太人的光明節,紀念西元前一六五年的重獻耶路撒冷聖殿。

如果你根據自己的英語方言，把「pin」這個字唸成「pin」、「pen」、「payin」或「pehhn」，那個符號就代表那個母音所表示的所有「聲音」。因此，我們可以涵蓋各種口音和方言，不必特別著重那一種發音。如果你說\PIN\代表「pin」和「pen」（這是美國某些地區的語音特徵，稱為「pin-pen merger」〔pin和pen合併〕），而我說\PIN\代表「pin」，\PEN\代表「pen」，此時字典根據其發音標示法，不會指出你我誰對誰錯。這些古怪的字母允許不同的語音怪癖[4]。

發音編輯不僅要有音素和語音字母表的訓練，還得經過聽力方面的培訓。即便他們無法約略知道世界各地英語的語音特徵，至少也得知道在他們編字典的國家，多數方言有哪些語音特徵。喬希曾問我來自哪裡。我告訴他之後，他說道：「哦，大西部。所以妳有『cot-caught』合併和『Mary-merry-marry』合併？」我確實是如此。但我不知道那是什麼，直到他向我解釋有些方言使用不同的母音來唸「cot」（幼兒床）和「catch」（接住），也會用不同的母音去唸「Mary」（瑪麗）和另外兩個發音類似的單字（「merry」〔快樂的〕和「marry」〔結婚〕）。我不會這樣區分，當我跟別人談論音韻時，我會合併這些字，說出「cot-cot」和「Mary-Mary-Mary」。

發音編輯能夠聽出這些細微差異，也可清楚表達這些區別，因此他們經常被叫去替電子字典錄真人發音。喬希讀研究所時（當時尚未任職於韋氏公司），曾被《美國傳統英語詞典》聘請去替該詞典的網站錄製某些發音；他現在替我們的網站錄新的

發音。如今，這項工作比較容易處理，最多只要研究幾千個單字。然而，在一九九〇年代中期時，《韋氏大學英語詞典》的全部發音編輯都得替新網站錄製發音：將近十五萬筆。由於數量龐大，一個人應付不來。公司便聘請四位演員（兩男兩女）錄製大部分的發音。最終只有兩組詞語被駁回，改由公司內部的發音編輯錄音：英語為母語的人士很難唸出那些單字（比如「sprachgefühl」），而鄙俗的單字也要改錄。彼得・索科洛夫斯基記得有一天他在發音編輯辦公室外面的走廊，聽到裡頭有人用非常沉穩的聲音，盡可能溫和地說出「Motherfucker（混蛋；雜種）、Motherfucker、Motherfucker。」說話的是我們的其中一位資深發音編輯，他試著要在錄製音頻檔時唸出正確語調。幾年之後，他辭職去當牧師。

發音字典的誕生

發音音頻是線上字典的巨大優勢之一。讀者不必理解難解的音素符號代表什麼音，只要按下小小的喇叭圖示，便可聽到單字的發音。字典中的發音標示總是晦澀難解。

許多早期字典似乎是替那些將英語當作外語來學習的人士所撰寫，因此會提供某些發音的基本指引，儘管這並非我們現代人所期望的。發音指引通常會印在字典開頭，以長篇大論加以說明，偶爾會偽裝成語法（grammar）、拼字（orthography）或韻律（prosody）解釋。穆爾卡斯特一五八二年的《基礎教育初階

指導》就是絕佳的範例。

　　這本字典近入本文之前，長篇大論解釋（儘管並非鉅細靡遺）字母表中多數字母的寫法和發音：他用好幾頁的篇幅去講解「e」的發音，但只用兩句話便打發掉「a」的發音（A Besides this generall note for the time and tune, hath no particular thing worth the obseruation in this place, as a letter, but it hath afterward in proportion, as a syllab. All the other vowells haue manie pretie notes.〔「A」的音調很普通，除此之外，其作為字母沒有特別值得觀察之處，但其作為音節，使用會變廣。其他母音皆有許多悅耳的音調。〕[5]）

　　詹森在一七五五年的《詹森字典》中附加語法說明，從中順道解釋發音。他從威爾遜博士（Dr. Wilson）於一五五三年的文章中摘錄一段文字來揭櫫目標，開頭如此寫道：「發音乃根據口述字詞與事物時之各項必要，適切組合聲音與表情。若欲大庭廣眾陳述自身佚事以博得喝采，亦或講究發音精準悅耳與表情合宜，則需據此而行，如此理應能備受景仰，令其餘飽讀詩書卻言辭類似之士相形見絀。」[6]

　　簡而言之，良好的單字需要搭配漂亮的發音，若有漂亮的發音，便會顯得比別人更聰慧。詹森聲稱英語有兩種發音慣例：一種草率馬虎，屬於口語；另一種井井有條，莊重正經。詹森語帶憤怒，於字典前言中不斷使用「vitiate」（破壞；使墮落）[7]，各位便能猜出哪種慣例勝出：編纂英語語法之士「已將低俗至極百姓之術語立為話語之模範。」[8]

正如艾米莉・布魯斯特所言，字典是可讓人提高水平的文本，但對於想獲致恰當社會地位的人來說，口語一直是個問題。我們必須在狹窄的海峽中穩穩沿著一條水道前行：一邊是粗俗低級、毫不典雅的口語；另一邊是拘泥謹慎、扭捏其辭的言語。把「cadre」（骨幹；幹部）唸成 \'ka-ˌdrā\（KA-dray）很低級嗎？或者將它發音成 \'kä-dər\（KAH-dur）會顯得刻意為之且裝模作樣嗎？哪種唸法可以讓我從笨蛋丑角躍升為優美典雅的高貴夫人？喔，字典，請幫助我！

然而，按照現代標準，詹森壓根沒有幫助想要自助的讀者。詹森將自己對發音的看法塞進一篇討論拼寫的論文，並未將發音當作一門學科來看待。他討論語法時，偶爾會提到某些字母的發音以及它們歷來是如何唸的，但他指出：「我認為讀者用英語書寫之後應該熟悉英語了，所以能夠唸出字母，而我教過這些字母的發音。他們觀察普通的發音，會知道無法用言語描述發音。」在《詹森字典》的個別條目中，詹森使用標記去告訴讀者重音在哪個音節，但沒有轉錄任何符號，表示他認為單字的正確唸法。

然而，學英語的學生該如何學習詞彙的正確發音呢？有這種需求，發音字典便應運而生。第一本專門討論發音的字典是詹姆斯・布坎南（James Buchanan）於一七五七年出版的《英語之正確發音》（*Linguae Britannicae Vera Pronunciatio*）。他為了教育青年而特地撰寫這本字典。這本字典率先收錄附加符號*，以便區

---

*　譯注：附加符號（diacritical mark），指位於字母上方、下方或貫穿其中的記號，比如西班牙語的 ñ。

分長母音和短母音，也納入重音符號，告訴讀者重音在哪個音
節。

　　另有六本發音字典在十八世紀後半葉出版。多數字典是使用
灌輸式教導（prescriptive，直接指出單字發音），可讓讀者提高
水平；某些字典試圖修正某些悄悄滲入社會高層的語言錯誤。既
然如此，這些字典認為何為優雅和得體的模範？每本字典皆聲
稱代表倫敦士紳的口說模範，但它們對同樣單字標示的發音卻
截然不同。某本字典對「fear」（恐懼）的二合字母[＊]、「ea」標示
為長音「-a」，亦即\ā\，如同英語的「day」（日子）；另一本字
典則標示長音「-e」，亦即\ē\，如同英語的「meet」（遇見）和
「deceit」（欺騙）；還有字典編輯認為，這個字帶有「beer」（啤
酒）和「field」（場地）的發音：雖然「beer」和「field」使用不
同的母音（分別是短音的「ih」\i\和長音的「-e」\ē\）。那麼，
誰的標準才是「真正的」標準呢？

　　這些灌輸性的發音字典面臨一項技術問題。他們轉譯發音的
系統都得仰賴讀者以某種直觀方式去揣測「應該」如何唸出參考
字的母音，而不能判斷出「實際」的口語發音。對倫敦人來說，
「fear」的\ā\聽起來有濃厚的蘇格蘭口音；對蘇格蘭人而言，\i\
或\ē\聽起來很像南方口音。這一點都不令人驚訝。喬希指出：
「這並不是說有書面用語和口語。先有語言，然後文字。一開始
先有語音，然後根據語言的語音和音韻去設計一套書寫系統。英

＊　譯注：二合字母（digraph），形成一個音的兩個字母。

語恰好有（發音和拼法）不匹配的系統，但這是不正常的。」

　　曾經有人試圖解決這個問題。布坎南、班傑明·富蘭克林和諾亞·韋伯斯特都曾提出成效不同的建議，要求使用替代的拼寫和拼字系統，使英語的拼寫更符合其發音。只有韋伯斯特有所斬獲，但成果非常有限：美國人確實採納了他的拼寫改革建議，譬如用「plow」（犁）取代「plough」，用「honor」（榮譽）代替「honour」，但是他更極端的建議（用「wimen」取代「women」〔女人們〕以及用「tung」取代「tongue」〔舌頭〕，這兩種建議出現在他一八二八年的字典）卻從未流行過[10]。

　　喬希認為，這些改革必然會失敗。他指出：「規範拼寫以匹配音韻，理論上可以辦到。但是『按理來講』，這樣做非常困難，根本無法落實。因為你必須讓每個人都採納新系統。」他想找出一個很好的比喻。「這不是養幾隻貓而已，是要養五億隻。」

發音的難處

　　無論是母語人士和學習者，大家老愛討論英語的發音和拼法不匹配。這感覺就像誘導轉向*：我們小時候學到，如果詞彙的字尾有同樣的字母串，它們就是押韻：譬如蘇斯博士（Dr. Seuss）讀本「hop *on* pop」（《在爸爸身上蹦來跳去》）和「cat *in the* hat」

---

* 譯注：誘導轉向（bait and switch），用廣告「誘導」顧客前來購買某項商品，等顧客上門後設法使其「轉向」去購買另一種高利潤商品。

（《戴帽子的貓》）。然後我們碰到了「through」（通過）、「though」（雖然）、「rough」（粗糙的）、「cough」（咳嗽）和「bough」（大樹枝）。這五個字都以「-ough」結尾，但它們不但沒有彼此押韻，連發音都不一樣。話說回來，「won」（贏了）、「done」（做完了）和「shun」（避開）這三個字又押韻？蘇斯博士難道在「欺騙」我們嗎？

韋氏公司最常收到讀者對英語發音的抱怨，無不關於他們想追求的規律性。第一種抱怨是根據單字的拼法來要求我們改變對某件事的說法。這並非新的想法；詹森在他的字典序言指出，「最好的發音普遍規則，便是仿效最不會偏離書面文字來發音的優雅人士。」可惜英語的拼寫不是跟發音近似，這種建議荒謬至極。喬希舉了一個案例：「好吧，譬如我們從現在開始，唸數字時要改成『own、twoh、three、fowar、five、six、seeven』（一、二、三、四、五、六、七）。這些是最常見的數字，拼寫和發音卻匹配不起來。你認為我們可以說，不，那是『own』，不是『won』？」

第二種抱怨是外語借用詞語的發音過於英語化。我們懷疑來信的通常是法國人，這些人會抱怨「croissant」（牛角麵包）和「chaise longue」（躺椅）的發音。這種反應很迂腐，抱怨者僅僅是為了炫耀自己學識淵博：他們不僅知道某個字是從法語借用的，而且知道它的法語發音。可惜的是，當外國單字被納入英語時，通常會根據英語而非原始語言來發音。

喬希舉出三個原因，說明為何法語會成為眾矢之的：其一，

英語有很多法語的外來詞／借用字；其二，法語有一組英語沒有的發音，所以借用字被英語化之後，讀音難免會走樣；其三，對英語人士而言，法語有威望，表示我們認為法語是高級的。然而，喬希指出，多數法語單字英語化甚深，我們已經不認為它們是法語了，譬如：「clairvoyant」（先知；有洞察力的人）、「bonbon」（軟夾心糖果）和「champagne」（香檳）。英語化是常態；其實，早在二十世紀初期的用法指南中便如此規定，譬如福勒（Henry Watson Fowler）的《現代英語用法詞典》（*Dictionary of Modern English Usage*）。

但是，人們偶爾想讓自己唸單字時聽起來更為聰明。請看「lingerie」（女性內衣）。這個字起初納入英語時，它被英語化成\lan-zhə-(ˌ)rē\或\lan-zhrē\，這是最接近正確法語的發音。有三個因素共同反抗人們保留\lan-zhrē\的唸法：一是我們認為法語的正確發音、二是英語的運作方式、三是我們想追求時髦的欲望。

法語有五個鼻音母音（nasal vowel，亦即母音的音質*會隨著後續的n而變化），但無論出於何種原因，說英語的人士只鎖定其中一個母音，認為這種發音才是正統的法語——也就是「an」母音，而我們把它轉換成\än\。我們又不管三七二十一，把它丟進一大堆法語詞彙，因為這樣會讓我們看似懂法語而顯得更聰慧：教科書的例子是\ˈän-və-ˌlōp\†，還有\län-zhrē\‡。我們也

---

* 譯注：指語音的音色和音調。

† 譯注：envelope（信封）。

‡ 譯注：上述的「lingerie」。

經常認為法語單字是以\ā\結尾，比如「café」（咖啡館；小餐館）還有「résumé」（履歷；摘要），所以我們用長音\ā\去取代字尾的\ē\，因此產生了\län-zhrā\的唸法。

其次，我們非得替「lingerie」標上重音。法語是不重讀的語言，而我的意思是說，這種語言沒有重音音節。然而，英語非常強調重音；重音可用來區分同形異義字和意義，譬如區分「PRO-duce」*和「pro-DUCE」†。法語單字沒有重音，但我們要把重音放在哪個音節呢？那就隨處放吧：英語使用者輪流把重音放在「lingerie」的第一個和最後一個音節。

最後，我們還要想追求時髦。英語最接近的法語發音\lan-zhrē\，聽起來……嗯，很普通。喬希說道：「這聽起來很像日常用語，但它是一種充滿異國情調的夢幻貼身衣物。」我們無法理解，這種充滿誘惑且神祕的東西，如此有「法國風味」，怎麼發音會跟「can tree」押韻。它是異國商品，必須要有異國情調的發音。

大家把「lingerie」搞得令人昏頭轉向，所以我們收集了許多發音變體。《新韋氏國際字典第三版》列出三十六種發音，而《韋氏大學英語詞典》則羅列十六種讀法。

---

* 譯注：「produce」的名詞，表示農產品。

† 譯注：「produce」的動詞，表示生產。

標準發音

當單字有某個發音與其拼寫相匹配而另一個發音卻不匹配，尤其是其中一個發音又被視為非標準時，我們會特別嗤之以鼻。非標準發音如同非標準詞彙：它們被人自然使用，卻遭人誤解，讓使用者被視為「沒讀書」或遭到侮蔑。許多非標準發音跟非標準單字一樣，乃是方言發音：在某些美國英語的方言中，「LIE-berry」是「library」（圖書館）的讀音，而這是最著名（和被嘲笑）的一個例子。非標準的發音和非標準單詞一樣，一旦十分普及時，便會被收錄到我們這類的字典。然而，試圖弄清楚什麼是非標準發音以及什麼是可接受的變體並不容易。喬希說道：「判斷某些東西是否標準，並非能依靠錄音資料來客觀決定，必須去親身感受。」

為什麼要收錄非標準發音呢？我們不希望民眾把字唸對嗎？這個問題有個假設，就是有許多非標準發音，但其實沒有。喬希指出：「字典收錄十萬個字，不妨看看大部分的詞彙，你會發現極少有非標準發音。」這不是說沒有許多變體發音，但那些讀音不同於非標準發音。「dilemma」有\də-ˈle-mə\或\dī-ˈle-mə\，這兩種發音都被認為是標準和正確的。喬希說道：「絕大多數的單字沒有被特別添加發音。沒有什麼好選擇的。」

這並不是說人們不想去增添發音方式。「nuclear」（原子核的）有另一種發音（\ˈnü-kyə-lər\），而它在語音上經常被拼成「nucular」。我們甚少聽到這個發音。如今它廣受批評；

用法評論家把它稱為「spectacular blunder」（離譜錯誤）[11]、「aberration」（旁門左道）[12]和「beastly」（糟糕透頂）[13]，而在我們與讀者的通信檔案中，許多人對這個字感到憤怒。我們收到許多關於\'nü-kyə-lər\發音的電子郵件，但是我們有一整頁線上常見問題的網頁專門回答這個問題，所以我們不會花很多時間回覆相關電郵。

圍繞\'nü-kyə-lər\的「狂飆運動」[*]大多是矛盾的：唸\'nü-kyə-lər\的人既懶惰又沒有受過教育，但某些最傑出（和受過高等教育）的名人卻依然使用這種發音。美國前總統喬治·布希經常被指責四處宣傳這種「nuclear」的發音，來信讀者無不怒氣沖沖，經常指責我們將這種發音納入字典，根本是想拍政客的馬屁。

正是因為如此，讀者才會來信批評：《韋氏大學英語詞典》收錄了這種發音。這本詞典列出「nuclear」四種發音：\'nü-klē-lər\（NEW-klee-ur）、\'nyü-klē-ər\（NYOO-klee-ur）、\'nü-kyə-lər\（NOO-cue-lur）和\'nyü-kyə-lər\（NYOO-cue-lur）。最後兩種發音（令人不寒而慄的\-kyə-lər\發音）的前面有個÷的符號，這是詞典標記非標準但廣泛使用發音的簡寫方式。假使你不知道這符號有什麼用途[14]，「nuclear」的條目有簡短的使用說明，可立即告訴你許多人駁斥以\-kyə-lər\結尾的讀音。不幸的是，我們沒有就此打住，所以我們才會收到許多針對「nuclear」

---

[*]　譯注：狂飆運動（Sturm und Drang），十八世紀末期德國的文學運動，表達人類的激情和奮進精神，力圖推翻啟蒙運動崇尚的理性主義。

痛罵我們的來信：

> 以 \-kyə-lər\ 結尾的發音雖然有許多人不贊同[15]，但是受過教育的人仍然廣泛使用這種讀法，包括科學家、律師、教授、國會議員、美國內閣成員，以及至少兩位美國總統和一位副總統。雖然這種發音在美國最常見，英國人和加拿大人也聽過這種唸法。

　　我在撰寫本文時，這段文字其實有點過時了。大約四位前任美國總統用過\'nü-kyə-lər\的發音，包括德懷特・艾森豪（Dwight Eisenhower）、傑拉德・福特（Gerald Ford）、吉米・卡特（Jimmy Carter，他還會唸成\'nü- kyir\）[16]、喬治・沃克・布希（George W. Bush，小布希），而比爾・柯林頓（Bill Clinton）和喬治・赫伯特・華克・布希（George H. W. Bush，老布希）偶爾也會使用。許多國際領袖、美國國會議員和內閣成員、州長、武器專家、軍人，以及獲頒諾貝爾獎的理論物理學家[17]也會使用這種發音。這些人因為職務關係，幾乎每天會使用這個字，至今仍把它唸成\'nü-kyə-lər\。我們要向艾森豪致意，才能發現這種唸法也並非近期出現的：我們能證明這種用法至少可追溯至一九四〇年代。

　　「nuclear」變成\'nü-kyə-lər\的語言過程稱為「語音變位」[18]，亦即一個單字之中的兩個音素互換位置。由於有這個變位過程，才會有「iron」（鐵）的標準發音（「EYE-urn」而非「EYErun」）和「comfortable」（舒適的）標準發音（「KUMF-ter-bul」而非「KUM-fert-uh-bul」），以及其他非標準的發音，比如「pretty」（漂亮的）的發音「PURR-tee」。某些字典編輯和語言學家認為，「nuclear」曾經歷「語音變位」，因為沒有其他常見的英語單字是以\-klē-ər\結尾（只有「cochlear」〔人工電子耳〕[19]，但有許多諸如「molecular」和「vascular」（血管的）的詞彙是以\-kyə-lər\結尾，而這些詞語的引力搭配這種更常見的語音模式將「nuclear」拖入\-kyə-lər\的軌道。然而，對人們來說，解釋「如何」不如說明「為何」那樣有趣，而我們沒有受人矚目的講法來解釋「為何」。為何某些就讀過全球最嚴格研究所課程的人士會使用一種不恰當的發音？

　　語言學家不曾對此進行過研究。我們知道這不是某個地域的語言特徵：卡特、布希和柯林頓都來自南方，但艾森豪和福特卻不是，連說過唸\'nü-kyə-lər\的前任副總統華特・孟岱爾（Walter Mondale）也不是。羅斯・甘迺迪（Rose Kennedy）曾在一封信中糾正兒子泰德・甘迺迪（Ted Kennedy）的發音：「我希望你注意一下『nuclear』該如何唸。」[20]，泰德・甘迺迪絕對不是南方人。唸\'nü-kyə-lər\的證據幾乎遍布英語世界：澳洲、加拿大、英格蘭、加州、愛荷華州、猶他州、印第安納州、賓州和德州。這不僅是因為我們有四面八方人士的錄音。我們也保存上頭印著「nucular」卻毫無諷刺意味的訃聞、餐廳評論，以及生物醫學公司的新聞稿，這些都是部分的出版刊物和編輯來源。換句話說，某些人會自動把「nuclear」拼成「nucular」，對他們而言，

這種語言習性是很自然的。

　　語言學家佛瑞・努伯和艾倫・麥特卡爾夫（Allan Metcalf）認為它可能是軍事術語。努伯曾跟某些軍方人士聊天，這些人會說「\ˈnu-klē-ər\ family」（核心家庭）和「\ˈnu-klē-ər\ medicine」[*]，但只要談論武器時便會改口說\ˈnü-kyə-lər\。努伯指出：「我曾向聯邦機構的武器專家問過這點，他回答：『哦，我只有談論核武才會說nucular。』」[21] 儘管沒有提供任何「軼事類型資料」[22]來支持他的論點。麥特卡爾夫也注意到同樣的普遍模式[23]。另一位語言學家史蒂文・平克曾與努伯針對\ˈnü-kyə-lər\稍微交鋒過[24]。平克透露他在二〇〇八年時曾與羅德島紐波特（Newport）海軍戰爭學院（Naval War College）的戰略研究小組（Strategic Studies Group）交談，聽到那裡的兩位資深分析師說出\ˈnü-kyə-lər\。有趣的是，我們最早的「nucular」（人人討厭這種發音，這便是它的拼法）刊物證據都是關於軍事、政府或核子科學界人士的故事和公告。

　　包括喬希在內的一些語言學家認為，由於這種變體主要出現於「nuclear weapon」（核武）和「nuclear power」（核能）之類的語境，「nucular」可能不是「nuclear」的變形，而是在詞根「nuke」（核武；原子核）加上後綴「-ular」所形成。如果「nuke」起初便是軍事術語，便足以說明這種發音為何大多出自於長期在軍隊或聯邦政府任職的人。然而，我們必須解釋為何在

---

[*]　譯注：核醫學。醫學的分支，利用物質的核特性來進行診斷和治療。

「nucular」拼法問世之後，過了很久「nuke」或「nuc」（海軍核子反應器操作士兵的暱稱）才出現。我們最早的「nuke」書面證據是位於「thermonukes」（核子武器）可以追溯到一九五五年，而最早的「nucular」書面紀錄則可追溯到一九四三年[25]。

然而，如同喬希所說：「一切都是猜想。」我們沒有許多關於最初\'nü-kyə-lər\使用者的訊息，也沒有許多關於現今\'nü-kyə-lər\使用者的訊息：他們的母語方言為何、他們會使用何種語言，以及他們的年齡。全一概不知。當然，這樣便可更容易對使用\'nü-kyə-lər\的人下一些結論：

> 在這些故事中，哪個故事解釋了為什麼（喬治・沃克）・布希會說「nucular」？[26]多數人似乎認為小布希是不學無術的「哥兒門」。但這很難說。布希畢竟不像艾森豪一樣，必須等到中年才知道「nuclear」這個字。他在成長過程中，鐵定聽過數千遍正確的發音，不論是在安多弗（Andover）、耶魯和哈佛，而且他也該聽過父親唸這個字，而老布希不曾唸錯這個字。（原書編注：非也。根據我們的檔案，老布希用過\'nü-kyə-lər\。）如果小布希是刻意使用「nucular」，他是從五角大廈的智囊團聽來的嗎？或者是他模仿哥兒們的發音，就是他可能在耶魯大學向東岸的老實怪胎假扮德州老粗時所幹的事？

無論愛他或恨他，這樣說對布希不太公平。沒錯，有人偶

爾會刻意模仿口音來取悅某個團體，或者跟被污名化的團體保持距離，但人們更常與其他人長期接觸之後而不知不覺改變口音。我親身經歷過這種事：我在大費城地區居住數年之後，發現我唸「hoagie」（特大三明治）之類的單字或者「Sophie」（蘇菲）等名字時，滑頭的「o」（聽起來就像所有母音按照字母順序混在一起的聲音）偶爾會迸出來。我以前唸「fountain」（噴泉）和「Philadelphia」（費城）時，會用標準發音「FOUN-tin」和「fill-uh-DELL-fee-uh」，如今一旦忙起來，我會唸成「FAN(t)-in」和「fill-LELL-fee-uh」，就跟當地上了年紀的老人一樣。我不知道是否應該將我的家鄉稱為「cah-loh-RA-doh」，把字首的「RA」唸得像「rad」，或者我應該唸成「cah-loh-RAH-do」，讓「RAH」和「ma」（媽）和「pa」（爸）押韻。我專注聽我的媽媽和爸爸唸「Colorado」，看看能否慢慢訓練語言的肌肉記憶。我刻意留意爸媽的唸法，發現他們唸的也不一致。喬希說道：「這種事也發生在我身上。比方說我打電話給『Springfield Public Library』（春田公共圖書館），對方回答『Sprungfeld Public Library』。我說道：『我想驗證發音，怎麼唸你們城鎮的名稱？』他們回答：『Springfield。』」「從來不唸成『Sprungfeld』？」「對的，絕不是唸『Sprungfeld』。」「好的，謝謝。」我等了一會兒，接著再打一次電話，以便確定我先前打電話時是否運氣不佳，然後就聽到：「Sprungfeld Public Library。」[27]

　　我想透露一件事：我不會唸\'nü-kyə-lər\；我的家人也不會這樣唸；我的同事沒人會這樣唸；我更沒接觸會脫口說出\'nü-kyə-lər\的人。我自從鑽研這些發音之後，撰寫本章時只要打出這些發音，都會大聲唸出「new-kyoolur」和「new-klee-ur」。然而，我發現當我告訴別人我在寫什麼時，我曾兩次說出\ˈnü-kyə-lər\，猶如語言上的「罪惡關聯」（guilt by association）。我知道標準發音是什麼，但環境會緊緊箝制我的舌頭。

作者注

1. 為什麼有些發音會用引號括住，其他發音則用反斜線包圍呢？這是另一種內行人才懂的詞典編纂慣例：發音的語音轉譯（phonetic rendering）要使用引號和普通字母，而用古怪字母表示的實際發音則使用斜線。

2. 每家出版商皆有專屬字母表，簡直治絲益棼。

3. 符號表：\ā\如同 ace；\a\如同 ash；\ä\如同 mop；\ē\如同 easy；\e\如同 bed；\ə\如同 abut；\ī\如同 ice；\i\如同 hit；\ō\如同 go；\ü\如同 loot；\ue\如同德語的 füllen；\ˈ\主重音；\ˌ\次重音。

4. 有些人會問，我們為什麼不把事情弄得更簡單一點，別用我們的奇怪系統，改用「國際語音字母」（International Phonetic Alphabet, IPA）就好了。我們的回答是，這個系統的名稱就說明了一切。「國際語音字母」會區分口音。

5. 穆爾卡斯特，《基礎教育》，第一一一頁。

6. 威爾遜，詹森引述，《詹森字典》。

7. vitiate 在《韋氏大學英語詞典第十一版》的解釋為：**vi‧ti‧ate** \ˈvi-shē-ˌāt\ *vb* **-ed/-s/-ing** *vt* **1** : to make faulty or defective : IMPAIR <the comic impact is *vitiated* by obvious haste—William Styron> **2** : to debase in moral or aesthetic status <a mind *vitiated* by prejudice> **3** : to make ineffective <fraud *vitiates* a contract>（動詞 及物動詞 **1**：使發生錯誤或出現缺陷：損壞〔顯然礙於

匆忙，情況便不那麼滑稽——威廉·斯泰隆〕**2**：敗壞道德或有損美學狀態〔「囿於」偏見而腐敗的內心〕**3**：使無效〔欺詐使合約「無效」〕）。

8. 威爾遜，《詹森字典》序言。

9. 請參閱布坎南的《英語的正確發音》、肯里克（William Kenrick）的《新英語詞典》（*New Dictionary of the English Language*）和謝里登（Thomas Sheridan）的《全方位英語詞典》（*Complete Dictionary of the English Language*）。

10. 韋伯斯特提出的「honor」、「center」（中心）和「plow」會被採納，可能是這些改革拼法是某種拼寫變體，已經有人使用，只是不如「honour」、「centre」和「plough」那樣普遍。

11. 喬希指出，這個字的發音正逐漸朝著\län-jə-rā\和\läⁿ-zhə-rā\的發音變體靠攏。黃金事物難久留（譯注：Nothing gold can stay，又譯美景易逝。出自美國詩人羅伯特·佛洛斯特〔Robert Frost〕的詩，此詩講述大自然的變遷，隱喻美好事物稍縱即逝）。

12. 羅伯特·伯奇菲爾德（Robert Burchfield），由埃爾斯特（Charles Harrington Elster）引述，《糟糕透頂讀音錯誤大全集》（*Big Book of Beastly Mispronunciations*），第三四七頁。

13. 理查·萊德勒（Richard Lederer），引述自《糟糕透頂讀音錯誤大全集》，第三四九頁。

14. 埃爾斯特，《糟糕透頂讀音錯誤大全集》，如同書名所示。

15.《韋氏大學英語詞典》的「nuclear」條目，用法注釋。

16. 吉米‧卡特在美國海軍服役時，負責管理核子潛艇的推進系統、擔任過核電廠的工程官，而且曾親自拆除已融化的核子反應器（nuclear reactor）核心。在我看來，他想怎麼唸「nuclear」，就可以怎麼唸。

17. 此處指的是朱利安‧施溫格（Julian Schwinger）：「Schwinger also had some speech mannerisms, which many of the students began unconsciously to imitate. I don't know how many of the Ph.D.s he had produced—there was [sic] sixty-eight by the time he left Harvard, an incredible number for a theorist, since each Ph.D. represents at least one publishable research idea—began to say 'nucular' and 'We can effectively regard,' two of the Schwinger standards.」（施溫格也有一些說話習慣，許多學生會不自覺地加以模仿。我不清楚在他培養的博士之中——他離開哈佛大學之前出了六十八位博士。對理論物理學家而言，這是不可思議的數字，因為每位博士至少要發表一篇探討研究理念的論文——有多少人會說「nucular」和「We can effectively regard」〔我們可以有效地看待〕，而這是施溫格的兩種標準說話方式。）傑里米‧伯恩斯坦（Jeremy Bernstein），《紐約客》，一九八七年一月二十六日。

18. 諷刺的是，我多年來一直讀錯「metathesis」，把它唸成「MEH-tuh-THEE-sus」因此被人指正。這個字應該唸成「muh-TATH-uh-sus」。

19. 語言學家傑佛瑞‧努伯（Geoff Nunberg）指出，「nuclear」

在語音上非常類似「likelier」（更有可能），我們唸這個字時絲毫不覺得有任何問題。但是我有個不成熟的意見：「likelier」的第一個母音比「nuclear」的第一個母音更為「前面」（frontal，亦即用口腔前面的部位發音），因此它更容易匹配\-klē-ər\中長音「e」的前母音特質。「nuclear」的第一個母音比較靠後，也就是在口腔中間發音，可能稍微更靠近喉嚨，就像「food」（食物）的母音。這樣就比較匹配\ˈnü-kyə-lər\的\-kyə\雙母音（diphthong）的最後一個後母音（back vowel）。我們偶爾會咬字不清楚，因為我們喜歡字母對稱（譯注：應該指nucular比nuclear在字母排列上對稱得更完美）。

20. 引述自查爾斯・吉布森（Charles Gibson）文字稿，〈甘迺迪家族書信：洞察歷史〉（Kennedy Letters: Insight into History），《美國廣播公司世界新聞》（*ABC World News*）文字稿，二〇〇六年九月二十八日。

21. 傑佛瑞・努伯（Geoffrey Nunberg），〈改說 Nucular〉（Going Nucular），《新鮮空氣》（*Fresh Air*），美國公共廣播電台，二〇〇二年十月二日。

22.「anecdote」（軼事）和「dat」（資料）的新混合詞（portmanteau）。「anecdata」指的是個人經歷或軼事，被視為客觀收集和分析的資料。

23. 麥特卡爾夫，《總統之聲》（*Presidential Voices*），第一〇八頁。

24. 史蒂文・平克（Steven Pinker），〈平克針對 Nuclear／Nucular 槓上努伯〉（Pinker Contra Nunberg re Nuclear/Nucular），《語言日誌》（*Language Log*），二〇〇八年十月十七日。

25.《牛津英語詞典》第三版「thermonukes」和「nuclear」條目。

26. 努伯，〈改說 Nucular〉。

27. 請各位注意，這是《辛普森家庭》的笑話，並不代表麻州春田的市民如何唸「Springfield」。此外，值得注意的是，喬希沒有告訴我之前，我不知道這個比喻參照何處資料。

第十三章

論與讀者通信
——肉色的（Nude）

　　籌備週五午餐會的工作人員（藉由粉紅卡）挑選了市中心的印度餐廳，我尾隨加入聚會來親近同事。我們平日上班時不會交談，這是我們彼此認識的唯一機會。大家吃飯時沉默不語，不時瞪眼看著自己的印度薄餅*，偶爾才會突然蹦出話題聊天。這不像聚餐，但我們都樂在其中，有機會便與旁人閒聊。

　　有人問我最近在做什麼，我說我一直在回信。編輯祕書每個月都會分發我們回答來信讀者的副本。這項悠久傳統很有益處：我們可以知道讀者會問哪些問題，以及其他編輯如何回應。從過去一、兩年前開始，史蒂夫便不斷讓我瀏覽各種信件，以便了解讀者的語氣。我說道：「他們很有趣。其中一些人，哇喔！」

　　丹揚起眉毛，問道：「『哇喔』是什麼意思？」

---

* 譯注：印度薄餅（pappadum），通常拼成papadum，一種酥脆的圓形薄餅。

我回答說，有些人回覆時唐突無禮，有些人則絮絮叨叨，繞了半天還不講重點。我在剛離職的前一份工作，回信時無不精心安排文字，刻意讓內容條理不清，如同一團漿糊，讀起來乏味至極。反觀在此，無論好壞，來信讀者或公司編輯都盡情表達秉性，毫不做作。

丹放下叉子，迅速吞下食物。「妳知道嗎？妳得去看看我們最棒的回信。可在檔案裡找到。」

另一位編輯凱倫‧威爾金森（Karen Wilkinson）接口道：「哦，是的。丹說得沒錯。妳該花點時間找出來看看。」

我們回到辦公室之後，凱倫給我發了一張粉紅卡，上頭寫了一個名稱。她寫道：「去翻閱通信檔案，值得一看。」我稍微調查了一下，便找到了歸檔的讀者來信，接著翻查字母索引去找到這個名稱。文件夾裡只有一封信：在辦公室標準打字紙上一段簡短的打字。沒有簽名，也沒有標籤，看不出這封信很棒。然後，我讀了這封信。內容非常簡單明瞭。來信者想要知道愛能維持多久。

正如我先前所提，韋氏公司字典編輯的職責之一，就是要回覆讀者來信。公司把它視為讀者服務：誰都能寫信詢問任何關於英語的問題，而我們的專家會悉心回覆。

請容我詳細闡明前述說法，藉此提出警告。韋氏編輯職責繁多，給讀者回信確實是其中一項；換句話說，萬一截稿期限緊逼，已在公司大樓內四處逡巡，伺機伸出虎爪攫人，回信這檔小事便會被擱置。我們回信時，將這種情況稱為「編輯職責繁忙」

（press of editorial duties）；曾有一段時間，吉爾的辦公室真的出現了實體的「Press of Editorial Duties」，那是一台從地下儲藏室搬上去的活版印刷機（letterpress）。各位或許覺得這是個老掉牙的笑話，但我們編字典的最擅長講陳腐笑話。編輯確實會因為職責眾多而勞碌繁忙。

字典編輯寧可校對文稿，也不願從事客戶服務，因此叫編輯給讀者回信似乎很冒險。然而，這不是為了壓榨字典編輯，而是為了顧及現實：我們有時收到的「關於英語的問題」並沒有關於英語。讀者來信有時候甚至不是用英文寫的。

讀者來信五花八門

韋氏公司最初讓編輯給讀者回信，乃是運用游擊行銷策略*。在十九世紀中期，韋氏公司面臨諾亞・韋伯斯特門徒兼復仇者約瑟夫・伍斯特的強烈競爭。伍斯特的字典比韋伯斯特的字典更受歡迎，但韋氏兄弟是精明的商人，深知要從某種角度切入去吸引買家，於是刊登廣告，宣傳只要有人寫信提出證據，證明韋氏字典沒有收錄某個單字，如此便可免費獲贈一本韋氏字典。這種宣傳手法奏效了：他們送出數百本字典，趁機結交了筆友。

---

* 譯注：游擊行銷策略（guerrilla marketing tactic），與讀者維繫長久關係來建立品牌，使用微薄預算以小搏大吸引讀者。

　　在一九八〇年代，本公司稍微將這種過程化為體系，創立了語言研究服務（Language Research Service, LRS），不禁令人幻想一大群身著緊身襯衫的老學究，忙上忙下尋找答案，以便回覆「當你必須解釋過去使用的一項東西，但這東西過去是不必解釋的，好比我們現在必須說『底片相機』，應該用哪個字來稱呼這種東西呢？」[1] LRS是韋氏編輯提供的服務，而正如詞典最後一頁所述，任何人只要購買《韋氏大學英語詞典》，便可使用這項服務。這項策略奏效了：透過這種服務，我們回答了數十萬個問題，從中結交了數萬名筆友。

　　如今，寫信給某家公司並得到真人的回覆，乃是非常罕見且令人著迷的事情。有些讀者會回信，只是想說：「哇！沒想到竟然真的有人會回信！」這些人非常多，簡直出乎意料。比這更罕見的是，我們喜愛文字，竟然能找到一群跟我們同樣熱愛文字的人，而且這些人也有豐富的語文知識，所以各位知道我們為何會跟對方持續對話，讓自己融入這個獨特的群體。

　　多年以來，我們收到各方來信，接二連三詢問我們五花八門的問題，但有些問題值得回答，有些則不必浪費時間[2]。艾米莉曾收到一封日本教授的來信，信中問了看似簡單的問題：為什麼你們說「he gave his grandma a kiss」（他給了他奶奶一個吻），而不是「he gave a kiss to his grandma」（他把一個吻給了他奶奶），或者何時該說「how come」（為什麼？／怎麼會？）以及何時該說「why」（為什麼）？

　　只要開始尋找答案，便會在錯綜複雜的系統上翻出層層疊疊

的複雜詞根系統，但我們這些字典編輯喜歡並尊重英語，所以會盡全力釐清來龍去脈。我們憑藉專業知識博取讀者信賴，有些人會長期與我們保持聯繫：有位讀者將近二十年來不斷來信詢問這類的問題。他讀高中時便寫信給我們，請我們解釋兩個字的用法差異，譬如如何區分「continual」（「令人厭煩地」多次重複）和「continuous」（不斷的；連續的）。他曾寄給我們高中畢業舞會的照片；他後來還把自己替大學報紙撰寫的文章寄給我們，彷彿我們是他親切的遠房親戚。

只要處理過讀者來信，便知道某些人給字典公司寫信時極為慎重。他們會細心打字或把字寫得非常工整，提問時措辭極為謹慎，同時遵守開頭稱謂與結尾應酬語的禮節。畢竟，他們是向字典出版社提問：這可是正經八百的事。

來信讀者最初都是想提醒韋氏公司忘了收錄某些詞彙，然而隨著時間遞嬗，讀者的提問便愈來愈多。某些來信讀者會仔細翻閱我們的字典，細膩程度令人驚訝。我曾收到一封電子郵件，來信者抓到我們的詞典犯了稱為「不良斷字」（bad break）的錯誤：「silence」（沉默）這個字位於某一行的末尾，結果被拆解成「sil-」和「-ence」，而非如同詞目中的圓點所示，斷成「si-」和「-lence」[3]。這位讀者問我們是否檢查我們自己的字典，因為我們若是檢查過，應該會在「-」前後把「silence」斷成「si / lence」。

我讀完這封信之後，發現雙手已經浮起來，手掌向上，分別位於腦袋兩側，而且嘴巴張開無法合攏，模樣如同挪威畫家愛德

華・孟克（Edvard Munch）筆下的畫作*。我們的字典有數萬個移行斷字處，這個人卻「發現了」這麼一個錯誤的斷字。他對字典的熱愛果真超乎我們想像。

我們有時候無法回答讀者的問題。凱倫告訴我：「我記得以前處理電子郵件時，有人寫信問我們要去哪裡買豆子。」我收到過一些比較值得留意的問題，包括：為什麼人孔蓋是圓的？土撥鼠（woodchuck）真的會隨地拋扔（chuck）木頭嗎？彩虹為什麼要分為七種顏色，而且為什麼要從紅色開始？購買阿拉斯加犬†時該注意什麼？如果睜開眼睛打噴嚏，眼球會掉出來嗎？狗可以潛到水底下三百呎嗎？嬰兒是自然形成的嗎（或者是人造的）？[4]

編輯的回信時常出現兩個短語：你已經熟悉其中一個（「press of editorial duties」），另一個是「outside the scope of our knowledge」（超出我們的知識範圍）。我們用這種手段去做我們承諾的事：既能回覆讀者來信，又能不提出任何實質性的答案。我們該如何回覆「Are babies natural?（嬰兒是自然形成的嗎？）」我最擅長找出詞語的意思，但我甚至不明白這串字的意思。

無的放矢的指責

我們收到五花八門的信件，但多數來信者都心懷善意，請求

---

* 　譯注：一八九三年的作品《吶喊》（*The Scream*／挪威語：*Skrik*），又譯《尖叫》，表現主義繪畫風格的巔峰傑作。

† 　譯注：愛斯基摩人用來拖雪橇的北極犬。

我們替他們增添、刪除或更改某個單字。我們經常得告訴這些讀者，編字典跟電視真人秀不一樣：不能聯繫我們去投票決定該增添或刪除哪些英語詞彙。當然，我們是在編字典，總有例外情況。讀者偶爾會告訴我們某個定義錯到離譜或已經過時，請我們必須注意。

二〇一五年，美國網路新聞媒體公司「嗡嗡餵」（BuzzFeed）製作了一部吸睛的影片[5]，好幾位有色人種女性在片中試穿內衣，製造商標榜內衣的顏色「nude」（肉色的）。這些女性試穿的貼身衣物，其色澤皆是米色（beige）的色調變化，可惜她們的深色皮膚與裸色內衣不匹配，這些女人便用幾句話表達想法。有個女人面露奸笑，說她如果想要裸色褲襪，還不如用保鮮膜包裹雙腿。

當每位女性被要求評論字典對形容詞「nude」所下的定義時，這部影片意外引爆觀看熱潮。「嗡嗡餵」新聞網使用 Merriam-Webster.com 的線上條目，其中「nude」的定義有好幾種，包括一組用更簡單的說法所下的定義，為的是讓以英語為外語的人士能夠了解。影片中的女性唸了以下的定義：

: having no clothes on（沒有穿衣服）

: of or involving people who have no clothes on（屬於或涉及沒有穿衣服的人）

: having the color of a white person's skin（擁有白人的膚色）

這些女人感到憤怒，但這情有可原。其中一位說道：「這些定義沒道理。『沒有穿衣服』，我沒有穿衣服時，膚色跟白人不一樣。」在影片結束時，同一個女人對著印出定義的字條搖了搖頭。她放下紙條，翻了白眼，說道：「這種東西竟然寫在字典裡？不會吧！簡直不可思議。」

我沒有看到當天播放的影片，要等隔天才看到。我登入電腦，一邊喝咖啡，一邊瀏覽編輯的電子郵件，不久便發現有人把一封電郵的副本抄送給我，信中說道有四個人來信投訴我們對「nude」的定義。

讀者會寫信給字典出版商，詢問各式各樣的問題，但超過一個人在同一天寫信抱怨同一件事，這可非比尋常。我捲動視窗，瀏覽編輯的電郵收件箱，整批東西都變成長串的電子郵件，主旨列都有「nude」這個字。我出於預感，便檢查了垃圾郵件資料夾。沒錯，還有更多的信件被丟到我們電子郵件程式的垃圾抽屜。我們內部的「網路管理」軟體根據這些電郵的主旨列（包含「nude」這個詞）和信件內容（頻繁出現「fucking」〔幹〕這個字眼），顯然認為這些抱怨信件是色情垃圾郵件。我怒氣沖沖，打開網路瀏覽器，開始尋找投訴來源。

我悶悶不樂，乃是源於某種深沉卻汨汨不休的編輯焦慮。我不介意讀者來信抱怨定義寫得不好；拜託，我也想抱怨某些定義，有些還是我自己寫的。然而，這類抱怨往往出自於誤解，（通常）輕易便可化解。例如，有人不知道我們是根據時間順序

列出定義，所以看到「stew」的「whorehouse」（妓院）定義竟然比「thick soup」（燉煮菜餚）更早出現而生氣。或者我們可能會收到某位讀者來信，抱怨我們收錄了「impactful」（有影響力的），因為這個字屬於行話（沒錯）、毫無意義（非也），和醜陋無比（阿門）。通常只要簡短回覆，便可化解這些讀者的憂慮。

然而，這回的抱怨是無的放矢，像洋蔥一樣，包裹一層又一層的問題。網站條目的呈現方式不好：第一，由於缺乏「意義數字」，這些單獨的定義讀起來就像一串冗長的定義，但實情根本不是如此。第二，沒有任何例句可讓讀者了解定義，也沒有任何說明將某個定義（普遍說法）和特殊用法聯繫起來，以避免讀者聯想到日常生活的普遍用法。第三，有爭議的「意義」是關於顏色的定義。

編字典時很難定義色彩，因為只能參照型錄文字去準確描述「nude」到底是什麼顏色，但這通常都無濟於事：「Ladies' S, M, L, available in Cranberry, Mauve, Holly, Navy, Nude, Ebony, Coral」（小、中、大女士尺寸，色澤繁多，包含蔓越莓色、木槿色、冬青色、海軍藍、肉色、烏木色和珊瑚色）。這種廣告有說跟沒說一樣，還不如列出字典編輯都知道的七個小矮人；它根本沒有告訴你「nude」到底是什麼顏色。我們的檔案充斥著這類東西：沒有色版，沒有清楚的圖片，只有成堆的型錄影本。

將前述三項因素包覆這次抱怨的辛辣核心（讀者對「a white person's skin」的想法跟我們不同，同時將有色人種在白人世界

生存時背負的重擔拖進那八個字的定義中*）。無論你如何切開它，鐵定會讓人消化不良且涕泗縱橫。

我把頭放在桌子上，朝滑鼠墊吐出一連串「shit」（狗屁！）。

每當電子郵件觸及敏感話題時（尤其可能不只一人會回信），我們正規的作法是請教知道更多的人，請他們審核回信。我追蹤關於此事的一系列電子郵件，發現這是由我們數位團隊的某位成員所發出的訊息。我們該如何回應呢？定義是否有問題？就我個人而言，我看不出那種定義「沒有」問題。這時就要快速審核證據。我開啟引文資料庫，使用我能夠想到的任何能和這種特別「意義」搭配的字眼來搜尋「nude」。我閉著眼睛，手指敲打著鍵盤，戳了一下我的語感，把它叫醒，然後開始翻閱腦海中的引文檔案。什麼東西能被稱為「nude」？「panty hose」（褲襪）、「bra」（胸罩），當然還有「underwear」（內衣）。

我把這三個英文字加到我的搜尋條件。我敦促自己繼續挖掘。還有什麼？我心想，任何衣服都可以是「nude」，雖然沒有人會把「khaki」（卡其褲）稱為「nude trousers」（肉色褲）。啊，但「nude dress」（肉色套裙）是有的，我見過這種說法。我把它加入搜尋條件，然後又閉上眼睛。型錄在我腦海中閃現，出現一大堆腳：「nude pump」（肉色女式無帶淺口便鞋）。搜索引擎開始吐出結果。我心想，沒錯，我現在肯定正在「用煤氣做飯」†。

＊　譯注：上述的「having the color of a white person's skin」。

†　譯注：cook with gas，意指找到了方法而做事順暢。

正如我所擔心的：如果沒有照片，我們對「nude」色彩意義保存的證據便完全無用。「a nude silk crepe dress with fringe」（帶有流蘇的肉色縐綢連衣裙）、「almost all your bras should be nude」（妳的胸罩應該都是肉色的）和「shapely legs, covered by nude hose」（以緊身褲包覆的勻稱雙腿）：都是「nude」的慣用說法，根本無法解釋「nude」的真正顏色。

與此同時，眾人已經透過電子郵件去各表論述。某位編輯替這個定義辯護：利用現實世界的某樣東西來比擬顏色是行之多年的作法，而且也很有效果。你可以說「nude」泛指一系列的顏色，從淺黃棕色或黃粉紅色到深棕褐色，但字典若使用這種抽象概念，只會讓人快速瀏覽一批色彩，根本沒有傳達有用的訊息。他的結論是：「這個定義下得很好。」

我看完後出聲抱怨。理論上，這個定義毫無問題。但這個世界並不存在理論之中，它是非常現實的，從流行時尚到攝影底片捕捉顏色，無不根據白色來校準。在這個時代，參照種族來定義顏色，輕則引起麻煩，重則惹惱讀者。我認為自己的想法更好，於是橫插一槓，出手管閒事：我寫道，你大可提出看法，但那個定義在解釋無需牽涉種族的單字時卻無端納入種族的觀點。喔，另一個人也插話，不過老實講出這個字的真相：這個定義忽視「白色標準」（white-normative）的時尚產業，進而提出「nude」這種顏色名稱，或者試圖（不過做得很糟）傳遞美國種族主義的歷史？

姑且不管「nude」這個字在社會語言學上有何種含義，我們

負責處理電子郵件的另一位編輯指出，愈來愈多讀者來信抱怨，要求我們給個答案。他們要求我們更改：我們該聽從讀者嗎？

與讀者通信，讓英語有了人情味

即使在數位時代，編字典的速度依舊比多數人想的更慢。引文檔案必須有人爬梳，看看是否該修改定義。我只用「nude」搜索資料庫，結果回傳一千多筆查詢結果。我得花時間篩選資料。我們可能必須上網搜尋圖片，然後手動將它們加到資料庫，因為我們的引文程式只能從網路上擷取文字。如果要修改定義，必須有人編寫新定義，然後交付另一個人審核，最後還要有另一位編輯校對並撰寫參照文字。然後必須等下一批資料上傳時，才能將新定義加到網站。這些工作都不可能在接下來的十分鐘內完成。

其他人提出了回應說法；我把搜尋引文的工作放一邊。我覺得那個定義過時了，至少我認為措辭可以寫得更好，但我正要趕截稿期限，而大家也都一樣。如果我們有更多的時間，應該可以更深入研究。

不過，這種想法總能鑽入腦殼並四處蠕動。幾週之後，我帶著十五歲的女兒逛某間大型百貨公司，試著當個好媽媽，給她買點東西，但要我花一個下午在商場裡閒逛，我還寧願用鉗子拔自己的指甲。我給女兒買了一些課後活動所需的物品，但是她竟然忘了告訴我她已經用完了粉底霜和睫毛膏。「妳忘了？」我說道。我看著眼前的油氈走道，聽著不耐聽的流行音樂，螢光燈在

頭頂不停閃爍，我那時心想，整個下午就得耗在這個鬼地方，簡直沒完沒了。女兒笑得很開心。「既然來逛街了，就順便買吧！」

她決定該買「深黑」（Deep Black）或是「極黑」（Blackest Black）睫毛膏時，我掃視著化妝品架，然後嚇了一跳。我從架上抓起一盒化妝品，然後笨拙地用另一隻空手在錢包裡東撈西撈，試圖拿出手機。我女兒瞇著眼睛，問道：「妳在幹什麼？」。

我握著一組眼影，從白色到深棕色。我把它放到手臂上，接著笨手笨腳開啟手機的照相機。嘿，「喀嚓」：我現在有一張很棒的相片，可當作眼影的引文檔案，色澤依序排列，包裝上寫著「NUDE palette」（「肉色」色調）。我把化妝品放回架上，稍後轉過頭時，卻發現女兒在瞪我。她似乎活得太久而厭倦塵世，猶如再演兩齣戲就得退休的馬戲團小丑，表情悲傷憂鬱，等著別人拿蛋糕砸她的臉。「妳又在替工作拍照嗎？」

「我只拍一張。」

「我的天啊！」她呻吟著。「妳能不能像正常人一樣過日子？」

「嘿，我沒有選擇去編字典……」

「夠了，別說了……」

「……是編字典」

「媽……」

「挑選了我。」我堅持把話說完。她把頭甩回去，嘆了一口氣，餘怒仍未消。

隔天上班時，我連續上網搜尋「nude lip」（肉色唇膏）、「nude eyeshadow」（肉色眼影）和「nude makeup」（肉色妝扮），然後沒忘記開啟「Safe for Work」（適合工作場所）篩選器，因為IT管理員發電子郵件提醒我，只要使用公司財產上網搜尋，搜尋資料都會被記錄和審核。我找到各種棕色、深粉紅色和淡紫色口紅的圖片，全部都標上「nude」；也搜索到各種眼影圖片，從黑色到白色、各種棕色色調，以及介於灰色的顏色都有；還有稱為「nude」各種妝色，顯示各種暗淡的色澤，包含根據我不識化妝的眼睛所認定的「green」（綠色）和「blue」（藍色），而這些顏色肯定不同於白人膚色。

我點擊一張口紅圖片來儲存它，竟然看到這張照片伴隨的文章名稱：〈12 Nude Lipsticks That Are Actually Nude on Darker Skin〉（塗在較深膚色上確實是肉色的十二種肉色唇膏）[6]。雖然我有圖片證明「nude」被用來指顏色時不僅指米色或棕褐色，我在這裡看到我經常處理的東西：淺白的單字。這個字用得很完美：用於較深膚色第二個「nude」是淺白道地的慣用法。如果我可以高聲唱歌，而且可以得意洋洋，在隔間裡輕飄飄地來回走動，卻不會被公司開除的話，我真的會這樣做。

我沒有這樣做，反而發了一封電子郵件給史蒂夫。我在信中說道，只要有機會，應該修改「nude」條目。他回覆時，給我看擬好的修訂說法。史蒂夫指出，先前的定義錯在過於狹隘。他提議的修改版本是「having a color that matches a person's skin tones—used especially of a woman's undergarments」（擁有與膚

色相匹配的顏色，尤其用於女性內衣）。這種解釋當然更好，但我針對使用說明回覆他，指出「used especially of a woman's undergarments」並沒有涵蓋我最近找到的其他「nude」用法，譬如「肉色唇膏」和「肉色妝扮」。史蒂夫回答我，或許可以刪除這個使用說明，改為插入例句，讓讀者明瞭即可，譬如添加「nude pantyhose」（肉色褲襪）或「nude stockings」（肉色襪子）。

修改版本看起來不錯，但我們用文火讓它「燉」幾天。定義有點像「stew」（意義4a）[7]：它是愈燉愈香。史蒂夫後來又提供新版本：「having a color (typically a pale beige) that matches a person's skin tones <*nude* stockings>」（擁有一種與膚色匹配的顏色〔通常為淡米色〕「肉色襪子」）。

這個定義一旦落筆成文，我倆便坐立不安，誰都不喜歡那個「typically」。史蒂夫寫道：「這個字一方面似乎很精準，但另一方面……。」問題是，「nude」通常用來表示淡米色嗎？我們最近搜尋的資料似乎沒有暗示這點。「typically」是否表示「nude」指淡米色是「normal」（正常的）？果真如此，這樣只是又在暗示白色膚色是標準的。我建議改為「often」（經常）；史蒂夫不同意，認為最好使用經過檢驗而可靠的（tried-and-true）的寫法「such as」：「having a color (such as a pale beige) that matches a person's skin tones」（擁有一種與膚色匹配的顏色〔如淡米色〕）。

每當我即將想出好的定義時，便會恍如精神分裂，頭皮刺痛不已。我現在就有這種感覺。如果下定義時用括號框住「such as」，便可使用好幾個修飾語。我提出建議：不妨在括號內加「or tan」（或棕褐色），以此表明「nude」其實代表一系列的顏色？史蒂夫很認同。他說道：「我現在想把『a person's』改成『the wearer's』（穿戴者；化妝者）。」我不確定這點；畢竟，並非所有稱為「nude」的顏色都會跟穿戴者／化妝者的膚色相配，對吧？我告訴他，我很高興能事後自我批評，而我現在就在這麼做。

史蒂夫如此解釋：使用「the wearer's」有個好處，能夠巧妙傳達這種「意義」，讓人知道這通常限於穿戴之物或化妝品，而非自行車或一條麵包。他說道：「不過，妳真的想要的話，還是可以穿戴一條麵包。」我回覆他，說不予置評。

修訂版本如下：「having a color (such as pale beige or tan) that matches the wearer's skin tones <*nude* pantyhose> <*nude* lipstick>」（擁有一種與穿戴者／化妝者膚色匹配的顏色「『肉色』褲襪」「『肉色』唇膏」）。它被輸入資料檔案，沒有大張旗鼓，也沒有廣為公告。無論來信讀者對「nude」這種顏色抱持何種高見，對我們而言，它只是一個條目。我們修訂後，就該處理其他事情了。

我開始回覆讀者來信時便非常明確知道，每個人是以獨特的方式使用語言。有人義憤填膺，要求我們適切定義「misogyny」（厭惡女人）或「misandry」（厭惡男人）；被監禁的人要我們解釋「misdemeanor」（輕罪）和「felony」（重罪）之間的區別；失去孩子的父母寫信告訴我們，希望我們深刻理解很簡單的單字，比如「widow」（寡婦）或「orphan」（孤兒），而這些字隱含著他們的痛苦，若有適當的定義，他們便不必老是得向陌生人詳細解釋喪

子之痛。我們不僅文字具有意義，更希望它們代表某種東西，而且差別是一清二楚的。

與讀者通信並非字典編輯的主要工作，但它卻讓英語更有人情味，而英語很難學習，箇中迂迴曲折，尤勝《我們的日子》*積累的複雜情節。諷刺的是，字典編輯喜歡獨處和享受寧靜，因此選擇這份職業安身立命，不料卻得跟上千位的讀者交流英語，從中與人緊密聯繫。

我們回答了關於「愛能維持多久」的問題。我們當然會回信。字典後頭的商品推介拍胸脯保證我們會回覆讀者來信：

親愛的（姑隱其名）：

感謝您的來信。您問道愛情能持續多久，這個問題我們無法回答。我們字典編輯擅長定義詞彙。然而，關於深刻的人類情感之本質和持久性的問題似乎有點超出我們的專業領域。

很抱歉無法替您解惑。

敬啟

史蒂芬・J・佩羅

---

* 譯注：《*Days of our Lives*》，美國NBC電視台製播的日間肥皂劇，從一九六五年起，每週播五集，至今仍未下檔，乃是全球少數的長壽電視劇。

作者注

1. retronym 在《韋氏大學英語詞典第十一版》的解釋為：**ret·ro·nym** \ˈre-trō-ˌnim\ *n* : a term consisting of a noun and a modifier which specifies the original meaning of the noun <"film camera" is a *retronym*.>（名詞：由一個名詞和一個修飾語組成的詞語，詳述該名詞最初的含義。「『底片相機』是一個反璞詞／還舊綴詞」。（譯注：替現有或舊東西創造的新詞，藉此區別於更新的東西。）

2. 我刻意不明確說出這句話所指的對象。

3. 我們的發音編輯希望人人都知道，詞目的圓點（比如「co·per·nic·i·um」）並非標記音節斷點，比較圓點的位置與發音連字符的位置，便可明確看出這點。這些圓點被稱為「行尾分隔點」，其存在目的只是為了告訴飽受批評的校對者，如果他們必須斷字移行，在哪裡可以插入連字符。

4. 匆忙時更容易更換，因為不必對準轉角；不，牠們只會嚼木頭，不會拋扔木頭；可能是因為七是神聖或聖潔的數字（譯注：在《聖經》中，「七」通常代表完美或完整無缺）；彩虹之所以從紅色算起，因為最外圍的顏色通常是紅色；優良而且多樣的種畜（breeding stock）；不會；可能不行；當然不是。

5. 二〇一五年，美國網路新聞媒體公司「嗡嗡饋」：〈黑人女性試穿「肉色」內衣〉（Black Women Try 'Nude' Fashion），

「嗡嗡餵」，二〇一五年五月二十日。

6. 阿什利・里斯（Ashley Reese），「塗在較深膚色上確實是肉色的十二種肉色唇膏」，Gurl.com，二〇一四年六月五日。

7. stew在《韋氏大學英語詞典第十一版》的解釋為：**stew** *n* \ˈstü, ˈstyü\... **1** *obsolete* : a utensil used for boiling **2** : a hot bath **3 a** : WHOREHOUSE b : a district of bordellos—usually used in plural **4 a** : fish or meat usually with vegetables prepared by stewing **b** (1) : a heterogeneous mixture (2) : a state of heat and congestion **5** : a state of excitement, worry, or confusion（名詞……**1** 過時用法：用於燉煮的器具 **2**：熱水浴 **3 a**：妓院 **b**：紅燈區，通常用於複數 **4 a**：燉煮的魚或肉，通常搭配蔬菜 **b** (1)：混雜物 (2)：悶熱擁擠 **5**：興奮、憂慮或是困惑的狀態）。

第十四章

論權威與字典

——婚姻（Marriage）

　　那天是週五，早上休息時間，我不僅累了，更是精疲力盡（beat）、疲乏至極（wiped）、遭人鞭打（whipped）、被人擊昏（laid out）、受到重創（done）且「癱死在地」（dead）。我休憩時通常會起身，伸伸懶腰，走動一下，重新倒杯咖啡。我那陣子在家工作，偶爾會到院子散步，充分休息後再回頭工作。然而，我那天不管外頭是否天氣晴朗，硬是把頭靠在桌子上，額頭壓在富美加（Formica）塑膠墊上，手臂圍住了頭骨。我曾向某位愛好瑜伽的同事開玩笑，說我在開發一系列可在桌前做的姿勢：用手抱頭，重壓於印刷校樣的動作稱為「苦力弓身」；手臂高舉於頭頂之上的伸展坐姿稱為「向螢光燈致敬」；伸手抓住防火門，免得門「碰」的一聲關上而吵到大家的舉動稱為「擔憂姿勢」。我目前的姿勢應該叫作「核爆墜塵」。

　　我已有兩週在如煉獄之地工作。我試著做一些深度的瑜伽呼吸（面朝下，頭壓著桌子，但這不是理想姿勢），聆聽書房的聲

響：房屋四周因風吹而嘎吱作響；送貨卡車暫停於外頭，引擎隆隆作響，猶如腹鳴[1]；該死的嘲鶇（mockingbird，又譯仿聲鳥）在我辦公室外的屋簷築巢，眼下正不停鳴叫，高歌「北美四十大鳥奏鳴曲」（Top 40 Birdcalls of North America）。幾分鐘之後，我聽到電子郵件軟體嗶了一聲，接著又嗶一聲。我轉過頭去，從胳膊底下偷窺；彼得給我發了一個影片連結，後頭打了十五個左右的驚嘆號。

我再度低頭，讓手臂圍住頭部，試著盡量禪定，但仍克制不了好奇心。我點擊了連結，被帶往《荷伯報告》*的剪輯影片[2]。荷伯劈頭便說：「各位，我的老對手回來了。」當他把一本《韋氏大學英語詞典》拿到桌上時，我把滑鼠移到暫停按鈕，猛壓鍵。我心想，不不不行，我不能看這個。我被折騰了兩週，不能看這支影片，但螢幕卻在某處凍結，只見史蒂芬‧荷伯齜牙咧嘴。我瞪著他，覺得有點不舒服。不過，我最後投降了，把眼鏡拉到頭頂，然後用力揉臉。先前壓在桌子的前額部位陣陣抽痛。

當我再次觀看螢幕時，荷伯正要結束關於「酵母多醣」（zymosan）的笑話。他說我們修改了「marriage」（婚姻）的定義，並且增添了一個新的含義：「the state of being united to a person of the same sex in a relationship like that of a traditional marriage」（與另一位同性者結合的狀態，猶如傳統的婚姻關係）。這確實沒

---

* 譯注：*The Colbert Report*，《史蒂芬荷伯晚間秀》（*The Late Show with Stephen Colbert*）主持人錄製的諷刺時事影片。

錯。荷伯解釋：「這就是指同性婚姻。我心想，梅里亞姆和韋伯斯特不只對不規則動詞進行詞形變化。」*

我偷偷發笑。這是我這一陣子首度發自內心的竊喜。

片長只有三分鐘，但我剩下的休息時間都在看片，然後（以嶄新的模樣）走出辦公室，進入了屋內。我先生端坐於餐桌旁，戴著耳機，編寫法國號曲子，字跡潦草。我站在他旁邊，直到他注意我。我淚流滿面，卻容光煥發，笑臉燦爛，頓覺世界真美好。他揚起眉毛，等我開口。

我說道：「嗯，我已經是頂尖人物了。荷伯拿我下的定義開玩笑。」

字典編輯老愛說單字對人類很重要，而且詞語的意義對人很重要，因此編字典很重要，藉此證明我們有存在的必要。不過，這裡撒點小謊：如果某個單字對人很重要，很可能是因為它描述的東西很重要，而不是單字本身很重要。每個人鐵定會喜歡某個單字（或某些詞彙），欣賞它的發音、質感、荒謬或細緻。我想任何人只要大聲唸出「hootamaganzy」，不管知不知道它的意思，必定會立刻愛上它[3]。然而，如果瀏覽字典網站最常被民眾搜尋的單字，便知道人們會對單字感興趣，乃是因為不知道它們的意思，或者想用單字定義檢測它所指涉的情況、人物、事件、東西或想法。

我們編字典的並非天生便知讀者會如何與字典互動，而是從

---

* 　譯注：暗諷韋氏字典也會更改名詞定義。

網路評論得知這些小道消息。字典內容上網公布之後，字典編輯便能直接與讀者聯繫，以前根本辦不到這點。網路評論有好有壞，有的下流無恥，有的更是卑鄙至極，但其中最吸引人的一點，就是許多人會根據詞源與我們交流，期望依照字典定義相互討論，讓彼此受益。

字典編輯屬於怪人：我們會熱烈討論詞彙，不停談論詞源或用法歷史，甚至提供各種軼事奇聞，訴說莎士比亞或美國作家大衛‧福斯特‧華萊士如何遣詞用字。然而，要我們評論詞彙代表的事物，我們便會坐立難安。假使某個字的用法或含義形塑西方的文化體系、信仰和態度，你要我們對這個字發表評論，我們便會悄悄閃人，能他媽的溜多快就溜多快。

問題並不在於字典編輯談論言語時會思緒錯亂（我不否認這點）。一般民眾（尤其在美國）已有根深蒂固的觀念，將字典視為權威，認為「字典」講的就是聖旨。為了爭取文化發言權和市占率，「字典」不斷灌輸民眾這種觀念，但從字典出版商使出這招以來，字典編輯對自己是哪方面權威的看法已大幅轉變。

我們已經為此屁股被人打了好幾大板。

「marriage」的爭議

在一九九○年代末期，我們修訂了《韋氏大學英語詞典》，增添了大約一萬筆新詞條。新的《韋氏大學英語詞典第十一版》於二○○三年出版。為了讓民眾掏錢購買而不要他們只是談論這

本詞典，公司行銷時便強調某些新條目，並且跟遊行時發糖果一樣，四處散發「新詞範例」（New Words Samplers）。連續幾週，民眾紛紛來信，針對新詞條提問。我們便透過電郵與讀者熱烈討論「phat」（有別於大眾的認知，這不是「pretty hips and thighs」〔漂亮的臀部和大腿〕或「pretty hot and tempting」〔極為熱情且誘人〕的首字母縮寫）[4]和「dead-cat bounce」（看似短語，編條目時會把它當作一個單字）[5]。然而，我們並非強調全部的一萬筆新條目；很多新訊息潛藏於詞典中許久之後，讀者才發現它們。

其中一個新增的內容是「marriage」條目的第二級「次意義」（亦即「次次意義」），這種用法旨在涵蓋「marriage」的同性婚姻用法。我們替這種用法收集了數百項引文。由於各州不停辯論是否該合法化同性婚姻，每天都湧入更多的引文。我們拍板定案的定義是「the state of being united to a person of the same sex in a relationship like that of a traditional marriage」。

這個用法描述的事情性質特殊。有鑒於此，我們下定義時非常謹慎。我們閱讀了千禧年之交收集的引文證據之後認為，不要擴大「marriage」現有的定義（「the state of being united to a person of the opposite sex as husband or wife in a consensual and contractual relationship recognized by law」〔與另一位異性者結合的狀態，將對方當作丈夫或妻子，這是根據雙方同意和契約締結的關係，並獲得法律承認〕），最好單獨用「次意義」去涵蓋同性婚姻。箇中原因已經橫跨「marriage」的「客觀事物」和「單

字描述」之間的界限，我們這些編字典的便陷入「苦力弓身」的困境，必須埋首苦思定義。我們在二〇〇〇年時正在編纂《韋氏大學英語詞典》，當時各方正激烈辯論同性婚姻（亦即「事物」〔the thing〕）是否該合法化；雖然好幾州已經挑戰同性婚姻的憲法禁令，而且有一州（佛蒙特州）業已通過法律，允許同性的伴侶關係（civil union），但美國還沒有任何州通過允許同性婚姻的法律。然而，異性婚姻在全美都是合法的。因此，當時「marriage」的「romantic partnership」（浪漫夥伴關係）的多數引文都談到「marriage」的「事物」是否合法。有一件被稱為「marriage」的「事物」*是合法的，而另一件被稱為「marriage」的「事物」†卻處於合法與否的不確定狀態，但「marriage」卻被用來描述這兩件事物。

　　另有一種詞彙標記讓我們傾向於把這種用法分成兩個單獨的「次意義」：愈來愈多人使用「marriage」時會搭配使用修飾語，以便告訴讀者他們指哪種婚姻。相對而言，在一九九〇年代以前，「marriage」很少被「gay」（同性戀的）、「straight」（異性戀的）、「heterosexual」（異性戀的）、「homosexual」（同性戀的）或「same-sex」（同性）之類的詞語修飾。到了二〇〇〇年，這些字眼經常修飾「marriage」：《韋氏大學英語詞典第十一版》在二〇〇三年出版時，「marriage」最常搭配的修飾語是

---

*　譯注：指異性婚姻。

†　譯注：指同性婚姻。

「gay」和「same-sex」[6]。這就表示「marriage」的兩個有趣（且看似矛盾）的事實：它被用來表示同性戀的婚姻，所以才要使用「gay」、「same-sex」和「homosexual」的修飾語，而人們又想區分同性婚姻與異性婚姻，因此會加上「heterosexual」和「straight」的修飾語。如果我們先前找到更多描述伴侶關係卻沒有使用修飾語的「marriage」用法（不管伴侶性別為何），我們就會認為「gay」婚姻的「意義」和「heterosexual」婚姻的「意義」正融合為一體。修飾語表示一種見解的差異（此處等同於詞彙解釋的差異）。

我們是最後做出這種修訂的主要字典出版商：編字典的週期難以預測，《美國傳統英語詞典》和《牛津英語詞典》早在二〇〇〇年便收錄涵蓋同性婚姻的定義或用法注釋[7]。《牛津英語詞典》替既有的定義（「The condition of being a husband or wife; the relation between persons married to each other; matrimony」〔擔任丈夫或妻子的狀態；彼此結婚的人之間的關係；亦即婚配〕）增加用法注釋，如此寫道：「The term is now sometimes used with reference to long-term relationships between partners of the same sex」（這個詞現在偶爾用來指同性伴侶之間的長期關係），並且要讀者參照「gay」的條目。《美國傳統英語詞典》在二〇〇〇年修訂了「marriage」條目的第一個「意義」[8]，改成「A union between two persons having the customary but usually not the legal force of marriage」（兩人之間具有習俗約定但通常不具婚姻法律效力的結合）。到了二〇〇九年，這項說法又被改成「The legal union of a man and woman as husband and wife, and in some jurisdictions, between two persons of the same sex, usually entailing legal obligations of each person to the other」（男女雙方作為丈夫和妻子的合法結合，在某些司法管轄區域，可指同性之間的結合，通常要求雙方彼此負起法律義務）。Dictionary.com也收錄涵蓋同性婚姻含義的定義[9]：「a relationship in which two people have pledged themselves to each other in the manner of a husband and wife, without legal sanction: trial marriage; homosexual marriage」（代表一種關係，雙方以丈夫和妻子的形式相互立誓，沒有法律許可：試婚；同性戀婚姻）。

　　我們的定義既不是獨一無二的，也沒有在字典界引發爭議，它是非常無趣的詞彙解釋。我們審慎思考之後編寫定義，然後便處理其他事情。英語浩瀚無垠：我們不能在某處停留過久，必須處理字母表的後半部。與此同時，外界的人正在法庭上周旋，彼此攻防。

　　要看「marriage」這個字如何演變，就得看它代表的「事物」如何變遷。詞語有自己的生命，卻被束縛於現實世界的事件。在一九九〇年代末期，各州開始修改州內憲法，將婚姻限制為一男一女的結合。一九九三年，夏威夷最高法院（Hawaiian Supreme Court）裁定，不准許同性伴侶婚姻違反「夏威夷憲法」（Hawaii Constitution）的平等保護條款，如此便促使美國國會在一九九六年通過H.R. 3396，亦即號稱「捍衛婚姻法案」

（Defense of Marriage Act）的議案[*]。《韋氏大學英語詞典第十一版》在二〇〇三年七月出版時，有兩個州已經通過同居伴侶關係（domestic partnership）和伴侶關係法律，還有一州也即將通過這類法律（韋氏公司的家鄉麻薩諸塞州），而有四州透過司法行動或立法，宣稱婚姻只限於一男一女。還有四十三州正在討論這項議題。搶救婚姻大戰（War on Marriage）正如火如荼開展。

　　我們待在辦公室，沒有瞧見太多外頭世界的變化。史蒂夫・克萊恩德勒說道：「我們沒有聽到什麼聲響。什麼都沒有。我只是在推測，但是……」他走開了，攤開雙手，聳了聳肩，聲音愈來愈小。韋氏的編輯部電郵信箱開始慢慢湧入詢問新「次意義」的信件，但來信不多，大多問我們何時更新這項條目，只有一小撮人發牢騷。說實在的，抱怨《韋氏大學英語詞典第十一版》為何收錄「phat」的人比抱怨我們如何修定「marriage」條目的人還要多。這場文化大戰「似乎」沒有把我們捲進去。

　　在上一句話中，「似乎」是個關鍵字。

個人觀感可以成為文字定義嗎？

　　二〇〇九年三月十八日早晨，我端著一大杯咖啡，躡手躡腳進入我的書房，開啟軟體去收信。電腦一邊載入電子郵件，我就一邊吹涼咖啡。然後，我又吹著咖啡，下載郵件要很久。當程式

---

[*]　譯注：將婚姻侷限於一男一女，明確反對同性婚姻。

當掉之後，我呻吟了一下，接著喝了一大口滾燙的咖啡。電子郵件程式當機，只有兩種原因：（一）伺服器和所在建築著火或被洪水淹沒；（二）有人正在鼓動灌爆信箱運動。我重新啟動電腦，熱切祈禱是第一項因素造成當機。電腦發出嗶的一聲，隨即生龍活虎，開始下載郵件，所以公司大樓沒有起火。我掩面哀嚎，深感絕望。築巢的嘲鶇聽到我的呻吟，也立即呼應，不停鳴叫。

如果有人堅信某人或某事是錯誤的，必然會發起灌爆信箱運動。來信者自以為是追求正義的草根人士，其實是遭人誤導，何其可悲，只知利用毫無限制的網路來遂行己意。某個人若在字典中發現討厭的詞條，便會號召「他的」九百位密友寫信，要求我們刪除或修改該條目。這九百人接著會將來信的請求內容發布到他們的部落格或社交媒體，然後他們最親密的九百位朋友又會來信，告訴我們他們想要刪除或修改的單字。這就如同任性執拗的語言金字塔騙局（pyramid scheme，又譯老鼠會）：除了位於頂端的人（就是我），其他人只能收到些許回報，甚至毫無所獲。我得回覆大量的電子郵件。

當電子郵件被下載時，我知道電腦為什麼先前會當機了：收件箱有數百封信，多數的主旨列寫著「Definition of marriage」（婚姻的定義）和「OUTRAGED!」（令人髮指！）之類的字眼。當我掃視來信數目時，我的電子郵件軟體又嗶了一聲：在過去兩分鐘內，又來了十五封信。我陷入「苦力弓身」的狀態，希望自己毫無痛苦地馬上死掉。

編輯面對有人發起灌爆信箱運動時，首先得弄清楚來龍去脈。幸運的是，最早來信的人怒不可遏，輕易便透露他們的不滿來自何處：一篇發表於保守新聞網站《世界網路每日報》（*WorldNetDaily*）的文章，標題為〈Webster's Dictionary Redefines Marriage〉（韋氏字典修改了婚姻定義）。這篇文章劈頭便寫道：「『婚姻』這個詞是否適用於同性搭檔，或者只能專門代表數千年來維繫家庭的制度。美國最著名的字典公司已經解決了這項爭議：他們下了新的定義。」[10]

我小心翼翼將鍵盤和咖啡杯挪到一邊，然後把頭放到桌子上呻吟。不，不，不：我們沒有參與這項文化爭議。饒了字典吧！

這篇文章還附上一段一分鐘的影片，從一開始便清楚表示，在某些傢伙眼中，這件事不只是記載單字的用法而已。伴隨著令人毛骨悚然的音樂，問題出現了：「如果字典不支持你對某個單字的定義，你會怎麼做？」我知道會怎樣：馬上就被嚇死。這段影片閃現各種不同的「marriage」定義來表明觀點：婚姻是「永久的」，而且是一男一女的關係。然後，影片顯示我們在二〇〇三年添加的定義，指出我們之所以更改「marriage」的定義，乃是我們不認同昔日的婚姻制度：一男一女之間永久的結合關係。我們的定義逐漸淡出，化為黑幕，影片結束之際出現斗大的字眼「WAKE UP!」（醒醒吧！），字體不斷膨脹，直到它們吞下整個螢幕。

我心不甘情不願地點擊回到文章。它繼續指出，我們的某本字典在一九一三年時並沒有提到同性婚姻，而且還收錄《聖經》

章句支持傳統婚姻。我讀到這裡，開始咯咯笑起來。我們一九一三年的字典[11]當然不會提到同性婚姻：當時「marriage」這個字根本不常被用來指這檔事！此外，字典當然會提供《聖經》的例句。當年的美國人只要識字，必定熟悉《聖經》，因為這本聖典是少數即便貧窮之家也會購買的書籍，而且教育場所也會根據《聖經》傳道授業。

文章聲稱我們不願評論。我對著電腦大喊：喂，別亂講話。老娘「必須」回覆所有來信！但是，文章還指出某位編輯駁斥了《世界網路每日報》讀者的觀點。

我讀完這篇文章之後，頓時感到胃痛，只想躲到桌子底下。我應該認識那位編輯：

副主編柯芮‧斯塔柏如此回應：「我們經常收到讀者來信[12]，他們認為我們選擇收錄哪些詞彙或決定如何定義這些詞彙時，就是在提倡（或沒有提倡）某種社會或政治觀點。

「我們會收到在政治光譜上位於不同位置的各類人士批評。如果我們的詞典收錄（或刪除）某項條目之後令讀者不快或讓人不安，我們對此深感抱歉。然而，我們身為字典編輯，不能這樣考慮，免得妨礙處理正事。」

斯塔柏也替重新定義這個單字來辯護。她如此回應：「近年來，各種精心編輯的出版物頻繁且持續出現『marriage』的這種新『意義』，支持者或反對者都經常把它用在『same-sex marriage』和『gay marriage』之類的短語。我們收錄這種

用法，純粹只想正確告訴讀者這個字目前所有的用法。」

　　我深呼吸了一口氣，開始搜索我回覆的電子郵件，而我一半的腦袋繞著我的頭打轉，驚恐尖叫著。我找到幾個月前給讀者的回信，內容非常冗長，我將它與文章引用的內容相比較。沒錯，我就是這樣寫的。他們沒有更動我的用字，引述了回信中間的一大段用詞。我吐出了一口氣，驚覺自己先前一直屏住呼吸。

　　我查看那篇文章發表後的第一封來信。信如此開頭：「敬啟者：貴公司決定改變『marriage』的定義來涵蓋墮落的同性戀，真是令人不恥。」

　　當我先前閱讀文章和觀看影片時，我又收到了五十封電子郵件。我的肚子直冒酸水，我決定看看誰在呼喚上帝來批判字典。應該上谷歌搜尋哪個傢伙在起鬨了。

　　我從第一批查詢結果發現有個網路論壇引用了我的第一封回信，主事者叫哈爾·特納（Hal Turner）。他有一個部落格，會在那裡發表他對我們的回應，並且鼓勵所有聽眾和讀者向我們發洩不滿。在我的大腦深處，有個東西不停在搔弄；我知道這個名字，但在哪裡聽過這個人？我開啟新視窗並搜尋「Hal Turner」，發現似乎在哪裡聽過這個名字：原來我曾在《國家雜誌》上讀過並標記討論他的文章：

　　　　特納在二〇〇三年指出，美國地方法官瓊·漢弗萊·洛夫戈（Joan Humphrey Lefkow）在商標糾紛中判決白人至

上主義領導人馬修‧黑爾（Matthew Hale）敗訴而「應該被殺」（worthy of being killed）。洛夫戈的丈夫和母親於二月二十八日慘遭殺害，特納隔天便在極右派的聊天室「自由論壇」（Liberty Forum）發表文章，指點白人至上主義者如何規避聯邦幹員審查。特納寫道：「發生「這種謀殺案」之後，身為『白人民族主義者』（White Nationalist, WN）的我們會遭遇什麼呢？老實說，就是『屎尿風暴』*！」[13]

我腦中合理化的古板部分開口講話了。妳看看，他至少沒有教唆暴民攻擊字典編輯，對吧？

我回到最初的瀏覽器視窗，點擊了連結，前往重新發布他部落格文章的論壇。有一段簡短的文字來說明這篇重發的文章，替讀者定下了基調：「fucken [*sic*] gay homosexual pervert pedophile sodomizing faggot shit-eaters」（「幹死〔原文如此〕淫蕩同性戀變態戀童癖殺千刀的吃屎娘炮」）[14]。我把鍵盤推到一邊，隨即墜入「核爆墜塵」的姿勢。

我深呼吸了幾次，心想就算天崩地裂，老娘今晚也要喝「兩瓶」啤酒放鬆，因此精神振奮，關閉了這個散布仇恨的論壇，返回《世界網路每日報》的文章去瀏覽評論。我看到作者的姓氏，理智思維的細線突然斷得乾淨俐落。這個傢伙姓「Unruh」，在

---

* 譯注：SHIT STORM，由「shit」和「storm」所合成，形容透過社群網路，突然針對特定人物、機構或公共議題發洩不滿，其勢銳不可擋且持續久遠。

古英語中，這個字代表「smooth」（平滑的）。他是「平滑先生」
（Mr. Smooth）。

我嘎嘎大笑，但笑得太久，引起我老公的注意。他放下手頭
工作，下樓打探。他把頭伸進我的書房，問道：「妳還好嗎？」

我笑著回答：「不好，我不好，我接下來都不好……」講到
這裡，我瞄了一下信箱，快速盤算要花多久才能回覆這五百封投
訴「marriage」的信，喔，不是，現在有五百一十三封。「我至
少接下來的三天都會不好。這是假設沒有別的信進來。」話才剛
說完，電郵軟體便發出嗶的一聲，通知有新郵件。只有老天爺才
會這麼風趣，時機挑選得無懈可擊。我笑得更大聲了。

我老公皺起眉頭。「親愛的……」

「嘿，」我突然嚴肅起來。「你沒有把冰箱的最後兩瓶啤酒
喝掉吧？」

讀者投訴「marriage」的這個次意義時，最終仍是聚焦於一
個痛處：同性戀婚姻（「事物」）違反法律或傷風敗俗，因此我
們對「marriage」（單字）的修訂也就觸犯眾怒或違背禮教。太
多人對此追論不休，我不得不推遲二〇〇九年三月十八日以前處
理的批次定義工作，最終晚了三週才完工。

對語言充滿熱情肯定沒錯；如果字典編輯對哪件事充滿熱
情，那肯定是語言。然而，發起並鼓動別人寫信給字典出版商的
人通常認知錯誤，不知道修字典實際會造成何種結果。他們認
為，修訂字典便會更改語言，更改語言就會改變圍繞語言發展
的文化。要我們刪除辱罵字眼的來信讀者用詞最尖銳。他們認

為，只要從字典刪除「retarded」（弱智的），就沒有人會罵別人「retarded」，因為它不再是英文單字。我很倒楣，必須擔起苦差事，告訴這些人有些詞彙流通了數個世紀，即便把它們從字典刪除，這些字也不會憑空消失。

讓我們用放大鏡稍微檢視這種現象：從字典刪除一個單字並不會消除它明確指涉的事物、甚至稍微沾到邊的東西。從字典刪除辱罵種族的詞彙無法消滅種族主義；從字典中刪除「injustice」（不公正）不會伸張正義。如果事情真的那麼簡單，我們何不從字典刪除「murder」（謀殺）和「genocide」（種族滅絕）之類的字眼？「jerkery」（愚蠢）猶如糊塗和死亡，乃是宇宙的本體論常數*。

各位可能會嘲笑這個概念，但請你們想想：創造這個怪物的就是編字典的人。

各位是否記得，在十九世紀時，人們對詞彙的普遍態度是，正確的思維會促成整確的用法，而正確的用法是正確思維的標誌。美國的字典編輯在某種程度上接受這種概念。即使是諾亞伯伯（韋伯斯特）也參與其中：他在一八二八年的字典序言中明確指出，他的著作是美國例外論†的自然延伸，而美國根據同樣的學說「開創文明、創造知識、發展科學、制定自由政府之憲法，以及弘揚上帝賜與人類的最好禮物，亦即基督教。」[15]然而，字

---

* 譯注：本體論常數（ontological constant），開天闢地以來便存在的事物。
† 譯注：一種理論與意識形態，信奉者認為美國獨特出眾，有別於他國。有人認為，美國根據這種觀點在全球推行霸權主義，干預別國內政。

典是語言和生活權威的觀念並非從美國例外論衍生出來，促成這種觀念的，乃是市場行銷。

對於諾亞・韋伯斯特和奠定風俗制度的美國字典而言，這種觀念首創於約瑟夫・伍斯特。伍斯特是美國的字典編輯，而在韋伯斯特眼中，伍斯特是他的門徒。韋伯斯特在一八二八年編字典時，伍斯特是他眾多無名的助手之一，但他同時也在製作《詹森字典》的節錄本，並輔以當時通用的發音字典。韋伯斯特聘請伍斯特協助他完成一八二八年的刪節版字典，心想該想辦法兜售這本巨著來賺取銀兩。伍斯特協助他編字典，但隨後在一八三〇年自行出版《英語綜合發音與釋義詞典》。韋伯斯特氣壞了：帶伍斯特入行的難道不是他嗎？更令他憤怒的是，伍斯特的詞典頓時與他的字典打擂台，相互爭取美國學童及其家庭的認可和（最重要的）鈔票。伍斯特對語言比較保守，保留更多英式拼法和詞彙發音，因此贏得不少粉絲。

字典戰爭

十九世紀的「字典戰爭」（Dictionary Wars）於焉展開。韋伯斯特採用十九世紀最厲害的行銷武器去發起攻擊：向編輯發送言詞尖銳的匿名信。一八三四年十一月，韋伯斯特（或與他共享利益者）開始砲火猛攻，在麻薩諸塞州伍斯特的《守護神》（*Palladium*）週報上匿名發表了一封信，控訴伍斯特剽竊，同時暗示購買他詞典的民眾不僅買到抄襲的假貨，還資助了伍斯特這

位小偷，讓韋伯斯特這位愛國之士蒙受金錢損失：

> [Worcester] has since published a dictionary, which is a very close imitation of Webster's; and which, we regret to learn, has been introduced into many of the primary schools of the country. We regret this, because the public, inadvertently, do an act of great injustice to a man who has rendered the country an invaluable service, and ought to recieve [sic] the full benefit of his labors.

（伍斯特）此後出版一本詞典，內容極為類似韋伯斯特的字典；而且我們深感遺憾，這本詞典已經被引介到美國的許多小學。我們對此感到遺憾，因為民眾在無意之間重重傷害了韋伯斯特這位愛國之士，他為國家提供了寶貴的服務，付出勞苦之後理應「穫」得（原文如此）該有的報酬。[16]

伍斯特為自己辯護，雙方繼續你來我往。

喬治·梅里亞姆和查爾斯·梅里亞姆兄弟在一八四四年購買韋氏字典的版權時，深知不能繼續用韋伯斯特生前的價格（二十美元，在當年是很高的售價）販售字典[17]。他們首先修訂韋伯斯特的一八四一年版本的《美國英語詞典》，將其濃縮成單冊，並以六美元兜售：這個價格仍稍嫌過高，卻更能顧及十九世紀中期普通消費者的荷包。採取這項策略乃是為了跟上伍斯特的腳

步。自從伍斯特於一八三〇年出版字典之後，韋伯斯特字典的銷售量便持續下滑。伍斯特在一八四六年推出另一本詞典《英語通用校勘詞典》（*A Universal and Critical Dictionary of the English Language*），韋氏字典看似沒戲唱了。

梅里亞姆兄弟並不關心韋伯斯特的（語言）遺產。市場占有率岌岌可危，他們便採用十九世紀的行銷策略：誇張和誹謗。

《美國英語詞典》於一八四七年出版時便用誇張手法推銷。刊登於《紐約晚報》的廣告列出一長串《美國英語詞典》的優點，但結尾如下：

> The work contains a larger amount of matter than any other volume ever published before in the country, and being the result of more than *thirty years'* labor, by the author and editors, at the low price of $6, it is believed to be the *largest*, CHEAPEST, and BEST work of the kind ever published.

> 相較於先前國內出版之任何字典，本詞典收錄更多內容。「三十餘年」以來，作者與編輯苦心編纂，方得此心血結晶，眼下僅以六美元低價販售，故可謂歷來「卷帙最浩繁」、「價格最便宜」且「內容最精采」之詞典。[18]

相比之下，伍斯特替一八四六年的《英語通用校勘詞典》所刊登的廣告卻顯得四平八穩。排版不花俏吸睛，用詞不誇大聳

動：只有冗長說明字典編輯的目標和方法，接著列出讚詞和讀者推薦，讓有鑑賞力的讀者去品味和判斷。然而，這些廣告很少見。在一八四六年到一八四八年之間的報紙上，多數提及《英語通用校勘詞典》的乃是書商刊登的廣告，但內容除了提到這本詞典的名稱，經常還包括其他訊息。

另一方面，梅里亞姆兄弟繼續攻城掠地，刊登的廣告充滿亮眼的文字排版：「The largest, best, and cheapest DICTIONARY in the English language is, confessedly, WEBSTER'S」（眾所公認，最大本、最好看且最便宜的英語「字典」就是「韋伯斯特」字典）。伍斯特詞典的出版商堅決不屈服於此類低俗廣告，但梅里亞姆兄弟則瘋狂推銷。他們在一八四九年的廣告上高呼：「Get the best!」（要買就買最棒的！）[19] 咆嘯之聲未曾止歇。

與此同時，競爭仍然持續：伍斯特正在編寫一本新詞典，而韋氏公司的某位高階編輯聽說該詞典將會收錄插圖。梅里亞姆兄弟立即採取行動：他們替一八四七年的《美國英語詞典》略微擴增條目並隨意印上一些插圖，將其稱為「新修訂版」（New Revised Edition），爾後於一八五九年出版時再度大打行銷戰。伍斯特於一八六〇年出版他的大部頭詞典《英語詞典》（*A Dictionary of the English Language*）[20] 而廣受讚譽，而他的出版商在前一年便打出妙語如珠的廣告詞「Wait, and get the best」（稍安勿躁，最棒的在後頭）[21]。

然而，梅里亞姆兄弟那時已經在各大報紙刊登排版有趣且插圖醒目的廣告。「Get the best」宣傳詞已經擴增為「Get the best. Get the handsomest. Get the cheapest. Get Webster.」（買最棒的。買最大本的。買最便宜的。買韋伯斯特字典。）[22] 他們將廣告發揮到極致，大肆宣稱買韋氏字典的好處：「A man who would know everything, or anything, as he ought to know, must own Webster's large dictionary. It is a great light, and he that will not avail himself of it must walk in darkness.」（若想無所不知，或者了解應知之事，務必購買韋氏大字典。本字典乃一盞明燈，若沒有它，必將行走於黑暗。[*]）[23]

　　只要統合這些紛擾宣傳（惡意中傷、人格謀殺、每本字典表列之浮泛讚詞，以及擁有這些巨著後將獲得哪些好處之誇大宣傳），便可看出為何許多人認為，字典不僅能教育大眾、更可宣揚道德。爾後的字典行銷並未讓人們反轉這種觀念。一九三四年，《新韋氏國際字典第二版》的廣告如此寫道：「The last twenty-five years have witnessed an amazing evolution in Man's practical and cultural knowledge.」（過去二十五年，人類的日常與文化知識進展驚人。）[24]「No one can know, understand, and take part in the life of this new era without a source of information that is always ready to tell him what he needs to know.」（不掌握能隨時指出需要知道何種訊息的來源，根本無法知道並了解時事，並且融

---

[*]　譯注：這種聲明是仿效《聖經》章句。根據《約翰福音》第八章第十二節，耶穌又對眾人說：「我是世界的光。跟從我的，就不在黑暗裡走，必要得著生命的光。」此外，《約翰一書》第一章第五節指出：神就是光，在祂毫無黑暗。

入這個嶄新時代的生活。）

　　《新韋氏國際字典第三版》的廣告推銷單依舊大言不慚，誇誇其詞：「Hold the English language in your two hands and you possess the proven key to knowledge, enjoyment, and success!」（雙手掌握英語，便能握住汲取知識、享受人生且功成名就的關鍵鑰匙！）[25]一九六一年，馬里奧・派伊（Mario Pei）替《紐約時報書評》評論《新韋氏國際字典第三版》，末尾如此寫道：「It is the closest we can get, in America, to the Voice of Authority.」（這是美國最接近「權威的聲音」。）[26]嶄新的行銷口號於焉誕生：此後至一九九〇年代，韋氏公司便不斷在行銷文案中使用「The Voice of Authority」。

　　正是由於《新韋氏國際字典第三版》的行銷和銷售，字典、用法與道德之間的牽扯便極為清楚。[27]批評這本字典的人士高舉雙手，驚恐萬分（經常出於幻想），宣稱外界所知的英語已經「滅亡」。批判者稱它為「a scandal and a disaster」（恥辱且災難）[28]以及「big, expensive, and ugly」（巨大、昂貴且醜陋）[29]，並表明這本字典「a trend toward permissiveness, in the name of democracy, that is debasing our language」（假借民主之名，引領放任縱容之趨勢，逐漸貶損我們的語言）[30]。批評風潮不僅替英語敲響喪鐘，更警告大眾：《新韋氏國際字典第三版》改變了人們的生活方式。

　　知名作家兼歷史學家雅克・巴森（Jacques Barzun）替《美國學人》（*The American Scholar*）季刊撰文評論《新韋氏國際字典第三版》時，斥責這本字典改變了文化：「It is undoubtedly the longest political pamphlet ever put together by a party. Its 2662 large pages embody—and often preach by suggestion—a dogma that far transcends the limits of lexicography. I have called it a political dogma because it makes assumptions about the people and because it implies a particular view of social intercourse.」（毫無疑問，此乃最冗長的政黨編纂政治手冊。它有二千六百六十二張大號頁面，體現了〔經常藉由暗喻〕某種教條，遠遠超出字典編纂之範圍。我將其稱之為政治教條，乃是因為它對人們提出假設，同時暗示社交之特定觀點。）[31] 所謂教條，證據在哪？原來本字典的條目指出：無論用法評論者如何想，「disinterested」（客觀的；無興趣的）和「uninterested」（不感興趣的；冷漠的）偶爾是同義詞。巴森這般總結：「The book is a faithful record of our emotional weaknesses and intellectual disarray.」（本書忠實記錄我們的內心軟弱與知識紊亂。）

派伊在一九六二年夏天開始審視《新韋氏國際字典第三版》，然後在一九六四年於《星期六文學評論》雜誌投了一篇文章，將這類思想推至高峰。他用詞謹慎，抨擊英語化發音、字典內標點符號和拼寫格式表中特殊的符號，以及跟他人一樣不停嘮叨，抱怨「standard」（標準的）、「nonstandard」（非標準的）和「substandard」（不規範的，表示使用者沒教養）的標籤。然而，他扭曲《新韋氏國際字典第三版》的問題，在文章中如此誣陷：「There was far more to the controversy than met the eye, for the battle was not merely over language. It was over a whole philosophy of life.」（這項爭議遠超過表面所見，因為這場鬥爭不僅關乎語言，甚至涵蓋人生觀。）[32]

《美國傳統英語詞典》於一九六〇年代問世，不僅想與《新韋氏國際字典第三版》爭奪語言權威寶座，更是有心人士精心策劃的文化反撲行動。《美國傳統英語詞典》第一版的一則廣告印著一位蓄留長髮的年輕嬉皮，文案這般寫道：「He doesn't like your politics. Why should he like your dictionary?」（既然他討厭你的政治觀點，為何會喜歡你的字典？）[33]

人天性就會援引外部權威來支持自己的論點。只要偷聽人們聊天，便足以證明這點：「我爸爸說」、「牧師告訴我」、「根據法律」、「我讀過一篇文章，作者這麼說」還有「醫生宣稱」，說法眾多，不勝枚舉。這就是為何廣告要你「詢問醫生」，看看你是否能使用推銷的藥品；這也是寫作老師為何會要求學生引經據典。

字典出版商營運時總是會假扮生命、宇宙和萬事萬物的權威，如此方能「打通銷路」。相較之下，實際編字典的人寧願藏在辦公桌下，也不願被視為創造文化的人。說句實話，至少從十九世紀中期以來，無論所屬出版商如何口沫橫飛行銷字典，字典編輯一直刻意避免引發文化衝突。

無可避免的文化衝突

韋氏公司一八六四年《美國英語詞典》的主編諾亞·波特

（Noah Porter）曾向部屬發送便條，不准他們引用反奴隸制度的說教言論，因為字典是參考書籍，不宜收錄這類說法。儘管如此，民眾仍然認為字典是一種文化和政治工具：一八七二年，俄亥俄州麥克亞瑟（McArthur）的《民主詢問報》（*Democratic Enquirer*）刊登了一篇文章，文中比較了一八六四年的版本與先前的版本，然後問道：「為何波特博士藐視美國憲法？」[34] 我想說的是，波特博士只是在編字典而已。

　　當我瀏覽針對「marriage」這個字而湧入的信件時，情況似乎跟一百三十七年前一樣，沒有什麼太大的差別。讀者指責我們有政治傾向：屈服於「同性戀觀點」；承受不了壓力，只是想尋求政治正確，壓根不管是非對錯；缺乏常識和拋棄基督教傳統。有人告訴我，諾亞・韋伯斯特無地自容，「正在墳墓裡翻身」（was turning in his grave with shame，指大發雷霆）。這些人不只生氣，更是氣瘋了。某位女士罵道：「妳太過分了，不負責任，還想污染我『孩子』的心靈……『把髒手拿開』！」我至少被詛咒十三次，要我下地獄之後在那裡腐爛。還有人叫我找點正經事做、「他媽的」幹點正事、滾一邊去死，甚至要我吞碎玻璃兼喝硫酸。

　　來信者幾乎不想知道詞典為何收錄「marriage」的新「次意義」。他們不關心語言變化的機制；他們關心文化改變的機制。這個定義不只記錄「marriage」（單字）的常見用法；它也宣告同性婚姻（事物）是可能的，而同性婚姻（事物）有可能利用這

種手段*在我們的社會牢牢紮根。網路評論也呼應同樣的觀點。基督教組織「關注家庭行為」（Focus on the Family）的主席吉姆‧戴利（Jim Daly）寫了一篇部落格文章，強調我們修改了婚姻這個字的定義。戴利如此回應底下的一項評論：「美國各州的多數選民拒絕同性婚姻。因此，我們可以說韋氏字典正利用他們的網路字典改變文化。」[35]

在讀者來信猛攻的第一天，行銷總監便立即給我發了一項簡短指示：只要有人發信威脅公司或我個人，務必留下證據。她說道：「以防萬一。」我把她的電子郵件轉發給了資深公關亞瑟‧比克內爾（Arthur Bicknell）。「有個傢伙罵我們娘炮，還叫我們去死。應該採取行動嗎？我能不能申請危險加給呢？」

亞瑟和我一起遭到讀者來信轟炸。亞瑟說，我們一個是「永不走運哥」，一個是「意外替罪妹」。但我們這回可是被批得體無完膚。我和他每天都收到來信，被人用尖酸刻薄的話漫罵，每一滴噴到臉上的唾沫都讓人驚恐：我倆覺得真的是被人當畜牲對待。這些惡意評論不只針對同性戀者。有個人寫信問我們是否接下來要允許不同的種族結婚（抱歉喔！最高法院比我們搶先一步，早就允許這點了，感謝您來信指教），而另一個人的電子郵件主旨列則是塞了一長串白人民族主義者的詞彙。

每當我連續幾週都在面對這種程度的仇恨和憤怒時，理智會告訴我有兩條路可走：一是辭職不幹，二是開開玩笑。我需要

---

* 譯注：透過字典定義。

錢，只好搞幽默。我向亞瑟轉發了一封電子郵件，其部分內容如此寫道：「婚姻是一男一女的結合。他們（同性戀）被允許湊成堆，除了感染愛滋病以及讓靈魂死亡，什麼也幹不了。」我如此評論：「這就是為什麼要校對仇恨言論。」有位來信者對我咆哮：「妳這個搞同性戀婚姻的，還不快點悔改！」我把信轉發給我老公：「我不知道有這回事，但沒關係：老娘悔改。」

然而，礙於仇恨敵意和人身攻擊，我假扮的笑哈哈面孔很容易便垮掉。灌爆信箱運動開始之後的週日，我做完禮拜後便悠閒逛著，有位朋友靠近我，告訴我她在新聞中看到我的名字。我根本沒回應她，假裝若無其事；但是我確信自己當時想要踢掉鞋子，一旦有人怒氣沖沖向我興師問罪，我立馬腳底抹油開溜。灌爆信箱運動開始的第一天，我婆婆寄給我一封電子郵件，開頭寫著：「我剛才收聽《700俱樂部》*」。我沒看下去，馬上就關閉電子郵件，然後關掉電子郵件軟體和瀏覽器，最後按下電源按鈕，直到電腦螢幕變暗，以確保萬無一失，不會再看到這種信件[36]。

幸運的是，多數來信讀者不是想嚇唬我，而是更想維持神聖的婚姻。許多人也指出同性婚姻（事物）在大多數州都不合法，將「marriage」（單字）的這種定義納入字典便是認為同性婚姻是合法的。在未來某個時刻，美國最高法院將會討論同性婚姻案件，而每個人都知道最高法院法官在判決案件時會參考字典。

---

* 譯注：《700 Club》，著名的基督教電視傳教節目。

　　確實如此。根據一項調查，法官在倫奎斯特和羅伯茨法院[*]判決案件時參照字典的情況有所增加。然而，大法官只是偶爾參考字典並且會根據個人的突發奇想去判案，而最重要的是，字典條目總是次要的。分析大法官在判決刑事、民事和公司法案件時如何使用字典的二〇一三年研究指出，法官傾向於用字典來支持已經抱持的意見，而非確認某個單字的客觀含義。法官也會偏好某些字典，其中某些字典可能從一九三四年之後便已過時，有些則可能在一九六一年之後就絕版了：

　　　　根據我們的資料集，在我們的二十五年的研究期間[37]，最常參照詞典的大法官有斯卡利亞（Scalia）、湯瑪斯（Thomas）、布雷耶（Breyer）、蘇特（Souter）和阿利托（Alito）。這些法官會以隨性且獨特的方式參考字典。斯卡利亞法官比較重視《新韋氏國際字典第二版》和《美國傳統英語詞典》[38]，而字典編纂界將這兩本通用字典視為規定性的^{†, 39}。湯瑪斯法官極度偏好《布萊克法律詞典》[‡]。阿利托法官偏愛《新韋氏國際字典第三版》和《藍燈書屋詞典》

---

[*]　譯注：按照傳統，最高法院以時任首席大法官的名字命名，從一九八六年到二〇〇五年為倫奎斯特（Rehnquist）法院，自二〇〇五年起改為羅伯茨（Roberts）法院。

[†]　譯注：指出語言的正確用法。

[‡]　譯注：《*Black's Law Dictionary*》，美國最主要的法律字典，由亨利・坎貝爾・布萊克（Henry Campbell Black）編纂，初版於一八九一年問世，最新版本是一九九九年出版。

（*Random House Dictionary*），而這兩本也被視為規定性字典。布雷耶法官和蘇特法官會參考比較多種字典：這兩人都經常使用《布萊克法律詞典》。布雷耶也會不時參照《新韋氏國際字典第三版》和《牛津英語詞典》，但蘇特比較常使用《新韋氏國際字典第二版》。其實，即使那些特別偏愛一到兩本字典的大法官也會參考各種字典，因為他們經常在判決特定案件時會引用其他字典。法官使用字典的模式符合他們查字典去找出某個字的定義來佐證（配合）自己的觀點，而非根據字典確定那個字的含義。

大法官甚至會在聽審時挖苦字典。在「谷口訴 Kan Pacific 塞班公司」*案件的口頭辯論（oral argument，又譯言詞申辯）中，告訴人的律師指出，被告只參考一本字典來提出「interpreter」（口譯員）的定義†，亦即只使用《新韋氏國際字典第三版》：

　　斯卡利亞法官：我記得《新韋氏國際字典第三版》把「imply」（暗示）定義成「infer」（推斷）……福萊爾得先生

---

* 譯注：Taniguchi v. Kan Pacific Saipan Ltd.，日本投手谷口功一在二〇〇六年十一月前往瑪麗安娜斯度假村和水療中心旅遊，此乃營運商 Kan Pacific 公司的北馬里亞納群島設施。谷口不幸從木板上跌落地面受傷，因而狀告該公司，全案上訴到美國最高法院。

† 譯注：雙方律師爭論文件翻譯（translation）費和辯論口譯（interpretation）費該由誰負擔。

（Mr. Fried，告訴人律師）：法官大人，確實如此。

　　斯卡利亞法官：……又把「infer」定義成「imply」。這本字典不太好啊！（發笑）[40]

　　美國有一些關於同性婚姻的關鍵法院判決，但四個最高法院案件最受到矚目：「勞倫斯訴德州」（Lawrence v. Texas，二〇〇三年）。該案沒有直接對同性婚姻作出裁決，但推翻德州（如果擴大延伸，還有其他十三個州）禁止雞姦的州法，從而替同性婚姻掃除了障礙；「霍林斯沃思訴佩里」（Hollingsworth v. Perry，二〇一三年）。該案維持了第九巡迴上訴法院（Ninth Circuit Court of Appeals）的裁決，該裁決推翻了「第八號提案」（Proposition 8，加州禁止同性婚姻的選票提案和州修正案）；「美國訴溫莎」（United States v. Windsor，二〇一三年）。該案判決，根據憲法第五修正案（Fifth Amendment）的正當程序條款，「捍衛婚姻法案」將「marriage」和「spouse」（配偶）縮限於異性戀夫妻的條文是違憲的；以及「歐柏吉菲爾訴霍奇斯」（Obergefell v. Hodges，二〇一五年），其中法院裁定，憲法第十四修正案（Fourteenth Amendment）的正當程序條款和平等保護條款保障了同性戀人的基本婚姻權利。

　　這四個案例都是在每個主要字典修訂「marriage」的定義之後所審理的。在這四個案例中，無論是口頭辯論、書面決定和不同意見書，字典的「marriage」定義只在「歐柏吉菲爾訴霍奇斯」案中被提到兩次。它們出現在首席大法官羅伯茨的不同意見

書中[41]，而這項反對意見是支持「marriage」（代表的事物，不是單字）的限制性定義；他引述一八二八年的韋氏字典和一八九一年的《布萊克法律詞典》。

被引述的還有詹姆斯‧Q‧威爾遜（James Q. Wilson）的《婚姻問題》、英國哲學家約翰‧洛克的《政府論次篇》（*Second Treatise of Civil Government*）、英國十八世紀法學家威廉‧布萊克斯通（William Blackstone）的《英格蘭法律評論》（*Commentaries*）、法學教授大衛‧福爾特（David Forte）的《制憲者的婚姻家庭觀》（*Framers' Idea of Marriage and Family*）、喬爾‧畢曉普（Joel Bishop）的《婚姻和離婚法的評論》（*Commentaries on the Law of Marriage and Divorce*）、G‧羅賓娜‧奎爾（G. Robina Quale）的《婚姻體系的歷史》（*History of Marriage Systems*），以及羅馬共和國哲學家西塞羅的《論責任》（*De Officiis*，譯本）。有四份書面不同意見書，只有羅伯茨法官引用字典定義。

雖然立法機構和法院會參照字典定義，影響他們觀點的並非單字的定義。容我再度引用二〇一三年的研究：「字典用法可啟發人或深具權威的形象不過是海市蜃樓。」[42]然而，有人對最高法院重新定義婚姻感到不滿。不妨去說服這些人，告訴他們事實的確如此（你應該會碰一鼻子灰）。

騷動爆發兩週之後，我坐在辦公桌旁，笑到不斷喘氣（我很需要找樂子），因為史蒂芬‧荷伯舌燦蓮花，巧妙串連起整個灌爆信箱運動。每個笑話和機智妙語皆令人拍案叫絕，如同炎炎夏日的清涼水球。荷伯指出：「最可惡的是，韋氏字典早在二〇〇

三年就更改了定義。」此時，我對著螢幕大叫：「喔，沒錯！謝謝你！」他繼續說道：「這就表示我過去結婚六年，有可能是『同性結婚』，甚至『還被蒙在鼓裡』。」

猶如閘門開啟，情況一發不可收拾，我邊啜泣邊笑，終於有人敢大刺刺挖苦整個局面。我在狂笑聲中（荷伯罵我們是「同性戀字典編輯」，說我們可能會「娘炮化」其他非同性戀的正派詞彙）聽到的這一丁點詼諧笑語猶如基列（Gilead）的乳香*，正好療癒這兩週以來慘遭謾罵的傷痛：我被指控單槍匹馬讓美國這個偉大國度遭受天譴，只因為我回了一封質疑「marriage」定義的電子郵件。

我們持續收到電子郵件，讀者投訴《韋氏大學英語詞典》對「marriage」的定義；然而，在二〇一二年左右，投訴內容有了變化。現在有同樣多的人向我們抱怨「marriage」的兩個「次意義」沒有整合成一箇中性的（genderneutral，性別中立的）的「意義」，表示我們認為同性婚姻在破壞美國。

我在撰寫本書時，這個定義仍然分為兩個「次意義」。語言總是落後於生活。即使在「歐柏吉菲爾訴霍奇斯」案判決之後，民眾仍在爭辯字典對「marriage」的定義，希望「權威的聲音」（字典）能證明他們是對的，自此拍板定案，一錘定音。

然而，我們這些「同性戀字典編輯」早已向前邁進，正在修訂字母N。

---

* 譯注：在《舊約》時期，基列盛產一種矮樹，其樹脂可製造乳香來療傷。

作者注

1. borborygmus在《韋氏大學英語詞典第十一版》的解釋為：**bor · bo · ryg · mus** \ˌbȯr-bə-ˈrig-məs\ *n, pl* **bor · bo · ryg · mi** \-ˌmī\ : intestinal rumbling caused by moving gas（名詞，複數 borborygmi：氣體移動引起的腸道隆隆聲）。

2. 〈韋氏詞典字彙的價值〉（*Merriam-Webster's Word's Worth*），《荷伯報告》，喜劇中心（Comedy Central），二〇〇九年四月二日。

3. hootamaganzy是棕脅秋沙鴨（hooded merganser）的另一種名稱。各位不知道什麼是棕脅秋沙鴨也沒關係，這樣也無損「hootamaganzy」的神奇之處。不妨打開窗戶，大聲唸出這個字，舒壓效果勝過「百憂解」（Prozac），而且更節省荷包。

4. phat在《韋氏大學英語詞典第十一版》的解釋為：**phat** \ˈfat\ *adj* **phat · ter**; **phat · test** [probably alteration of ¹fat] (1963) *slang* : highly attractive or gratifying : EXCELLENT <a phat beat moving through my body—Tara Roberts>（形容詞，**phat · tert · phat · test**〔可能是¹fat的變體；一九六三年〕俚語：極具吸引力或使人滿意的：很棒的「流通我周身的一股悸動，令人『舒爽至極』——塔拉・羅伯茨」）。

5. dead-cat bounce在《韋氏大學英語詞典第十一版》的解釋為：**dead-cat bounce** *n* [from the facetious notion that even a dead cat would bounce slightly if dropped from a sufficient

height](1985) : a brief and insignificant recovery (as of stock prices) after a steep decline（名詞〔源自一種戲謔的看法，認為如果從夠高的地方把死貓丟下去，牠落地之後也會稍微反彈〕，一九八五年：急劇下跌〔比如股票價格〕之後微不足道的短暫反彈。）

6. 楊百翰大學（Brigham Young University），《當代美國英語語料庫》（*Corpus of Contemporary American English*）的「marriage」條目。

7. 《牛津英語詞典》第三版的「marriage」條目（二〇〇〇年十二月）。

8. 《美國傳統英語詞典》第四版的「marriage」條目（二〇〇〇年和二〇〇九年）。從二〇〇九年之後，這個定義已經被修訂了好幾次。

9. Dictionary.com的「marriage」條目（二〇〇九年）。此後，這個定義已經被修訂了好幾次。

10. 鮑勃・安魯（Bob Unruh），〈韋氏字典修改了婚姻定義〉，《世界網路每日報》，二〇〇九年三月十七日。

11. 這本是《韋氏修訂足本詞典》（*Webster's Revised Unabridged*）其實是一八九〇年《韋氏國際詞典》（*Webster's International Dictionary*）的老調重彈版本。這本詞典沒有收錄許多現代語言領域的詞彙，譬如「automobile」（汽車）或「airplane」（飛機），而且它的「Republican」（共和黨）定義提到了奴隸制度和林肯。

12. 出處同注 10。

13. 馬克斯・布盧門撒爾（Max Blumenthal），〈漢尼提的仇恨同夥〉（Hannity's Soul-Mate of Hate），《國家雜誌》，二〇〇五年六月三日。

14. 〈韋氏詞典修改了「婚姻」定義去涵蓋變態的同性戀〉（Webster's Dictionary Re-defines 'Marriage' to Include Same-Sex Perversion），alt.conspiracy，二〇〇九年三月十八日。

15. 韋伯斯特，《美國英語詞典》序言。在一八二八年的詞典，「Christian」的字首從未大寫。此處可能是仿效詹森在其字典中對「Christian」這個字所採用的樣式（呃哼，韋伯斯特心胸寬大，因此「借用」這種格式）。伍斯特在他一八三〇年出版的《英語綜合發音與釋義詞典》也將「Christian」的字首大寫。

16. 米克爾思韋特引述，語出《諾亞・韋伯斯特和美國英語詞典》，第二二五頁。

17. 給各位瞧瞧當年的二十美元在新英格蘭有多大。下面是主街（Main Street）的「威廉・魯弗斯・格雷」（W. M. Gray）雜貨賣場於一八二九年一月十一日在（麻州）《非契堡哨兵》（*Fitchburg Sentinel*）報紙刊登的一則廣告：「一美元可買到二十五磅燕麥片，或者十包燕麥，重十四磅。美味白米，或者二十五塊好用的洗衣肥皂，重十二磅。純豬油，重十二磅。鹹豬肉，重十五磅。麝香葡萄乾，重三十磅。頂級麵粉，或者二加侖的頂級糖蜜。」

18. 廣告，《紐約晚報》，一八四七年十月二十日，第二版。

19. 帶有驚嘆號的廣告刊登於《北卡羅來納守衛報》（*North Carolina Argus*），一八四九年六月十九日，第三版；以及《劉易斯堡紀事報》（*Lewisburg Chronicle*，賓夕法尼亞州），一八四九年十一月二十八日，第四版。在一八四九年於其他各大報紙刊登的廣告只寫著：「Get the best」。

20. 毋庸置疑，伍斯特詞典的名稱不僅是向《詹森字典》（*Dictionary of the English Language*）致敬，更是直接駁斥韋韋伯斯特的《美國英語詞典》。《美國英語詞典》同樣也是向《詹森字典》致敬並駁斥伍斯特的詞典。字典編纂界果真深深崇拜詹森。

21.《時代花絮報》（*Times-Picayune*）的廣告，一八五七年二月十三日，第五版。

22.《匹茲頓公報》（*Pittston Gazette*，賓夕法尼亞州）的廣告，一八六〇年六月十四日，第三版。

23.《劉易斯堡紀事報》（賓夕法尼亞州）的廣告，一八五六年三月十四日，第二版。

24.《新韋氏國際字典第二版》的廣告，韋氏公司內部的檔案。

25. 同上。

26. 馬里奧・派伊，〈「Ain't」（不是）正流行，「Ravolis」（棒極了）不流行〉（'Ain't' Is In, 'Ravolis' Ain't），《紐約時報》，一九六一年十月二十二日，第二版，書評，第六版。

27. 更棒的作家曾經全面研究《新韋氏國際字典第三版》的生

產、銷售及其引發的餘波後果。如果各位有興趣鑽研這點，大家看完本書之後，不妨閱讀這類書籍（尤其是莫頓〔Herbert C. Morton〕的《新韋氏國際字典第三版的故事》（*Story of "Webster's Third"*）和斯金納（David Skinner）的《「*Ain't*」的身世》〔*Story of Ain't*〕）。唉，我還有一本書要寫，但那本書不講這點。

28. 威爾遜・福萊特（Wilson Follett），〈春田的破壞行徑〉（Sabotage in Springfield），《大西洋月刊》（*Atlantic Monthly*），一九六二年一月，第七十四頁。

29. 加里・威爾斯（Garry Wills），〈他們的瘋狂作法〉（Madness in Their Method），《國家評論》（*National Review*），一九六二年二月十三日，第九十八頁。

30. 德懷特・麥克唐納（Dwight Macdonald），〈不協調的弦〉（The String Untuned），《紐約客》，一九六二年三月十日，第一六六頁。吉爾指出，這些批評者大驚小怪，沒有編輯會當回事。「讓我們傷腦筋的，是該如何讓《韋氏大學英語詞典》順利出版，而不是擔心無知的記者怎麼想。」

31. 巴森，〈走投無路的學者〉（Scholar Cornered），第一七六頁。

32. 馬里奧・派伊，〈無言以對〉（A Loss for Words），《星期六文學評論》，一九六四年十一月十四日，第八十二頁。

33. 斯金納引述，《「Ain't」的身世》，第二九六頁。

34. 〈誤傳韋氏字典的政黨關係〉（Falsifying Partisanship of Webster's Dictionary），《麥克阿瑟民主詢問報》（*McArthur Democratic*

Enquirer），一八七二年四月三日，第一版。

35. 戴利對〈韋氏字典修改了「婚姻」定義〉的評論。

36. 其實她只是聽到芬蘭的報導而想起我（曾去芬蘭旅遊）。

37. 布德尼（James J. Brudney）和鮑姆（Lawrence Baum），《綠洲或海市蜃樓》（*Oasis or Mirage*），第三—四頁。

38. 口頭辯論，「谷口訴 Kan Pacific 塞班公司」，第一八一二五頁。

39. 斯卡利亞法官偏好《美國傳統英語詞典》是非常合理的，因為他就是該詞典的用法顧問之一。

40. 並非完全如此：《新韋氏國際字典第三版》在「infer」的其中一個定義中使用了「implication」這個字，也在「imply」的其中一個定義中使用了「inference」，不過卻沒說「imply」和「infer」代表同一件事情。「imply」和「infer」之間的防火牆（區隔）是極為近期才出現的；懶鬼莎士比亞在十七世紀時便互用「infer」和「imply」去表示彼此，至少從那時起，這兩個單字的意義便很類似。

41. 羅伯茨，「歐柏吉菲爾訴霍奇斯」不同意見書，第一一二九頁。

42. 布德尼和鮑姆，《綠洲或海市蜃樓》，第六頁。

第十五章

最奇妙的事

——後記（Epilogue）

　　人們一想到字典編纂，便會將其視為科學。只要上網輸入
「define insouciance」（定義「無憂無慮」），谷歌伺服器便會執行
神奇的演算法，像蜜蜂一樣嗡嗡作響，跳著神祕舞蹈產生定義。
多數討論字典編纂的現代書籍（確實有這種書籍）都是學術性
的，因此將定義描述得更像編碼：IF["general" = gradable,compa
rable,+copula,+very] THEN echo"adjective" ELSE echo "adverb." *。
定義的準確性、解析時的邏輯條件、字典編輯分析詞彙時採取
的臨床方法，甚至我們談論字典編纂時使用的語言（「analyze」
〔分析〕、「parse」〔解析句子／詞語〕、「clinical」〔臨床的〕和
「objective」〔客觀的〕）皆是藉用實驗室的術語。

　　然而，編字典與科學研究一樣是創造的過程，亦即編輯必須

＊　譯注：If...Then...Else 陳述式，乃是根據運算式的值，有條件地執行陳述式群
　　組。這條編碼可直譯為：如果（"general" = 可分級的,可比較的,+繫詞,+非
　　常）（條件）則回應"形容詞"（陳述式），否則回應"副詞"（其他陳述式）。

伏案做苦差事，方能編好字典。字典編輯將其成果描繪成「一門藝術與一門科學」，然而我們只是將這件陳舊衣裳批在工作骨架上，以通俗話語簡化說明，指出我們的勞務（創造定義、詳查各種發音、神奇找出「原始印歐語」詞根、挖掘出首度書面用法日期，以及與英語奮戰到底）不僅是遵循一套規則。

我出於隱含意義的原因，將這份職業稱為「技藝」（craft）而非「藝術」（art）。「藝術」會將字典編輯描繪成媒介或管道，亦即一條通電的電線，只是在傳輸未知且陌生的東西。然而，「技藝」則代表悉心關照、重複作業、見習學藝與熟練實踐。多數人都能辦到這件事，但甚少人願意長期投入，苦心孤詣將其做到極致。套句比喻，這種對言語的奉獻精神是瘋癲古怪的。替詞彙下定義跟打籃球時罰球一樣：任何人都能站在罰球線上偶爾罰進一球；人總會走運。但職業選手必須在罰球線上經年累月練投，不斷精進罰球動作以求萬無一失，使出手一氣呵成，習慣成自然。我這種手腳不協調的運動白痴看到球員比賽罰球之後會說：「不會吧？罰進有這麼容易？」

史蒂夫‧佩羅說道：「我把它比喻成木匠。你開始幹木工活時會猶豫不決：敲釘子都會失誤，根本不知道在做什麼。一旦聘請專業木匠之後，你會發現他們熟能生巧，出手俐落，輕鬆解決你認為難如登天的差事。下定義的人也是如此。」

韋氏公司科學編輯瓊‧納爾蒙塔斯指出：「我認為下定義是愈做愈熟練。」她呼應我從長期編字典的人所聽到的感覺。她接著說道：「有人可能會要我下一個定義，我就可以……」此時，

她捻了手指，表示嫻熟簡單，說道：「有了。我想到了。」史蒂夫說道：「經驗愈足，能力愈強。」

現代人認為，藝術是瞬間產生的，猶如閃電雷擊和電燈亮起，靈感會瞬間來襲。然而，技藝需要時間積累，內外都得配合。要耐心磨練技能，社會也得願意等待這種技能成熟（並提供報酬）。

不幸的是，大家都欠缺時間。

出版字典的困境

本書闡述編字典的重要細節和駭人聽聞的情事，但製作字典和出版參考書籍屬於商業活動。美國出版的字典尤其是拜金奴隸：大家誤以為學術機構會鼎力贊助字典出版商，其實不然。美國字典之所以能夠創新，主要是因為出版商想奪取市占率和打敗對手，從諾亞·韋伯斯特的年代以來一直是如此。當時和現在的區別在於民眾如何購買和使用字典。

十九世紀的字典編輯會出版字典，讀者會一直認為這些書籍是靜態的，乃是多年研究的結晶。如果想買一本字典，就得省吃儉用攢錢；如果負擔不起，只好前往公共圖書館，使用擺在搖晃楓木架上的字典。這是一九九〇年代以前的消費模式，當時書本開始由印刷品慢慢轉為數位圖書。我在一九九〇年代初期從高中畢業，畢業禮物是一本字典[1]。我讀大學時翻遍了這本字典，但是到了二〇〇〇年，這本字典成了門擋，上頭布滿灰塵。我不再

使用實體字典，改用線上字典。

　　網際網路是一把雙面刃。字典編輯可以免費（或用極低價格）獲取新材料、更加了解讀者如何使用編寫的詞條，以及更加靈活去組織訊息，呈現更簡便易用、更為新穎且不深奧難懂的字典內容。我們突然享有毫無限制的空間：足以詳述模糊的縮寫、下定義時有更多發揮空間，以及多收錄更多例句和詞源注釋。以前得考慮如果在這裡斷行，就可能會多加一頁，而多加了一頁之後，最後可能會多出六頁，這樣一來，就必須在字典後頭增加三十二頁才符合印刷規則。新增三十二頁，字典售價就要提高一塊美金。根據研究，民眾會花二十六塊美金買一本字典，卻不願意花二十七塊買字典。網際網路問世後，前述擔憂便煙消雲散。然而，網際網路競爭激烈而變化迅速，字典出版商也被迫於刀刃上起舞：反應太慢，利刃便會刺入雙腳。

　　民眾希望網路的訊息是全面完整的、免費的和最新的，因此出版商便處於相當不利的窘境。沒有任何訊息是完全免費的：字典是由我這種邊邊的傢伙撰寫，但是連邊邊的人也得領薪水餬口。此外，如上所述，編寫好的定義要花時間。假設字典編輯平均每個工作日可以處理一個單字。如果一位編字典的人不必幹其他事，只負責下定義，一年可寫出二百五十個的條目。字典編輯能夠花這麼多時間去增添新詞彙使訊息全面完整，或者修訂過時條目使其維持最新狀態嗎？對於字典編輯而言，這並非是全新的考慮因素（我們從來沒有足夠的時間去做想做的事情），但網際網路出現之後，我們的時間就更緊縮了。字典上網之後，就不再

是放在每戶家庭書架上受人尊敬且內容不變的書籍，而是不斷變化的可塑性作品，必須即時反應英語快速變遷的本質。

　　網路另有一項優勢：讓人更容易找到問題的答案，但也會提供過量且需要篩選的訊息。字典編輯深切感受這點：喬安妮‧德斯普雷斯要費心尋找標注日期的資料來源、艾米莉‧布魯斯特賣力替條目尋找合適引文、尼爾‧塞文編纂某個簡單字詞時得瀏覽數十萬筆引文查詢結果，以及克里斯托弗、丹恩和瓊忙於整理科學條目的訊息。如人飲水，冷暖自知。沒有人有空去瀏覽搜尋引擎回傳的六頁結果來判斷哪些資料最符合需求和最值得信賴，完全只能依靠搜尋引擎來判斷。這是查找訊息的新方法，能夠執行搜尋引擎優化的來源便具備了優勢。

　　當然，字典出版商都不得不依賴他人來兜售商品。書店以前是銷售字典的中間商；現在則是谷歌和其他搜尋引擎服務商穿針引線。然而，尼爾指出，很難去比較這兩者。書店與出版商有「共同開發讀者的興趣」：愈多人買書對雙方愈有好處。然而，搜尋引擎和網路廣告提供商跟出版商沒有這種共同的興趣，即便有也至少不會是相同的。他們要大量提升用戶的參與度，但字典出版商以往並不擅長此道。艾米莉指出，民眾現在用眼睛付錢，不是用錢包付錢。換句話說，靠廣告賺錢的線上字典現在必須想辦法讓讀者的眼球在頁面停留更長的時間。編寫好定義的技藝在點擊行為經濟並不重要：重要的是要能反應敏捷，讓訊息能擠進搜尋結果頁面的頂端。字典編輯個性沉穩，為人低調，要做出這種轉變是非常突兀的。

字典編輯跟其他人一樣，必須行動迅速。坦白來講，這不是什麼新鮮事：我們下定義時總是感受沉重的商業壓力。愈有經驗，下定義就愈輕鬆。愈容易做某事，做得就愈快，但編字典總會達到終極速度，到達某一點之後便無法再加快；硬要加快的話，品質就會下降。尼爾說道：「我們的工作就是把事情做好。」艾米莉回答：「但我確實想做得更快。」要有好技藝，就得花時間，但時間就是金錢，字典出版商並不是特別想耗費太多時間。

這就是我們對這個世界的小小貢獻

我在替這本書收尾之際，韋氏公司正進行數十年來的首次大規模裁員。有人打電話告訴我這項消息。雖然我正在處理一批定義詞彙的工作，整天磨磨蹭蹭，東摸西摸，但是我在那個週二都在給辦公室同仁發電子郵件。我問道：「你還好吧？」對方回應同樣的話：「『妳』還好吧？」我不知道我是否還好。大家都不知道自己是否還好。

韋氏的裁員既不有趣，也不獨特。它與其他行業一樣採用相同方式縮減人力；對參考書籍出版業而言，此乃預料之事。英語正蓬勃發展，字典編纂業卻逐漸萎縮：馮華（Funk & Wagnalls）、藍燈書屋、英卡塔＊和世紀†只是近代歷史上歇

＊　譯注：微軟的電子百科全書。

†　譯注：十九世紀末的美國大出版社。

業的字典出版商。這是商業界的現實：有些出版商會蓬勃發展，有些則會沒落歇業。俗話說：「人生本是如此（Them's the breaks）。」

然而，我們這些倖存者覺得，每次裁員的損失會加乘三倍。我們不僅失去了朋友，也失去了同事，更失去了「藝匠」。因公司倒閉而被資遣的編輯通常擁有數十年編字典的經驗，他們的技藝是無法取代的。

艾米莉說道：「嫻熟字典編輯撰寫的字典，其深厚的內涵可能潛藏於不常被人翻查的條目，這令人感到遺憾。如果你想知道『FTW』*是什麼意思，可以隨意在任何網路首字母縮略語詞彙表找到它的定義。但是你如果想知道『disposition』（性格）代表什麼意思，你就真的需要去查寫得很棒的定義。」她想了一會兒，說道：「我非常、非常賣力去編寫『build-out』（擴建／發展完善的狀態），但應該沒有人認真讀過它。」

史蒂夫說道：「我有時候覺得很沮喪。我認為人們不會欣賞創建字典以及編寫特定條目所需的各種想法。字典背後的一切，似乎都是隱形的，沒有人看得見。我覺得民眾大概把字典視為是理所當然的。他們不知道字典是需要人編寫的，也不曉得所有的內容都得有人拍板定案。他們會發現錯誤，但通常無法發現某本字典寫得非常棒，因為裡頭找不到錯誤。」他接著說道：「有誰

---

* 譯注：For The Win，網路用語，表示熱衷某件事物的情緒，可譯成「萬歲」、「勝利」或「最屌了」。

會查字典時發現內容寫得超棒，然後忍不住要對旁人大聲唸出來：你看，是不是寫得很棒？」

馬德琳點點頭。「民眾期望字典的內容正確無誤。」

當苦力的編輯甚至會從投訴信找到慰藉。艾米莉指出：「即使那種抱怨信也是對字典這種實體的屈膝跪拜。她說得一點都沒錯。字典的概念（把字典視為物件）將會長期有用。」編字典的業務不斷變化，但編字典的工作卻堅持不變。韋氏的編輯不多，我們全都傷痕累累，仍在舔舐鮮血，但我們跟其他擠在我們哈比人洞穴的字典編輯一樣，正在向前邁進。

史蒂夫跟馬德琳[2]和我共進晚餐時，告訴我他是如何進到韋氏公司。他極為資深，似乎跟韋氏的設備同樣古老，也跟拋光精細的會議桌或引文檔案同樣古老，但是他第一次向韋氏謀職時卻吃了閉門羹。另一名編輯被聘用，而他便回頭翻閱報紙的徵人廣告。六個月之後，一位編輯離職，韋氏打電話給史蒂夫，然後就僱用了他。

「我當時還沒有工作。那天是萬聖節，我下午在家裡坐著，收看《地球照樣轉動》*，只有我和狗。電話響了，我接了電話：那是弗雷德‧米甚（Fred Mish），他給了我這份工作。薪水很低，說出來會笑死人。但我知道這是發生在我身上最重要的事情，也就是得到這份工作。我覺得生活有了改變。那時我感覺非常奇特。我告訴他我會接受這份工作，然後我走到碼頭，坐在那

---

* 譯注：《As the World Turns》，美國CBS的日間肥皂劇。

裡，看著大海，感覺自己將要展翅高飛了。這是最奇妙的事。」

　　撇開商業考量不說，來到這間公司編纂英語這種華麗淫蕩的語言，真的最奇妙的事。我們不為金錢或聲望賣命；我們辛勤工作，乃是英語值得好好關注和關心。後來，史蒂夫提到每位字典編輯的繁重勞役，指出他們曾在週四彎腰駝背，於桌前孤軍奮戰，賣力用指尖篩選「but」、「surfboard」、「bitch」或「marriage」，從中去蕪存菁。他淡淡說道：「這就是我的工作。我對這個世界的小小貢獻。」英語不停向前伸展，我們這些苦力會繼續追逐它。由於地形崎嶇，我們或許會有點疲憊，卻會睜大眼睛繼續追蹤，步履輕柔且心懷崇敬。

作者注

1. 我得懺悔：這本是《新韋氏國際字典》，我當年很喜歡它，現在仍然如此。

2. 馬德琳到韋氏工作幾年之後，便與史蒂夫結婚。他倆的辦公桌很靠近，所以經常來回討論定義。韋氏有幾對工作夫婦檔，他倆是其中一對。猶如物以類聚、同類相吸（Like calls unto like），深淵與深淵應響*。

---

* 譯注：深淵與深淵應響（deep unto deep），語出《聖經・詩篇》第四十二章第七節。

作者説明

　　語言若是一條河流，不斷移動與變化，依序記錄語言變遷的文字便猶如河水快照。 無論如何巧妙構圖、涵蓋多少細節，或者多麼頻繁將照片丟入一桶水中，然後搖擺水桶，使其看起來更為逼真，但那張快照依舊不是河流。

　　我要說的是，從《為單字安排座位的人》二〇一七年出版以來，本書的某些訊息已經改變。無論英語或記錄它的字典都不斷變化。請各位別驚慌：令人討厭的事物都具備這種本性。

　　本書問世以來，變化最大的是我討論過的兩個最有爭議的詞語：「marriage」和「bitch」。在《為單字安排座位的人》的手稿已完成但尚未出版期間，這兩個字正在被審查，而我根據它們的修訂內容，在相關章節加添了有趣的注腳。

　　「婚姻」那章（第十四章）結尾暗示的改變已經成真。「marriage」的條目先前有兩個「次意義」，一個描述異性婚姻，另一個描述同性婚姻，這兩個現在已合而為一，成為中性的定義（「the state of being united as spouses in a consensual and contractual relationship recognized by law」〔雙方作為配偶的結合狀態，這是根據雙方同意和契約締結的關係，並獲得法律承認〕）。這個定

義在二〇一六年年尾發布到我們的線上字典。這並非奉承迎合「萬能的同性戀陰謀」*，而是糾正錯誤。「歐柏吉菲爾訴霍奇斯」的判決在二〇一五年出爐之後，我們包含「same-sex marriage」或「gay marriage」的定義都是不準確的。先前的定義是「the state of being united to a person of the same sex in a relationship like that of a traditional marriage」。然而，一旦最高法院破除區別同性婚姻與異性婚姻的法律障礙，「like that of a traditional marriage」的描述就不對了。根據法律，同性婚姻不再是類似於異性婚姻；它現在就是「marriage」。修訂文字反映出同性戀婚姻在美國的現行法律地位。

　　修訂條目之後也順道廢除了「like that of a traditional marriage」這個棘手的短語。究竟什麼是「traditional marriage」（傳統的婚姻）？這得看使用字典的人認為什麼是傳統。我最近和某位埃及穆斯林男子一起搭計程車，他跟我聊起他的兩位妻子，話說到一半卻插了一句話：「我告訴妳，根據我們的傳統，男人可以娶四個老婆。」這可能有別於「關注家庭行為」組織認定的傳統婚姻。然而，對於個男人而言，討四個太太是符合傳統的。有些人認為，傳統的婚姻不僅是一種法律制度，也是一種社會習俗。我們該如何看待這些人呢？

　　我跟一位異性結婚，但我的婚姻再怎麼說都不是我認定的

---

*　譯注：The Mighty Gay Agenda，所謂 Gay Agenda，乃是保守派基督徒的貶抑說法，指出同性戀祕密合謀，讓非異性戀的伴侶關係正常化並被社會接受。

「傳統」婚姻：我丈夫和我輪流養家餬口、負責照顧小孩，或者清除櫥櫃下面的捕鼠器。（我最近很怕清理捕鼠器，便和老公商量由他來做。）對其他人來說這或許是傳統的，但當我想到「traditional marriage」時，它並非是我腦子蹦出的原型。問題就在此：「traditional marriage」是不斷移動的目標，可以有不同的解釋。先前下定義的編輯其實想的是「like that of a legally sanctioned heterosexual marriage」（猶如法律認可的異性婚姻），這種說法比「like that of a traditional marriage」冗長，因此可能曾被人修訂。

　　某些人仍然會爭論這種「marriage」的含義，而我們並非不懂這點。現在線上字典有新的用法段落加以解釋，該段落如此結尾：「The definition of marriage shown here is intentionally broad enough to encompass the different types of marriage that are currently recognized in varying cultures, places, religions, and systems of law.」（此處刻意從寬廣的角度去定義婚姻，足以涵蓋目前不同文化、地域、宗教和法律體系所承認的不同類型婚姻。）截至目前為止，我們尚未收到有人針對這些修訂而來信謾罵。

　　現在來討論「bitch」的條目。本書著眼的「意義」2a和2b歷來都被標記為「opprobrious」（指責的說法）或根本沒有被標記。這兩個「意義」都有用法警告：我們的線上字典現在把它們都標記為「often offensive」（總是冒犯的）。然而，這並不是說我們已經妥善處理好這兩個「意義」。檔案最終仍然有粉紅卡，指出我們應該徹底修訂這項條目。「意義」2a（「a lewd and

immoral woman」〔淫蕩不道德的女人〕）是否該加上「dated」
（過時的）標籤？有人想翻轉這個字的意思，使其指「a strong
woman」（堅強的女人）。我們有足夠的證據可以收錄這種「意
義」嗎？果真如此，是否該編寫用法段落來解釋翻轉「意義」的
過程？表示男人的「bitch」用法又該如何處理？應該收錄這些
「意義」嗎？有張粉紅卡給了最新的看法，足以總結所有編輯目
前的工作量：「deferred until we have more time」（有時間再處
理）。

　　情況沒有太大的變化。我們熱愛的英語瞬息萬變，而我們仍
在苦苦追趕，跑得跌跌撞撞，但就算跟兩年前相比，這已經不算
直線追趕了。網路興起之後，帶來了無限可能，連「何謂字典」
的觀念都不斷變化，這就表示字典編輯的工作也一直改變。我們
如今不只是下定義和收仇恨郵件：我們也要替合作夥伴的網站提
供內容或替公司網站寫文章；我們要研究和編寫線上字典的額外
用法段落，也要花時間除錯和校對資料結構和標籤配置。

　　川普（誤用）使用某個單字之後，有數百萬人會查它的意
思，我們就得上社群媒體去發推文，解釋這個字不是一種政治說
詞；對了，還有人孔蓋真的是圓的，因為圓形才不會轉錯方向，
讓孔蓋不小心掉落到底下[1]。出現了這種轉變，我們的內心五味
雜陳：一方面，我們可以針對單字的用法、歷史和問題提供更深
入和即時的訊息，不必再擔心空間不夠；另一方面，編輯的時
間有限。如果我花了八個小時去研究和編寫「throw shade」（直
譯：丟出一片陰影，近期來快速興起的網路俚語，表示在公開場

合指桑罵槐去損人），這八個小時就不能用來修訂「bitch」的條目。編輯承受的職責壓力便會愈來愈沉重。

　　我們這行正經歷緩慢的結構動盪，但字典編纂的核心工作（艱苦拆解單字的用法、有條不紊地建構定義，以及權衡隱含意義和明指意義）對某些人來說仍然是有價值的。若非如此，沒有人會造訪我們的網站或寫信告訴我們他們在哪裡看到新字，或者耗費唇舌指出我們還沒收錄「urban planner」（城市設計師；我向各位保證，我會他媽的快馬加鞭處理這檔事）。在我們目前身處的文化時刻，詞彙及其意義比以往更為重要，因此我們這些勞役繁重的苦力編輯所做的工作仍然迅速發展。姑且引用福音歌手山姆・庫克（Sam Cooke）的歌詞：「Change is gonna come」（改變即將到來）。然而，如果你需要我的話*，我目前正深陷於編纂字母S的泥淖之中。

---

* 譯注：if you need me，山姆・庫克另一首歌的歌詞。

作者注

1. 有五十四個人寫信、寄電子郵件或發推文告訴我，指出我對
   人孔蓋是圓形的推測（請參閱第十三章〈肉色的〉章節）是
   錯誤的。非常感謝這些人來信或發文指正。

誌謝

（按英文字母順序排列）

agent \\ˈā-jənt\ *n* **-s**

經紀人（名詞）：代表某人（比如藝術家、作家或運動員），專責鼓勵和保護客戶並提供建議，甚至踹客戶的屁股。「如果紐約『指南針人才』（Compass Talent）的希瑟・施羅德（Heather Schroder）沒有當我的經紀人，本書不可能付梓出版。」

col · league \\ˈkä-(ˌ)lēg\ *n* **-s**

同事（名詞）：專業的合夥人；具體而言：這些同事沉默寡言，願意分享工作經驗與知識，偶爾也會分享巧克力。「與我高談闊論字典編纂的同事包括沃德・吉爾曼、艾米麗・薇茲納、艾米莉・布魯斯特、彼得・索科洛夫斯基、凱倫・威爾金森、尼爾・塞文、史蒂夫・佩羅、馬德琳・諾瓦克、史蒂夫・克萊恩德勒和珍・所羅門、丹尼爾・布蘭登（Daniel Brandon）、約書亞・岡特（Joshua Guenter）、詹姆斯・拉德爾（James Rader）。應該要讓這些人長期獨處。」「我撰寫本書時，韋氏公司、美國傳統英語字典、牛津大學出版社（Oxford University Press）和

Dictionary.com的同事鼎力相助，協助我喚起記憶和填補空白，並且讓我頭腦清醒，而這正是我最迫切需要的。」請參閱：friend（朋友）。

ed · i · tor \\'e-də-tər\\ *n* -s

編輯（名詞）：準備出版物（比如書籍或其他印刷品）的人；特別是：編輯會反覆閱讀、更動、改寫與校正書面作品，同時委婉告訴作者其書面作品很好，但還是不夠「好」。「萬神殿（Pantheon）出版社的『編輯』安德魯・米勒（Andrew Miller）意志堅定且耐心十足，從旁鼎力協助了我。」「另一位萬神殿的『編輯』艾瑪・德里斯（Emma Dries）檢閱本書時提出了很好的問題。」「我要特別感謝勞拉・布朗寧（Laura M. Browning）。她擔任第一線『編輯』，校訂了本書特別困難且雜亂閒扯的段落。」──亦稱為「絕佳的工作者」。

fam · i · ly \\'fam-lē\\ *n* -lies

家人（名詞）：**1 a**：一群擁有共同祖先的人「我很感謝『家人』的支持，包括斯塔柏（Stamper）和貝尼（Behny）兩個家族。」**b**：一群有親屬關係的人，共同生活於凌亂不堪的家庭「安莎（Ansa）、希利亞（Hilja）和喬希（Josh）等『家人』從旁支持，我偶爾會因此獲得繼續寫下去的動力。」「我花了一年撰寫本書，期間『家人』只能吃披薩、炸薯條和沙拉過活，我對此深感抱歉。」**2**：因為共同的關係和彼此的愛而結合的一群人。

「費城市教堂（City Church Philadelphia）的『家人』替我加油打氣，不讓我抱怨寫書有多麼困難。」

friend \ˈfrend\ *n* **-s**

朋友（名詞）：贊同或促進某件事情（例如寫書）的人，特別會加油打氣、接濟物資並提供美食。「由於一些『朋友』默默支持並大方協助，各位方能讀到本書。這些人包括凱蒂・羅頓（Katy Rawdon）、艾比・布萊斯坦（Abby Breitstein）、馬特・杜布（Matt Dube）、比莉・費爾克洛思（Billie Faircloth）、替我代禱的諸多女士，以及『Dorset 5+1』的團員。」

men · tor \ˈmen-ˌtȯr, -tər\ *n* **-s**

顧問（名詞）：值得信賴的顧問或指導人員；特別是：具備經驗和智慧的人，無論年輕人或欠缺經驗的人如何惱人，都會耐心教導並引領他們。「我編字典時能有馬德琳・諾瓦克、史蒂夫・佩羅和沃德・吉爾曼等人當作『顧問』，我深感榮幸。」請參閱：friend（**朋友**）。

re · treat \ri-ˈtrēt\ *n* **-s**

隱居處（名詞）：一處遠離正常環境、讓人享有隱私的地方，「特別是」：可從事特殊工作（比如寫書，或者把東道主家裡食物吃得一乾二淨）的安靜場所。「艾莉森・帕庫斯卡（Alison Pacuska）和詹姆斯・馬西森（James Mathieson）提供『隱居處』，讓我得以寫書和聊天，布魯斯特—詹克（Brewster-Janke）

一家也如此款待我，我對此深深感激。」

won · der \ˈwən-dər\ *n* **-s**

驚奇（名詞）：**1**：令人驚訝或欽佩的原因：令人驚異的事 **2**：奇蹟「喬希・斯塔柏（Josh Stamper）既是我的丈夫，也是我的朋友，更會在我寫書時與我一起努力。他每天都讓我感到『驚奇』，他的好說也說不完。」

授權感謝

非常感謝以下人員或機構允許本書重印先前發布的材料：

Houghton Mifflin Harcourt：「An Archivist Mines the Usage Ballots」的節錄，二〇一四年一月二十八日刊登於*American Heritage® Dictionary*部落格，The American Heritage® Dictionary of the English Language（http://ahdictionary.tumblr.com/）；「marriage」條目的節錄，*The American Heritage Dictionary of the English Language*，第四版，copyright © 2000 by Houghton Mifflin Company；以及「marriage」條目的節錄，*The American Heritage Dictionary of the English Language*，第四版，copyright © 2009 by Houghton Mifflin Harcourt Publishing Company。「ain't」摘要，出自於Houghton Mifflin Harcourt檔案，內部投票摘要，用法顧問組（一九六四年十二月）；「dilemma」、「irregardless」和「decimate」用法注釋摘要，出自於*The American Heritage® Dictionary of the English Language*，第五版，copyright © 2016 by Houghton Mifflin Harcourt Publishing Company，Houghton Mifflin Harcourt允許轉載和摘要。

參考書目

Abbott, Karen. "The House That Polly Adler Built." *SmithsonianMag. com,* April 12, 2012.

American Heritage Dictionaries. *The American Heritage Dictionary of the English Language.* 4th ed. 2000. Boston: Houghton Mifflin, 2009.

——.*The American Heritage Dictionary of the English Language.* 5th ed. Boston: Houghton Mifflin Harcourt, 2014.

Aristotle. *Poetics.* Vol. 23 of *Aristotle in 23 Volumes.* Translated by W. H. Fyfe. Cambridge, Mass.: Harvard University Press, 1932.

Ash, John. *The New and Complete Dictionary of the English Language.* Vol. 1. London, 1775.

Bailey, Nathan. *An Universal Etymological Dictionary of English.* 1721. London, 1763.

Barzun, Jacques. "The Scholar Cornered: What Is a Dictionary?" *American Scholar* (Spring 1963): 176-81.

Brigham Young University. *Corpus of Contemporary American English.* 2015. Accessed Aug. 11, 2015. http://corpus.byu.edu/coca/.

Brudney, James J., and Lawrence Baum. *Oasis or Mirage: The Supreme Court's Thirst for Dictionaries in the Rehnquist and Roberts Eras.*

Fordham Law Legal Studies research paper No. 2195644, Jan. 2, 2013.

Buchanan, James. *Linguae Britannicae Vera Pronunciatio: or, A New English Dictionary.* London: A. Millar, 1757.

Bullokar, William. *Bref Grammar for English.* In *Booke at Large* (1580) *and Bref Grammar for English* (1586): *Facsimile Reproductions.* 1586. Delmar, NY: Scholars' Facsimiles and Reprints, 1977.

Cartigny, Jean de. *The Voyage of the Wandering Knight. Deuised by Iohn Carthenie, a Frenchman: And Translated out of French into English, by William Goodyear of South-hampton Merchant. A Vvorke Vvorthie of Reading, and Dedicated to the Right Worshipfull Sir Frauncis Drake.* London, 1581.

Cassidy, Frederic G., and Richard N. Ringler, eds. *Bright's Old English Grammar & Reader.* 1891. 3rd ed. Fort Worth, Tex.: Harcourt Brace Jovanovich, 1971.

Cawdrey, Robert. *A Table Alphabeticall.* London: I.R., 1604.

Coote, Edmund. *The English Schoole-Master Teaching All His Schollers....* 1596. London: B. Alsop and T. Fawcet, and George Purslowe, 1630.

Crystal, David. *The Fight for English: How Language Pundits Ate, Shot, and Left.* Oxford: Oxford University Press, 2006.

Defoe, Daniel. *The Complete English Tradesman in Familiar Letters.* Vol. 1. London, 1726.

——. *An Essay upon Projects.* London: R.R., 1697.

Dryden, John. *Defence of the Epilogue; or, An Essay on the Dramatic*

Poetry of the Last Age. 1672. Vol. 4 of *The Works of John Dryden*. Edited by Sir Walter Scott. London: William Miller, 1808.

Elledge, Scott. *E. B. White: A Biography*. New York: W. W. Norton, 1985.

Elster, Charles Harrington. *The Big Book of Beastly Mispronunciations: The Complete Opinionated Guide for the Careful Speaker*. 2nd ed. New York: Houghton Mifflin, 2005.

Elyot, Thomas. *The Dictionary of Syr Thomas Eliot Knyght*. London, 1538.

Fitch, Thomas P. *Dictionary of Banking Terms*. New York: Barron's, 1990.

Florio, John. *A Worlde of Wordes; or, Most Copious, and Exact Dictionarie in Italian and English*. London, 1598.

Fruehwald, Josef, and Neil Myler. "I'm Done My Homework—Case Assignment in a Stative Passive." *Linguistic Variation* 15, no. 2 (2015): 141-68.

G. & C. Merriam Company. *Webster's Collegiate Dictionary*. Springfield, Mass.: G. &. C. Merriam, 1898.

——. *Webster's New International Dictionary*. Springfield, Mass.: G. & C. Merriam, 1909.

——. *Webster's New International Dictionary, Second Edition*. Springfield, Mass.: G. & C. Merriam, 1934.

——. *Webster's Seventh New Collegiate Dictionary*. 7th ed. Springfield, Mass.: G. & C. Merriam, 1963.

Garner, Bryan A. *Garner's Modern American Usage*. 3rd ed. New York: Oxford University Press, 2009.

Gove, Philip Babcock. "Marking Instructions." In Black Books. Merriam-

Webster, July 13,1953.

———. "Punctuation and Typography of Vocabulary Entries." In Black Books. Merriam-Webster, Jan. 31,1956.

Gower, John. *Confessio Amantis of John Gower.* a1393. Edited by Reinhold Pauli. Vol. 1. London: Bell and Daldy, 1857.

Gowers, Ernest. *The Complete Plain Words.* Edited by Sidney Greenbaum and Janet Whitcut. Boston: David R. Godine, 1988.

Grose, Francis. *A Classical Dictionary of the Vulgar Tongue.* London, 1785.

Gwynne, N. M. *Gwynne's Grammar: The Ultimate Introduction to Grammar and the Writing of Good English.* London: Ebury Press, 2013.

Huddleston, Rodney, and Geoffrey K. Pullum. *The Cambridge Grammar of the English Language.* Cambridge, U.K.: Cambridge University Press, 2002.

Johnson, Samuel. *A Dictionary of the English Language.* London, 1755.

———. *The Plan of a Dictionary of the English Language Addressed to the Right Honorable Philip Dormer, Earl of Chesterfield, One of His Majesty's Principal Secretaries of State.* London: J. and P. Knapton, T. Longman and T. Shewell, C. Hitch, A. Millar, and R. Dodsley, 1747.

Kelham, Robert. *A Dictionary of the Norman or Old French Language.* London: Edward Brooke, 1779.

Kendall, Joshua. *The Forgotten Founding Father: Noah Webster's Obsession and the Creation of an American Culture.* New York: Berkley Books, 2010.

Kenrick, William. *A New Dictionary of the English Language.* London,

1773.

Kleinman, Sherryl, Matthew B. Ezzell, and A. Corey Frost. "Reclaiming Critical Analysis: The Social Harms of 'Bitch.'" *Sociological Anaylsis* 3, no. 1 (Spring 2009): 47-68.

Kurath, Hans, et al. *Middle English Dictionary.* 2001. Ann Arbor: University of Michigan Press. Accessed August 11, 2015. http://quod.lib.umich.edu/m/med/.

Latham, R. E., D. R. Howlett, and R. K. Ashdowne. *Dictionary of Medieval Latin from British Sources.* Oxford: British Academy, 2013.

Liberman, Anatoly. "Occam's Razor and Etymology." Paper presented at the DSNA-20 & SHEL-9 Conference, Vancouver, B.C., June 7, 2015.

Lowth, Robert. *A Short Introduction to English Grammar with Critical Notes.* 2nd ed. London: A. Millar, R. Dodsley, J. Dodsley, 1763.

Lynch, Jack. *The Lexicographer's Dilemma: The Evolution of "Proper" English, from Shakespeare to "South Park."* New York: Walker, 2009.

Merriam-Webster. *Merriam-Webster's Collegiate Dictionary,* 11th ed. 2003.

Springfield, Mass.: Merriam-Webster, 2014.

———. *Merriam-Webster's Collegiate Dictionary.* 10th ed. Springfield, Mass.: Merriam-Webster, 1993.

———. *Merriam-Webster's Concise Dictionary of English Usage.* Springfield, Mass.: Merriam-Webster, 2002.

———. *Merriam-Webster's Intermediate Dictionary.* 1998. Springfield, Mass.: Merriam-Webster, 2011.

———. *Merriam-Webster's School Dictionary.* Springfield, Mass.: Merriam-Webster, 1994.

———. *Merriam-Webster Unabridged.* 2015. Accessed April 24, 2016. unabridged.merriam-webster.com.

———. "Quirkly Little Grammar." In In-House Training Materials. 1998.

———. *Webster's Third New International Dictionary of the English Language, Unabridged.* 1961. Springfield, Mass.: Merriam-Webster, 2002.

Metcalf Allan. *Presidential Voices: Speaking Styles from George Washington to George W. Bush.* New York: Houghton Mifflin Harcourt, 2004.

Micklethwait, David. *Noah Webster and the American Dictionary.* Jefferson, N.C.: McFarland, 2000.

Morton, Herbert C. *The Story of "Webster's Third": Philip Gove's Controversial Dictionary and Its Critics.* Cambridge, U.K.: Cambridge University Press, 1994.

Mulcaster, Richard. *The First Part of the Elementarie Which Entreateth Chefelie of the Right Writing of Our English Tung.* London: Thomas Vautroullier, 1582.

Murray, James. *An Appeal to the English-Speaking and English-Reading Public to Read Books and Make Extracts for the Philological Society's New English Dictionary.* Privately printed, 1879.

Obergefell v. Hodges. 576 U.S. ___ (2015).

Orm. *Ormulum, with the Notes and Glossary of Dr. R. M. White.* Edited by Robert Holt. Oxford: Clarendon Press, 1878.

Oxford English Dictionary. "History of the OED: Reading Programme." *Oxford English Dictionary* (blog). 2013. Accessed Aug. 11, 2015. http://public.oed.com/history-of-the-oed/reading-programme/.

———. *Oxford English Dictionary.* 3rd ed. Oxford: Oxford University Press, 2011.

Phone Call. Performed by Key and Peele. Comedy Central, 2011.

Plato. *Cratylus.* Vol. 12 of *Plato in Twelve Volumes.* Translated by Harold N. Fowler. Cambridge, Mass.: Harvard University Press, 1921.

Queer Nation. "Queers Read This." New York, 1990.

Quirk, Randolph, Sidney Greenbaum, Geoffrey Leech, and Jan Svartvik. *A Comprehensive Grammar of the English Language.* London: Longman, 1985.

Redinger, Johann Jakob. *Comeniana grammatica: Primae classi Frankenthalensis Latinae scholae destinata....* Hanau, 1659.

Select Trials in the Sessions House at the Old-Bailey for Murders, Robberies, Rapes, Sodomy, Coining, Fraud, Bigamy, and Other Offences. London, 1743.

Shakespeare, William. *Love's Labour's Lost.* In *The Complete Works of William Shakespeare.* New York: Dorset Press, 1984.

Shea, Ammon. *Bad English: A History of Linguistic Aggravation.* New York: Perigee, 2014.

Sheridan, Thomas. *A Complete Dictionary of the English Language.* London, 1780.

Skelton, John. *The Boke of Phyllyp Sparowe*. c. 1500. London: Rychard Kele, 1545.

Skinner, David. *The Story of Ainr't: America, Its Language, and the Most Controversial Dictionary Ever Published.* New York: HarperCollins, 2012.

Smith, Goldwin. *Essays on Questions of the Day Political and Social.* New York: Macmillan, 1893.

Solomon, Jane, and Orion Montoya. "How Do People Use Cross-References in Online Dictionaries?" Paper presented at the DSNA-20 & SHEL-9 Conference, Vancouver, B.C., June 6, 2015.

Starr, Kenneth, comp. "Referral to the United States House of Representatives Pursuant to Title 28, United States Code, § 595(c)." In *Starr Report*. U.S. Government Printing Office, Sept. 9,1998.

Steinway, Susan. "An Archivist Mines the Usage Ballots." *American Heritage* (blog), Jan. 28, 2014. Accessed Sept. 28, 2015. http://ahdictionary.tumblr.com/post/74834243179/an-archivist-mines-the-usage-ballots.

Stoliker, Bryce E., and Kathryn D. Lafreniere. "The Influence of Perceived Stress, Loneliness, and Learning Burnout on University Students' Educational Experience." *College Student Journal* 49, no. 1 (Spring 2015): 146-60.

Strunk, William, Jr., and E. B. White. *The Elements of Style.* New York: Macmillan, 1959.

Swift, Jonathan. *A Proposal for Correcting, Improving, and Ascertaining the English Tongue; in a Letter to the Most Honorable Robert Earl of Oxford and Mortimer, Lord High Treasurer of Great Britain.* 2nd ed. London, 1712.

———. *The Works of Jonathan Swift, Containing Interesting and Valuable Papers Hitherto Not Published.* Edited by Thomas Roscoe. London, 1841.

Taniguchi v. Kan Pacific Saipan Ltd. 566 U.S.___ (2012).

Thrax, Dionysius. *The Grammar of Dionysius Thrax.* Translated by Thomas Davidson. St. Louis: R. P. Studley, 1874.

Truss, Lynne. *Eats, Shoots & Leaves: The Zero Tolerance Approach to Punctuation.* New York: Gotham Books, 2004.

Vivian, Evelyn Charles. *The British Army from Within.* New York, 1914.

Walker, Alice. "The Old Artist: Notes on Mr. Sweet." In *Living by the Word.* San Diego: Harcourt Brace Jovanovich, 1988.

Wallace, David Foster. "The Broom of the System." In *The David Foster Wallace Reader.* New York: Little, Brown, 2014.

———. "The Compliance Branch" *Harper's Magazine,* Feb. 2008,17-19.

———. "English 183A–13 Nov. 2002–Your Liberal-Arts $ at Work." In *The David Foster Wallace Reader.* New York: Little, Brown, 2014.

———. "Tense Present: Democracy, English, and the Wars over Usage." *Harper's Magazine,* April 2001, 39-58.

Webster, Noah. *An American Dictionary of the English Language.* New York, 1828.

———. *A Letter to Dr. Ramsay of Charleston, (S.C.) Respecting the Errors in Johnson's Dictionary, and Other Lexicons.* New Haven: Oliver Steele & Company, 1807.

Webster, Noah, Chauncey A. Goodrich, and Noah Porter. *An American Dictionary of the English Language.* Springfield, Mass.: G. & C. Merriam, 1864.

White, E. B. "Some Remarks on Humor." In *The Second Tree from the Corner.* New York: HarperCollins, 1941.

White, Richard Grant. *Words and Their Uses, Past and Present.* New York: Sheldon, 1870.

Wilson, Tracy V. "How Surfing Works." HowStuffWorks.com, June 11, 2007.

Winchester, Simon. *The Professor and the Madman: A Tale of Murder, Insanity, and the Making of the Oxford English Dictionary.* New York: HarperCollins, 1998.

Worcester, Joseph. *A Comprehensive Pronouncing and Explanatory English Dictionary with Pronouncing Vocabularies.* Burlington, Vt., 1830.

———. *A Dictionary of the English Language.* Boston: Hickling, Swan, and Brewer, 1860.

———. *A Universal and Critical Dictionary of the English Language.* Boston: Wilkins, Carter, 1846.

———, ed. *Johnson's English Dictionary, as Improved by Todd, and Abridged by Chalmers; with Walker's Pronouncing Dictionary, Combined.* Boston, 1828.

Zimmer, Benjamin, and Charles E. Carson. "Among the New Words." *American Speech* 88, no. 2 (Summer 2013): 196-214.

NEW

RG8036

為單字安排座位的人

美國最暢銷字典的幕後，為世界寫下定義的編輯人生

Word by Word: The Secret Life of Dictionaries

• 原著書名：Word by Word: The Secret Life of Dictionaries • 作者：柯芮・斯塔柏（Kory Stamper）• 翻譯：吳煒聲 • 封面設計：走路花工作室 • 協力編輯：許景理 • 責任編輯：謝佩汎 • 國際版權：吳玲緯 • 行銷：蘇莞婷、黃俊傑 • 業務：李再星、陳紫晴、陳美燕、馮逸華 • 副總編輯：巫維珍 • 編輯總監：劉麗真 • 總經理：陳逸瑛 • 發行人：涂玉雲 • 出版社：麥田出版 / 城邦文化事業股份有限公司 / 104台北市中山區民生東路二段141號5樓 / 電話：(02) 25007696 / 傳真：(02) 25001966。發行：英屬蓋曼群島商家庭傳媒股份有限公司城邦分公司 / 台北市中山區民生東路二段141號11樓 / 書虫客戶服務專線：(02) 25007718；25007719 / 24小時傳真服務：(02) 25001990；25001991 / 讀者服務信箱：service@readingclub.com.tw / 劃撥帳號：19863813 / 戶名：書虫股份有限公司 • 香港發行所：城邦（香港）出版集團有限公司 / 香港灣仔駱克道193號東超商業中心1樓 / 電話：(852) 25086231 / 傳真：(852) 25789337 • 馬新發行所 / 城邦（馬新）出版集團【Cite(M) Sdn. Bhd.】 / 41-3, Jalan Radin Anum, Bandar Baru Sri Petaling, 57000 Kuala Lumpur, Malaysia. / 電話：+603-9056-3833 / 傳真：+603-9057-6622 / 讀者服務信箱：services@cite.my • 印刷：漾格科技股份有限公司 • 2020年2月初版一刷 • 定價499元

國家圖書館出版品預行編目資料

為單字安排座位的人：美國最暢銷字典的幕後，為世界寫下定義的編輯人生／柯芮・斯塔柏（Kory Stamper）著；吳煒聲譯. -- 初版. -- 臺北市：麥田出版：家庭傳媒城邦分公司發行, 2020.02
　　面；　公分. --（NEW 不歸類；RG8036）
　　譯自：Word by Word : The Secret Life of Dictionaries
　　ISBN 978-986-344-733-7（平裝）

805.1039　　　　　　　　　108022220

城邦讀書花園
www.cite.com.tw